MÁS ROJO
SANGRE

Katarzyna Puzyńska (1985) se graduó en Psicología y trabajó como profesora universitaria durante varios años, hasta que pudo dedicarse por completo a la escritura. La serie de Los crímenes de Lipowo, una magnífica incursión en el género del suspense psicológico, ha situado a esta polifacética autora entre los autores más vendidos de Polonia con más de 2.000.000 de lectores. En nuestro país, hasta el momento se han publicado *Mariposas heladas*, *Más rojo sangre* y *La número 31*.

www.katarzynapuzynska.pl

Si tienes un club de lectura o quieres organizar uno, en nuestra web encontrarás guías de lectura de algunos de nuestros libros. **www.maeva.es/guias-lectura**

Katarzyna Puzyńska

MÁS ROJO SANGRE

Traducción:
AMELIA SERRALLER CALVO Y ANA QUINTARIO SANTIAGO

EMBOLSILLO

Título original:
WIĘCEJ CZERWIENI

© Katarzyna Puzyńska, 2014

© Prószyński Media, 2015

Publicado por primera vez en polaco por Prószyński Media

© de la traducción: Amelia Serraller Calvo y Ana Quintario Santiago, 2019

© de esta edición: EMBOLSILLO, 2022
Benito Castro, 6
28028 MADRID
www.maeva.es

Esta publicación ha recibido el apoyo del Programa de Traducción Polaco.

BOOK INSTITUTE

©POLAND

ISBN: 978-84-18185-28-1

Depósito legal: M-4304-2022

Diseño de cubierta: Elsa Suárez sobre imagen de Arcangel Images
Fotografía de la autora: Agata Adamczyk
Preimpresión: Gráficas 4, S.A.
Impresión y encuadernación: CPI Black Print (Barcelona)
Impreso en España / Printed in Spain

Queridos lectores,

Katarzyna Puzyńska es una autora que llega del frío este de Europa y que ha conquistado a sus lectores por la veracidad con la que describe las motivaciones más ocultas y oscuras de sus personajes. En Polonia, sus libros se sitúan entre los más vendidos nada más ser publicados y su autora no para de recibir premios.

En MAEVA, primero nos conquistó que una población tan lejana para el lector español como Lipowo pudiera resultar tan familiar y sus habitantes, tan próximos. Más tarde, en su primera visita a España, Katarzyna, que adora nuestro país, nos cautivó por su simpatía y su deseo de conectar con el público lector.

Más rojo sangre es la segunda novela de la autora que publicamos y que, después de *Mariposas heladas,* trae de vuelta al inspector jefe de Lipowo, Daniel Podgórski, y a la comisaria Klementyna Kopp, una pareja de investigadores poco usual. La altura y la corpulencia de Daniel, que podrían hacer de él un policía de armas tomar, esconden a un hombre sensible y bonachón que no se acostumbra a que en Lipowo se puedan cometer crímenes atroces. En cambio, Klementyna, de lengua afilada y métodos poco ortodoxos, es una investigadora con un enigmático pasado y décadas de experiencia a sus espaldas que adora los tatuajes y las cazadoras de piel.

Alrededor de Daniel y Klementyna orbitan una serie de personajes secundarios –policías, colaboradores, familiares, vecinos, testigos– entre los que hay varios sospechosos que tendrían motivos para cometer un asesinato. ¿Os animáis a descubrir quién es el culpable?

La editora

Para Balbiny y Krzyśka

Prólogo

Lipowo. Lunes, 29 de julio de 2013

DARIA KOZLOWSKA EMPAQUETÓ sus cosas en una pequeña mochila de color oscuro. Se sentía ligera. Ya había tomado una decisión y no tenía intención de cambiarla. Y eso le daba fuerzas renovadas. Empezó a ascender las escaleras de hormigón. Saltaba varios peldaños a la vez, canturreando silenciosamente, como para sí misma. Por primera vez desde hacía un mes (si es que no había perdido ya la noción del tiempo), las lágrimas no se le agolpaban en los ojos. Lo cual indicaba que estaba feliz.

–Daria, espera –la llamó desde abajo Beata Wesolowska.

Daria se detuvo a mitad de la escalera. No le apetecía hablar con Beata. Y menos después de todo lo que había pasado. Mientras sentía cómo una ira creciente se apoderaba de ella, tuvo lástima de sí misma. No obstante, tenía la esperanza de que pronto fuera capaz de olvidar.

–¿De qué se trata? –preguntó de todos modos.

Así había sido educada. No se debe ignorar a los demás. Hay que tratarlos con respeto. A cualquiera, incluso a esa ratera.

–Yo también vuelvo a casa. ¿Por qué no vamos juntas? –propuso Beata.

–Tengo prisa –repuso Daria fríamente.

No le apetecía lo más mínimo charlar con Beata. Además, era cierto que tenía prisa. Quería visitar a sus padres y luego correr un rato por el bosque. Ese era un gran día, ya no volvería más por allí. Quería celebrarlo de alguna forma, así que continuó subiendo por la escalera.

Beata Wesolowska la siguió con premura, pisándole los talones. Parecía que sí que le importaba que mantuvieran una conversación.

—Oye, tengo que pedirte perdón por lo que ha pasado –dijo–. Yo no quería que las cosas salieran así. Pensé que solo sería una vez, pero luego... Tú ya me entiendes.

¿Disculpas? ¿En boca de Beata? ¡Quién lo iba a decir! Daria se encogió de hombros. No creía a su amiga, ni siquiera un ápice. Wesolowska no se arrepentía de nada. De nada. Jamás. Así era su carácter.

PRIMERA PARTE

1

Varsovia, diciembre de 2008

SE LLAMA RENATA Krawczyk, aunque yo aún lo desconozco. Me enteraré después, por los periódicos. Es prostituta. Quizá también heroinómana. Puedo ver las típicas secuelas sobre su cuerpo cuando se quita la cazadora de piel de imitación. De una pésima imitación. ¿Qué animal podría tener la piel de color rosa chillón? Esta idea, pasados los años, me parece incluso divertida. Conque piel rosa. Además de unas largas botas blancas y un minivestido audazmente corto sobre un cuerpo escuálido. El cuadro lo completan unos ojos amoratados y un cabello graso.

El cabello.

De eso habrá que encargarse luego. El cabello es lo más importante y, en consecuencia, tengo que actuar de acuerdo con el plan. No puedo perder de vista los próximos pasos que me conducirán indefectiblemente hasta el objetivo.

Así que se trata de Renata Krawczyk. Tengo tres días escasos para seguirla y asesinarla. Con eso bastará. A decir verdad, podría haber sido cualquier otra, pero es que ella fue idónea desde el principio. Llevo en el bolsillo una minúscula foto del Cuadro. De alguna manera, esta mísera mujer es hasta parecida a su efigie, es decir, a la primera de las cinco figuras. Aunque probablemente nadie repararía en ello de inmediato, todo lo contrario, habría que mirar con detenimiento. Ir más allá del grueso trazo del Maestro para divisar el rostro, auténticamente humano. No me sobra el tiempo, pero no está nada mal planeado. Por eso siento desde el principio que lo voy a conseguir. Creo en mí.

De modo que ya tengo a la víctima y, llegado el caso, tengo también al asesino. Tan solo que, a decir verdad, actuaré yo en su nombre, aunque nadie se va a enterar. Ya me encargaré de eso. El plan está magníficamente trazado, paso a paso, planeado hasta el más mínimo detalle. Y eso es lo principal, porque suele ocurrir que los detalles más nimios resultan decisivos para el éxito final de la empresa. Lo analizo todo varias veces y finalmente me doy cuenta de que no es posible que alguien relacione la muerte de Renata Krawczyk conmigo. Y esa idea me tranquiliza.

Ya tengo las herramientas imprescindibles en mi mochila. Un arma de electrochoque, un cuchillo de caza, tijeras, una cuerda y una bolsita de plástico para el pelo. No son muchas, pero sí el número exacto que preciso. También tengo un chándal negro, muy cómodo, para que nada dificulte mis movimientos durante la tarea. Si alguien pregunta, siempre podré decir que estoy corriendo. Una pequeña mentira... ¡más que eficaz!

El asesinato. No sé exactamente qué esperar. ¿Cómo voy a asesinarla? No es la sangre, sino esa pregunta, lo que aparentemente corre por mis venas y presiona mis sienes, latiendo en lugar del corazón. Así ha sido desde el momento en que reparé en ella. Por el momento aún respira. ¿Cómo voy a asesinarla? ¿Y si ha hecho planes para mañana? ¿O es que las de su clase jamás planean nada? ¿Acaso no viven de un día para otro, al minuto? Pero ninguna de esas preguntas significa nada.

Por fin llegó el día.

Desde por la mañana un ánimo enérgico me embarga, como aquellos que acompañan los momentos más importantes de la vida. Porque este es, ciertamente, el instante más importante de mi vida. Hoy cometeré un asesinato por primera vez.

A duras penas me concentro en lo que debo hacer en el trabajo a lo largo del día. Sin embargo, no creo que nadie haya percibido nada. A pesar de la fe en el éxito del plan, aparece el estrés.

Al fin y al cabo es mi primera vez. Nadie ha muerto antes a manos mías. En una situación así, el estrés es de lo más normal, me digo.

Por la tarde acabo mi jornada y sé que enseguida me lanzaré a la calle tras ella. Siento cómo la sangre corre por mis venas sin dejar espacio a preguntas innecesarias. Mi sistema nervioso empieza a segregar adrenalina, la hormona del miedo, la huida y la lucha. Bajo su efecto se me dilatan las pupilas y el corazón se me dispara aún más. Me convierto en un soldado dispuesto para la batalla.

Me visto con el chándal y salgo a hurtadillas de la estancia. Nadie me presta atención, de hecho, solo voy a correr. Y, en efecto, al principio corro, sin apresurarme, como si fuese un calentamiento. En cierto sentido lo es, intento hacer todos los estiramientos posibles, como se hace en estos casos. Controlo la respiración. Por si acaso, palpo el bolsillo de la mochila. El arma de electrochoque está en su sitio, no se ha caído ni se ha esfumado. Fue fácil conseguirla, no hubo problemas. Esto me resulta divertido, incluso sonrío un rato. Un peatón me devuelve la sonrisa, aunque no entienda la situación, y eso me insufla coraje.

Corro hacia la calle en la que normalmente ella espera a los clientes. Llego temprano con la esperanza de que aún no haya encontrado a nadie. Aminoro el paso y empiezo a andar normalmente. Ya no es tiempo para carreras. Sobre el pavimento se acumulan pilas de nieve sucia. Me concentro en ellas y calmo la respiración. Renata Krawczyk no puede descubrir para qué he venido realmente.

Ya estoy muy cerca. Mi mano empuña el arma de electrochoque, pero no la puedo usar todavía, tengo que conducirla a un lugar solitario. Conozco un poco Varsovia y ya tengo localizados los sitios idóneos. Ahora basta con convencer a Renata de que se venga conmigo, algo que no será difícil, pues al fin y al cabo es una puta.

–Hola –le digo amigablemente, pero sin especial insistencia.

–¿Y bien? –responde provocativa.

–¿Quieres ganar algo de dinero? –pregunto en un tono conciliatorio. Y mi mirada dice: estamos en tu terreno. Esto es lo tuyo. No tienes nada que temer.

La mujer me lanza una mirada crítica. Quizá evalúa si realmente tiene una oportunidad de ganar dinero. Deduzco que no me asemejo al prototipo de cliente, así que no está segura. Finalmente, sin embargo, asiente con la cabeza. No me extraña, parece hambrienta, necesita el dinero.

Al mismo tiempo, yo también la observo y la evalúo. Hoy su cabello no está tan graso como los últimos días, ha debido de lavárselo. Tanto mejor para mí.

–Conozco un buen sitio –dice finalmente, y avanza por la calle.

–Sé de otro mejor –respondo con una leve insistencia.

Entonces ella agita los brazos intranquila. Quiere el dinero ya. Le enseño un fajo de billetes, pero no pago. Veo la avidez en sus ojos. Llevo más dinero conmigo que el que cualquier otro cliente le daría. Lo más seguro es que mentalmente lo esté calculando en dosis de heroína. Acaba sonriendo con satisfacción, está de acuerdo con el resultado de esa equivalencia.

Andamos por las calles vacías. Esa parte de la ciudad no es demasiado popular. Las farolas iluminan la oscuridad invernal. A decir verdad, debería tener frío con este chándal tan fino, pero siento cómo las gotas de sudor me recorren la espalda. Vuelven los interrogantes y se agolpan otra vez en mi cabeza. No sé qué es lo que puedo esperar. ¿Cómo la asesinaré? ¿Lo voy a disfrutar? De nuevo intento respirar hondo.

Finalmente llegamos al sitio indicado. Se trata de un edificio en ruinas que será demolido en breve. Le indico con la cabeza que se adelante. De nuevo Renata Krawczyk parece insegura, así que le muestro el manojo de billetes y sonrío amigablemente. La convenzo con la expresión de mi rostro de que conmigo no tiene nada que temer. Nada en absoluto.

Ella se da la vuelta.

Saco el arma de electrochoque.

Aprieto el botón.

La prostituta cae al suelo ante el impacto de la corriente. Centenares de miles de voltios de baja intensidad se descargan sobre sus músculos y la paralizan momentáneamente.

Por sí solos no la matarán, pero me facilitarán enormemente el trabajo.

Empiezo cortándole el pelo. No quiero que se le ensucie con sangre. Cuando el pelo está ya a salvo, me embarga un estado de ánimo aún más alegre. Ha llegado el momento de que nos presentemos de manera oficial, antes del gran final. De momento no tengo público, pero solo es cuestión de tiempo. Pronto alguien encontrará su cuerpo, soy consciente de ello. Y a partir de ahí se pondrá en marcha el resto de mi plan.

Empuño el cuchillo de cazador. Lo balanceo un instante de mano a mano, no sé por cuál decidirme. Izquierda, derecha, izquierda, derecha, izquierda. Al final le rajo el pecho con una incisión en forma de cruz. Contemplo atentamente el cuchillo para valorar si resulta demasiado pequeño. Quiero que ese mensaje parezca la clave, que nadie pueda pasarlo por alto, sobre todo la policía. Quiero conducirlos por una senda mientras yo tomo la que va en sentido contrario. Gracias a eso no me pillarán.

Sigo trabajando. La cruz en el pecho de la prostituta se hace cada vez más grande. Alrededor todo se llena de sangre, mucha más de la que hubiese podido imaginar. Intento no ensuciarme la ropa ni el calzado. No dejaré ninguna huella. Llevo guantes, así que eso no me preocupa.

Cuando mi obra está lista, le rebano la garganta. Me parece que así actuaba el más célebre asesino de prostitutas, Kuba Rozpruwacz. Y yo puedo estar a su altura. ¿Por qué no? A la gente le gusta. Salto sobre la corriente de sangre.

Yace sin vida.

Todo ha terminado, pero no puedo abandonar la escena. Su cuerpo inerte me hipnotiza. No puedo apartar los ojos de él. Me quito los guantes y los guardo a cámara lenta en el bolsillo, todo con tal de retrasar el momento de dejarla aquí sola.

Finalmente salgo de ese extraño estado de letargo.

Introduzco los cabellos en la bolsa de plástico. Con cuidado, casi con devoción. Serán parte de mi Obra. Recojo las herramientas una a una. Coloco todo de nuevo en la mochila, me la echo al hombro y salgo del edificio. Me rodea la fría oscuridad de una noche de diciembre.

Siento una extraña fuerza en mi interior.

Como si nadie pudiera vencerme jamás.

Jamás.

Soy yo quien decide sobre su vida, soy yo quien decide sobre su muerte.

Y pronto aparecerá mi Obra.

2

Lipowo, colonia Żabie Doły y Brodnica.
Miércoles, 31 de julio de 2013, antes del mediodía

EL INSPECTOR DANIEL Podgórski se levantó extraordinariamente descansado. El calor sofocante que reinaba en las últimas semanas de julio había remitido de manera considerable,
y por fin se podía respirar a pleno pulmón. Constituía un cambio
agradable tras aquellos días al rojo vivo, en los que recorrer el
corto trayecto de casa a la comisaría no era un desafío cualquiera. Y no solo para Daniel. La gente de Lipowo se quejaba
del calor, al igual que se quejaba de las lluvias o de la nieve.
Como siempre.

Weronika Nowakowska se movió en sueños. Daniel Podgórski sonrió con ternura. Eran pareja desde hacía varios meses,
y el policía no acababa de creerse su suerte. Cuando, meses
atrás, la joven psicóloga había llegado de Varsovia, Daniel jamás habría supuesto que los uniría el afecto. O mejor habría que
decir que interiormente se sintió reconfortado, ya que nunca
habría creído que ella quisiese estar con un policía provinciano
y demasiado rollizo. Eso sí, inspector jefe de la comisaría de
Lipowo. Pero no es que eso cambiase mucho el panorama, porque la pelirroja Weronika estaba acostumbrada a los estándares
varsovianos. A decir verdad, dichos estándares no acababan de
concretarse en la cabeza de Daniel, pero Podgórski sospechaba
que podían guardar relación con trajes de marca y la mítica ta-
bleta masculina. Esto es, algo que él no alcanzaría jamás.

A pesar de esta constatación un tanto pesimista, sonrió para sí
mismo. No podía negar que en esos momentos tenía todo lo que

necesitaba. Le encantaba su trabajo en la comisaría del tranquilo Lipowo, y con Weronika todo marchaba bien. ¿Qué más podía pedir? Un puesto en la policía criminal, se le pasó por la cabeza. En Brodnica, o quizá incluso en Varsovia: un sueño inalcanzable del que se avergonzaba delante de sus amigos. El último invierno había podido comprobar cómo podía ser aquel trabajo. Daniel suspiró y ahuyentó los pensamientos que no eran bienvenidos. Hay que tener cuidado con lo que uno desea, se reprochó para sus adentros. Desde el último invierno, cuando en Lipowo habían tenido lugar todos aquellos macabros sucesos, prefería tenerlo presente. Hay que tener cuidado con lo que uno desea.

Weronika abrió los ojos y se retiró los mechones rojizos enredados de la cara.

–¿Te levantas ya? –preguntó un tanto distraídamente.

–Sí, todavía tengo que pasar por casa a recoger el uniforme –le recordó–. Y después tengo que ir a la comisaría sin perder tiempo. No debería llegar tarde por costumbre.

Desde hacía varios meses, Weronika y Daniel vivían juntos en una antigua villa propiedad de Nowakowska. «Realmente» era un buen término, reconoció Podgórski. Nunca lo habían acordado. Ocurrió sin pretenderlo. Pasó en algún momento, entre que Daniel dejó el cepillo de dientes en el baño de Weronika y después varias prendas en su armario. ¿O quizá fueron aquellos discos con la música favorita de Daniel? Él mismo no estaba seguro.

Realmente vivían juntos. En cualquier caso, Podgórski pasaba más tiempo en la pequeña villa de Weronika que entre sus propias cuatro paredes. Oficialmente, sin embargo, vivía en el sótano de la casa de su madre, y allí también tenía la mayoría de sus cosas. La lógica aconsejaba llevarlas a casa de Weronika. Ciertamente, todo sería más fácil si Daniel no tuviera que volar cada mañana a casa de su madre a buscar un uniforme limpio antes de ir a trabajar.

Sin embargo, trasladar las cosas significaría una declaración formal, y probablemente ninguno de los dos estaba preparado para eso. Especialmente Weronika, pensó Daniel. Lo suyo era otra historia. Apenas hacía unos meses que Weronika se había divorciado de un marido infiel. Por eso Pogórski tenía miedo a presionarla. No quería asustarla sin necesidad.

Reconocía que las cosas entre ellos habían ido bastante rápido. Más de lo que habría podido suponer. Y desde luego más rápido que lo acostumbrado en Lipowo. Allí, para todo se necesitaba el tiempo necesario, que no era poco. Primero venían los largos acercamientos, luego las citas inocentes, después el período de compromiso y, finalmente, la boda. Al menos oficialmente. En Lipowo era importante mantener las apariencias. Le gustara o no, Podgórski tenía que reconocer que las apariencias aportaban cierto orden al pueblo.

El sentimiento que unía a Weronika y a Daniel se convirtió durante algún tiempo en objeto de los cotilleos en Lipowo. Nada extraño, el cotilleo era el deporte favorito de sus habitantes. En Lipowo nunca se había podido ocultar nada. No a largo plazo. Así al menos lo habían creído todos hasta entonces. Los sucesos del pasado invierno demostraron lo equivocados que estaban. Podgórski ahuyentó esos pensamientos no deseados. El olor del bosque entró por la ventana abierta mientras los pájaros cantaban. Los asesinatos macabros no eran precisamente lo que deseaba recordar en aquella hermosa mañana estival.

Besó delicadamente a Weronika. Ella sonrió de forma un tanto maliciosa, mientras sus ojos azules resplandecían. Aparentemente, todo discurría como siempre, pero Daniel notó como si Weronika lo evitara. Su teléfono sonó de repente, interrumpiendo sus pensamientos. Será simplemente que estoy susceptible, pensó Daniel.

–Inspector Daniel Podgórski, comisaría de policía de Lipowo –se presentó automáticamente.

Maria Podgórska no solo compartía con él la casa, sino que también trabajaba junto a su hijo en la comisaría de Lipowo. La anciana señora cumplía los roles de recepcionista, secretaria, organizadora y distribuidora de hornadas de bollos caseros.

Para admiración general de los policías y perdición de Daniel, que tenía que comprar pantalones de una talla más.

—¿Qué ha ocurrido? —preguntó Podgórski, vistiéndose rápidamente.

Igor, el golden retriever de Weronika, se puso en pie de un salto. Probablemente pensaba que las prisas de Daniel eran una invitación a jugar. La cola del perro bailaba enérgicamente a su alrededor.

Maria Podgórska suspiró profundamente. Daniel acercó el auricular a su oído con firmeza.

—Brodnica ya está en el lugar de los hechos —dijo la madre, bajando la voz, como si temiese que alguien los estuviese escuchando—. Los de la criminal, tú ya me entiendes.

La comisaría de Lipowo dependía de la Comandancia Provincial de Brodnica. El hecho de que la policía criminal de la ciudad hubiese llegado con tanta rapidez no presagiaba nada bueno.

—Se ha cometido un asesinato —dijo Maria Podgórska.

ERYK ŻUKOWSKI ENTRÓ en su despacho y cerró cuidadosamente la puerta tras de sí. En la parte superior había cristales y Eryk siempre había tenido cierto miedo a romperlos accidentalmente. Era el director del colegio de la colonia Żabie Doły desde hacía quince años, y consideraba que había dedicado muchos esfuerzos a aquel centro y a la educación de los muchachos de la zona. Aprovechaba cada instante de su mandato, tal y como se refería en broma a su autoridad incuestionable cuando presidía su mesa de director. No desperdiciaba ni un minuto.

Żukowski se sentó y desplegó varios documentos. Adoraba cuando a su alrededor reinaba un orden impecable. Creía que así uno pensaba mejor. Intentaba transmitir a su hijo esa verdad de la vida, pero sobre todo a los alumnos de la escuela de Żabie Doły.

Eryk prestó bastante atención a los papeles. En realidad, no deberían estar allí en absoluto. En su despacho cada hoja tenía su sitio, su archivador específico, y a ser posible, debía ir firmada con un rotulador del color correspondiente. De esta forma se evitaba perder el tiempo en búsquedas inútiles y, la mayoría de las veces, estériles. El director de la escuela de Żabie Doły sujetó los documentos. Se referían fundamentalmente a Cogito Ergo Sum, y al niño recién incorporado.

Cogito Ergo Sum era una especie de organización caritativa que tenía como tarea promocionar la educación superior en la región. Eryk Żukowski formaba parte de ella. Sonaba grandilocuente, pero se trataba simplemente de unificar el nivel de enseñanza. El director del colegio quería que todos los niños de la colonia Żabie Doły, de Lipowo (que se encontraba al otro lado del lago), y de los alrededores tuviesen las mismas posibilidades de conseguir plaza en la universidad que los habitantes de Varsovia o de cualquier otra ciudad grande.

La organización funcionaba con bastante eficiencia, pensó Eryk Żukowski, satisfecho. Como todo lo que caía en sus manos. Sin embargo, en alguna parte trasera de su cabeza le aleteaba el pensamiento de que había un aspecto de su vida en el que no había tenido éxito. El director lo ahuyentó rápidamente. No quería estropear su imagen, ni siquiera ante sí mismo.

Se mesó el cabello, que llevaba más bien largo. Tenía la piel de las palmas de las manos destrozada a causa de los compuestos químicos que preparaba para sus alumnos durante las clases. Aparte de sus obligaciones como director, el liderazgo en la organización caritativa Cogito Ergo Sum y su activa participación en la misma, Żukowski era también biólogo, físico y químico. Era consciente de que le dedicaba bastante tiempo al trabajo, pero opinaba que nadie lo haría mejor que él, y se sentía más tranquilo controlando lo que sucedía a su alrededor.

Eryk Żukowski quería lo mejor para los jóvenes de Żabie Doły, y seguramente los alumnos lo apreciaban. Lo llamaban cariñosamente Żuk, escarabajo, y lo consideraban como una especie de amigo mayor. Al director de la escuela eso le venía como anillo al dedo. Consideraba que de esa forma conseguía llegar a ellos mejor. Quería avanzar y dejar atrás los métodos tradicionales de enseñanza.

Żukowski guardó los documentos en su carpeta correspondiente. Esbozó una sonrisa. Apartarse de los métodos tradicionales tenía sus recompensas. Su programa de enseñanza era decididamente mejor que el que ofrecía el centro de la competencia más cercano, la escuela de Lipowo, situada al otro lado del lago Bachotek.

Una vez ordenado el escritorio, el director salió para dar una vuelta por los pasillos, silenciosos en verano. Rozó con ternura las paredes, un tanto sucias. Antes de que comenzase el año escolar habría que volverlas a pintar, pensó. Debería habérselo encargado a alguien al principio de las vacaciones, pero entonces estaba de viaje por trabajo y el plan no había cuajado. El suelo crujía bajo sus pies. Durante todos aquellos años la escuela había sido su verdadero hogar. Y con más razón, sin duda, desde que se fue su mujer...

Prefería no pensar en su segundo hogar. Así era como se sentía el director Eryk Żukowski: la escuela era su auténtico hogar, y aquello, en cambio, no era más que el edificio donde vivía. No importaba lo mucho que se esforzase, siempre llegaba a la misma conclusión. A pesar de que en su granja, no demasiado grande, pero sí bien organizada, le esperaba Feliks.

Feliks. El niño nunca colmó las ambiciones que su padre había puesto en él. Feliks no llegaría a ser científico. ¡Bah! A pesar de sus veintitrés años, ni siquiera había empezado una carrera. Era demasiado débil de carácter para ello. Eryk estaba decepcionado con su hijo, pero nunca se lo había hecho notar, es más, siempre le apoyaba en todo lo que estaba en su mano. El director pasaba todo el tiempo que podía en el colegio, intentando olvidar esa dolorosa herida.

Żukowski recorrió el pasillo, echando un vistazo a la hilera de aulas. Gracias a eso, sus pensamientos dejaban de girar alrededor de su hijo. Era mejor así. Tenía que decidir lo que faltaba por hacer antes de que comenzase el año escolar. Se detuvo en la sala de biología, donde tenían una auténtica mesa de disección, así como equipamiento médico. Żukowski había dedicado muchos esfuerzos a conseguirlo, ¡pero al final lo logró! Eso también había tenido sus ventajas. Uno de sus alumnos de la escuela había sido admitido en la Universidad de Gdańsk para estudiar medicina. El director Żukowski lo consideró como un éxito suyo en general, y de esa mesa de disección en particular.

–¡Oh, está usted aquí, señor Director! –gritó su abnegada secretaria, Bernadeta Augustyniak. ¡No! Secretaria no, asistente.

–Bernardeta, te he dicho mil veces que me puedes llamar Escarabajo, como todos –dijo Eryk riéndose, y se colocó su gorra con visera favorita, que consideraba que le imprimía un aire juvenil.

Bernadeta Augustyniak rio como una alumna sorprendida con las manos en la masa. A pesar de los años que llevaba atendiendo a los alumnos tras una ventanilla, no había cambiado su tradicional indumentaria, un jersey con cuello a la caja y una falda hasta los tobillos. Una imagen que no pegaba nada con la del colegio. Sin embargo, era la mejor asistente que había tenido nunca, así que intentaba no quejarse de la más que anticuada vestimenta de la muchacha.

Kamil Mazur se encaminaba sobre el puente de madera del centro vacacional Valle del Sol. Kamil consideraba que el nombre «Valle del Sol» era un tanto pretencioso, pero, a fin de cuentas, no desentonaba con el lugar. Al menos en verano, cuando las casas de madera se bañaban bajo los cálidos rayos del sol.

El muchacho comprobó que, pese a que era temprano, en la plaza se habían congregado ya bastantes turistas. Y no solo eran huéspedes, en el balneario Valle del Sol también chapoteaban habitantes de Lipowo, de la colonia Żabie Doły e incluso visitantes de Brodnica. Eso a Kamil no le molestaba. Tenía que desempeñar su trabajo de socorrista y punto. Para eso le pagaban, no para hacer preguntas.

Kamil Mazur sentía sobre sí las miradas de las mujeres cuando andaba orgulloso por la plataforma de madera un tanto inestable. Trabajaba ahí desde hacía un mes, y ya se había acostumbrado a esas miradas. Todos los empleados tenían el mismo aspecto, enfundados en su uniforme reglamentario, pero en el centro de vacaciones Valle del Sol pocos se podían equiparar a Kamil en cuanto a musculatura.

El muchacho se sentó en el lugar indicado para el socorrista. Allí, las tablas de la plataforma eran de color rojo. La pintura se desprendía a causa del agua y del sol. Kamil miró a su alrededor de forma un tanto teatral. Tengo toda la playa bajo control, decía su mirada, de modo que la gente pudiera sentirse segura. Unos niños chapoteaban en la parte menos profunda, pero nadie se había adentrado todavía más allá. Era demasiado pronto para los bañistas. Acababan de reunirse en la playa. Desplegaban las toallas sobre la arena y contrastaban la información acerca de la temperatura del agua. Pero los niños eran siempre más valientes. Se lanzaban a ciegas, sin reparar en la piel de gallina ni en las algas.

Kamil Mazur se apoltronó sobre la tumbona y adoptó la pose profesional de «excepcional socorrista». En un principio se había negado a hacer ese numerito, pero su padre se había empeñado. No había otro remedio, y Kamil necesitaba dinero. Seguía irritado consigo mismo por aquel percance que había sufrido en el Ejército y que había demostrado que era estúpido como pocos, pero ya había pasado. A fin de cuentas, su situación actual no era particularmente mala. El trabajo no era de los peores, si consideraba las circunstancias. Desde la colonia Żabie Doły, donde vivía, el centro de vacaciones no quedaba lejos. Un tramo de bosque, cruzar el lago Bachotek, luego atravesar el puente y ya había llegado. Cómo iba a pensárselo, si aquello era vivir como un señor. El resto lo valoraría más tarde.

De repente advirtió que Marcin Wiśniewski salía de la cabaña donde se alquilaban kayaks. Kamil se sobresaltó al ver a su amigo. Estaba ya más que harto de él, pero parecía que ambos estaban implicados hasta el fondo, así que lo más probable era que no se pudiesen evitar eternamente.

Marcin también reparó en él. Caminó por la playa y entró en la plataforma. Las rastas dispersas formaban un flequillo desproporcionadamente grande alrededor de la delgada cara del piragüista.

–Hola –soltó Kamil con desgana. No era demasiado original, pero ¿qué podía hacer? Tenía que decir algo.

Marcin lo saludó con un gesto de cabeza y una expresión agradable. Siempre con aquel «¡tranquilo, tío!», tan propio de él. Kamil se encogió de hombros.

Durante un instante, enmudecieron. Parecía que el bullicio que llegaba de la playa no iba con ellos. Varias lanchas navegaban ya por el lago. Seguro que aparecerían más. Kamil tendría que estar pendiente de que alguna de ellas no se acercara demasiado, sería peligroso para los bañistas.

–¿Qué te cuentas? –preguntó al final, rompiendo el incómodo silencio. Se sentía en la obligación de hacerlo, aunque en una situación tan tensa esa pregunta sonaba un poco absurda. Pero ¿de qué iban a hablar? ¿De qué? De aquello no, seguramente.

–Tranquilo –respondió Wiśniewski, sentándose junto a Kamil en la plataforma.

El socorrista suspiró levemente. No cabía duda de que el rastafari tenía ganas de una pequeña charla. Menudo momento. Habría que quitárselo de encima lo antes posible. Cuantas menos charlas, mejor.

–Sabes que estoy trabajando –explicó Kamil Mazur. Intentaba que su tono sonase a disculpa, aunque fuese un poco–.

Como socorrista tengo la obligación de estar alerta. Hablamos en el descanso para comer, ¿vale?

–Tranquilo –respondió Marcin de nuevo. Pero no se levantó y hundió sus pies en el lago.

Kamil sabía que el agua estaba demasiado caliente. Todavía no había medido la temperatura, pero el calor sofocante caldeaba el lago. En la pizarra informativa escribió algo aproximado. Veintitrés grados. Los turistas estarían impresionados. Él mismo había tenido tiempo de nadar un poco. Temprano, cuando los turistas aún dormían. Lo hacía a diario desde su vuelta de la costa. Un hábito que había adquirido en el Ejército.

–Oye –empezó Wiśniewski mientras se arreglaba las rastas.

Por lo que parecía, la conversación era inevitable. A Kamil no le sorprendía. Él en su lugar tampoco dejaría así el asunto. Le dirigió una mirada fugaz al piragüista. No parecía demasiado fuerte, pero nunca se sabe. El hecho de que Marcin fuese el hijo del propietario de Valle del Sol no ayudaba. Con el hijo del empresario convenía tener buena relación.

–Olvidémonos de todo el asunto –propuso Marcin Wiśniewski inesperadamente, a la vez que trenzaba sus largas rastas en una especie de moño a mitad de la cabeza–. Esto me está fastidiando el karma, ¿me entiendes? Intento apartarme de las emociones negativas.

–Claro –repuso el socorrista con un tono mordaz. No se podía contener, aunque Wiśniewski fuese el hijo de su jefe. No sabía cuánto tiempo estaría allí, pero no tenía intención de seguirle la corriente. No era su estilo. –No me hagas reír, Marcin, o acabaré por creerte. ¿Intentas apartarte de las situaciones negativas? ¡Claro!

–Lo pasado, pasado está –murmuró Marcin. En algún momento su despreocupación se había esfumado–. Bueno, me piro, que ya hay gente solicitando kayaks. Hablamos en otro momento.

–¿Y la pasta por aquel asunto? –preguntó Kamil en voz baja.

–Todo a su tiempo.

La enfermera Milena Król aplicó con destreza la base de maquillaje sobre la cicatriz. Tenía la esperanza de taparla, al menos un poco. Era algo que nunca se conseguía, pero ella no cejaba en su empeño. El recuerdo de su tormentosa infancia atravesaba en diagonal la línea endurecida de sus mejillas. De ahí que tuviese un aspecto un tanto teatral, como si su sonrisa fuese mucho más amplia que su boca. Por ese motivo mucha gente la llamaba Jo, abreviatura de Joker. Eso no le gustaba, pero había tenido tiempo de acostumbrarse, tanto al apodo como a las cicatrices.

Se enfundó el blanco uniforme almidonado y se fue a hacer la ronda. Las señoras acaudaladas que estaban sentadas en las elegantes salas de la Clínica Privada de Ayuda Psicológica y Psiquiátrica Magnolia mostraban ostentosas muecas de dolor. Milena les ofrecía palabras amables y calmantes, y un té adelgazante. A veces también les hacía un masaje que aliviaba las tensiones. La ayuda psicológica y la mejoría del aspecto eran todo uno, según rezaba una de las consignas de Magnolia.

Cuando Jo iba a la Escuela de Enfermería, no pensaba precisamente en este tipo de trabajo. Soñaba con ayudar a gente que tuviese auténticos problemas. Por otra parte, no podía quejarse. Recibía una buena paga y le quedaba cerca de casa. Si lo dejase, al instante aparecería una decena de muchachas ávidas, de Lipowo y de la colonia Żabie Doły. Magnolia era una de las dos principales fuentes de empleo para los habitantes de aquellos lares. En segundo lugar se encontraba el centro de vacaciones Valle del Sol. Aquellos que no habían conseguido un trabajo en la clínica o en Valle del Sol tenían que apañárselas de alguna otra forma. Unos estaban obligados a desplazarse hasta su trabajo en Brodnica o en alguna de las ciudades más grandes. Los demás apenas llegaban a fin de mes en sus granjas.

Milena Król se alegraba de no tener que ir hasta la ciudad. Vivía en la colonia Żabie Doły, y la clínica quedaba al otro lado del lago, a tres kilómetros bosque a través, quizá algo más. En verano ese paseo al trabajo era un verdadero placer, por lo que el hecho de tener que atender a señoras ricas, hastiadas de la vida, no tenía por qué ser motivo de queja.

La clínica Magnolia se encontraba detrás de Lipowo, desde la perspectiva de Zbiczno. Más cerca del lago Straży que de Bachotek. Se componía de varios edificios tan blancos como la nieve que los rodeaba. En la época en la que las rosas salvajes florecen, Milena sentía su olor en la ropa, incluso ya una vez en casa tras su turno. Le resultaba encantador, idílico; hecho para amas de casa ricas y perdidas. Los maridos las podían dejar aquí sin ninguna duda. Podía decirse que parte de las pacientes prácticamente residía allí, como si de un hotel de varias estrellas se tratase, atendidas por personas como Jo.

—¿Cómo se encuentra usted hoy, señora Zofia? —preguntó la enfermera.

Se acomodó el pelo detrás de las orejas, pero enseguida se acordó de la cicatriz. No podía mostrarla de esa forma. Cuando la contrataron en Magnolia, la directora había dejado claro que Jo conseguiría el trabajo siempre y cuando durante sus conversaciones con las pacientes mostrase el perfil derecho. La cicatriz no era algo que ellas quisiesen ver. Jo le aseguró a la directora que lo entendía empleando un tono obsequioso.

—¿Todo en orden, señora Zofia? —repitió Milena Król.

—Ni yo misma lo sé, Milena —repuso la paciente, que yacía estirada en la cama. Toda su ropa rezumaba lujo, desde el elegante batín hasta las zapatillas de hilo dorado—. Noto tal vacío dentro de mí... Es difícil de describir.

—No se preocupe, por favor. Seguro que pronto se sentirá mejor —le aseguró Jo, aunque estaba segura de que no era eso lo que quería.

Zofia pertenecía al grupo de las más antiguas parroquianas de Magnolia. No tenía prisa por volver a la residencia de su marido en Toruń. La enfermera Król tampoco tenía intención de ahondar en sus problemas imaginarios. Tenía suficiente con los suyos.

«ASESINATO». ESA PALABRA llenaba momentáneamente los pensamientos del oficial Daniel Podgórski. Desde la casa de Weronika Nowakowska, el lugar de los hechos no le quedaba lejos. Se colocó el uniforme del día anterior y salió a pie. No había tiempo de ir a cambiarse. Probablemente, en la situación actual nadie prestaría atención a esas pequeñas arrugas. Por si acaso, Daniel se roció generosamente con desodorante. Con eso debería bastar.

Cuando bajó la colina sobre la que se elevaba la villa de Weronika y llegó a la autopista, era imposible advertir el omnipresente revuelo. Los habitantes de Lipowo marchaban en pequeños grupos. No había nada extraordinario en ello. En Lipowo las noticias se propagaban más rápido que en cualquier otra parte. Daniel tenía la sensación de un desagradable *déjà vu*. Hacía varios meses, en invierno, a poca distancia se encontró a una monja atropellada. Y probablemente había llegado el momento de un segundo cuerpo.

Daniel Podgórski se dirigió hacia donde se concentraba la multitud. Aparte de los habitantes de Lipowo, detectó muchos rostros desconocidos entre la muchedumbre. Sospechó que serían turistas del centro vacacional Valle del Sol, sedientos de emociones en sus vacaciones. Varios policías de Brodnica uniformados intentaban controlar la situación, con mayor o menor éxito. Los colegas de su propia comisaría se mantenían un tanto al margen, como si no quisieran entrometerse. Daniel los saludó con un leve movimiento de cabeza, sin saber qué le aguardaba.

De repente Podgórski reparó en ella. Una chica desnuda apoyada en un esbelto pino que crecía junto al camino. Su cabeza colgaba hacia el pecho, por lo que Daniel no podía contemplar su rostro. Tenía las manos y las piernas atadas con una cuerda blanca de sisal. Aún se podía apreciar el bronceado reciente de su piel, con franjas pálidas que durante los baños de sol habría tapado con un escueto bikini. Gran cantidad de cardenales y manchas ajaban su esbelto cuerpo, como si recientemente alguien le hubiese dado una brutal paliza.

Junto al cuerpo, una policía de baja estatura y pelo canoso, vestida de civil, se acuclillaba. Tenía los brazos totalmente cubiertos de viejos tatuajes mortecinos, lo que unido a su chaqueta de cuero y a las botas militares, resultaba un look bastante original. Era la comisaria criminal Klementyna Kopp, una mujer legendaria entre la policía de Brodnica. La mayoría de la gente, o bien sentía aversión hacia ella, o directamente la odiaba, pero Daniel Podgórski se había convencido hacía poco de que no era tan fiero el león como lo pintaban. Había conocido a Klementyna durante la investigación que habían dirigido conjuntamente el invierno anterior. Después se habían visto, varias veces incluso, en el ámbito privado. En unos meses le había dado tiempo a querer a aquella singular mujer.

Se acercó rápidamente a los investigadores, que se congregaban alrededor del cadáver.

—Estoy segura de que esto no es lo peor –dijo Klementyna sin saludar siquiera. Y señaló levemente el cuerpo.

Daniel Podgórski sonrió para sus adentros. Como siempre, la comisaria parecía no preocuparse por los convencionalismos, y seguía hablando con la rapidez de una ametralladora. Se comía algunas letras, mientras que otras las escupía a un ritmo vertiginoso. Podgórski se acordaba de las dificultades que tenía al principio para poder entenderla. Ahora ya se había acostumbrado.

—Hola, Klementyna –saludó brevemente.

La agente tan solo agitó la mano con nerviosismo.

—¿Qué está pasando aquí? –preguntó Podgórski mientras señalaba con la cabeza a los policías uniformados de Brodnica. El hecho de que la policía criminal apareciese en Lipowo antes de que el jefe de la comisaría tuviese noticia del incidente, era algo inesperado.

—Mira aquí, ¿vale? –le indicó la comisaria Kopp en lugar de explicárselo.

Con la mano enfundada en un guante protector, movió cuidadosamente la cabeza de la muchacha asesinada. Daniel

Podgórski no se sentía preparado para lo que estaba viendo. En el rostro de la víctima, en lugar de los ojos, había unas ensangrentadas aberturas en las cuencas. El policía oyó el aullido de terror y excitación que arrojaron las gargantas de los mirones allí reunidos.

—El asesino extrajo los ojos —dejó escapar Daniel, a pesar de la evidencia. Necesitaba tiempo para asimilar la información.

—Sí, como se puede ver —espetó la comisaria Kopp—. He hablado ya con el tipo que encontró los restos. Es un turista de ese centro vacacional junto al lago.

—De Valle del Sol —añadió automáticamente Podgórski.

—Creo que es alemán. ¡Pero he conseguido sonsacarle que salió a hacer *jogging*!

La comisaria criminal Klementyna Kopp señaló a un hombre pálido, rodeado por un grupo de policías de Brodnica. El desafortunado corredor parecía ir a desmayarse de un momento a otro.

—Corrió hacia allí y vio a la difunta —terminó Klementyna—. Después llamó a su esposa, que desayunaba tranquilamente. Repitió varias veces: «Frühstük. Frühstük». Ella se entendió de alguna forma con la gente del centro, y han sido ellos quienes nos han informado. No dijo nada más que fuese relevante.

Daniel Podgórski observó una vez más al pálido alemán. El hombre se inclinó sobre el arcén de la carretera, como si estuviese a punto de vomitar. Resplandeció un *flash*.

—Periodistas —dijo Klementyna Kopp en un tono que mostraba su desprecio por ese gremio. Daniel sabía que la señora comisaria no se manejaba mal en sus declaraciones. —Seguro que han vuelto a escucharnos por la radio. ¡Qué putada!

—¿Ya podemos retirar el cuerpo, señora Kopp? —preguntó el jefe del equipo de técnicos de Criminalística.

Klementyna le lanzó una mirada hostil. No soportaba cuando alguien se dirigía a ella de esa forma.

—Que el doctor Koterski haga la autopsia lo antes posible. El fiscal le da prioridad a este asunto. De eso estoy segura. Ya le he informado de todo.

—¿Prioridad? ¿De veras? —espetó el técnico—. Eso habrá que hablarlo con el doctor Koterski. Por lo que sé, en la cámara frigorífica hay toda una cola de fiambres a la espera.

La comisaria Kopp avanzó hacia su coche, sin honrarle con una respuesta. Llamó con un gesto a Daniel que fue tras ella, sumiso. Se subieron en el pequeño Skoda negro de Klementyna y cerraron las puertas. Dentro hacía calor, como si al pequeño coche no le hubiese dado tiempo a enfriarse tras el calor sofocante del día anterior. El policía notó cómo las gotas de sudor le recorrían la cara. Klementyna, como siempre, parecía no prestar atención a las condiciones atmosféricas que se daban a su alrededor.

La comisaria Kopp giró la llave de contacto hasta el punto de ignición y partió sin ninguna explicación.

—¿Puedo saber adónde vamos? —preguntó Daniel extrañado.

Miró a través del cristal a sus colegas de la comisaría de Lipowo. Parecían sorprendidos por su súbita partida. Podgórski se encogió de hombros, dando a entender que no era culpa suya. Parecía que se las tendrían que arreglar sin él.

Klementyna aceleró y se coló entre los vehículos de técnicos y mirones.

—¿Podrías explicarme la situación? —le pidió Daniel una vez más. Sentía una irritación que iba en aumento.

—Ya he hablado con el fiscal —manifestó al fin la comisaria, como si eso aclarase algo—. Czarnecki tiene la intención de organizar un equipo de investigación para este caso. Le dije que querías incorporarte a él.

—Pero...

—No es la primera víctima —articuló de forma apenas inteligible—. Es posible que estemos ante un asesino en serie. Eso es al menos lo que sugiere todo el tiempo el fiscal. Solo hay que esperar a que los gacetilleros lo descubran.

WERONIKA NOWAKOWSKA PERMANECIÓ un rato en la cama después de la repentina salida de Daniel Podgórski. Necesitaba tiempo para pensarlo todo bien. No estaba segura de qué era lo que sentía en realidad, y eso provocaba que constantemente la invadiera una ola de irritación extraña. Con Daniel, consigo misma y con el mundo en general.

Por fin se levantó de mala gana y bajó a la cocina. Después del frescor matinal, el sol comenzó de nuevo a quemar con todas sus fuerzas. Se barruntaba la vuelta del calor sofocante. En el pueblo se aguantaba mejor que en Varsovia. No había paredes de hormigón recalentado, ni tampoco asfalto fundiéndose del calor. En cambio, sí que había un bosque, lagos y el olor del heno secándose. Ese pensamiento reconfortaba el ánimo de Weronika.

Miró en el frigorífico y sacó un yogur. Le añadió un poco de muesli. Podía decirse que eso era poco más o menos el cénit de su talento culinario. Además, sabía hacer bocadillos y hervir té. Su exmarido se lo echaba en cara muchas veces. Daniel, en cambio, se reía un poco de ella y se ponía a cocinar. Hasta su mejor amiga solía repetir que ya era hora de que aprendiese, al menos, un sencillo menú de platos básicos. Nowakowska no tenía ningunas ganas de hacerlo. No quería perder su vida en la cocina. Por nadie, ni por su exmarido ni por Daniel. Ni siquiera por ella misma.

Igor se tomó con gusto su comida seca, y miró a Weronika expresivamente, esperando un extra. Al ver que ella no reaccionaba, meneó su dorada cola.

—Al menos tú nunca arrugas la nariz —se rio Nowakowska—. Eres el único al que le bastan mis habilidades culinarias —añadió para sí misma.

Miró por la ventana. Consideró que el tiempo era idóneo para montar a caballo, y para *Igor* también supondría una sesión de ejercicio. Se cambió, se puso los pantalones de montar y se encaminó hacia el establo. El perro ladraba alegremente de pura excitación. Sabía que le esperaba un paseo.

El edificio del establo tenía bastante mejor aspecto que pocos meses antes, cuando Weronika había dejado de ejercer como psicóloga en Varsovia y había comprado esa antigua villa con establo. Aquello había sido inmediatamente después del divorcio, y no pensaba con demasiada claridad. Toda una ocasión. La casa y el establo requerían una reforma general, pero eran increíblemente pintorescos y desde el primer momento la sedujeron. Significaban cumplir su sueño de una vida sin problemas en el pueblo, lejos de su exmarido, que trabajaba en la Policía Criminal de Varsovia.

Weronika planeaba desde el principio reformar el establo y abrir un club hípico, algo que quería hacer desde hacía tiempo. Por el momento allí no había más que su propio caballo. *Lancelot* tenía que esperar aún para tener compañía. Las pequeñas reformas parecían no tener fin, y los ahorros de Nowakowska habían comenzado a disminuir.

Abrió la puerta corredera del establo, que crujía. La había pintado varios días atrás, pero constantemente necesitaba de un nuevo engrase. La rodeaba el olor característico del heno, la paja y el pelo del caballo. Respiró profundamente No sabía cómo los demás podían vivir sin eso. Lancelot relinchó alegremente al verla, y emitió un tierno ronquido que era su saludo habitual.

Weronika agarró la caja con los cepillos y la llevó a la pequeña sala de monturas que había reformado para ella Daniel Podgórski. Daniel. Desde hacía un tiempo sentía que el enamoramiento inicial se había desvanecido un poco y, ¿tal vez la bondad y tranquilidad que él emanaba le empezaban a resultar cansinas? No entendía qué era exactamente lo que sucedía, pero no había duda de que algo estaba ocurriendo. ¿Es que era el tipo de mujer al que le gustaban los *bad boys*, y luego se lamentaba? ¿Prefería volver con alguien como Mariusz?

Limpió a *Lancelot* con pulcritud. Este se rascó la pierna, nervioso. Parecía que, a pesar del creciente bochorno, estaba lleno de energía. Weronika le puso la montura y lo sacó del establo.

–*Igor*, tienes que cuidarnos –le explicó al perro, que estaba tan sorprendido de la expedición planeada como el caballo.

Se dirigieron al bosque. A la sombra se estaba algo mejor. Los árboles susurraban debido al leve viento. Tras varios minutos de lenta marcha, Nowakowska le dio a Lancelot la señal de trote. Las pezuñas del caballo taconearon rítmicamente sobre el camino plano y boscoso.

De repente *Lancelot* aguzó el oído. Nowakowska aflojó las riendas y llamó a *Igor*. Delante de ellos apareció otro caballo. Tenía un hermoso pelo castaño. Lo montaba una mujer baja de cara amable.

–¡Buenos días! –gritó desde lejos–. ¿Podremos pasar sin chocarnos o tengo que esperar aquí?

–No hay problema. Mi *Lancelot* es muy tranquilo –Weronika le dio una palmadita en el cuello, con delicadeza.

La mujer se acercó. Su caballo castaño miró al perro con recelo e ignoró completamente a *Lancelot*.

–Soy Żaneta –se presentó la recién llegada–. Żaneta Cybulska.

–Weronika Nowakowska.

–Encantada –dijo Żaneta con una sonrisa–. ¿Por qué no recorremos un tramo juntas? A *Castaño* le hará bien un poco de compañía. Es un poco salvaje.

Weronika inclinó la cabeza en señal de asentimiento.

–Soy de las inmediaciones de la colonia Żabie Doły y normalmente paro al otro lado del río –explicó Żaneta Cybulska–. Pero hoy sentí una necesidad de aventura. Pensé que un paseo más largo nos vendría bien tanto a mí como a Castaño. Últimamente empiezo a enloquecer un poco, podría decirse. Se me han juntado muchas cosas, y necesito relajarme.

–Te entiendo perfectamente –admitió Nowakowska, y pensó de nuevo en sus inciertos sentimientos hacia Daniel Podgórski.

Avanzaron por el camino arenoso, a lo largo de la orilla del lago Straży. Por un instante, Weronika lamentó esa elección. No muy lejos de allí habían ocurrido parte de los sucesos invernales que hacía varios meses habían sacudido Lipowo. Nowakowka temblaba al recordar lo que entonces le había tocado presenciar.

—¿A qué te dedicas? —le preguntó a Żaneta, con intención de dejar de pensar en cosas desagradables.

—Soy profesora de la escuela de la colonia Żabie Doły. Enseño polaco —explicó Żaneta Cybulska—. Mi marido trabaja en la Brigada Criminal de Brodnica.

—¡El mundo es un pañuelo! —gritó Weronika.

La acompañante era buena conversadora, y Weronika ni se dio cuenta de que de pronto le hablaba de su relación con Daniel Podgórski y de todas las dudas relacionadas con ella.

—Ni te imaginas lo bien que te entiendo —dijo Żaneta Cybulska ensimismada—. Ni te lo imaginas.

DESDE SIEMPRE, A Feliks Żukowski se lo definía como «el hijo del director de la escuela de la colonia Żabie Doły». ¡Como si no fuese una persona autónoma! No era Feliks, era «el hijo del director». Que si «el director Żukowski esto» y «el director Żukowski aquello». ¿Y dónde había espacio para Feliks?

El hijo del director pataleó de puro enojo la pata de la mesa. Odiaba su vida y se odiaba a sí mismo. Sin embargo, a quien más odiaba era a su padre. No sabía precisar qué era lo que tanto le molestaba. En cualquier caso, en su relación había algo que no marchaba bien, y que hacía sufrir a Feliks. De eso estaba seguro.

Miró su sucia habitación. Era el único lugar de toda la casa que le pertenecía. El resto de habitaciones eran de una limpieza obsesiva. Su padre no permitía ni la más mínima infracción de esa norma. Solo hacía la vista gorda con la habitación de su hijo. ¿Quizá Eryk Żukowski tuviese remordimientos de conciencia por no haberle dedicado tiempo nunca, y quería acallarlos, probablemente, de esa forma? Feliks no se sentía nada bien en ese caos, pero lo provocaba para irritar a su padre. Se daba cuenta de que era algo infantil y absurdo, pero la frustración de Eryk al entrar allí le satisfacía, y era demasiado valiosa.

Feliks se puso ropa deportiva y salió afuera. Dejó abiertas adrede las puertas de la casa. Era otra chiquillada más. Su padre siempre repetía que había que acordarse de cerrar la puerta. Eryk Żukowski tenía un miedo enfermizo a que alguien perturbase su pequeño reino. Cuando le preguntaba a su hijo por qué había dejado las puertas abiertas, este le decía inalterable que se había olvidado de cerrarlas. Su padre lo tendría, probablemente, por un retrasado. Y quizá fuese mejor.

Feliks anduvo por la colonia Żabie Doły un tanto menos encorvado que de costumbre. Hacía un tiempo que había decidido hacer algo con su vida, ocuparse personalmente de las cosas y seguir adelante. Para comenzar, Feliks quería fortalecer su fláccido cuerpo. Empezó a correr por el bosque. Quién habría pensado que aquello acarrearía más novedades; excitantes, además.

Feliks avanzó a paso lento por el bosque. Quería llegar al lago. No había mucha distancia de Żabie Doły a Bachotek, así que poco después llegó al agua. Las voces de los bañistas del centro vacacional Valle del Sol se propagaban con ecos por la superficie.

Feliks Żukowski, el hijo del director de escuela, sabía mucho. De todo. Y tenía intención de utilizarlo. Luego podría seguir adelante tranquilamente con su vida.

«ASESINATO.» ESA IDEA no abandonaba a Daniel Podgórski durante todo el largo camino de Lipowo a Brodnica. La comisaria Klementyna Kopp detuvo su pequeño Skoda negro en el aparcamiento situado frente a la Comandancia Provincial de Policía. Bajó del coche sin decir palabra y se encaminó hacia el edificio. Daniel ya había podido acostumbrarse a su extraño comportamiento, lo que no significaba que no le resultase irritante por momentos. Al menos un poco.

Cuando pasaron por el pasillo, varios policías de uniforme los observaron con curiosidad. Podgórski se sintió un poco incómodo. Miró su camisa arrugada y los pantalones del uniforme estival. ¿Quizá debiera encontrar el momento para cambiarse?

Klementyna Kopp pasó a la pequeña sala de conferencias de la primera planta. Allí los esperaban ya varias personas. Daniel Podgórski conocía solo al fiscal y a un policía de uniforme que se mantenía en cierto segundo plano.

Al verlos, el grueso fiscal Jacek Czarnecki se levantó de la silla con dificultad y se acercó para saludarlos. Su doble mentón se balanceaba a cada movimiento, y su frondoso bigote impedía que Daniel pudiese apartar los ojos de su cara. ¿Quizá fuese una forma no convencional y efectiva de disimular la corpulencia? Podgórski se pasó la mano por la barba corta que llevaba.

—Buenos días, Daniel —dijo cordialmente el fiscal. Su rostro estaba sudado, a pesar de que el aire acondicionado estaba funcionando en la sala de conferencias—. ¿Qué se cuenta tu madre?

El fiscal Czarnecki era el mejor amigo del difunto padre de Daniel, fallecido hacía varios años. Era también policía y murió en el transcurso de una acción heroica. Tal vez por el cariño a los viejos tiempos, Czarnecki parecía sentir una simpatía especial por Daniel.

—Todo en orden con mi madre, gracias —repuso tranquilamente Podgórski.

Intentaba con todas sus fuerzas no demostrar que se sentía un poco perdido en aquella situación.

Apenas un minuto antes estaba pasando una agradable mañana en casa de Weronika, y ahora se encontraba en la Comandancia Provincial de Brodnica, ocupándose de un caso que, como mínimo, no prometía ser agradable.

—Y si vamos al grano, ¿eh? —espetó rápidamente la comisaria Kopp sentándose a la mesa—. Tenemos un caso que resolver. Los gacetilleros ya nos pisan los talones. No hay tiempo que perder.

El fiscal agitó enérgicamente la cabeza. Su doble mentón se columpiaba de nuevo.

–Sí, por supuesto. Ya nos ponemos a ello –dijo volviéndose a sentar. La silla crujió con su peso–. ¿Daniel, Klementyna te ha introducido ya en el caso?

Podgórski negó con la cabeza y lanzó a la comisaria Kopp una elocuente mirada, sin considerar que fuese a tener efecto alguno. De todas formas, Klementyna siempre hacía lo que le daba la gana.

–Pues sí, tenemos ante nosotros otro caso difícil. Tengo miedo de que se nos vaya de las manos. Prefiero andarme con tiento y ser previsor, por eso he creado este equipo de investigación.

El fiscal miró a los allí reunidos.

–Este es el comisario principal Wiktor Cybulski. –Czarnecki señaló a un funcionario civil.

Wiktor Cybulski era un hombre un tanto enclenque, con grandes gafas y un traje planchado marcando la raya del pantalón, que a Daniel le pareció cosido a medida. Podgórski volvió a sentirse incómodo con su uniforme arrugado.

—Bienvenido. Quizá me adelante a sus preguntas. No confunda mi apellido, no soy pariente del famoso actor Zbigniew Cybulski –se apresuró a explicar Wiktor, ajustándose las gafas–. Aunque he de reconocer que sería un gran honor. Un gran honor.

El fiscal carraspeó significativamente, interrumpiendo el monólogo de Cybulski.

–Wiktor generalmente acompaña a Klementyna durante las investigaciones –explicó–. Al oficial Grzegorz Mazur de la colonia Żabie Doły seguramente ya lo conoces.

Daniel Podgórski conocía, en efecto, al policía de uniforme. El oficial Grzegorz Mazur era el jefe de la comisaría vecina. Se veían de vez en cuando por asuntos de trabajo. Mazur nunca había sido plato de gusto para Podgórski. Quizá debido a cierta aversión mutua que desde hacía tiempo sentían los habitantes de Lipowo y los de la colonia Żabie Doły. Sin embargo, ambos policías intentaban mantener unas relaciones correctas.

–Y esta es nuestra psicóloga, la doctora Julia Zdrojewska. –El fiscal Czarnecki señaló a la última de las personas congregadas en la sala.

Zdrojewska saludó a Daniel con un gesto de cabeza y una sonrisa. Parecía frisar los cuarenta años. En su rostro ya habían aparecido las primeras arrugas, pero tenía un pelo hermoso y resplandeciente, y la atractiva silueta de una mujer ostensiblemente más joven.

–Julia nos ayuda desde hace varios años a crear perfiles psicológicos de los criminales. Es irremplazable en los casos excepcionalmente difíciles –terminó Czarnecki, guiñándole un ojo a la psicóloga–. ¿Verdad, Julia?

Daniel miró sorprendido al fiscal. Hasta la fecha, no lo había visto en su vertiente más frívola.

–Exageras, Jacek –se rio la doctora Zdrojewska.

La comisaria Klementyna Kopp golpeó con impaciencia la mesa con la mano.

–Tranquilidad. Todo fantástico. Una tarde entre amigos y conocidos. Pero ¿y si nos sentamos y nos ocupamos del caso?

Los miembros del recién surgido equipo de investigación se sumaron al fiscal, que ya había ocupado su sitio. En una bandeja limpia había varias botellas de agua. El conjunto parecía demasiado oficial y no recordaba en absoluto a la particular atmósfera de la comisaría de Lipowo, a la que Daniel Podgórski estaba acostumbrado. Le sonaban las tripas. Normalmente, durante las reuniones, su madre traía un bollo humeante y oloroso. Ahí todo funcionaba de forma totalmente distinta, era evidente.

–Daniel, permíteme que, para empezar con buen pie, te introduzca brevemente en el caso –empezó de modo cortés el comisario Wiktor Cybuski. De nuevo ajustó sus gafas, ligeramente grandes–. Aunque, como decía Wisława Szymborska, «todo principio no es más que una continuación y el libro de los acontecimientos se encuentra siempre abierto por la mitad».

Klementyna Kopp suspiró estentóreamente.

—Ayer, en territorio de la comisaría de la colonia Żabie Doły, se encontró un cuerpo —explicó rápidamente, mirando hacia el oficial Grzegorz Mazur, que dirigía aquella comisaría—. La muchacha estaba desnuda y había sido brutalmente golpeada. Estaba maniatada. Daniel, ¿a qué te recuerda?

Podgórski sacudió lentamente la cabeza.

—El escenario es exacto al de nuestra víctima de Lipowo —susurró—. ¿También le habían arrancado los ojos?

—¿Ves, Daniel? Aquí precisamente tenemos la primera diferencia —se inmiscuyó el comisario Wiktor Cybulski—. La víctima de la colonia Żabie Doły tenía cortadas las orejas, en cambio tenía los ojos intactos.

El fiscal Jacek Czarnecki carraspeó fuerte de nuevo.

—Os digo lo que yo creo —dijo tocándose el bigote—. La víctima de Żabie Doły tenía rebanadas las orejas, mientras que a la de Lipowo le han arrancado los ojos. A pesar de estas diferencias nimias, todo el contexto y los traumatismos me parecen demasiado parecidos para considerar el conjunto como una coincidencia.

Daniel Podgórski tuvo que reconocer que estaba de acuerdo. A él todo aquello tampoco le parecía una coincidencia.

—Empiezo a temer seriamente que se trate de un asesino en serie —terminó el fiscal—. No es necesario añadir que esa posibilidad no me hace ni pizca de gracia.

—Jacek, quizá sea demasiado pronto para extraer conclusiones. Esperemos. Dejando lo demás a un lado, recuerda que podremos hablar de asesino en serie cuando cometa tres crímenes —recordó la doctora Zdrojewska. Su voz era ligeramente ronca de forma natural, lo que hacía que sonase un tanto seductora—. A pesar de ello, yo también considero que debemos tratar estos dos asesinatos como obra de la misma persona. A primera vista, los traumatismos son los mismos. Lo único que cambia es la parte de la cara que se ha eliminado. O quizá sea mejor decir «qué órgano» se ha eliminado. Pero aún no sabemos lo que va a pasar.

El oficial Grzegorz Mazur se revolvió inquieto.

—¿Cree usted que habrá más asesinatos? -preguntó con una cortesía un tanto exagerada.

Podgórski sabía perfectamente que Mazur no sentía predilección por las mujeres en puestos de rango superior al suyo. Una vez lo hablaron a raíz de un caso. A decir verdad, Julia Zdrojewska no era policía, pero desde hacía tiempo colaboraba con la Policía Criminal de Brodnica y había logrado hacerse un nombre. Esas cosas le ponían de los nervios.

La psicóloga asintió circunspecta con la cabeza.

—Eso no lo sabría decir. Cada asesino es un mundo. Después de más de una década en esta profesión, sé que básicamente no hay reglas. Mañana mismo podríamos encontrarnos con un nuevo cuerpo, o puede que haya una pausa mayor, las posibilidades son las mismas. El intervalo podría dilatarse incluso varios años.

Daniel Podgórski se estiró para alcanzar la botella de agua. Le sonaban las tripas y quería engañar a su creciente apetito.

—¿Ha asesinado previamente? –preguntó a la vez que daba pequeños sorbos.

—Eso tampoco lo sabemos —explicó Julia Zdrojewska serenamente, contemplando a Daniel con una sonrisa.

El policía sintió un leve hormigueo en todo el cuerpo. Definitivamente, la psicóloga emanaba demasiado encanto. Intentó pensar en su pelirroja Weronika. Él la amaba y nada podía cambiar eso. Ni siquiera la atractiva Julia Zdrojewska.

—Me he permitido comprobar en el sistema si en alguna parte han ocurrido asesinatos similares —explicó el comisario Wiktor Cybulski—. Pero no he encontrado nada semejante.

—Julia, ¿nos podrías decir algo sobre el perfil de un asesino en serie? -preguntó el fiscal—. La prensa ya está contactando conmigo. Quisiera saber algo más sobre el tema.

–En mi opinión, deberíamos evitar esos contactos–se inmiscuyó la comisaria Klementyna Kopp.

–Por supuesto. Solo quiero estar preparado –respondió ásperamente el fiscal. Más vale prevenir que curar. ¿Qué podrías contarnos, Julia?

–Se ha llegado a la conclusión de que los asesinos en serie, antes de matar por primera vez, llevan a cabo episodios violentos, bien con animales, o bien con compañeros de colegio –comenzó su alocución Zdrojewska–. A veces muestran una conducta autolesiva. A partir de ahí, puede observarse una escalada de agresividad que desemboca en la perpetración del crimen. A menudo tiene que ocurrir algún suceso revelador, un detonante que suponga un shock en la vida de esa persona, para que empiece a matar. Por ejemplo, algún fracaso o rechazo.

Klementyna Kopp sacó su inseparable botella de Coca-Cola de su mochila negra y le dio un buen sorbo. La Coca-Cola era la única bebida que le agradaba. Daniel advirtió que el fiscal Czarnecki miraba con nostalgia la botella.

–No he tenido mucho tiempo para elaborar el perfil, Jacek –se justificó Zdrojewska–. Considero, no obstante, que nuestro autor material tiene una gran necesidad de dominación, querría controlar por completo a su víctima. En definitiva, pretende humillarla. Le quita la ropa, dejando expuestas las partes más íntimas de su cuerpo. Por descontado, el móvil sexual también puede entrar en juego.

–Según me dijo ayer el forense después de la autopsia, la primera víctima no había sufrido abusos sexuales –recordó el comisario Wiktor Cybulski, con su solemne tono de voz–. Me refiero, por supuesto, a la víctima de la colonia Żabie Doły.

–Eso no descarta el móvil sexual, solo que desde otra perspectiva –explicó la psicóloga–. Yo diría aún más: quizá el autor tenga miedo a las mujeres.

–¿A qué te refieres?

–Por ejemplo, a que le dé miedo tener sexo con ellas. Es posible que sea impotente. Quizá se burlaran de él por eso.

Algo semejante puede conducirlo a querer humillar, maniatar y pegar a las mujeres, lo que explicaría el motivo de esas palizas.

—¿Es que el *modus operandi* tiene algún significado? —preguntó la comisaria Kopp intrigada—. El patólogo mencionó que se ha hecho con una especie de porra ancha.

—Exactamente —asintió Julia Zdrojewska—. Daos cuenta de que ha usado una herramienta. No es que haya golpeado directamente, a puñetazos. Puede significar que el autor teme el contacto. Se despeja el camino con una herramienta, para después observar a la víctima desde una distancia segura. Se acerca cuando la víctima está ya incapacitada. Es entonces cuando se decide a tocarla para, acto seguido, arrojarla a la cuneta de la carretera.

—Con todo respeto, señora, me parece que es aventurado ahondar así —manifestó Grzegorz Mazur.

Daniel miró por encima a su colega, como si por el momento no supiese qué pensar acerca de la deconstrucción de un criminal. Nunca había participado en la caza de un asesino en serie. Nunca, hasta ahora, había tenido ocasión de trabajar con un perfil real.

—Cada uno de nosotros tiene derecho a su propia opinión —dijo la psicóloga amistosamente.

—¿Significa algo el hecho de que el asesino tumbe el cuerpo en un lugar visible? —se atrevió a preguntar Podgórski. Quería aprender lo máximo posible.

—Puede. Quizá quiera que se la encuentre rápidamente. Puede que a su manera les tenga respeto.

—Disculpe, pero... —se inmiscuyó de nuevo el oficial Mazur—. Él asesina a esas mujeres, les pega, etcétera, ¿y usted, doctora, habla de respeto? Para mí esto es un poco de cháchara psicológica barata. Sin ánimo de ofender, por supuesto.

Julia Zdrojewska volvió a sonreír, sin ofenderse.

—Le hablo de un respeto peculiar, oficial Mazur. El asesino deja el cuerpo en un lugar visible porque probablemente no quiere que se descomponga. Quiere que los servicios se ocupen de ella de inmediato.

Por un instante se hizo el silencio. Para Daniel Podgórski todo sonaba bastante abstracto, pero el fiscal Czarnecki asintió con la cabeza, manifiestamente satisfecho. Incluso la comisaria Klementyna Kopp parecía pendiente de cada palabra.

—Recordad, no obstante, que seguimos sin tener la certeza de tratar con un asesino en serie —terminó la psicóloga Julia Zdrojewska—. Por eso no podemos sacar conclusiones precipitadas. Sé que cualquier policía querría ocuparse de un asesino en serie, al menos una vez en la vida. ¿Hay cierto encanto en ellos, verdad? Lo entiendo, pero no nos adelantemos. Primero descartemos otras posibilidades, o esperemos al siguiente cuerpo.

Sus palabras pendieron del aire. Todos los ojos se dirigieron a Zdrojewska.

—Sé que suena brutal, pero a los hechos me remito —dijo, encogiéndose de hombros. Con dos cuerpos aún no podemos concluir gran cosa. Lo que digo son más bien vagas sugerencias, más que un auténtico perfil psicológico del asesino.

La comisaria Kopp hizo ruido al dejar la botella de Coca-Cola sobre la mesa.

—Creo que deberíamos concentrarnos en ello, precisamente. En esos traumatismos tan específicos. Prefiero, de momento, no entrar en consideraciones sobre los asesinos en serie y demás. Recordad que, a decir verdad, en el derecho polaco no existe el término de asesino en serie. Jacek, tú eres quien debería saberlo mejor que todos —recordó Klementyna, pasándose la mano por las canas cortadas al rape—. El asesino de la primera mujer le quitó las orejas, y el de la segunda, los ojos. Todo lo demás es igual: los cardenales, las manos atadas y el resto. Solamente cambia lo que se amputó. Para mí parece una especie de aviso. Y para eso no se necesita ser ningún doctor Freud.

—Ojos y oídos —se sumó pensativo Wiktor Cybulski—. ¿Los sentidos? ¿Y por qué precisamente ellas? ¿Será que las víctimas vieron o escucharon algo? ¿Algo que no debieron?

Se hizo el silencio en la sala de conferencias, interrumpido únicamente por el estruendo del aire acondicionado, un tanto pasado de moda, oculto en alguna parte del techo.

–¿Se ha identificado a las víctimas? –se atrevió a intervenir de nuevo Daniel Podgórski.

La víctima de Lipowo le parecía una desconocida, a pesar de las terroríficas cuencas vacías de los ojos.

–La primera chica, es decir, la que se encontró en nuestra jurisdicción –explicó Grzegorz Mazur–, es una dependienta de una tienda de Żabie Doły. Se llamaba Daria Kozłowska. Por lo que he visto en las fotografías, la vuestra de Lipowo es también una chica de Żabie Doły. Su nombre era Beata Wesołowska, trabajaba en el centro vacacional Valle del Sol.

El comisario Wiktor Cybulski se levantó y escribió en la pizarra los dos nombres:

Daria Kozłowska, 23 años, dependienta de la colonia Żabie Doły. Encontrada el 30 de julio del presente año; las orejas cortadas.

Beata Wesołowska, 23 años, trabajadora del centro vacacional Valle del Sol. Encontrada el 31 de julio del presente año; los ojos arrancados.

–Nos será más fácil trabajar –dijo Cybulski señalando los apellidos de la pizarra.

El oficial Grzegorz Mazur murmuró algo para sus adentros, y luego dijo a viva voz:

–Y ahora bien, sea un asesino en serie o no, debemos averiguar si las mujeres de mi pueblo están de alguna forma amenazadas por este pervertido. Ambas víctimas eran nuestras. No quiero más cadáveres en mi jurisdicción.

Daniel Podgórski sabía perfectamente lo que sentía su compañero de la comisaría vecina. Él había pasado por lo mismo en invierno. Recordaba la impotencia y la frustración a medida que morían más personas, una tras otra, y él no lograba evitarlo.

–Lo tendré en cuenta, oficial Mazur. Al final de la reunión estableceremos el gráfico de las patrullas de coches de policía en Żabie Doły y alrededores –aseguró el fiscal Jacek Czarnecki–. Por eso, entre otras cosas, quería que os incorporaseis a nuestro equipo de búsqueda. Grzegorz y Daniel, vosotros jugáis en casa. Conocéis mejor el terreno. Yo tampoco quiero más víctimas, es evidente.

El fiscal también se estiró para alcanzar la botella de agua y bebió con avidez.

–Y en lo que respecta a nuestro plan de acción a corto plazo, quería que averiguaseis más sobre las víctimas, Daria Kozłowska y Beata Wesołowka. Julia, ¿cómo funciona el apartado de las víctimas de un asesino en serie?

Zdrojewska asintió levemente con la cabeza.

–Lo más habitual es que el asesino en serie elija a sus víctimas en función de un patrón determinado, que luego mantiene en el tiempo –explicó–. El elemento en común puede ser algún rasgo físico. Pongamos el color del pelo. Sin embargo, también puede ser otra cosa completamente diferente, el lugar de procedencia o los sitios que frecuentaban, por ejemplo. Tenéis que encontrar nexos de este tipo entre estas dos mujeres. Cuando sepamos por qué las eligió precisamente a ellas, quizá podamos proteger a las próximas. Por eso me reitero en que es pronto para hablar de asesino en serie. Por muy brutal que pueda sonar, aún tenemos pocas víctimas y pocos puntos de apoyo.

–Yo no quiero descuidar nada, especialmente la posibilidad de que estemos ante un asesino en serie –explicó nuevamente el fiscal Jacek Czarnecki–. Imaginaos lo que ocurriría si yo la ignorase. La opinión pública me perseguiría hasta acabar conmigo. Hagamos lo siguiente: ocupémonos de las víctimas de manera independiente. Wiktor Cybulski y Grzegorz Mazur se dedicarán a la primera víctima, esa dependienta de Żabie Doły, y Klementyna Kopp y Daniel Podgórski de la segunda, que ha sido encontrada hoy en Lipowo. No olvidemos en ningún momento que la posibilidad de estar ante un asesino en serie existe. Busquemos los rasgos que puedan conectar a ambas víctimas. Julia, permanece atenta al teléfono por si tuviésemos alguna pregunta, ¿de acuerdo?

—Por supuesto. Me encontraréis, como siempre, en Magnolia, pero estaré pendiente del teléfono en todo momento.

—De acuerdo. Pongámonos manos a la obra. Nos encontraremos aquí para despachar asuntos y me informaréis de todo.

3

AUNQUE EL OFICIAL Grzegorz Mazur era consciente, a decir verdad, de que su comisaría se encontraba subordinada a la Comandancia Provincial de Brodnica, valoraba, no obstante, su independencia. No tenía ni la más mínima gana de colaborar con ese gafotas de Wiktor Cybulski, a pesar de que el elegantón comisario era quizá el mejor de todos los posibles investigadores. Mazur tenía que hacer lo que le ordenaba el fiscal. No había otra salida. Y tendría que hacerlo tan bien, que habría de participar en toda la empresa.

Grzegorz Mazur miró a Wiktor Cybulski con recelo. En su opinión todo policía, fuese militar o de otro cuerpo, debería caracterizarse por tener una forma física adecuada. Esa misma idea se la había transmitido a su hijo. Estaba orgulloso de Kamil. Había ingresado en el cuerpo de Marina. Subía de rango haciendo carrera. No demasiado rápido, pero tampoco demasiado lento. A su ritmo. Grzegorz Mazur prefería no pensar en aquel desdichado suceso de mayo en el que se había visto involucrado Kamil.

Eso no podía tener nada que ver con lo que estaba sucediendo en Lipowo y Żabie Doły. Grzegorz Mazur no estaba ya seguro de nada. Intentó hablar con Kamil, pero solo recibió evasivas. Ahora Grzegorz se preguntaba si había hecho bien mandando a su hijo a trabajar al centro vacacional Valle del Sol. En fin, ya era tarde.

El comisario Wiktor Cybulski quitó el contacto del coche patrulla de incógnito en el que iba. El oficial Grzegorz Mazur sospechaba que el gafotas utilizaba además ese coche para su uso particular. Esa conducta le asqueaba. El servicio era sagrado.

–Empezaremos por hablar con los padres de Daria Kozłowska –propuso Wiktor, bajando del coche–. ¿Todo en orden, oficial Mazur?

–Por supuesto –repuso este solícitamente. A pesar de todo, el gafotas era su superior, y había que respetar las jerarquías durante el servicio–. Podría hacerlo solo, si me dieseis esa oportunidad. Żabie Doły es de mi jurisdicción.

Grzegorz Mazur no planeaba en absoluto decirlo, pero fue como si las palabras salieran por sí solas. Por otro lado, era la pura verdad. Grzegorz no necesitaba la ayuda de la Brigada Criminal de Brodnica, se las habría apañado solo. Tendría que jugar todas sus bazas bien, resolvió Mazur, y bajó también del coche patrulla plateado.

Se movieron hacia el pequeño bloque poscomunista que se alzaba junto a la entrada de la colonia Żabie Doły. Había bastantes construcciones de ese tipo allí. Hasta 1993 el sistema de cooperativa agrícola había funcionado bastante bien. Una vez desmantelada definitivamente la granja estatal en la colonia Żabie Doły, primero había pasado a cargo de la Agencia de Propiedad Agrícola del Tesoro del Estado, y después se habían vendido las tierras a agricultores particulares. Una parte de la tierra había ido a parar también a la Iglesia. Y así había funcionado hasta el momento, con mayor o menor éxito.

De la antigua granja estatal quedaron solo las construcciones de hormigón, no demasiado atractivas. En uno de esos edificios vivían los padres de la primera víctima, Daria Kozłowska. El oficial Grzegorz Mazur llamó a la puerta con firmeza. Żabie Doły era su jurisdicción.

La señora Kozłowska les abrió sin decir palabra. No era necesario, podía leerse el dolor en su rostro desencajado. Mazur prefería no imaginar lo que podría sentir la madre de una muchacha asesinada. Si algo le sucediese a Kamil... Prefería no pensar en ello.

El hombre intentó mantener el tipo, pero furtivamente se secó las lágrimas de sus ojos hinchados. El oficial Mazur opinaba que un hombre nunca debería llorar. Eso era cosa de mujeres, ellas tenían derecho a hacerlo. Pero los hombres debían ser duros.

–Comisario principal Wiktor Cybulski –se presentó–. No soy pariente del famoso actor, ya me adelanto a su pregunta.

Del pecho de la señora de la casa salió un corto suspiro por toda respuesta. Mazur puso los ojos en blanco, Cybulski ni siquiera debería estar allí.

El padre de la muchacha los condujo a un salón no muy grande, con un techo inquietantemente bajo. El conjunto se mantenía en el estilo típico de Żabie Doły, que constituía una mezcla de los tiempos socialistas y de las actuales rebajas capitalistas. Una de las paredes la ocupaba un armario que podía transportar todavía a los inicios de la granja estatal, mientras que enfrente había un televisor plano en una estantería de madera de contrachapado. El conjunto daba una impresión bastante asfixiante, incluso para el gusto de Mazur. Le interesaba qué pensaría de todo aquello Cybulski. Él seguro que tenía una casa decorada como en una revista de moda, rio para sus adentros Grzegorz.

–Lamentablemente, tenemos que hacerles unas preguntas –dijo rápido. Quería tomar al menos un poco el control sobre el interrogatorio, y por ende sobre toda la investigación–. ¿Cuándo vieron a su hija por última vez?

La madre de la difunta lloraba. Su marido estaba sentado en un sofá desgastado sin moverse, como petrificado.

–Lo lamento, pero tengo que preguntárselo –repitió el oficial Mazur–. Cuanto antes conozca los hechos, antes podrán ustedes descansar. Ahora tenemos que atrapar al culpable.

Wiktor Cybulski lo corroboró asintiendo con la cabeza. Miró sus notas.

—El cuerpo de su hija Daria se encontró ayer por la mañana, es decir, el martes treinta de julio del presente año. El asesino lo dejó en el arcén de la carretera que conduce de Żabie Doły a Lipowo —cotejó con los abatidos padres—. ¿Es así?

El padre asintió ligeramente con la cabeza. Su mirada estaba vacía.

—Quisiera ahora establecer cuándo vieron a su hija por última vez. Es muy importante.

Wiktor Cybulski ajustó sus grandes gafas y miró expectante a los señores Kozłowski.

—Vimos a nuestra hija el lunes por la tarde —se arrancó al fin el padre de Daria—. Salió de nuestra casa antes de las siete. Tenía que estar allí a esa hora, como siempre. Últimamente entrenaba mucho al aire libre. Tendríamos que habernos visto ayer, pero ella ya... La encontraron por la mañana. La tiraron junto a la carretera, como usted dice. El lunes por la tarde la vimos y el martes por la mañana ya no estaba viva.

El señor Kozłowski no aguantó y estalló en un notorio llanto. Grzegorz Mazur le lanzó de inmediato una mirada de reproche. Los hombres no deberían llorar. Eso era cosa de mujeres. No había tiempo para las lamentaciones, había que actuar.

—¿Había cambiado algo últimamente en la vida de su hija? —preguntó Wiktor Cybulski—. Cualquier cosa puede ser importante. Tal vez tuviese un nuevo hobby o conociese a gente nueva. ¿Se les viene algo a la cabeza?

Con su tono elegante, el comisario ya estaba poniendo de los nervios al oficial Mazur.

—¿A qué se refiere, señor comisario? —manifestó por primera vez la señora Kozłowska. Daba la sensación de que, paradójicamente, el repentino decaimiento por el que había pasado hacía un instante su marido le había insuflado fuerzas.

Wiktor Cybulski carraspeó significativamente.

—Disculpen, pero debo preguntarles sin delicadeza —advirtió—. ¿Su hija hacía alguna mención a los hombres que pudiera haber en su vida? En otras palabras, ¿tenía pareja?

Los padres de la muchacha se miraron.

–¿Por qué lo pregunta?

El comisario Wiktor Cybulski sonrió como queriendo disculparse.

–Como decía Nietzsche, entre un hombre y una mujer no es posible la amistad –explicó sin demasiada precisión–. Y yo, en cierto modo, estoy de acuerdo con el filósofo.

El oficial Mazur soltó un suspiro ahogado. Lo primero era librarse de alguien como Cybulski. Tenía que pensárselo con calma y planearlo bien.

–No se descarta que tenga relación con su muerte –les explicó más abiertamente .

–Nuestra hija no se veía con nadie. Era una chica muy tranquila, muy apañada. Los hombres por el momento no le interesaban. Tenía solo veintitrés años, había mucho tiempo para eso –dijo el padre de Daria Kozłowska decididamente–. Les aseguro que en nuestra casa se habla de todo. Si hubiera estado con alguien, nos lo habría dicho.

–Seguro –le secundó su mujer.

El oficial Grzegorz Mazur asintió con la cabeza, comprensivo. Los padres siempre están ciegos, cuando sus propios hijos están involucrados, no lo admiten. Mazur lo sabía mejor que nadie. Sin embargo, eso no libraba a nadie de la obligación de ser el mejor padre posible. No tenía la intención de dejar a Kamil en la estacada.

–¿Su hija se comportaba últimamente de forma diferente? –continuó Wiktor Cybulski – Tal vez la notasen más triste, o todo lo contrario.

Los padres de Daria reflexionaron durante un momento, mirándose, como si la respuesta pudiese leerse en el rostro del otro. Varias moscas volaban por la lámpara de araña. El zumbido desconcentraba a todos los presentes.

–Es posible que estuviese un tanto apagada –dijo al fin la señora Kozłowska–. Pero puede ser que caiga en la cuenta ahora que echo la vista atrás.

Wiktor Cybulski agitó la cabeza y apuntó algo en su cuadernito negro.

–¿Su hija tenía amigos íntimos?

- Quizá la persona más íntima fuese su amiga de la tienda –explicó la mujer–. Trabajaba allí. Pero tengo que decirles que trabajaba muchísimo, durante todo el día. Quería ahorrar un poco de dinero y mudarse a la ciudad. Nunca le gustó este sitio.

–¿Por qué? –se interesó el comisario Cybulski.

La señora Kozłowska lo miró extrañada e hizo un gesto indefinible con la mano, señalando a la oscura habitación, repleta de viejos muebles.

–Esto no es que sea el gran sueño de una chica en los tiempos que corren –vino en su rescate su marido–. La ciudad siempre es tentadora. Al menos, mientras no se vive allí. Yo mismo me convencí de eso una vez. Durante varios años trabajé en Toruń. Regresé a Żabie Doły en cuanto pude, a pesar de que aquí no hay grandes perspectivas y la mayoría de la gente tiene que sobrevivir a base de subsidios.

Cybulski asintió nuevamente con la cabeza, como si quisiese dar a entender que lo entendía perfectamente.

–Su hija vivía sola, ¿verdad? –se inmiscuyó de nuevo el oficial Mazur.

–Sí, tenía alquilada una habitación justo encima de la tienda donde trabajaba. Quería independizarse. Al fin y al cabo, tenía ya veintitrés años –repitió una vez más, como si de repente hubiese cambiado de opinión sobre el significado de dicha edad–. Y en nuestra casa tampoco hay sitio, como ustedes mismos pueden ver. En realidad solo disponemos de esta habitación y de la cocina. Nunca hemos podido mudarnos, y ahora la cosa está peor. Han despedido a mi mujer del trabajo. Solo yo traigo dinero a casa, ustedes lo entenderán. ¿Y cuánto puede ganar alguien en la construcción? No podíamos mantener a nuestra hija. Se hacen cargo, ¿verdad?

–Por supuesto, es muy comprensible. En época de crisis a nadie la resulta fácil. Tengo una pregunta más. ¿Conocen ustedes a Beata Wesołowska? –preguntó el comisario Wiktor Cybulski, refiriéndose a la segunda víctima, encontrada aquella misma mañana en Lipowo.

Grzegorz Mazur se sobresaltó ligeramente. Sabía que aquella pregunta básica llegaría. No obstante, durante todo el tiempo albergaba la fútil esperanza de poder evitarla.

–Claro que la conocíamos –repuso la señora Kozłowska, enjugándose las lágrimas–. Risitas también era una de las nuestras, de Żabie Doły. Me refiero a Beata Wesołowska. Todos aquí la llamaban Risitas, desde niña. Tenía un carácter, cómo decirles... Dicen que también la han matado, como a nuestra Daria. ¿Es cierto?

–Lamentablemente sí. La han encontrado hoy al otro lado del lago. En Lipowo –se inmiscuyó rápidamente Grzegorz Mazur–. Probablemente tengamos que hablar de nuevo con ustedes, así son los procedimientos. Pero es suficiente por hoy. Descanse, señora Kozłowska, la muerte de Daria es un duro golpe para usted. No le robaremos más tiempo.

EL PIRAGÜISTA MARCIN WIŚNIEWSKI se soltó las rastas y expuso su cara al sol. Intentaba mantener la calma, pero sentía que no sería fácil. Las manos le temblaban imperceptiblemente de la emoción contenida. Necesitaba fumar, pero su padre se lo había prohibido categóricamente en el espacio de alquiler de kayaks. Estaba prohibido en todo el territorio del complejo vacacional Valle del Sol. Aunque esa norma no afectaba a los clientes, por supuesto.

Marcin Wiśniewski no quitó la vista del socorrista Kamil Mazur durante todo el día. A pesar de los pesares, aún no se habían aclarado las cosas. No solo en aquel asunto con Risitas, había que establecer un frente común de actuación en el resto de asuntos. Si no, no llegarían muy lejos. Marcin sabía que la visita de la policía sería inevitable llegado el momento. Era preciso minimizar las pérdidas con antelación, y ya había adoptado ciertas medidas. Pero ¿qué hacía Kamil? Wiśniewski no lo sabía.

De repente un hambre voraz asaltó al muchacho. ¿Se debería a los nervios o a aquello otro? Daba igual. Miró alrededor, por toda la playa. El sol nuevamente abrasaba con fuerza, así que la mayoría de la gente se dedicaba a tomarlo o a chapotear por la parte menos honda. Marcin pensó que quizá nadie tuviese ganas en ese momento de hacer kayak, y cerró el puesto de alquiler. Mantendría la esperanza de que su padre no se acercara hasta allí sin que él lo advirtiese. A esa hora debería estar sentado en la oficina.

Se dirigió al bar, que estaba en una colina. Se percibía el olor a fritanga desde la playa fluvial, algo que siempre había asociado a las vacaciones. Al fin y al cabo había estado oliéndolo una vez al año casi toda su vida. Su padre tenía el centro vacacional desde hacía ya veinte años. Anteriormente habían vivido en Żabie Doły, pero desde hacía ya un tiempo ocupaban una de las casas de Valle del Sol. Estaban en un sitio idóneo para el negocio.

—¿Me pones una ración de patatas? —le soltó Marcin a Lidka, que regentaba el bar.

—Por supuesto —repuso la camarera con una sonrisa, y empezó a colocar patatas refritas en el plato desechable. Siempre era amable con él. ¿Sería porque era el hijo de su jefe? —¿Quieres sal o kétchup?

—Kétchup.

Lidka esparció una abundante cantidad de kétchup sobre el plato. Marcin se sobresaltó, no podía evitar que le recordara a la sangre. La camarera sirvió las patatas y lo miró con atención. El joven esperó imperturbable. Sabía que de todos modos la chica empezaría a hablar. Era locuaz. Demasiado locuaz.

—Esto, Marcin... —comenzó Lidka, tal y como él esperaba—. ¿Has visto a ese chalado de Feliks Żukowski?

Wiśniewski miró a la camarera con atención.

–¿El hijo del director de la escuela de Żabie Doły? –se aseguró.

–*Yoo* –repuso Lidka cortante, pasando al dialecto local.

–¿Qué pasa con él? –preguntó el piragüista con desgana.

–Ha estado aquí, en el centro. Yo creía que nunca salía de casa. Eso dice la gente. O al menos, la de Lipowo. Yo por Żabie Doły no aparezco, por eso te lo pregunto. ¿Está realmente tan chalado como dicen?

Marcin Wiśniewski empezó a entretenerse con una rasta, pensativo.

–¿Y qué hacía aquí exactamente? –preguntó en vez de responder.

–Creo que estaba con ese dechado de virtudes.

–¿Con Bernadeta Augustyniak? –preguntó Marcin sorprendido. ¿Qué podía estar haciendo Feliks con Bernadeta?– ¿Con la asistente del director Żukowski?

–¿Y yo qué sé cómo se llama? Quizá con Bernadeta –repuso Lidka, encogiendo sus hombros bronceados–. Hablo de la que siempre lleva suéteres tan ceñidos al cuello.

El piragüista se chupó los dedos. El platito desechable se pringó totalmente de kétchup.

–Bueno, ¿y qué? –preguntó Marcin indiferente. ¿Feliks Żukowski en el centro con Bernadeta Augustyniak? No quería demostrar que, de alguna manera, le importaba.

–¿Y yo cómo voy a saber qué hacían juntos? Solo cuento lo que he visto.

Marcin se encogió de hombros. Tal vez se preocupaba demasiado. Al fin y al cabo, Bernadeta era la asistente de Żukowski en la escuela. Feliks podía ir con ella a Valle del Sol cuando quisiera, no estaba prohibido. No tenía por qué significar nada.

EL INSPECTOR DANIEL Podgórski se sentía entre dos aguas. Por un lado, tenía muchas ganas de participar en el equipo de investigación de Brodnica. Creía que la colaboración con la policía criminal podía abrirle muchas puertas en el futuro. Por otra parte, eso significaba que temporalmente no podría cumplir sus obligaciones como jefe de la comisaría de Lipowo. Finalmente reconoció que buscar al asesino de Daria Kozłowska y Beata Wesołowska sería el broche de oro de su carrera. Llamó a la comisaría de Lipowo e informó a sus colegas sobre la situación en curso. Sus obligaciones las asumió el más veterano en servicio, Janusz Rosół, que parecía muy satisfecho con su nuevo papel.

La comisaria Klementyna Kopp esperaba impaciente a que Daniel acabase de hablar. Sacó de la mochila una botella de Coca-Cola y se la bebió deprisa.

–¿Vamos ya de una vez? –preguntó la policía de forma abrupta, cuando Daniel Podgórski colgó.

Sin esperar respuesta, se dirigió a su pequeño Skoda Fabia negro. Al sol, su pelo corto y canoso parecía recorrido por hilos dorados. Podgórski se subió al coche y cerró con cuidado la puerta. No quería enervar más a la señora comisaria.

Fueron a la colonia Żabie Doły para seguir investigando sobre la segunda víctima, Beata Wesołowska, Risitas. A decir verdad, la muchacha trabajaba en el centro vacacional Valle del Sol en Lipowo y por aquellos lares se había encontrado su cuerpo, pero Daniel y Klementyna decidieron empezar en el lugar de donde era oriunda la víctima. Tenían la esperanza de empezar con buen pie, y para ello hablarían con la familia de la finada.

La comisaria Klementyna Kopp condujo el coche lentamente y con deleite, lo que aparentemente no pegaba con sus tatuajes y el extravagante peinado. Podgórski estuvo tentado varias veces de quitarle el volante y apretar el acelerador. Para distraer su atención, se puso a mirar fotografías de las dos víctimas, Daria Kozłowska y Beata «Risitas» Wesołowska.

Ambas procedían de las inmediaciones de Żabie Doły y tenían veintitrés años. Daria Kozłowska, cuyo cuerpo había sido descubierto el día anterior no lejos de Żabie Doły, tenía la cara redonda y algo masculina, y el pelo claro, casi blanco. Beata Wesołowska, encontrada esa misma mañana en Lipowo, era lo totalmente opuesto. Tenía la piel de color aceituna, y el pelo oscuro y rizado. Podgórski no veía ningún parecido físico entre ellas.

–Tiene que ser otra cosa –murmuró para sí.

El fiscal Czarnecki se empeñó en que se hallaban ante un asesino en serie. En cambio, Klementyna Kopp y la psicóloga Zdrojewska eran muy comedidas en sus juicios. El propio Daniel no sabía aún qué pensar sobre todo el asunto. Le faltaba la lluvia de ideas que normalmente organizaban en la comisaría de Lipowo.

–Sí. Tiene que tratarse de otra cosa, algo que no tiene que ver con el aspecto. Sin duda alguna –repuso la comisaria Kopp, a su manera apenas inteligible.

Partieron para la colonia Żabie Doły. El pueblo era un tanto más pequeño y estaba menos cuidado que Lipowo, de donde era Podgórski. En realidad, Żabie Doły surgió de la nada, cuando las autoridades decidieron construir allí una granja estatal. Mientras que la historia de Lipowo se remontaba en torno al siglo XV. Ese pensamiento llenó a Podgórski de un orgullo indisimulado, provocando que, como el resto de habitantes de Lipowo, mirase Żabie Doły con altivez. Solo un poquito, pensó, justificándose ante sí mismo, a la par que miraba el asfalto reventado de la calle principal de la colonia. Desde hacía años, entre Żabie Doły y Lipowo había una rivalidad silenciosa, aderezada con una pizca de aversión mutua.

–Te habrás percatado de que... –empezó Klementyna.

De repente, la policía se detuvo bruscamente. Daniel Podgórski se golpeó la cabeza con el techo. El Skoda Fabia le resultaba demasiado pequeño. Por la carretera corría un perro, con pinta de ser callejero. Se detuvo en medio de la autopista y enseñó los dientes.

–Puede ser que estemos en el lugar de los hechos –murmuró la comisaria Kopp.

–¿Y si tuvieseis un poco más de cuidado, eh? –se escuchó. De la nube de polvo emergió una mujer de mediana edad, vestida con una bata floreada. Sostenía una escoba raída. Unos profundos arañazos cubrían sus manos. Algunos se habían convertido ya en heridas, mientras que otros permanecían abiertos.

–No se preocupe –repuso la comisaria Kopp en tono conciliador–. Somos de la policía. Buscamos la casa de la señora Wesołowska.

–¡Zas! ¡La encontrasteis, coño! Pero yo no os conozco, coño. ¿Y queréis espantarme a los perros? Hoy se ha muerto mi hija, y ahora mis perros quieren irse al otro mundo. Estas fieras significan mucho para mí –dijo la mujer, dándoles con ternura una palmadita por el erizado pelo. ¡Largo!

Daniel Podgórski no pudo evitar pensar que los perros significaban más para la señora Wesołowska que su difunta hija. Pero a él no le correspondía juzgar a la gente.

–¿Podemos hablar un minuto sobre su hija? –preguntó el policía, enseñando por si acaso su insignia. Tenía la esperanza de que eso fuese lo suficientemente convincente para aquella beligerante mujer.

–No hay nada de que hablar –farfulló la señora Wesołowska–. Risitas no está viva. ¡Qué más puedo decir, joder!

Daniel bajó del coche e intentó acercarse a la mujer. Cuando solo había dado un paso, el perro lanzó un gruñido como advertencia.

–¿Cuándo vio usted por última vez a su hija? –le preguntó, deteniéndose. Le encantaban los perros, pero prefería no arriesgarse a encarar a aquel terrier encolerizado.

–Hará cosa de una semana que no la veía –refunfuñó la madre de la segunda víctima, con un cierto parecido a su perro–. Risitas no me visitaba en absoluto. Menuda puta. Se metió a trabajar en el centro vacacional y se las daba de sabelotodo. Yo le dije que no se metiese allí. Lo hizo y ahora pasa lo que pasa. Eso ocurre cuando no escuchas ni a tu propia madre.

–¿No cree usted que es una valoración un tanto injusta? –preguntó Daniel Podgórski con cautela.

–Me importa una mierda, ¿sabéis?–espetó la madre de Beata Wesołowska.

Agarró al perro por la nuca y se dirigió hacia su casa. El animal aulló con estruendo, pero siguió obediente a su ama.

–Eh, espera –se lanzó tras ella la comisaria Kopp–. ¿Conoces a Daria Kozłowska, verdad?

La mujer se detuvo.

–¿Kózka? ¿Qué es lo que pinta aquí?

–¿La conoces, sí o no?

–*Yoo* –asintió Wesołowska–. Kózka despachaba en la tienda. Aquí, en Żabie Doły. ¿Y eso qué importa? Ocupaos de cosas importantes, en vez de andar husmeando por aquí Yo no tengo nada que ocultar.

–¿Y Kózka y Risitas se conocían? –insistía Klementyna. Aún había que encontrar el nexo entre ambas víctimas.

–¿Cómo no se iban a conocer? Aquí en Żabie Doły todos se conocen –murmuró la madre de Risitas–. Si hasta fueron a la escuela primaria juntas... Pero dejadme ya en paz, estoy harta de este interrogatorio. Menudas tonterías, joder. Y ahora todavía tengo que ocuparme del funeral y el entierro. ¡Qué día! Que se ocupen de ella en el centro vacacional, ya que son tan valientes.

–¿A qué se refiere? –gritó el oficial Daniel Podgórski. Pero la mujer ya había cerrado la puerta de su casa de madera.

El policía miró a la comisaria Kopp.

–Vale. Pues bueno. Quizá deberíamos hablar con la gente del centro –decidió Klementyna, a pesar de no estar seguros de a quién se refería concretamente la señora Wesołowska.

Poco a poco, los turistas guardaban sus toallas en sus coloridas bolsas. En breves momentos empezarían a abandonar la playa. Ese ritual se repetía cada día. Kamil Mazur se quitó la gorra de socorrista y la metió en la mochila. Un día menos, suspiró con alivio. Había pasado incluso más rápido de lo que suponía.

Kamil sonrió a una de las mujeres, que seguía tomando el sol en la plataforma. Ella le guiñó el ojo dando a entender que lo comprendía. El muchacho volvió a suspirar por dentro. Había acudido en su auxilio más de tres veces ese día. Aquella mujer de mediana edad estaba evidentemente interesada en él. Un requisito de su trabajo era agradar a clientas como aquella. Por eso Kamil la había abrazado de más cuando fingía que se ahogaba. Gracias a eso podía sentirse como en una película y olvidarse durante unos instantes de su orondo marido, quien seguro que estaba entregado a otra diversión.

El socorrista Kamil Mazur no consideraba que hubiera nada malo en esa condición. Por otro lado, su padre seguro que se hubiese enfurecido de haber sabido en qué consistía exactamente el trabajo de su valiente marinero. Kamil se rio amargamente para sus adentros. Si su padre supiese... Consideraba el servicio militar y la policía como el mayor de los honores. ¿Qué habría dicho ante algo así?

El socorrista bajó de la plataforma, regalando sonrisas a diestro y siniestro. Se colocó la camisa ya a la sombra de los árboles, para que las turistas pudiesen disfrutar de las vistas unos momentos más. El asunto era sencillo. Las turistas contentas suponían dinero para el centro recreativo y, por tanto, indirectamente para él. El viejo Szymon Wiśniewski se lo había mencionado varias veces y Kamil lo entendía bien.

De repente, el muchacho detectó una cara conocida entre la multitud. Se desplazó en esa dirección, a paso rápido.

—¡Jo! —llamó con alegría—. ¡Eh, Jo! ¡Aquí!

La enfermera Milena Król no parecía asombrada de verle. Estaba sentada sobre una toalla rosa en el extremo de la playa.

–Vuelves por tus dominios, ¿eh? –preguntó y sonrió provocadora.

La cicatriz se extendía por su mejilla. Precisamente Kamil la adoraba. La cicatriz, especificó para sus adentros. Ahora ya sabía que a eso lo llamaban «la sonrisa de Glasgow». En el ejército se puede aprender mucho. Solo le faltaba una cicatriz en la otra comisura de la boca, reconoció con cierta nostalgia.

–He vuelto.

Contrajo los músculos un poco más. Quería que Milena lo admirase de nuevo. Como hacía tiempo, mucho tiempo.

–Tengo que irme –dijo la enfermera, insensible a sus intentos. Con las turistas era más fácil–. He venido solamente para un rato. Volvía de trabajar y decidí sentarme un instante junto al agua. Pero tengo prisa.

–Si no te gusta el agua, Jo... –se rio Kamil, maliciosamente.

–Pero me encanta el sol –replicó Milena.

Afilada, como su lengua viperina. Exactamente igual que antaño. Y sin embargo, Kamil Mazur sabía que solo delante de él se comportaba así. Ante los demás parecía tímida. Al menos, así era antes. Con Risitas ocurría lo contrario. Siempre se mostraba parlanchina, y con él se quedaba callada.

–¿No tienes miedo a deambular sola? Últimamente esto está que arde –soltó Kamil.

–Eso a mí no me atañe –repuso con dureza la enfermera Milena Król–. Tú también deberías guardar las distancias, haz caso de mi consejo.

El socorrista Kamil Mazur se rio amargamente como única respuesta.

EL COMISARIO PRINCIPAL Wiktor Cybulski miró su cuaderno negro. Lo había recibido de su mujer, hacía un tiempo. Żaneta Cybulska lo había comprado probablemente en Cracovia, donde había estado de excursión con su clase. Le venía estupendamente para su trabajo. Los padres de la primera víctima,

Daria Kozłowska, no aportaron muchos más datos. Wiktor contaba con conseguir más información de la amiga con la que trabajaba Kózka.

Cybulski recorrió de un vistazo la tienda de la colonia Żabie Doły donde trabajaba la muchacha asesinada. No era un lugar donde habría querido hacer la compra. Los productos yacían desordenados, apiñados en las estanterías de metal. Allí podía encontrarse lo más básico, pero nada que satisficiera el paladar de Wiktor. El policía miró el frigorífico. Solo había un tipo de queso. Las lonchas amarillas parecían un tanto secas. No detectó ningún camembert.

El oficial Grzegorz Mazur, que acompañaba a Wiktor Cybulski, se quitó la gorra del uniforme. Llevaba el pelo corto. Exceptuando ese detalle, toda su actitud era realmente vulgar, en opinión de Wiktor.

La espalda recta y la mirada orgullosa del oficial Mazur podían impresionar a las mujeres. ¡Y en efecto! La joven a la que tenían que interrogar miró al uniformado agente con deferencia. En Wiktor apenas se fijó. Sin embargo, Cybulski no se sintió herido. Era de constitución modesta, pero sabía que lo compensaba con su elegancia y elocuencia.

Agarró el paquete de queso y lo observó con atención. No necesitaba la atención de aquella joven tendera. Ya tenía una mujer con la que se entendía a las mil maravillas. Durante los años de su matrimonio, Żaneta y él habían aprendido a compenetrarse. Como decía Einstein, el matrimonio es una esclavitud a la que se le ha dado una apariencia más civilizada. Puede que fuese así, pero a Wiktor le compensaba. No se sentía decepcionado. Los fogonazos salvajes de la pasión no estaban hechos para él, y no creía que eso fuese a cambiar. A pesar de que lo más probable era que Żaneta lo engañase.

Desde hacía un largo rato, Grzegorz Mazur conducía el interrogatorio. A pesar de la admiración que la dependienta demostraba por el uniformado, no se le sonsacó nada relevante. Cybulski devolvió de nuevo el paquete de queso al frigorífico.

–Perdonen que interrumpa –dijo educadamente.

La muchacha y el oficial miraron al comisario con extrañeza. Parecían no estar acostumbrados a la cortesía.

–¿La difunta Daria Kozłowska últimamente tenía novio o solía verse con alguien? –preguntó Cybulski con delicadeza–. En otras palabras, ¿tenía Kózka un amante?

Puede que los fogonazos de pasión no fuesen para él, pero a otros, sin embargo, les encantaban. Wiktor decidió investigar esa cuestión con detenimiento. Muchos asesinatos eran cometidos por las parejas de las víctimas. Eso decían categóricamente las estadísticas.

–Sí. Precisamente quería decir que Kózka tenía novio –dijo con entusiasmo la dependienta–. Como trabajábamos aquí solas las dos, hablábamos mucho. Se podría decir que yo lo sabía todo sobre Kózka, y ella lo sabía todo sobre mí.

Nunca lo sabemos todo sobre otra persona, pensó filosóficamente Wiktor Cybulski. Él mismo, sin ir más lejos, desde hacía cierto tiempo sospechaba que Żaneta tenía una aventura con el director de la escuela, Eryk Żukowski. Estaba casi seguro de ello. No obstante, no le molestaba demasiado. Podría decirse que su mujer se dejaba llevar por la pasión en alguna parte, mientras a él le dejaba contemplar la vida con tranquilidad. Prefería no pensar mucho sobre ello. Era mejor no darle vueltas a las emociones que lo acechaban, ocultas bajo su aparente flema.

–Así que, ¿con quién se veía? –preguntó aún el comisario haciendo gala de su tranquilidad proverbial.

–Pues sí, había uno –dijo la dependienta y guiñó demostrando complicidad.

Cybulski observó que el oficial Grzegorz Mazur suspiraba persistentemente.

–Eso ya lo sabemos –dijo el agente Mazur–. Dinos concretamente con quién se veía Kózka.

La muchacha asintió enérgicamente con la cabeza.

–Sí, Kózka salía a veces con Marcin Wiśniewski. Uno con rastas. Es el hijo del propietario del centro vacacional. Alquila kayaks en la playa. No duraron mucho tiempo, pero estuvieron juntos. De hecho, ya habían roto. ¡Un momento! ¿Es que la asesinó Marcin?

Sus ojos se agrandaron del asombro. El comisario Wiktor Cybulski anotó el apellido del muchacho en su cuaderno negro. El piragüista Marcin Wiśniewski. Con él también habría que hablar en un momento dado.

—No hay nada que lo indique de momento –afirmó Cybulski de forma evasiva. Marcin Wiśniewski venía como caído del cielo. Si no estaban ante un asesino en serie, un examante siempre era uno de los primeros sospechosos–. ¿Cuándo acabó su relación?

—Él la dejó –precisó la joven dependienta–. A la pobre Kózka le afectó terriblemente. Debió de ser hace cosa de un mes, más o menos. No lo sé con exactitud ahora.

—Pero ¿por qué rompieron? –preguntó Grzegorz Mazur.

—No lo sé –repuso la muchacha, un tanto frustrada –. De verdad que no lo sé. Lo que puedo decirles es que a Kózka le afectó mucho la ruptura. Me lo dijo varias veces. Incluso empezó a ir muy a menudo a la iglesia.

El comisario Wiktor Cybulski sacudió la cabeza con empatía.

—Y una más –dijo.

La muchacha lo miró inquisitivamente.

—¿De qué tipo es el queso aquel del frigorífico?

—Yo solamente trabajo aquí –dijo–. Tendría que preguntárselo a la jefa. Yo no soy ninguna experta. Sé que es de pasta cocida.

—¿Tiene eso alguna importancia? –preguntó el oficial Mazur, impaciente.

Cybulski sacó del frigorífico una parte del queso, un tanto seco, empaquetado con un trozo de papel de aluminio. Le parecía emmental. Le gustaba hasta ese queso duro y cuajado, de sabor suave. Añadiéndole varios ingredientes, esa porción no especialmente fresca se podría convertir en una obra de arte culinario. A Wiktor le encantaban ese tipo de desafíos.

—¿Va a comprar el queso o no? —preguntó la dependienta, con un tono un tanto más firme.

—Sí. Me lo llevo de buena gana —repuso educadamente el policía, y sacó su cartera.

EL DÍA SE acercaba al ocaso para cuando acabaron de planificar las clases. A decir verdad, quedaba un mes de vacaciones, pero era mejor tenerlo ya preparado. El director de la escuela de la colonia Żabie Doły se sentía cansado, pero a la vez satisfecho del trabajo realizado. Miró de reojo a Bernadeta Augustyniak. Como siempre, su aspecto era impecable, a pesar del calor y de toda la jornada intensa de trabajo. Su asistente no se quejaba jamás. Siempre trabajadora, siempre elegante. Bien educada, sencillamente ideal.

—¿Todo en orden, señor director? —preguntó Bernadeta con su encantadora sonrisa.

El cuello blanco lo tenía anudado bien alto.

—Sí, pero no hay por qué tener un trato tan formal. Llámame Escarabajo, como todos —dijo el director.

Habían repetido esa conversación un incontable número de veces, pero aun así ella seguía siendo educada y formal.

—Creo que no me acostumbraré nunca, señor director —repuso Bernadeta.

Eryk Żukowski se rio. De alguna forma, esas conversaciones repetitivas lo aliviaban. Sabía lo que venía después.

—Te acompaño a casa —propuso—. Se ha hecho muy tarde. Últimamente, este lugar no es demasiado seguro. Preferiría que no volvieses sola. Dos mujeres asesinadas. Risitas y Kózka, para más inri. ¡Quién lo habría pensado! ¡Es realmente terrible!

—Yo no tengo nada que temer. Estoy bien protegida —respondió Bernadeta Augustyniak, mirando significativamente su bolso.

El director Żukowski sintió de repente una necesidad imperiosa de mirar dentro. La muchacha probablemente se había dado cuenta, porque inclinó un tanto la solapa de piel.

—¿Tienes una autorización de la policía para esto? —preguntó Eryk Żukowski, sorprendido.

—Es solo para defensa personal —explicó tranquilamente Bernadeta Augustyniak—. No necesito autorización. No se preocupe, por favor, señor director.

—Bueno —respondió Żukowski, aunque no sabía qué pensar de todo aquello—. ¿Nos vemos mañana?

—Por supuesto, señor director.

EL SOL PRÁCTICAMENTE se había escondido ya tras el horizonte cuando la comisaria Klementyna Kopp llegó al centro vacacional. En el aire se percibía el penetrante olor del verano. Una mezcla del dulce sabor de la resina de pino con el aire recalentado y los aceites para quemar. Aunque Klementyna adoraba el verano, nunca había sido muy partidaria de la playa. No era un sitio para ella. Demasiada gente. Demasiadas miradas curiosas.

El propio centro, en opinión de la comisaria Kopp, había dejado atrás sus mejores años. Exactamente igual que ella. Las casas de madera parecían ligeramente mordidas por los dientes del tiempo, pero el edificio principal había sido recién restaurado. El conjunto le recordaba a unas vacaciones que había pasado hacía tiempo con una persona a la que prefería olvidar. Se apretó el tatuaje de aquella época feliz. Más sitios, más investigaciones.

La comisaria Kopp aparcó su Skoda negro ante la entrada misma del edificio principal del centro. Alrededor desfilaban turistas con sus trajes de baño minúsculos. Mostraban bronceados en diferentes estadios, desde el bronceado oscuro hasta el valiente rosáceo de las mejillas de los niños regordetes. Un grupo de jóvenes estaba sentado en un banco de madera y se reía con fuerza, mientras fumaba cigarrillos.

Nadie le prestó demasiada atención. Klementyna Kopp lo consideró algo muy agradable. Por lo general, sus tatuajes y el pelo, rapado casi a nivel del cuero cabelludo, despertaban un interés malsano, a veces incluso cierta agresividad. Allí, en Valle del Sol, se diluía entre la multitud como por arte de magia. Todavía no estaba segura de si era algo bueno o malo. Se apretó de nuevo el tatuaje, como si eso le brindase alguna respuesta.

–¿Vamos? –preguntó animoso el oficial Daniel Podgórski.

Parecía como si el alto policía se sintiese en Valle del Sol como pez en el agua. Klementyna Kopp sospechó que había pasado allí todos los días de verano desde su infancia. Miró de reojo a Daniel. Sintió una ternura extraña y ajena. Se sacudió de hombros para ahuyentar los pensamientos no deseados. Lo último que necesitaba era tomarle afecto a alguien. Ni una sola vez. De eso nunca salía nada bueno. Klementyna había tenido tiempo de convencerse de ello. La nostalgia oculta estalló con multiplicada fuerza.

–¿Vamos? –repitió la pregunta Daniel.

En vez de contestar, Klementyna Kopp se encogió de hombros. No confiaba ahora en su voz. Se dirigieron de inmediato al edificio principal, en el que se encontraban las oficinas. Tenían la intención de hablar con el jefe de todo aquel complejo. Por lo que Klementyna Kopp había tenido tiempo de asimilar durante la charla telefónica con Szymon Wiśniewski, el hombre estaba excepcionalmente ansioso por colaborar. Por teléfono bullía de entusiasmo. Podía significar algo, pero tampoco tenía por qué. Anotó mentalmente ese detalle.

–¡Bienvenidos! Buenos días, Daniel. Buenos días, señora comisaria –exclamó un hombre no muy alto y canoso–. Soy Szymon Wiśniewski, propietario de Valle del Sol. ¡Pasen, pasen!

El hombre los esperaba en unas escaleras de hormigón que conducían al edificio. A la sombra reinaba un frescor agradable. Klementyna Kopp se remangó aún más su chaqueta de cuero. Ya había empezado a desgastarse por algunas zonas. Tenía sus años, y nunca había sido especialmente hermosa. Era fea, pero resistente. Como ella misma. Fea, pero resistente.

¿Quieren algo de beber? —preguntó Wiśniewski—. Tengo bebidas frías, pero también hay té. Incluso puedo proponerles algo más fuerte, si le apetece a alguno de ustedes.

Un juego preliminar más. Klementyna Kopp ahogó un suspiro airado. No entendía para qué necesitaba ninguno de ellos aquel preámbulo. Los desfiles, el acecho... Eso no era para ella. La comisaria prefería pasar a los hechos de inmediato.

—No, gracias —dijo, girando la cabeza—. Ocupémonos de los detalles concretos, ¿de acuerdo? Se hace tarde.

El propietario del centro de vacaciones sonrió ampliamente.

—¡Por supuesto! ¡Por supuesto! ¿Dónde tengo yo la cabeza? En cualquier caso, los ayudaré todo lo que pueda —gritó con entusiasmo Wiśniewski—. Pregunten ustedes sobre cualquier cosa.

Klementyna miró a Daniel Podgórski. Tenía la intención de dejarle dirigir el interrogatorio, a pesar de que lo más probable era que el director del centro vacacional y él se conociesen. De hecho, Valle del Sol se hallaba en territorio de Lipowo. Aunque la comisaria Kopp no quería reconocerlo, se había acostumbrado a trabajar con Podgórski. Aquel invierno y en ese momento. Y eso podía resultar un error.

—¿Me podría decir algunas palabras sobre Beata Wesołowska? —le pidió Daniel Podgórski— ¿Qué tipo de persona era Risitas? ¿A qué se dedicaba aquí en el centro? Diga todo lo que le venga a la cabeza, Szymon. Cualquier detalle puede resultar significativo para nosotros.

—¿Qué les puedo decir? —gritó el hombre, con cierta alegría. La comisaria Kopp se dio cuenta, sin embargo, de que la vena de su cuello estaba un poco tensa. Casi oía el latido de su corazón—. Yo no conocía tan bien a Risitas. Trabajaba con nosotros desde hacía unos tres meses. Puede que un poco más. Debería consultar los papeles para ser más preciso.

Szymon Wiśniewski señaló con la mano en dirección al edificio.

–¿Aquí de qué se encargaba? –preguntó Klementyna.

El propietario del centro vacacional tragó saliva.

–Era limpiadora. A veces también ayudaba a nuestra Lidka con el bar. Risitas trabajaba por turnos. Unas veces de mañana, otras de tarde.

Desde el lago se oyeron el chapoteo del agua y unas alegres risas. Parecía como si alguien se bañase a pesar de que ya estaba anocheciendo. Klementyna Kopp se dio cuenta de que los días habían empezado a acortarse a un ritmo frenético. Pronto sería otoño, y luego invierno. Después llegaría un nuevo año. Teresa. Hacía tanto tiempo que no estaba... Klementyna dudaba que alguna vez llegase a hacerse a la idea.

–De acuerdo. Con calma. ¿Ese horario era fijo, no? –preguntó para librarse de ese regusto nostálgico en sus labios cortados. Pero aquello no ayudó. Sacó de la mochila la botella de Coca-Cola y bebió un gran sorbo. La aromática bebida tenía esa vez un sabor amargo.

–El horario era más bien fijo. Es decir, que lo fijamos con un mes de antelación, para que las chicas puedan hacer todos sus planes –explicó Szymon Wiśniewski–. Por lo que sé, a veces las muchachas se cambian los turnos, pero en general es bastante fijo, sí. ¿Tiene eso alguna importancia?

–De momento tenemos que establecer todos los hechos –afirmó rápidamente Daniel Podgórski.

Klementyna Kopp agitó la cabeza, satisfecha. El policía empezaba a aprender.

–¿Se fijó en si Risitas pasaba más tiempo con alguien? –preguntó Klementyna. Sabía que sonaba bastante confuso, pero no quería preocuparse–. ¿Se comportaba de forma diferente a como acostumbraba?

–No, más bien no –repuso con dureza Szymon Wiśniewski.

–¿Quizá pasaba tiempo con alguno de los clientes? –preguntó Daniel Podgórski.

Szymon Wiśniewski negó con la cabeza.

–No, seguro que no. Aquí tenemos nuestras normas. Nuestros trabajadores saben que no deben relacionarse con los clientes –aseguró el propietario del centro vacacional–. Está claro que no pasaba el tiempo con ningún cliente. ¿Qué impresión habría causado? Además, eso siempre trae problemas después. Llevo el tiempo suficiente dirigiendo este centro como para darme cuenta de ello.

Klementyna Kopp se levantó. Aquella charla no tenía sentido. Ese tipo no les diría nada. Había que encontrar a otra persona, de inmediato. Mejor alguien con un puesto inferior. Alguien que conociese más de cerca a Beata Wesołowska.

–De acuerdo. ¿Dónde está ese pequeño bar? –preguntó la señora comisaria.

Szymon Wiśniewski miró a Klementyna Kopp desorientado.

–¿Tiene usted hambre? Le aseguro que en nuestro restaurante encontrará comida de primera. En el bar tenemos más bien platos rápidos para los jóvenes, patatas fritas y cosas así. Les ofrezco una sabrosa cena en el restaurante. Invita la casa.

–Quisiera hablar con esa camarera, Lidka –repuso Klementyna un tanto impaciente–. Mencionó usted que Risitas la ayudaba a veces. Quiero intercambiar unas palabras con ella.

De repente la invadió una irritación que no podía disimular. Ese día volvía a no estar de humor. Algo malo le ocurría últimamente. La nostalgia por Teresa poco a poco cobraba fuerza, pero, al mismo tiempo, Klementyna comenzaba a olvidar su olor y su tono de voz. Eso la llenaba de espanto.

–No sé si Lidka estará todavía –dudó Szymon Wiśniewski–. En breve cerramos el bar y...

La comisaria Kopp ya no lo escuchaba. Se dirigió a tientas, con tal de huir de su voz. Oía cómo Daniel Podgórski farfullaba una disculpa en su nombre. Empezaba a acostumbrarse a que Daniel diera la cara por ella. Así había sido en la última búsqueda. Y así era esa vez.

Encontraron el bar sin problema y sin la ayuda del entusiasta propietario del centro vacacional. Efectivamente, resultó que el pequeño restaurante estaba cerrado. Una verja blanca y desconchada cercaba a los amantes en potencia de las patatas fritas grasientas.

–Entonces, ¿qué hacemos? –preguntó Podgórski.

Respiró aceleradamente, como después de una marcha rápida. La comisaria Kopp miró su tripa, a punto de estallar. El muchacho tenía que cuidarse. No es que para ella eso fuese importante, no lo era en absoluto. Ahuyentó de nuevo aquellos pensamientos absurdos: ¡Teresa! ¡Teresa! ¡Teresa! Tenía que concentrarse en ella.

Klementyna llamó dando golpes a la ventanilla. Eso solía funcionar, y esa vez también. En la ventanilla apareció una chica intensamente bronceada, con el pelo largo teñido de negro. Seguramente era la camarera, Lidka.

–Está cerrado –les dijo a través del cristal.

Klementyna Kopp sacó su placa de policía y se la enseñó a la *barman*. Eso también funcionaba, por regla general. Especialmente, con las que eran como ella. Lidka abrió rápidamente la ventanilla y miró a los policías con un fulgor nuevo en sus ojos oscuros.

–Se trata de Risitas Wesołowska, ¿verdad? –afirmó, más que preguntar–. Vayamos al cuarto trasero. Allí podremos charlar tranquilamente.

Rodearon el edificio. Por detrás se encontraba una pequeña plaza de hormigón, llena de colillas aplastadas. Junto al muro alguien había tirado un carrito oxidado de metal para trasladar mercancía. Al otro lado, yacía una pila de viejos cartones rociada de agujas de pino secas.

–Siéntense –les pidió Lidka, señalando los muebles de plástico, cubiertos de polvo grisáceo.

Klementyna Kopp se sentó sin titubear. Esos muebles eran feos, pero resistentes. Como ella. Ese tipo de conjunto para el jardín le recordaba a los tiempos de su primera juventud en Gdańsk. Cayó en la cuenta de que recordaba cada vez más los viejos tiempos y, cada vez con menos frecuencia los años más próximos. Quizá fuese cosa de la edad. Cincuenta y nueve años pueden explicar muchas cosas.

–¿Tenías relación con Risitas?

–Claro –asintió Lidka, acariciándose el pelo.

Klementyna asintió con la cabeza. Eso era bueno.

–¿Y cómo era?

–Mejor dicho, ¡cómo no era! –se rio con estruendo la *barman*–. Otra así no la ha habido aquí nunca. No le tenía miedo a nada ni nada le preocupaba. Hacía lo que quería. No le importaba lo que pensaran los demás. Yo la envidiaba un poco, lo reconozco.

Lidka miró los tatuajes en las manos de Klementyna.

–Algo parecido a usted.

–¿Te viene a la cabeza alguien que pudiera estar en conflicto con ella? –preguntó Daniel Podgórski.

–Pero ¿quién no lo iba a estar? –de nuevo Lidka se rio con estruendo–. Unos la amaban, otros la odiaban. Pero cuando alguien la odiaba, la cosa iba para largo. Ni siquiera sabría por quién empezar.

–Y, por ejemplo, aquí en el centro vacacional –sugirió Klementyna Kopp–. ¿Hay alguien que no la quisiese? ¿Eh?

La camarera dudó ligeramente.

–No quisiera que esto acabase de alguna forma extraña y es que... –dijo lentamente.

–¿En qué estás pensando exactamente?

Lidka dio una patada a una pequeña piña. La piña rodó por el hormigón y se detuvo junto a la pared del bar.

–Realmente no es nada del otro mundo –afirmó. Pero la comisaria Kopp percibió cierta inquietud en sus ojos.

Quizá Daniel Podgórski también la percibiese, porque se inclinó hacia la camarera y preguntó delicadamente:

–¿Nos podrías decir algo más?

–Sí, lo digo porque Risitas quedaba con Marcin Wiśniewski, pero sé que también se traía algo entre manos con Kamil Mazur. Marciniak es el hijo del dueño, alquila kayaks junto a la playa en nuestro centro –añadió Lidka–. Y Kamil es nuestro socorrista. Menudo personaje está hecho. Es un poco más bajo que usted, pero está como un queso.

Alguien llamó al cristal de la parte frontal. Un turista ávido de patatas refritas en aceite viejo. Klementyna entornó los ojos. Ahora recordaba que había estado una vez con Teresa en un centro vacacional parecido, y que tomaron unas patatas fritas de esas. Teresa se reía sonoramente. ¿Cómo sonaba esa risa suya? ¡Teresa!

–Todo en orden. Así que Marcin Wiśniewski y Kamil Mazur –resumió Daniel Podgórski, anotando ambos apellidos–. ¿Cuándo viste a Risitas por última vez?

Lidka meditó durante demasiado tiempo.

–Ayer Risitas tenía el turno de tarde. La vi antes de volver a casa. Ella tenía que quedarse más tiempo. Generalmente acababa su turno a eso de las diez, y entonces volvía a casa. Seguro que ayer también fue así, por lo que hablé con las demás chicas.

–¿Siempre volvía sola a casa? –preguntó Daniel Podgórski– ¿Incluso de noche?

–Más bien sí. Al fin y al cabo no le quedaba lejos. Iba por la autopista, luego torcía hacia el bosque y atravesaba el puente hasta Żabie Doły. Serán unos tres kilómetros desde aquí. No lo sé exactamente, porque yo soy de Lipowo y lo tengo más cerca. Ella tenía que ir hasta el otro lado del lago. Pero yo qué le voy a contar, si usted ya sabe dónde está Żabie Doły.

–Risitas vivía con su madre, ¿verdad? –se aseguró la comisaria Kopp. Todo el tiempo recordaba el desafortunado encuentro con la señora Wesołowska y su terrier greñoso irritado.

–Sí.

Es decir, que la madre de la segunda víctima los había engañado. Nada nuevo.

–Todo en orden. De momento le estamos muy agradecidos –terminó el oficial Daniel Podgórski–. Estaremos en contacto.

4

WERONIKA NOWAKOWSKA SE despertó, consciente de que el otro lado de la cama estaba vacío. No estaba segura de lo que debía sentir al respecto. Suspiró notoriamente. Ya se había acostumbrado a la presencia de Daniel Podgórski y a que todas las mañanas se despertaran el uno al lado del otro. Quería a Daniel. Tal vez. Y al mismo tiempo, sin saber por qué, sentía un cierto hartazgo, y seguramente por eso se alegraba en ese momento de estar sola.

–Ni siquiera debería pensar así –se reprendió con ímpetu.

Podgórski era el hombre de sus sueños. Era bueno, sensible y servicial. Se preocupaba por ella a cada paso. Daniel era lo opuesto a su exmarido. Por otro lado, todas esas virtudes habían provocado que empezase a aburrirse de él. Llegó a la conclusión de que, cuanto más se esforzaba Daniel, tanto más se alejaba ella. Una paradoja que toda mujer ha vivido por lo menos una vez. La asaltaba la inquietud de que quizá en otra parte había otro mejor.

Weronika suspiró de nuevo y se levantó. No se tomó demasiadas molestias haciendo la cama. No esperaba ninguna visita. Anudó sus largos cabellos pelirrojos en un despreocupado moño y bajó.

Igor dormía sobre el suelo de piedra de la cocina. La planta de arriba le resultaba ahora demasiado calurosa. Al ver a su dueña agitó la cola perezosamente.

–Hola, perrito –saludó alegremente Nowakowska.

Igor no demostró mayor interés. Weronika sacó un yogur del frigorífico y lo mezcló con muesli. De repente, oyó que llamaban a la puerta.

–¿Quién viene a vernos? –le preguntó a *Igor*. El perro levantó la cabeza y escuchó con atención.

Nowakowska miró por la ventana y vio que en el porche estaba esperando Żaneta Cybulska, a la que había conocido la mañana anterior durante el paseo a caballo. Su caballo castaño castrado estaba atado a la valla del *paddock* de madera, donde Weronika solía soltar a *Lancelot*. Probablemente la mujer había notado el movimiento de la cortina de la cocina, porque empezó a agitar la mano con energía. Weronika se puso rápidamente una bata y se dirigió hacia la puerta.

–Hola –la saludó Żaneta Cybulska–. Perdona que me presente así, pero pasaba por aquí y pensé que quizá podríamos montar juntas. Podría corresponderte enseñándote los alrededores de la colonia Żabie Doły. ¡También es bonito el otro lado del lago! Tú misma te convencerás.

–Claro. Vuelvo ahora mismo, voy a cambiarme. Entra.

–Espero fuera con *Castaño*. Se pone nervioso en los sitios nuevos.

–Dame un segundo –se lanzó Weronika, y corrió a la planta de arriba a ponerse los pantalones de montar y las botas de oficial.

Se alegraba de la visita de su nueva conocida. Le apetecía la compañía de alguien nuevo. Desde hacía varios meses, se veía constantemente con las mismas personas. Conocía ya a todos los habitantes de Lipowo y sentía que ya era hora de un pequeño cambio.

De nuevo se reprochó esos pensamientos. Se sentía culpable de una forma desagradable por no apreciar lo que tenía. Si estaba bien allí... Lipowo la había recibido con los brazos abiertos. No debería quejarse. De repente, sin embargo, empezó a apoderarse de ella la nostalgia por la gran ciudad. Quería oír el zumbido de los coches tras la ventana y el traqueteo del tranvía nocturno. Varios meses atrás, al mudarse, no podía suponer que en algún momento echaría en falta todo aquello.

Weronika ensilló a *Lancelot* y se fueron por el bosque con Żaneta en dirección al lago. Los ecos de los cascos de los caballos y de los alegres bufidos se mezclaban con el piar de los pájaros y el zumbido apagado de los insectos forestales. Entre los árboles corría un corzo. Se detuvo un momento, valorando el peligro. Luego se movió con ágiles saltos dejando brillar su solitaria grupa blanca entre las hojas.

Llegaron a un sendero boscoso que conducía desde Lipowo hasta Żabie Doły.

—Este mundo es un pañuelo, desde luego —inició Żaneta Cybulska—. Hablando ayer con mi marido me di cuenta de que él y Daniel colaboran en el caso del asesino en serie. Están juntos en un equipo de investigación.

—No lo sabía —reconoció Weronika.

Sentía una indefinible punzada en el corazón. Daniel la había llamado la noche anterior. Estuvo tierno y cariñoso como siempre, pero no le puso al corriente de los detalles de la investigación. No debería tenérselo en cuenta y, aún así, estaba un poco molesta. Se reprochó una vez más lo injusta que estaba siendo.

—Weronika, tú que eres psicóloga, ¿sabes algo sobre los asesinos en serie? —preguntó con curiosidad Żaneta—. No suelo hablar con mi marido sobre sus casos, pero este me ha interesado. Soy amiga de Julia Zdrojewska, que también pertenece al equipo de investigación, pero ella nunca me revela detalles de ningún caso.

Nowakowska apretó las riendas cuando *Lancelot* aceleró demasiado. Le encantaba competir. Lanzó una mirada intimidatoria a *Castaño,* como si lo retase en duelo. Weronika dio una palmadita tranquilizadora a su caballo. Lo último que quería era un galope alocado en un terreno desconocido.

Llegaron al pequeño río que unía los lagos Straży y Bachotek. Había allí un puente de piedra y un punto donde conseguir agua. Unos metros más adelante se encontraba un cruce de caminos. Girando a la izquierda, ligeramente hacia arriba, se podía llegar a Żabie Doły y, más allá, hasta la misma Brodnica. En cambio, yendo a la derecha se podía llegar hasta Zbiczno. Eligieron aquella segunda posibilidad.

–¿Cómo son los asesinos en serie? –repitió su pregunta Żaneta Cybulska.

–Yo tenía una consulta psicológica en Varsovia. Nunca me he dedicado a la Criminología en mis años de ejercicio –explicó Weronika Nowakowska–. Así que sé realmente muy poco. Por lo que recuerdo, son necesarios tres asesinatos para considerarlo como tal. Entre ellos puede haber períodos de calma. No recuerdo ahora el porcentaje exacto, pero la mayoría de asesinos en serie son hombres de mediana edad.

Les hicieron a los caballos la señal del trote. El flequillo negro de *Lancelot* bailaba al viento. El caballo relinchó con fuerza, como si quisiese informar a todo el bosque de que se acercaba.

–Los asesinos en serie suelen actuar solos. Rara vez ocurre que actúen con un cómplice –siguió diciendo Nowakowska–. Por regla general, sienten un gran sentimiento de rechazo, de que se les ha hecho daño. Por ejemplo, su pareja o la sociedad en su conjunto. Se habla también de la denominada «tríada de MacDonald». Entre sus ingredientes entran episodios pirómanos, de ensañamiento con los animales e incontinencia urinaria. Recuerdo también que a menudo los asesinos en serie sienten fascinación por lo militar. Sé que algunos incluso sirven durante un tiempo en el Ejército, pero por lo general no duran mucho tiempo en él.

Apretaron las riendas y relajaron el paso porque el camino se volvía más empedrado. Los caballos elegían la ruta con cuidado.

–¡Inaudito! –Żaneta giró la cabeza de pura incredulidad–. A decir verdad, estoy asustada. Mi marido y yo no vivimos muy lejos, pasada un poco la colonia Żabie Doły, más cerca de

Brodnica. Yo doy clase en la escuela de Żabie Doły. Durante todo el tiempo estoy por estos parajes. Ahora ya empiezo a tener miedo de verdad. No quiero ni pensar cómo será cuando empiece el año escolar y todos los niños vuelvan de las vacaciones.

–Esperemos que para entonces la policía haya atrapado al asesino.

Avanzaron un tramo más y decidieron dar la vuelta a paso tranquilo. Nuevamente se encontraron en el camino que iba desde Lipowo hasta la colonia Żabie Doły, donde había empezado su excursión, en las inmediaciones del puente de piedra, sobre el pequeño río que unía los dos lagos.

–No muy lejos de aquí se encontró a la primera víctima –explicó Żaneta–. Se llamaba Daria Kozłowska, pero todos la llamaban Kózka. Trabajaba en una tienda, muy cerca de la escuela de Żabie Doły en la que yo trabajo. Recuerdo que era siempre muy amable. Da una congoja terrible pensar que ya no está viva.

Weronika miró el camino con renovado interés. Por un segundo se había olvidado de sus quebraderos de cabeza con Daniel. Mariusz, su exmarido, solía permitirle ver la documentación de sus investigaciones. Era algo que Weronika adoraba. Un plus, al menos, en esa relación no demasiado afortunada.

–Wiktor decía –continuó Żaneta Cybulska– que lo más probable es que Kózka haya sido asesinada en otra parte y luego simplemente la hayan abandonado aquí.

–Eso también es típico de los asesinos en serie. O mejor dicho, un rasgo que los diferencia–se corrigió Weronika. Empezaba a recordar cada vez más cosas –. Algunos dividen a los asesinos en serie entre el tipo organizado y el no organizado. Los organizados planifican con exactitud sus asesinatos y actúan de forma increíblemente metódica. Suelen secuestrar primero a las víctimas, para después asesinarlas en otro lugar. Para terminar, dejan tirado el cuerpo. Lo más común es que se sirvan de distintas artimañas para convencer a la víctima de que no son peligrosos, incluso de que necesitan ayuda. Como, por ejemplo, Ted Bundy. ¿Has oído hablar de él?

Żaneta Cybulska asintió con la cabeza. Ted Bundy era uno de los asesinos en serie más famosos, y también de los más sangrientos. Reconoció haber asesinado a treinta mujeres, pero seguramente la cifra era superior.

–Pues bien, Ted Bundy fingía que tenía la mano escayolada –continuó Weronika. Pedía a las mujeres que lo ayudasen a meter algo pesado en el vehículo. Con su discapacidad parecía totalmente inofensivo. Las mujeres, que no sospechaban nada, entraban con él en el camión, donde las aturdía y secuestraba. Ted Bundy pertenecía precisamente al tipo organizado. Los asesinos organizados también suelen atacar a las prostitutas, porque con ellas el asunto es aún más sencillo. Por voluntad propia deciden acompañar a desconocidos.

–¿Y el tipo desorganizado?

–Ese tipo de asesino a menudo no organiza ningún plan y actúa bajo la influencia del momento. Usa las herramientas que están a mano y no oculta el cuerpo. Un hombre así suele ser solitario, sin amigos o trabajo, a diferencia del tipo organizado, que suelen parecer personas de lo más normal. Incluso pueden llegar a tener familia, mujer e hijos. En determinadas sociedades podría estar considerado como una eminencia. Así ocurrió con Harold Shipman, Włado Taneski o Russel Williams. A Harold Shipman se lo ha considerado como el asesino en serie más sangriento de la historia. Asesinó a alrededor de doscientas cincuenta personas. A su vez era un médico de éxito. Por este motivo la prensa lo bautizó luego como el «Doctor Muerte». Włado Taneski, por su parte, era un médico de investigación macedonio, cuya carrera se prolongó veinte años, antes de que empezase a asesinar. En sus informes describía también sus propios crímenes y, sin pretenderlo, ponía a la policía tras su pista. Por último, Russel Williams era coronel en las Fuerzas Armadas canadienses y un reconocido piloto.

Żaneta Cybulska se estremeció:

–Wiktor me dijo que el asesino sorprendió a Kózka mientras hacía *jogging*. A menudo monto a *Castaño* por ese camino. Ahora yo misma no sé qué pensar.

Los árboles susurraban con el viento. Las mujeres se miraron con horror, como si el asesino fuese a materializarse de repente en el sendero del bosque.

–¿Este camino está quizá demasiado concurrido? –reflexionó en voz alta Weronika.

Żaneta asintió con la cabeza.

–Pues sí. Se puede ir cogiendo un atajo de Lipowo a Brodnica. Antes estábamos en el camino a Zbiczno. La gente de la colonia Żabie Doły usa este atajo a menudo, a pesar de que está prohibido acceder con el coche.

–¿Cómo logró el asesino arrojar el cuerpo sin que nadie lo descubriese?

–Lo hizo de noche. Incluso por las tardes no hay apenas tráfico por aquí. Mira, ahora tampoco nos hemos cruzado con ningún coche. Por otro lado, hay veces que tengo que estar constantemente haciéndome a un lado, porque pasa un coche tras otro. Depende del día. No hay un patrón.

Entraron en el puente de piedra. *Lancelot* empezó a subir los cascos, nervioso por el sonido del agua que venía desde abajo.

–Tuvo que acercarse aquí en coche –dijo Weronika– ¿Cómo sino habría podido tirar el cuerpo? Supongo que lo haría así para no tener que arrastrarlo.

–Wiktor me contó que inmediatamente después de descubrir el cuerpo habían intentado analizar las huellas de neumáticos en los alrededores, pero fue realmente imposible. Había demasiadas. El asesino pudo acercarse hasta aquí impunemente, arrojar el cuerpo y marcharse. Debe de conocer bien este terreno. Eso me asustó todavía más.

EL PIRAGÜISTA MARCIN Wiśniewski se trenzó las rastas en la nuca. Se rascó, pensativo. Últimamente le picaba el cuero cabelludo a menudo. Hacía mucho calor y sudaba en exceso, pero no le apetecía nada lavarse el pelo. Las rastas tardaban mucho en secarse. Ese peinado no era demasiado cómodo, pero en cambio lanzaba un mensaje, y era un signo distintivo de aquel negocio. No podía librarse de ellas sin más.

Marcin abrió el puesto de alquiler de kayaks y se sentó en una pequeña silla junto al edificio de madera. Justamente así solía esperar a los *amateurs* de remo. Se colocó los auriculares en los oídos y encendió su pequeño reproductor.

–No tenemos ni cinco pavos, así de desastrosa está la economía. «Plumones, plumones en la cartera, las penurias de la vanguardia; fumo de prestado, bebo lo que me pagan» –canturreó Marcin, junto a Pablopavo de Vavamuffin.

La música llenó todo su cuerpo. Se agitó ligeramente al compás. Pensó con alivio que la falta de dinero no le afectaba a él. Su padre no era mal hombre de negocios, pero Marcin también sabía apañarse, y de manera completamente independiente. En sus propias narices, en Valle del Sol, le había salido competencia a Szymon Wiśniewski. Ese pensamiento le divertía.

Echó un vistazo por la playa. Kamil Mazur todavía no había plantado la bandera de socorrista sobre el mástil. Los turistas se bañaban bajo su propia responsabilidad. Marcin volvió a mirar por todas partes, buscando al socorrista ancho de hombros. Detectó a su amigo a lo lejos. Sus musculosas manos surcaban el agua en algún punto en medio del lago. Como siempre, Kamil empezaba el día nadando. Puede que les viniese bien para sus objetivos.

Marcin Wiśniewski no estaba del todo seguro de cómo llevar el asunto con Kamil. Había que actuar delicadamente y con cautela, eso seguro. El piragüista detestaba aquella arrogancia de Kamil, pero, por otro lado, Kamil le seguía resultando necesario. Al menos de momento.

–¡Marciniak! ¡Eh, Marciniak! ¿Oyes algo más allá de esos auriculares, o ya estás completamente sordo?

La voz de Lidka arrancó a Marcin Wiśniewski de sus cavilaciones. La camarera estaba enfundada en un diminuto bikini. Los músculos de su delgado cuerpo eran pequeños, pero claramente delineados bajo una piel bronceada de manera artificial.

–¡Marciniak! –lo llamó una vez más Lidka.

El piragüista bajó la cabeza en señal de saludo.

–Ayer estuvo aquí la policía –explicó la camarera rápidamente.

–Mmm –murmuró Marcin Wiśniewski. ¿Qué podía decir? Lidka lo miró con atención.

–Me preguntaron sobre Kamil y sobre ti. Por supuesto se trataba de Risitas y su asesinato, dado que era este su lugar de trabajo. No sé si vas a tener problemas.

–¿Y por qué? –preguntó Marcin con desgana. No estaba seguro de cuánto sabía Lidka realmente. Había que comprobarlo con tranquilidad. Nunca le había puesto al corriente de los detalles, pero ella sabía cómo entrometerse.

–¿Y todavía lo preguntas? –preguntó la *barman,* cortante–. Sé perfectamente que fuiste tú quien la vio por la noche, justo antes de que aquel la matase. Aún tenían que preguntar al resto de mujeres de la limpieza. No sé lo que habrán largado ellas.

–¿Y tú qué dijiste?

–Que me fui a casa, y que no sé nada en realidad. Dije que Risitas estaba normalmente en Valle del Sol hasta las diez de la noche. No te preocupes, solo dije eso. Aunque sé más, mucho más... de Kamil y de ti. Bueno, y de todo. ¡Que no soy tonta!

Marcin se dio cuenta de que Kamil Mazur empezaba a nadar hasta la orilla. Varias turistas entradas en años se congregaron en la playa, esperando el momento en que su héroe emergiese del agua.

–¿Y les hablaste sobre aquellos asuntos? –preguntó Marcin, observando atentamente al socorrista.

Lidka puso los ojos en blanco.

–¿Es que te has vuelto loco, Marciniak? No quiero tener problemas. Tu padre dejó el asunto muy claro. No voy a morder la mano que me da de comer.

–Seguro que pronto hablará contigo personalmente.

Daniel Podgórski se acercó con su Subaru azul modelo Fiesta GC al edificio de la Comandancia Provincial de Policía en Brodnica. El motor funcionaba regurgitando rítmicamente, y le seguía complaciendo mucho conducirlo, a pesar de que tenía ya quince años y bien rebasados los cien mil kilómetros a sus espaldas. El policía había comprado ese coche de segunda mano hacía varios años y lo cierto era que no habría podido imaginar nada mejor. Es decir, podría, pero un coche mejor se quedaba de momento en el ámbito de sus sueños. Fundamentalmente por motivos económicos.

Daniel bajó del coche y cerró con ímpetu la puerta. Contempló el edificio blanquiazul de la Comandancia Provincial. Seguía sin creerse que fuera su lugar de trabajo. Temporalmente, a decir verdad, pero... El edificio estaba lleno de funcionarios con prisa, algunos de uniforme y otros vestidos de paisano. Nunca había tanto movimiento en su pequeña comisaría de Lipowo. Los casos se desarrollaban lenta y reposadamente, a su ritmo. Como se hacía todo en su pueblo.

A pesar de que era temprano, el cielo había empezado a rezumar bochorno. Daniel Podgórski suspiró silenciosamente. Añoraba unas gotas de lluvia. Guardó la llave de contacto y se dirigió a la comandancia. Delante del edificio, sobre un muro de piedra, estaba sentado el oficial Grzegorz Mazur de Żabie Doły. Bebía un kéfir natural de una botella verde de marca. Daniel Podgórski rio para sus adentros. Seguro que era un desayuno más sano que el que él se había permitido aquella mañana. Tres bollos con mantequilla y el café con azúcar no serían del gusto de Mazur, que parecía una de esas personas capaces de seguir un régimen severo a rajatabla. En cada uno de los aspectos de su vida, también el dietético.

El sol bailaba sobre la calva del oficial Mazur. Daniel volvió a suspirar. No le apetecía demasiado hablar con su compañero. Sin embargo, le faltaba una excusa. De todas formas, enseguida se encontrarían en la reunión matutina del equipo de investigación.

–Hola, Daniel –saludó Mazur a Podgórski. Le dio una palmadita al policía de Lipowo con un gesto un tanto paternalista. Así ocurría siempre que se veían. Por algún motivo, Mazur no había considerado nunca a Daniel como a un igual. Puede que fuese otra consecuencia más de la aversión entre la colonia Żabie Doły y Lipowo –. ¿Qué te cuentas?

–Todo en orden –repuso brevemente Podgórski, y dio un paso más en dirección a la comandancia. Tenía la esperanza de que bastara con esa información. Trabajaban juntos, pero Podgórski no tenía la intención de pasar con Mazur más tiempo del estrictamente necesario.

El compañero dio una palmada en un banco, invitándolo a sentarse al lado. O bien no detectaba la antipatía de Daniel, o no le prestaba atención adrede.

–Siéntate, Daniel. A decir verdad, te estaba esperando. Hablemos un momento, antes de entrar. Aquí se está bastante más tranquilo –propuso Grzegorz Mazur–. Esos de allí no harán más que molestarnos. ¡Bufones de la Criminal! Se creen que lo saben todo.

Mazur miró a su alrededor, por si alguien lo estuviese escuchando. Daniel murmuró algo que no lo comprometía. Grzegorz se enderezó, tan alto como era, como si quisiese mirar a Podgórski por encima del hombro. Daniel pensó, no sin cierta satisfacción, que aquello estaba fuera del alcance de Mazur. Los casi dos metros de altura venían bien en semejantes circunstancias.

–En menuda estamos metidos, ¿eh? –aventuró Grzegorz Mazur, renunciando al duelo de miradas–. Y encima trabajamos con esa lesbiana de Klementyna Kopp. No tengo nada en contra de las mujeres, pero de las decentes. Además, creo que el sitio de la mujer es su casa. No concibo que mi mujer tenga que trabajar. Es el hombre quien debe mantener el hogar, mientras que la mujer debería cuidar de él. Son normas sencillas. Estaban bien en los tiempos de nuestros padres y abuelos, y siguen estando igual de bien en nuestra época. Las nuevas modas no nos llevarán lejos. Esa es mi opinión.

Daniel miró con nerviosismo a los lados. Sería mejor que nadie oyese la declaración de Mazur.

–Oye, todavía tengo que solucionar una cosa antes de que empiece la reunión –murmuró Podgórski. Esperaba que esa excusa, no demasiado precisa, bastase.

–No importa –dijo el oficial Mazur, sin prestar atención una vez más a los intentos de Daniel. El compañero parecía absorto en sus pensamientos. –Dime qué piensas de todo este asunto, de colega a colega. No necesitamos a la brigada criminal. Somos nosotros los que actuamos sobre el terreno, así que nos orientamos mejor que nadie en todo esto. Los bufones de la ciudad no entienden nada. No saben cómo son las cosas, ¿cierto?

Daniel Podgórski se recolocó inquieto la camisa del uniforme. A pesar de que era aún temprano, el bochorno ya se empezaba a notar.

–Oh, viene la lesbiana –susurró Mazur.

El oficial Daniel Podgórski miró en dirección a la puerta. La comisaria Klementyna Kopp avanzaba a paso firme con su chaqueta de cuero y sus pesadas botas.

–Tenemos que hablar luego, es necesario –soltó el oficial Grzegorz Mazur de la comisaría de la colonia Żabie Doły–. De colega a colega.

EL DIRECTOR DE la escuela de Żabie Doły, Eryk Żukowski, se aposentó cómodamente junto al escritorio de su pulcro despacho.

Partículas de polvo bailaban al sol, pero él no se preocupó demasiado, a pesar de todo. Hacía todo lo que podía, y no le quedaba otra que resignarse con el resto. Además, lo más importante eran el conocimiento y el desarrollo, tanto el propio, como el de sus alumnos.

Żukowski sacó de la carpeta de las vacaciones los informes de los alumnos incluidos en el programa Cogito Ergo Sum. Encargó a sus pupilos la ejecución y programación de experiencias simples. Tenían tres campos del saber a elegir: física, biología o química. Sabía que tanto Żaneta Cybulska como Julia Zdrojewska, que desde hacía varios años lo apoyaban, junto a varias personas más, en ese proyecto, les daban a los alumnos tareas para las vacaciones. Se alegraba de ello. Si los chavales querían un puesto en la universidad, no había otro remedio que trabajar más duro que los demás de su misma quinta. El director tenía la intención de procurar a toda costa que sus pupilos de Cogito tuviesen éxito. Con ese objetivo, dominaba a la perfección las dos caras a mostrar: la del amigo un tanto mayor cuando el alumno iba bien, y la del severo director de escuela cuando al bribón de turno no le apetecía estudiar.

–¿Ya puedo meter estas opiniones en el ordenador, señor director? –preguntó cortésmente Bernadeta Augustyniak.

Ese día, como de costumbre, su asistente llevaba una falda larga y una blusa cerrada hasta el cuello. Le sentaba bien esa timidez. Eso Żukowski tenía que reconocérselo.

–Claro, mil gracias, Bernadeta ¡Qué haría yo sin ti!

Por descontado, el director prefería que su hijo lo ayudase en el trabajo, pero Feliks era de constitución demasiado débil, tanto psíquica como físicamente. Y todo por aquel incidente. De eso estaba seguro. Ahuyentó rápidamente esos pensamientos indeseables. Prefería no reflexionar demasiado sobre el destino de su hijo. Cuando trabajaba, solo importaban sus alumnos. Su éxito era lo más importante en esos momentos. Por suerte, siempre podía contar con su asistente, Bernadeta Augustyniak.

NUEVAMENTE SE CONGREGARON en la sala de conferencias de la primera planta de la Comandancia Provincial de la policía en Brodnica. El aire acondicionado funcionaba aparatosamente. Al comisario principal Wiktor Cybulski le parecía que incluso hacía frío. Así que se arropó cerrando la chaqueta de su traje de verano.

Dio comienzo el segundo día de la investigación. Aquella mañana se encontrarían solo Wiktor, Klementyna y los dos policías locales de uniforme, Grzegorz Mazur y Daniel Podgórski. De momento, el fiscal Czarnecki les había dado vía libre, y había decidido no interferir en el desarrollo de las reuniones preliminares. La presencia de la psicóloga Julia Zdrojewska tampoco era necesaria aquel día. Solicitarían sus consejos cuando tuviesen nuevas pistas y datos.

Los pensamientos de Wiktor Cybulski volaron hasta la pasada cena con Żaneta. Su mujer estaba absorta, como ausente. El comisario interpretaba ese comportamiento como la confirmación de sus sospechas. La mujer lo engañaba con el director de escuela Żukowski. De eso estaba seguro, pero ni él mismo sabía aún cómo debería reaccionar. Tan solo ya aquella incertidumbre era incómoda. Por otro lado, el silencio durante la comida era algo que le compensaba. Podía recrearse en el vino y la tabla de quesos. El emmental mediocre que había comprado en la tienda de Żabie Doły se había convertido en una explosión de sabores servido con pera y algunas nueces. Lo habían acompañado de un vino blanco ligero, de regusto afrutado. Cybulski había apostado el día anterior por el *vinho verde* portugués, y podía decir con satisfacción que no se había equivocado.

–Venga, vale. Empecemos –espetó la comisaria Klementyna Kopp, a su manera un tanto atropellada e ininteligible–. Luego se unirá a nosotros el doctor Koterski, patólogo, para presentar un breve informe de la autopsia de nuestra segunda víctima, Beata «Risitas» Wesołowska.

Al comisario Cybulski le daba la sensación de que Klementyna estaba algo pensativa aquel día. Durante un momento reflexionó sobre la causa probable. ¿Problemas de salud, financieros o, quizá, de amores? Wiktor sin embargo dudaba que Klementyna hubiese experimentado alguna vez la exaltación amorosa, no como su mujer. Klementyna no tenía vida más allá del trabajo. Al menos, hasta donde él sabía. Y ya hacía bastantes años que se conocían.

–¿Qué tal os fue ayer con la primera víctima, con Kózka? –se dirigió a él la comisaria Kopp.

–Hablamos con los padres de Daria Kozłowska, y con su amiga del trabajo –explicó Wiktor Cybulski en pocas palabras–. Es decir, la de la tienda de Żabie Doły.

Kózka. A Wiktor le gustaba aquel mote cariñoso. Le traía al pensamiento cierta terquedad, pero también ingenio vital. Bueno, y por supuesto el queso de cabra*. Él mismo adoraba maridarlo con *sauvignon blanc*. La acidez característica de uno y de otro se complementaban magníficamente.

–Vale. ¿Os enterasteis de algo interesante, eh? –preguntó Klementyna, arrancando a Wiktor de sus ensoñaciones culinarias.

–Lo contaré posiblemente muy resumido –empezó el comisario, ajustando sus grandes gafas–. Según los padres de la difunta, es decir, los señores Kozłowski, Kózka era poco menos que una santa. Aseguraron que no le interesaban los hombres. En cambio, le encantaba correr, y trabajaba afanosamente en la tienda para ahorrar y así poder marcharse de Żabie Doły. Por el contrario, su colega del trabajo nos comentó que Kózka estuvo un tiempo saliendo con Marcin Wiśniewski, que trabaja en el centro vacacional Valle del Sol. Así que tenemos dos versiones opuestas sobre Kózka.

La comisaria Klementyna Kopp asintió con la cabeza.

–¿Marcin Wiśniewski? –repitió la policía–. Resulta que es el hijo del dueño del centro, ¿no? ¿Quién fue el que rompió? ¿Lo sabéis?

---

* En polaco, *ser z kozi (N. de las T.)*

–La dependienta juró que fue Marcin Wiśniewski quien terminó con la amistad –explicó Wiktor Cybulski–. Por lo visto, Kózka sufrió mucho con esa ruptura.

–Pues tendremos que sondear a ese Marcin.

–Por supuesto –coincidió el comisario Cybulski–. En cualquier caso, tengo que reconocer que no tengo todavía una imagen concreta de Daria Kozłowska en la cabeza. Aún no la siento. No sé quién era realmente. Antes de expresar mi opinión, quisiera echar un vistazo a sus pertenencias.

El oficial Grzegorz Mazur de la comisaría local de la colonia Żabie Doły puso los ojos en blanco casi imperceptiblemente. Wiktor Cybulski sonrió para sus adentros. Se daba cuenta de que el uniformado policía no tenía un alto concepto de él. Los que eran de la misma ralea que Mazur anteponían la fuerza física a la mental. Wiktor miró al segundo de los uniformados, es decir, al policía alto y rollizo de Lipowo. No había calado aún a Daniel Podgórski. Tenía curiosidad por saber cómo le iba su tándem laboral con la comisaria Kopp.

–Tranquilo –dijo un tanto balbuceante Klementyna–. Hazlo así.

–¿Han estado ya los técnicos en casa de Kózka? –se aseguró Wiktor. Quería tener libertad de movimientos.

Klementyna asintió.

–Sí. Estuvieron allí el mismo día en el que encontraron el cuerpo. Puedes tocarlo todo tranquilamente, Wiktor. ¿Sospechosos eventuales? ¿Qué pensáis de sus padres, eh?

–Diría que los padres son más bien inocentes –se inmiscuyó el oficial Grzegoz Mazur–. Los conozco, son personas decentes. Cualquiera de Żabie Doły puede confirmarlo. No asesinarían a su propia hija. Eso está totalmente descartado.

El comisario Wiktor Cybulski tenía la misma impresión. Los padres de Kózka no le parecían unos asesinos.

–De momento, el más digno de interés me parece el tal Marcin Wiśniewski del centro vacacional, es decir, el exnovio de

Kózka –afirmó Wiktor–. Sin embargo, no podemos considerarlo sospechoso tan pronto. Para mí su papel no está totalmente claro.

–A decir verdad, ese apellido ha aparecido también durante nuestra investigación –dijo Daniel Podgórski. En su voz resonaba cierta timidez–. Por mi parte conozco a Szymon Wiśniewski, el padre de Marcin. Dirige ese centro vacacional desde hace tiempo y es un ciudadano muy respetado en Lipowo. No lo veo en el papel de asesino. A ninguno de ellos. Aunque puedo equivocarme, por supuesto.

Grzegorz Mazur miró a Daniel de reojo. A Wiktor Cybulski le resultó difícil interpretar aquella mirada.

–Sin problema. Cada uno de nosotros conoce a alguien. Magnífico. Todos los habitantes de Lipowo y de Żabie Doły son prácticamente unos santos. No sigamos por ese camino, ¿eh? Recuerdo que durante nuestro interrogatorio en el centro salió también el apellido del socorrista Kamil Mazur –Y la comisaria Klementyna Kopp miró al policía de Żabie Doły–. De momento su papel tampoco está claro.

–Mi hijo no tiene nada que ver con todo esto –declaró Grzegorz Mazur con autoridad, lanzando una mirada venenosa a Klementyna–. Se lo aseguro, señora comisaria: no tiene absolutamente nada que ver con todo esto.

Klementyna Kopp alzó la comisura de la boca en una media sonrisa. Su rostro se cubrió de una red de pequeñas arrugas y de surcos mayores.

–Sin problemas, vale. Permitirás que sea yo quien lo decida, ¿no? –repuso con una calma excesiva. Wiktor Cybulski conocía bien ese tono. No vaticinaba nada bueno para el oficial Mazur. Klementyna jamás había sido generosa ni sentimental. Si no empatizaba con alguien, nunca cambiaba de opinión–. Por lo que sé, yo soy la jefa de este equipo de investigación, no tú, oficial Mazur. De momento, puedes seguir participando en las labores de rastreo. Tenemos la declaración de una persona que asegura que tu hijo tuvo una relación con Risitas. Si confirmo el más mínimo vínculo de cualquiera de las dos víctimas con tu hijo, serás relevado y volverás a tus obligaciones en Żabie Doły, ¿entendido?

La voz de la comisaria Kopp era cortante e inesperadamente clara, tratándose de ella. Grzegorz Mazur miró hostilmente a la policía, pero no dijo nada. Únicamente sacudió la cabeza como señal de asentimiento. Wiktor miró a Klementyna. Esa actitud comprensiva no pegaba con su estilo.

—Daniel y yo hablaremos hoy con el piragüista Marcin Wiśniewski y con el socorrista Kamil Mazur —dijo la comisaria, poniendo especial énfasis en el último apellido—. Wiktor, quiero que tú y el oficial Mazur os encarguéis de establecer cómo discurrió la última tarde de Daria Kozłowska, y que recojáis más información sobre su caso. Id a su casa y mirad sus objetos personales.

—Por supuesto —mostró su conformidad el comisario Cybulski.

Klementyna alcanzó su inseparable mochila negra y sacó la botella de Coca-Cola. Wiktor Cybulski se encorvó imperceptiblemente. No apreciaba las bebidas con gas, a excepción del vino espumoso.

—Vayamos ahora a la segunda víctima. Beata Wesołowska también tenía apodo. La mayor parte de la gente la llamaba Risitas —dijo la comisaria Kopp, dando pequeños sorbos a su bebida—. Tendremos que establecer quién fue la última persona que la vio con vida, seguimos sin saberlo. Todo parece indicar que la asaltaron mientras volvía del trabajo del centro vacacional Valle del Sol a su casa en Żabie Doły. A decir verdad, su madre afirma que Risitas no vivía con ella. Pero no parecía fiable, ni ella ni su terrier. En cualquier caso, Risitas trabajaba en Valle del Sol por turnos. El horario se fijaba con un mes de antelación.

—Me pregunto si el asesino lo sabía —pensó en voz alta Wiktor Cybulski—. Ambas víctimas tenían su rutina diaria. Daria Kozłowska, Kózka, fue probablemente atacada mientras hacía *jogging*. Los padres afirman que corría con regularidad. Beata Wesołowska, es decir, Risitas, trabajaba por turnos.

¿Será que de alguna forma el asesino conocía sus hábitos? ¿O es que ataca totalmente al azar, y estas dos muchachas, Kózka y Risitas, se encontraban en el lugar equivocado en el momento equivocado?

—Yo creo que debió de haber estado observándolas un tiempo —se pronunció pausadamente Daniel Podgórski—. No creo que lo dejase al azar. Por todo lo que expusisteis con anterioridad, con Kózka no cometió ningún error. Veremos lo que nos dirá el patólogo sobre Risitas, pero en mi opinión el asesino se preparó bien. No se trató de un crimen impulsivo. Fue un acto planeado al detalle.

La comisaria Klementyna Kopp asintió con la cabeza como señal de que estaba de acuerdo con el policía de Lipowo.

—Exacto. Debemos seguir buscando puntos en común entre ambas víctimas, incluso aunque no estemos ante un asesino en serie. Tiene que haber igualmente algo que las vincule. Si el asesino eligió a sus víctimas al azar, entonces podemos tener bastantes problemas.

—En cuanto a los elementos comunes, descartamos el aspecto físico —afirmó Daniel Podgórski—. Kózka era una rubia muy clara y se podría decir que tenía una constitución un tanto andrógina. Por su parte, Risitas tenía el pelo y la piel oscuros. Además, era muy femenina. Se trata de tipos de persona diferentes en lo que respecta al carácter; como mencionasteis, Kózka era más bien callada y tímida, y de hecho a Risitas los testigos la han descrito como rebelde, valiente e intransigente.

—De acuerdo. ¡Pero...! Les une, por ejemplo, la edad. Ambas tenían veintitrés años —recordó Klementyna—. Además, el apellido de Marcin Wiśniewski nos ha salido por partida doble. Él había sido novio de Kózka y actualmente lo era de Risitas. Constantemente tengo la sensación de que algo no es como parece en el centro vacacional Valle del Sol.

—¿En qué está pensando? —preguntó con renovado interés Grzegorz Mazur. Su voz sonaba algo menos venenosa que antes.

Klementyna Kopp no respondió. Tan solo miró al uniformado policía con irritación, sin ocultar su hostilidad. Wiktor Cybulski decidió que en aquel momento debía reaccionar. Antes de que la relación entre Mazur y Klementyna se descontrolase del todo. Últimamente la comisaria Kopp parecía otra persona. Siempre había sido desagradable y beligerante, pero también se sabía controlar cuando quería. Esta vez todo parecía distinto. Cybulski tenía miedo de que Klementyna, infalible hasta el momento, al final de su carrera empezase a cometer errores.

—Como solía decir Stanisław Jerzy Lec, por fin os habéis entendido —dijo Wiktor con una sonrisa conciliadora—. Habéis llegado a la conclusión de que sois enemigos. Eso siempre supone algún avance. Y ahora volvamos al caso, ¿no creéis? Una discusión no nos ayudará en nada.

Antes de que nadie tuviese tiempo de decir una palabra, se oyó que llamaban a la puerta de cristal de la sala de conferencias.

—Entren —soltó la comisaria Klementyna Kopp con impaciencia.

En el umbral apareció el forense, el doctor Zbigniew Koterski. Wiktor siempre había admirado su frondoso pelo ondulado. El patólogo entró en la habitación y sonrió con alegría. Vestía una bata blanca de médico. Era evidente que había venido directamente del depósito que, desde hacía un tiempo, se encontraba en el sótano de la Comandancia Provincial. Eso era más cómodo que tener que transportar los cuerpos a la sección del centro de medicina forense en otro emplazamiento.

—¿No molesto? —soltó el forense. Probablemente había notado que la atmósfera en la sala de conferencias era tensa—. ¡Oh, el señor Daniel de Lipowo! De nuevo nos vemos. ¡Qué gusto!

Daniel Podgórski sonrió al patólogo cordialmente. Con toda probabilidad los dos hombres se trataban desde hacía tiempo. El comisario Wiktor Cybulski no conocía a fondo los detalles del caso que había tenido ocupado a Daniel el último invierno, pero sospechaba que a ambos les había unido entonces algo parecido a una amistad.

–¿Tienes algo para nosotros, Zbych? –preguntó cortante Klementyna.

Cada cierto tiempo seguía mirando hostilmente en dirección al oficial Mazur.

–Por supuesto. Ya le he hecho la autopsia a la segunda víctima, es decir, Beata Wesołowska –explicó el médico forense Zbigniew Koterski–. Desde el principio el fiscal Czarnecki ha considerado el caso como prioritario. Parece ser que el comandante está interesado personalmente en él. No es de extrañar, pues es posible que tengamos a un asesino en serie por primera vez en nuestra región. Por lo que sé, la prensa ya está como loca. Es solo cuestión de tiempo que me persigan hasta mi casa, esperando información. ¡El paraíso!

El patólogo se sentó a la mesa, riéndose con alegría.

–¿Qué dices sobre los traumatismos en el cuerpo de Risitas? –preguntó Klementyna.

–¿Risitas?

–Sí, se trata de la segunda víctima, Beata Wesołowska –soltó impaciente Klementyna Kopp–. Todos la llamaban así: Risitas.

El forense miró al resto de policías, como si buscase una confirmación. No obstante, la sonrisa no se borró de su boca ni un solo momento.

–Comprendo. En lo referente a los traumatismos de Beata Wesołowska, puedo decir que recuerdan mucho a los que vi durante la autopsia de la primera víctima, esto es, Daria Kozłowska. Así pues, estamos hablando primero de las señales de una paliza. Sigo creyendo que lo más probable es que emplease algo así como una porra o similar, puede que un palo grueso o el mango de alguna herramienta. Pudiera ser un bate de béisbol, aunque en este caso el mango sería demasiado ancho.

–Mientras tanto las víctimas seguían con vida, ¿verdad? –se aseguró Wiktor Cybulski.

El patólogo Zbigniew Koterski afirmó enérgicamente con la cabeza y alcanzó el agua mineral. Seguía habiendo varias botellas en el centro de la mesa.

–Sí. Presentan hemorragias subcutáneas que serían imposibles de observar si mientras tanto el corazón hubiese dejado de latir ya. En lo referente a los demás traumatismos, en el caso de la segunda víctima, Risitas, como dice Klementyna, encontré también el rastro del uso de un arma de electrochoque. Exactamente igual que en el primer caso.

–Seguramente de esa forma las reducía –dijo pensativa la comisaria Kopp–. Aprieta el botón y listo. Rápido y limpio. Cero problemas.

A Wiktor Cybulski le parecía que poco a poco Klementyna iba recuperando el dominio sobre sí misma. Sin embargo, lanzaba miradas aviesas a Grzegorz Mazur de cuando en cuando. El policía de Żabie Doły le correspondía igualmente.

–Julia Zdrojewska mencionó que puede darse que el asesino tenga miedo al contacto directo –recordó el comisario Wiktor Cybulski.

Confiaba en la psicóloga Julia Zdrojewska. No solo porque eran amigos en su vida privada, sino porque consideraba a Zdrojewska toda una especialista en su campo. Se lo había demostrado en más de una investigación.

–Puede que el autor sea de constitución débil –propuso por su parte el oficial Grzegorz Mazur, sacando pecho con orgullo–. No se necesita fuerza para usar un arma de electrochoque. El piragüista Marcin Wiśniewski del centro vacacional es más bien flaco. Le pegaría usar un arma de electrochoque. Mientras que mi hijo, por su parte, no necesitaría ese tipo de ayuda. Kamil es un chicarrón bien fuerte.

–Pues nada, sin problemas. ¡Pero...! No saquemos conclusiones precipitadas –cortó la comisaria Kopp–. Tampoco sobre tu hijo. Recuérdalo, oficial Mazur, ¿estamos?

El forense miró inquisitivamente a Cybulski. Wiktor asintió con la cabeza, para que el patólogo continuase con su informe a pesar de la falta de entendimiento entre los miembros del equipo de investigación.

–Además, las manos y las piernas de la segunda víctima, es decir, Rinitas, también estaban fuertemente atadas con una cuerda. Exactamente igual que en el primer caso, esto es, con Kózka –dijo Koterski–. Estaban tan apretadas que le provocó profundas heridas en la epidermis, alrededor de las muñecas y los tobillos.

–El asesino quería asegurarse de que la víctima no se iba a poder defender –dijo un hasta el momento silencioso Daniel Podgórski.

–Seguramente sí, señor Daniel –concordó el forense Zbigniew Koterski.–. También encontré pequeños arañazos en la espalda y las extremidades. Aparecieron ya después de haber muerto la víctima. El primer caso coincidía también en este aspecto.

¿Qué es lo que se deduce de ello? –preguntó el comisario Wiktor Cybulski. Tenía sus propias sospechas al respecto, pero quería confirmarlas.

–A ambas mujeres las encontraron abandonadas. Y ambas estaban desnudas –recordó el patólogo–. Me parece que el asesino arrastró sus cuerpos por la tierra, y de este modo la piel sufrió arañazos. Seguramente estemos todos de acuerdo en que lo más seguro es que utilizase un coche para arrojar los cuerpos a la cuneta. Probablemente los arrastrase desde el coche hasta el sitio en el que aparecieron.

–¿Está usted seguro de que no fueron asesinadas en el lugar donde las encontramos? –preguntó el oficial Mazur.

–Por supuesto que lo estoy. Si no fuera así, allí se habría encontrado mucha sangre, teniendo en cuenta la causa directa del fallecimiento, o sea, el degüello. Por cierto, en esto hay algo más que considerar...

–¿Qué quiere decir? –soltó Klementyna, bebiendo nuevamente sorbitos de Coca-Cola–. ¿Qué es?

—Se trata del sentido del corte. La primera vez, es decir, en el caso de Kózka, se hizo de izquierda a derecha. La segunda vez, es decir, con Risitas, se ha hecho al revés, de derecha a izquierda.

—¿Y qué se puede deducir?

—Solo que, o bien tenéis dos asesinos, uno zurdo y otro diestro, o se trata de un solo asesino que se vale de ambas manos con la misma habilidad. Debido a la semejanza de los demás traumatismos, opino que estamos ante un solo asesino. Solo que esta persona es ambidiestra.

Durante un instante, en la sala de conferencias se hizo el silencio, interrumpido nada más que por el estruendo del anticuado aire acondicionado, oculto en algún punto del techo.

—¿Eso de qué nos sirve a nosotros? —preguntó la comisaria Klementyna Kopp.

Wiktor Cybulski escuchó con interés, absorto. Se consideraba una persona renacentista. Los más variopintos campos del saber eran de su interés. Resultaba extraño que nunca hubiese leído un ensayo científico sobre la ambidextría. Con ganas se hubiese inmiscuido entonces en la discusión.

—No soy ningún experto en ambidextría, aconsejaría contactar con un especialista. Sugeriría en un principio a un pediatra porque, por lo que sé, la ambidextría se da principalmente en los niños —aconsejó Zbigniew Koterski—. Yo solo puedo decir lo que he interpretado a raíz de los traumatismos de los cuerpos de las víctimas.

—Lo comprobaré, pero antes iré con Daniel al siguiente interrogatorio —decidió Klementyna—. ¿Qué nos puedes decir de las partes del cuerpo extraídas?

—La primera víctima, es decir, Kózka, tenía amputadas las orejas. A la segunda mujer, es decir, a Risitas, le quitaron los ojos —recordó el forense—. Según mis constataciones, lo hizo con una herramienta bien afilada y de alta precisión.

—¿Te refieres a un cuchillo? —preguntó Daniel Podgórski.

El forense giró lentamente la cabeza.

–Apostaría más bien por un bisturí.

Y se hizo nuevamente el silencio en la sala de conferencias.

–Pues nada, me voy –dijo el patólogo, levantándose de la mesa–. Os mandaré un informe detallado en algún momento de la tarde.

Se apresuró a la salida, ahuecando su poblada melena.

–A punto he estado de olvidarlo –dijo aún, deteniéndose en el umbral–. No sé si os resultará relevante, pero Beata Wesołowska, es decir, vuestra Risitas, se hallaba en el principio de un embarazo. Creo que podemos hablar de la sexta semana, más o menos.

EL PROPIETARIO DEL centro vacacional Valle del Sol, Szymon Wiśniewski, se mordió levemente la lengua. Lo hacía a menudo, cuando estaba nervioso. Le parecía que de hacerlo constantemente le había salido pequeños agujeritos. Al fin y al cabo, se ponía nervioso bastante a menudo. Por ejemplo, en ese momento. Szymon Wiśniewski no estaba seguro de si había ido bien la conversación del día anterior con la policía. Albergaba la esperanza de que Daniel Podgórski, de la comisaría de Lipowo, no le creara problemas. De hecho, gracias a Szymon su pueblo funcionaba tan eficazmente. ¡No había lugar para engaños! El centro vacacional Valle del Sol y toda su infraestructura se traducía en turistas. Por su parte, los turistas se traducían en dinero para Lipowo. No obstante, durante los meses de vacaciones los habitantes de Lipowo tenían en realidad que ganar dinero para el resto del largo año. La cosecha agrícola no traía beneficios tan palpables como los visitantes de la ciudad con sus coches deportivos o, lo que era incluso mejor, sus caravanas familiares.

Sí, Szymon Wiśniewski no se preocupaba por Daniel Podgórski. Más bien le ponía nervioso aquella extraña policía de Brodnica, Klementyna Kopp. Ella no tenía nada que perder, y esos eran siempre los peores. A Wiśniewski le había dado tiempo a indagar discretamente sobre ella, y no estaba satisfecho con los resultados de su pequeña investigación. La comisaria Kopp era conocida por husmear en todas partes, y eso era justamente lo que no necesitaba en absoluto.

Szymon Wiśniewski blasfemó entre dientes. No podía entender cómo se había metido en semejante lío. Si hasta el momento todo iba tan bien... ¿Tal vez era un error haber incluido en el proyecto a Bernadeta Augustyniak? No se sentía bien en compañía de la asistente del director del colegio. Bernadeta tenía algo inquietante, siempre enfundada en aquellos cuellos altos y esas faldas modosas hasta los tobillos. Szymon no podía evitar ponerse nervioso en su presencia, y eso que sabía de sobra lo importante que era en los negocios llevarse bien con los socios. Se podría decir incluso que era clave. De buena gana se libraría de ella cuanto antes. Por otra parte, Bernadeta Augustyniak tenía enchufes muy útiles y no tenía reparo en tirar de ellos. Szymon Wiśniewski tenía solo la esperanza de que ni ella ni ninguno de los demás se fueran de la lengua. De lo contrario, podrían meterse en grandes problemas. Y él mismo podría ser quien saliera peor parado.

Sentía la sangre en la boca. Se había mordido con demasiada fuerza. El regusto metálico lo tranquilizó un poco. La sangre actuaba sobre él como un narcótico particular. Se calmó interiormente pensando que aquello, de alguna forma, pasaría. Pasaría.

DANIEL PODGÓRSKI SIGUIÓ a la comisaria Kopp a su despacho de la primera planta en la Comandancia Provincial de Brodnica. Antes de dirigirse al centro vacacional Valle del Sol a llevar a cabo los siguientes interrogatorios, planeaban informarse más sobre el tema de la ambidextría que había mencionado el forense. Ambos tenían la esperanza de que eso los ayudaría a detener al hombre responsable de las muertes de Kózka y de Risitas.

El despacho de Klementyna resultó ser curiosamente impersonal. Podgórski no vio ninguna fotografía familiar, ni tampoco un recuerdo, bibelot o cualquier otra cosa que diferenciase el despacho de la policía del resto de salas del edificio de la Comandancia Provincial. No había cuadros ni imágenes en las paredes, y en el pétreo alféizar de la ventana se echaba en falta una flor, aunque estuviese seca. Por algún extraño motivo, Daniel se sintió decepcionado al verlo. La propia Klementyna Kopp con sus tatuajes, su pelo canoso rapado y sus originales atuendos era, sin embargo, un personaje lleno de color. En cambio, su despacho se asemejaba más bien a un sombrío mausoleo.

Daniel pensó con nostalgia en su sobrecargado despacho de la pequeña comisaría de Lipowo. Cualquiera que entrase podía saber mucho sobre Podgórski de inmediato. Por ejemplo, que estaba enamorado de Weronika, que amaba los coches rápidos y los cuidados de su madre, o que no era muy ducho como jardinero, aunque se esmeraba. En cierta manera, su propia oficina hablaba de él. Sin embargo, Klementyna seguía siendo un enigma, como siempre.

La comisaria Kopp se sentó junto al escritorio y comenzó a aporrear el teclado con sus arrugados dedos.

—Bueno, vale. Tengo aquí el teléfono del pediatra con el que consulté cierto asunto hace varios años —explicó—. Intentaré llamarlo primero a él. Si resulta que no sabe nada, seguimos adelante nosotros, ¿no?

Daniel Podgórski asintió con la cabeza.

Klementyna conectó los altavoces para que él también pudiese participar en la conversación, si fuese menester.

—Gracias —susurró Podgórski, cuando desde el altavoz se expandió un sonoro «halo».

La comisaria Kopp le explicó al médico el motivo de su llamada.

—Con lo cual, existe la posibilidad de que nuestro asesino sea ambidiestro —dijo ella acabando su relato—. ¿Nos podría explicar de qué se trata exactamente? Quizá nos ayude de alguna forma en la investigación.

Se oyeron ruidos por el altavoz.

—Ser ambidiestro es un fenómeno infrecuente —dijo el médico—. Si no me bailan las cifras, afecta solo al uno por ciento de la sociedad. En otras palabras, que uno de cada cien niños tendrá este problema.

—Suena prometedor —murmuró Klementyna, mirando sus manos, cubiertas de tatuajes—. La palabra ambidextría no suena nada mal.

—Solo en apariencia —espetó el médico.

—¿Por qué? —se inmiscuyó Daniel Podgórski. A él también le parecía una gran ventaja poder usar ambas manos.

—Ahora lo explicaré todo, punto por punto —prometió el médico, alzando la voz sobre las ruidosas interferencias—. Si somos diestros, zurdos o ambidiestros, eso es algo que decide el genotipo. Es lo que nos predispone para un determinado tipo de lateralidad.

—¿Lateralidad? —le interrumpió la comisaria Klementyna Kopp.

El médico estalló en carcajadas. A través del altavoz sonaba como una especie de chasquido indefinible.

—Denominamos «lateralidad» a una asimetría funcional —explicó el doctor, como si eso les tuviese que decir algo.

La comisaria Kopp miró a Podgórski. Daniel se encogió de hombros. ¿Una asimetría funcional? Él jamás había oído hablar de nada parecido. En todo caso, «lateralidad» sonaba ya muy científico.

—Y, hablando en plata, ¿qué es eso? —preguntó Klementyna, impaciente—. Recuerde que no está hablando con especialistas. Si supiera lo que es, no le habría llamado.

—Estése tranquila, señora comisaria. Ahora lo explicaré todo con un lenguaje más sencillo —dijo el médico. Su voz estaba deformada y apenas parecía humana—. Por lo general, nuestra parte izquierda del cuerpo no es igual de hábil que la derecha.

Es algo que todo el mundo sabe. En eso consiste precisamente la lateralidad.

–¿Así que nuestro genotipo decide cuál de nuestros hemisferios, izquierdo o derecho, será más fuerte, preciso y demás? –resumió Klementyna Kopp–. Decide, pues, si somos zurdos o diestros, ¿no?

La policía agarró un folio y, absorta, empezó a trazar formas imprecisas a distancia. Daniel avistó a través de la ventana. Desde el despacho de Klementyna se veía el parking de la comandancia. Algunos policías se calentaban al sol, mientras que otros se daban brío con sus casos.

–Exactamente –confirmó el médico–. Cuando un niño cumple medio año, se pueden ya observar sus preferencias respecto al uso de una mano determinada, pero la lateralidad se continúa desarrollando hasta el cuarto año de vida, aproximadamente. Una vez que el niño alcanza los seis años, este proceso debería acabar. Suelo repetirles a los padres que en primer curso el niño debería haber superado ya este proceso. Esto es, debería usar la mano derecha o la izquierda.

–Más claro que el agua, pero qué nos indica esto a nosotros, de cara a nuestra investigación? –murmuró Klementyna adelantándose, como de costumbre. Se comió varias letras sin preocuparse lo más mínimo.

El médico lanzó un largo suspiro.

–Un poquito de paciencia, por favor –amonestó a la policía–. Así pues, la ambidextría de la que hablamos es un tipo de lateralidad en la que ninguno de los hemisferios, ni el izquierdo ni el derecho, predomina. Si el niño cumple diez años y sigue siendo ambidiestro, se trata ya de un trastorno.

Klementyna Kopp no parecía persuadida.

–Así que nuestro asesino es como una especie de retrasado. ¿No es lo que sugiere?

Desde el auricular se alargaban nuevamente los chasquidos.

–Yo no he dicho eso –negó el especialista–. Usted me ha entendido mal. A las personas ambidiestras les pueden sobrevenir diferentes problemas, por ejemplo, de concentración u orientación en el espacio. Por otro lado, no tiene por qué ser necesariamente así. Sin embargo, sí que podemos hablar de un riesgo más elevado de que aparezcan problemas de este tipo en los niños ambidiestros. Por eso hay que ejecutar ejercicios especiales con ellos. Su objetivo es determinar cuál de los dos lados predomina y evitar los posibles problemas en la escuela. En cualquier caso, como ya he señalado, normalmente los niños maduran dejando atrás la ambidextría. O bien de forma natural, o bien gracias a esos ejercicios.

–Es decir, ¿no existe la ambidextría en los adultos? –quiso asegurarse la comisaria Kopp.

–Es un fenómeno más que infrecuente –explicó el especialista–. En el caso, por supuesto, de que hablemos de la ambidextría natural. Porque si es adquirida estamos ante un caso completamente distinto.

–¿Cuál? –preguntó escuetamente Klementyna.

El médico tosió bien alto.

–Ahora ya no se hace, pero en el pasado era muy común que a un niño zurdo se le obligase a ser diestro. Por lo general, no se aceptaba a los zurdos. En un caso así, la ambidextría solo era cosa de un entrenamiento adecuado de la mano derecha. ¿Es usted diestra, comisaria?

–Sí.

–Con un poco de paciencia podría usted ejercitar tanto la mano izquierda, que alcanzaría prácticamente la ambidextría. Lo llamaríamos entonces ambidextría adquirida.

La comisaria Kopp asintió con la cabeza.

–Comprendo. ¿Y cómo valoraría usted la situación en el caso de nuestro homicida?

–Mire, no conozco el caso. No puedo valorarlo basándome solo en la información que usted me ha proporcionado. Pero, si tuviese que pronunciarme, apostaría más bien por el caso de la ambidextría adquirida.

–La que se enseña entonces, ¿no?

–Exacto.

–¿Por qué?

–Como ya he dicho previamente, la ambidextría natural rara vez aparece. Le recuerdo que afecta solo al uno por ciento de la sociedad. Resulta especialmente infrecuente en los adultos. Y no creo que su asesino sea de una edad inferior a los seis años. Precisamente por eso apostaría por la ambidextría adquirida. O bien el homicida era zurdo y le obligaron a usar la mano derecha en la escuela, por ejemplo, o él mismo decidió entrenar ambas manos.

5

EL OFICIAL GRZEGORZ Mazur entró en Żabie Doły en coche patrulla. Paró ante la tienda en la que trabajaba Daria Kozłowska, la primera de las víctimas. El mandamás del comisario principal Wiktor Cybulski quería, pues, empezar a registrar la habitación del desván donde Kózka vivía de alquiler.

El propietario de la tienda se encontraba ante el edificio, con el manojo de llaves en su mano. Parecía un tanto perdido en medio de toda aquella situación.

–No lo entiendo –dijo, en cuanto los policías se bajaron del coche–. Ya ha estado aquí todo el equipo de Brodnica. Pensé que ya había dejado todo esto atrás. Quiero hacer obras en este pisito y alquilárselo a otra persona.

–Pues tendrá que aguantarse por un tiempo –le informó el comisario Wiktor Cybulski con aquella elegancia imperiosa y esa falsa amabilidad tan suyas, que irritaban sobremanera al oficial Mazur.

–Grześ, no comprendo nada de esto –se dirigió el propietario de la tienda al policía de Żabie Doły.

Se conocían bastante bien. En alguna ocasión habían quedado para pescar juntos. Y varias veces incluso se habían ido de caza. Grzegorz Mazur compadeció al tendero por la situación en la que se encontraba, pero no podía hacer nada. Tenía ahora que pensar en sí mismo y en su familia. Eso era lo principal.

–Intentaremos solucionarlo lo más rápido posible –prometió.

—Haga el favor de darme las llaves –dijo el comisario Wiktor Cybulski.

El propietario de la tienda suspiró hondamente y le pasó el manojo de llaves al policía de Brodnica.

Intentaremos arreglar este asunto lo más rápido posible –y el comisario repitió la promesa de Mazur–. Nos pondremos en contacto con usted cuando pueda empezar con las reformas. De momento no entra en nuestros planes.

La joven dependienta, con la que habían hablado el día anterior, salió de detrás del mostrador y se desplazó hasta el umbral de la puerta de la tienda. Miró a su jefe y a los dos policías, sin ocultar su curiosidad. Varios borrachos, que a diario se sentaban en un pequeño banquito ante la entrada de la tienda, miraban en esa dirección con moderado entusiasmo.

Wiktor Cybulski se inclinó ante todos ellos con una distinción exagerada, desatando auténticas salvas de carcajadas ebrias. Grzegorz Mazur torció la mirada. Si el comisario tuviese que trabajar en la colonia Żabie Doły, la gente se lo comería. Totalmente. Ese dandi con gafas y traje recién planchado desentonaba por completo allí. En cambio Żaneta, su mujer, llevaba mucho mejor la adaptación. Y tanto que mejor, rio para sus adentros Grzegorz. Se preguntaba con curiosidad si el gafotas de Cybulski era consciente de que su mujer no solo dedicaba su tiempo a enseñar en la escuela, sino también a ponerle los cuernos. Al menos eso era lo que decían los rumores.

Wiktor Cybulski no se preocupó por la alegría que desencadenaban sus reverencias y, llave en mano, subió por la angosta escalera. Parecía que estuviera pegada a la pared izquierda del edificio. Conducía a una especie de ático, donde el propietario había arreglado un pequeño apartamento. El oficial Grzegorz Mazur sabía que originalmente el ático se iba a alquilar a los turistas. Sin embargo, resultó que los visitantes despreciaban Żabie Doły y preferían parar en Lipowo, al otro lado del lago. Desde allí había menos distancia hasta la zona de baño del resort Valle del Sol. Además, Mazur no pretendía engañarse a sí mismo, Żabie Doły era mucho menos atractivo que el pintoresco Lipowo, con su vetusta iglesia de ladrillo y su hermoso bosque añejo.

Por algún motivo, Żabie Doły no atraía a los turistas. A sus ojos, la colonia no era más que una antigua comuna, sin nada que ofrecerles. A Mazur le invadía la ira cuando pensaba en ello. Żabie Doły también era hermoso, a pesar de los bloques de hormigón socialistas y los caminos llenos de baches. El campo rodeaba el asentamiento, y colindaba al este con el bosque. Desde ese extremo, el lago Bachotek quedaba a menos de dos kilómetros. Al oeste, estaba muy cerca de Brodnica. Por desgracia, nadie valoraba aquella maravillosa ubicación, y el dueño de la tienda tuvo suerte cuando una de sus empleadas, Daria, alquiló aquel modesto ático.

El comisario Wiktor Cybulski giró la llave y ambos entraron. Grzegorz Mazur se estremeció en cuanto traspasó el umbral. Reinaba en el interior lo típico de un ático: la ventilación y el aislamiento no eran buenos. Por eso mismo las minihabitaciones situadas encima de la tienda se recalentaban en verano, mientras que en invierno perdían fácilmente el calor.

Entonces, el oficial Grzegorz Mazur suspiró profundamente. Sentía cómo el sudor recorría su espalda, tensa como una cuerda. Esperaba que el registro acabase pronto.

–El piso no es muy espacioso –afirmó Cybulski, mirando a su alrededor–. ¿Podría usted encargarse de la cocina, oficial Mazur? Yo mientras le echaré un vistazo al dormitorio.

Grzegorz Mazur asintió con desgana. Habría preferido que se repartiesen el trabajo al revés. Seguramente no encontraría nada interesante en la cocina. Pero presentía que no podía tentar a la suerte, estaba a un paso de perder la posibilidad de trabajar en la brigada que investigaba el caso. Y todo por aquella lesbiana cabrona.

La cocina era tan diminuta como el resto de la casa. Grzegorz Mazur registró todos los armarios uno por uno, pero no encontró nada. Era justo lo que esperaba; aun así no pudo evitar sentir cierto alivio.

—Oficial Mazur, venga un segundo, haga el favor —lo llamó Wiktor Cybulski desde la otra habitación—. Tengo algo interesante.

Grzegorz Mazur sintió cómo el corazón se le disparaba. ¿Algo interesante? Se movió a paso rápido. El mandamás de Brodnica señaló la cama. Sobre la colcha beige yacían todo tipo de juguetes sexuales. Ni siquiera sabía muy bien la finalidad de cada uno. Una vez a la semana, su mujer y él se satisfacían con la clásica postura del misionero, y eso, a él, le venía de maravilla. Eso era lo normal. Pero aquello que veía en la cama no lo era. O al menos, eso pensaba.

—Lo encontré escondido en la buhardilla—explicó Wiktor Cybulski.

—Ahí es nada —fue todo lo que dijo Grzegorz Mazur, Parecía que Kózka no era tan santa como aparentaba, pensó.

—Es muy extraño a pesar de todo —dijo el comisario Wiktor Cybulski.

—¿En qué está pensando?

—El piso ya fue registrado por el equipo técnico. Estos... dispositivos no estaban entonces.

La enfermera Milena Król se cubrió la cicatriz de la cara. Durante un instante había tenido la sensación de que todos la miraban, pero los pacientes de la clínica privada Magnolia estaban inmersos en una viva discusión sobre los asesinatos que habían ocurrido en Lipowo y Żabie Doły hacía pocos días. Le hacían caso omiso a Jo.

Milena fingía leer las recetas del médico, pero no dejaba de escuchar lo que largaban los pacientes. Su cuerpo entero temblaba imperceptiblemente. No estaba segura de si era de miedo, o de una extraña y primaria excitación.

–Señora Milena, ¿podría servirnos un poco de agua? –pidió la señora Zofia, residente habitual de la clínica, retirando el periódico–. ¡Asesino de Vírgenes! Así lo han bautizado en el periódico. Creo que es asombrosamente poético. ¿Quién lo habría dicho? Dos asesinatos y la policía sin hacer nada. O eso escriben. Y todo tan cerca de nuestra clínica. ¡Quién lo iba a decir! Señora Milena, ¿dónde está el agua?

Jo rellenó obedientemente la jarra con agua fresca. Allí, en Magnolia, tenían su propio manantial. De él manaba «agua buena para el cuerpo y el alma», como anunciaba el folleto informativo de la Clínica Privada de Ayuda Psicológica y Psiquiátrica, una clínica que combatía la depresión, la celulitis y las estrías. Y que además procuraba una maravilloso cutis terso y una buena autoestima en general. En cambio, según Milena Król el agua carecía de propiedades curativas más allá de ser cristalina y tener un frescor agradable. No obstante, constituía un reclamo excelente. Las pacientes de Magnolia se disputaban cada sorbo, sin importarles que costase una fortuna.

–¡Es increíble! –gritó entusiasmada otra paciente. Según su historial clínico era una bipolar deprimida, en la que los estados eufóricos se alternaban con una severa abulia. Jo sabía que en su caso el diagnóstico era bastante exagerado–. ¡Puede que nosotros también estemos amenazados! ¡El Asesino de Vírgenes! Me siento como en la Edad Media.

–En este artículo se dirigen expresamente al asesino –siguió explicando la señora Zofia–. El reportero le está pidiendo que no siga con sus crímenes.

–Suele decirse que los asesinos en serie recopilan los recortes de prensa que hablan sobre ellos, así que quizá llegue a sus oídos –reflexionó otra.

–No lo creo –repuso la señora Zofia con tono autoritario–. Señora Milena, de verdad, ¿qué es lo que pasa con esa agua?

La enfermera Milena Król empezó a notar cómo su almidonado uniforme se le pegaba incómodamente a la piel. Pero las pacientes de Magnolia no entendían nada. Jo dejó la jarra con agua sobre la mesa y salió rápidamente de la sala.

De nuevo aquella mezcla de miedo y extraña excitación.

Risitas y Kózka habían muerto. ¿Quién sería la siguiente?

HOMICIDIO. Y ENCIMA dos. El joven oficial Daniel Podgórski se apeó del coche. Después de hablar con el pediatra que les había explicado el fenómeno de la ambidextría, salieron rápidamente, tanto él como la comisaria Klementyna Kopp, hacia el resort Valle del Sol. El bochorno parecía ir en aumento a medida que transcurrían los segundos. Aquellos que habían afirmado que no habría verano ese año, se habían equivocado de pleno. La madre de Daniel repetía siempre que, si hay invierno, también llegaría luego el verano. Y el invierno de aquel año había sido excepcionalmente largo y nevado. En cambio, el verano resultaba tropical. Podgórski rio para sus adentros pensando que su madre, como siempre, tenía razón.

Contempló el complejo vacacional que lo rodeaba y suspiró. Valle del Sol emanaba vida. En el aire sonaron las alegres voces de los visitantes. Ese era el aspecto que Lipowo ofrecía en verano. Rebosante de vida y diversidad. Por el contrario, en invierno el pueblo se adormecía.

Apenas había comenzado el segundo día de la investigación, y Podgórski echaba ya de menos a sus colegas de la comisaría de Lipowo. Las directrices del fiscal Jacek Czarnecki eran inequívocas. Tan solo Daniel Podgórski podía participar en la instrucción. Mientras, el resto de policías de Lipowo podrían concentrarse en sus tareas rutinarias en el pueblo y alrededores.

Daniel echaba ya de menos a Weronika Nowakowska. Por la sobrecarga de trabajo que llevaba con esa investigación, no la veía desde la mañana anterior, y nada hacía presagiar que pudiesen quedar ese mismo día. Suspiró con resignación, hacía tiempo que había decidido que no iba a quejarse. En realidad, no le salía de dentro. Siempre había alguna razón para ver las cosas de otro color.

La comisaria Klementyna Kopp se apeó del coche con cierta demora. Pequeñas perlas de sudor ensombrecían su frente. Aun así, no se quitó su inseparable chupa de cuero ni las botas militares. Bajo la intensa luz del sol, los tatuajes de sus brazos parecían aún más descoloridos que de costumbre. Eran como sombras oscilantes de un azul grisáceo.

La propia comisaria parecía ausente. El pasado invierno, Daniel Podgórski había conseguido acostumbrarse a su peculiar comportamiento, pero esta vez tenía la sensación de que, en lo más recóndito de su alma, a su vieja amiga le pesaba algo. Y sin embargo, no se hacía ilusiones de que Klementyna alguna vez lo hiciese partícipe del secreto.

6

Lipowo, colonia Żabie Doły y Brodnica.
Viernes, 2 de agosto de 2013, por la mañana

DANIEL PODGÓRSKI SE sentó cómodamente en el sillón. Había empezado el tercer día de investigación y el policía empezaba a acostumbrarse poco a poco a la sala de conferencias acristalada del primer piso de la Comandancia Provincial de Brodnica, donde solía reunirse su grupo de investigación. A través de la puerta de cristal vio a dos policías desconocidos que avanzaban a buen paso por el largo pasillo. Cada uno apresuraba el paso hacia un sitio diferente para ocuparse de sus asuntos. A Podgórski le pareció que empezaba a reconocer algunas caras. En la comisaría de Lipowo los conocía a todos, allí a nadie. En cierto modo se trataba de una experiencia purificante. Daniel se preguntó qué imagen daría él ante los ojos de aquellos funcionarios. Tenía curiosidad por saber qué pensarían de él. ¿Su cara ya les parecería conocida? ¿Seguía siendo un sujeto anónimo para ellos?

Su pequeño grupo de investigación debería estar empezando la sesión informativa de la mañana, pero la comisaria Klementyna Kopp siempre estaba hablando por teléfono con alguien. En la espera, los pensamientos de Daniel Podgórski volaron hacia Weronika Nowakowska. Desde hacía días tenía la sensación de que algo entre ellos no iba bien. Le parecía que Nowakowska empezaba a distanciarse de él poco a poco. Se recordó a sí mismo que no era momento para esas reflexiones. Debía centrarse en la investigación. Precisamente por esa sensación constante de que algo se le escapaba.

La comisaria Klementyna Kopp terminó la conversación y se sentó a la mesa. El comisario principal Wiktor Cybulski y el oficial Grzegorz Mazur, de la colonia Żabie Doły, le dirigieron una mirada interrogativa.

–Vale. Está bien. Empecemos –dijo la comisaria sin más preámbulos. Daniel sabía que más tarde habría tiempo para eso–. Wiktor, ¿qué tal os fue ayer en Żabie Doły?

Parecía que el oficial Grzegorz Mazur iba a decir algo, pero Klementyna le lanzó una mirada de advertencia. Él le devolvió una mirada envenenada.

–En casa de la primera víctima, es decir, Kózka, encontramos artilugios de todo tipo, que podríamos denominar juguetes eróticos –aclaró el comisario principal Wiktor Cybulski, ajustándose sus grandes gafas–. Como sabéis, los técnicos que registraron su piso justo después de que se hallara el cuerpo, no vieron nada de esto.

–¿O sea que alguien los puso allí después? –se interesó Daniel Podgórski.

–Eso parece, realmente –concordó Wiktor Cybulski–. Siempre y cuando nuestros técnicos no hayan cometido algún error básico. Pero dudo que hayan pasado por alto ese hueco en la buhardilla durante la inspección. No es un escondite muy sofisticado que digamos. Me pregunto con qué intención lo hicieron. Esta Kózka empieza a fascinarme.

Wiktor Cybulski se levantó y se dirigió al tablero de corcho que colgaba en la pared. Allí había fotos de las dos víctimas, además de otros documentos que ayudaban al pensamiento creativo, como decía Klementyna Kopp. Wiktor señaló una foto de Daria Kozłowska, con el pelo aclarado por el sol enmarcando una cara bastante común y un tanto masculina. Una chica en la que seguramente no se fijaban muchos, pensó Daniel Podgórski. Su cara no destacaba particularmente, sin embargo al asesino sí le había llamado la atención.

–¿Por qué motivo? –dijo Daniel, dando rienda suelta a sus pensamientos.

–¿A qué te refieres? –preguntó Wiktor.

–Me pregunto por qué el asesino se interesó precisamente por Kózka. Me refiero, obviamente, en caso de que actúe en serie. ¿Por qué eligió precisamente a Kózka? No parece que sea alguien muy particular.

–Kózka era una presa fácil –intervino Grzegorz Mazur–. Vivía prácticamente sola, especialmente después de romper con Marcin Wiśniewski. Podríamos decir que nadie se preocupaba mucho por ella. Suena muy fuerte, pero vivía en nuestro pueblo y sé perfectamente cuál era su situación. Kózka estaba más sola que la una. Si yo quisiera matar a alguien, elegiría precisamente a alguien así.

–De acuerdo, pero eso significaría que el asesino la habría estado observando –pensó en voz alta Daniel Podgórski–. Claro que, también existe la posibilidad de que el asesino sea alguien de Żabie Doły. En ese caso es posible que conociera perfectamente su rutina diaria. Podría haberla observado sin que nadie lo notase, mientras realizaba sus actividades del día a día.

El oficial Grzegorz Mazur le lanzó una mirada hostil a Daniel.

–En Żabie Doły no tenemos asesinos –dijo alto y claro–. Esto no es Lipowo. Con todo mi respeto por vuestro bonito pueblo, por supuesto.

Grzegorz Mazur se refería claramente a lo que había sucedido en Lipowo el invierno pasado. Podgórski era un tipo tranquilo, pero en esos momentos sentía que la ira se apoderaba de él.

–Vale. Me parece estupendo. Pero, bueno, yo no estoy del todo convencida de que se trate de un asesino en serie –interrumpió Klementyna Kopp antes de que Daniel pudiese contestarle a Mazur–. Me parece un poco peliculero. Unos cuerpos desnudos y golpeados, sin orejas ni ojos. No sé vosotros, pero yo me siento como en el cine. Y la vida no es una película, ¿verdad?

–La prensa empieza a hablar del tema –coincidió con ella el comisario principal Wiktor Cybulski–. ¿Habéis visto el artículo del suplemento local de *Gazeta Wyborcza*? Le han dedicado una página completa. Y no solo ellos, empiezan a hablar mucho de nosotros. En un periódico sensacionalista incluso han bautizado a nuestro asesino como el Asesino de Vírgenes. ¿Podría ser más pretencioso y vulgar? El Asesino de Vírgenes. Me pregunto qué pensará él de todo esto.

–Claro –murmuró Klementyna Kopp insatisfecha. No le inspiraban demasiada simpatía los periodistas–. Wiktor, si se da el caso, tú hablarás con la prensa. No tengo la cabeza para estas cosas ahora. Para bien o para mal, de momento nos abstendremos.

Los policías asintieron conformes.

–Vale. Pues bien, continuemos. Yo también estoy convencida de que el asesino debió de observar a las víctimas. Es posible que incluso las hubiera contactado. He mandado revisar las facturas de teléfono de Kózka y Risitas. Precisamente acaban de informarme de que no había nada particular en ellas. No había ningún número nuevo. Las chicas hablaban con las mismas personas de siempre, ningún sospechoso ni ninguna relación difícil de identificar.

–Eso también puede significar que las mató alguien de su círculo cercano y no un desconocido –apuntó Podgórski.

–Lo que no descarta que sea un asesino en serie –replicó el oficial Grzegorz Mazur.

–¿Quién es el asesino? –preguntó filosóficamente Wiktor Cybulski–. ¿Qué clase de persona es? ¿Averiguasteis algo sobre la ambidextría?

Klementyna Kopp les resumió lo que había dicho el especialista en el tema el día anterior.

–Así que, seguramente a nuestro sujeto, o bien lo obligaron a aprender a usar la otra mano, o él mismo aprendió porque quiso –concluyó–. Esto no nos ayuda mucho. Esperaba obtener algo más.

–Pero ¿para qué tendría que aprender a usar la otra mano?

La comisaria Klementyna Kopp se encogió de hombros.

–Antes, a los niños zurdos los forzaban a escribir con la mano derecha. Tal vez haya sucedido lo mismo en este caso.

–Eso ya no se practica desde hace tiempo –afirmó el comisario principal Cybulski– Lo que podría significar que el asesino ya tiene una edad.

–Se sorprendería si supiera lo que en realidad pasa en los colegios –murmuró el oficial Mazur.

–No saquemos conclusiones prematuramente –les recordó Klementyna–. Puede que el asesino se entrenase para ser capaz de usar las dos manos. En ese caso sus suposiciones no tendrían ningún sentido. Pero bueno, volvamos a nuestras víctimas. Hemos buscado vínculos entre Kózka y Risitas. Estamos de acuerdo en que no se parecían físicamente. Resulta que tampoco tenían caracteres similares. Risitas era bastante atrevida y extrovertida, mientras que Kózka era callada y religiosa.

–No hay nada de raro en eso. En nuestro pueblo todos van a la iglesia –aclaró Grzegorz Mazur–. Somos una comunidad decente. El sacerdote de nuestra parroquia cuida mucho de su rebaño. Más bien, Risitas era la excepción.

–A mí me parece interesante el hecho de que tanto el kayakista Marcin Wiśniewski como el socorrista Kamil Mazur hayan sugerido que la religiosidad de Kózka se había visto reforzada últimamente –intervino Daniel Podgórski–. ¿Pensáis que pueda ser un dato importante?

–Podemos comprobarlo –propuso Wiktor Cybulski con una sonrisa–. Tal vez el oficial Mazur y yo podamos hablar sobre este tema con el párroco y con otras personas de Żabie Doły. No está de más considerar esta cuestión.

La comisaria Kopp miró de reojo hacia Grzegorz Mazur de mala gana.

–Vale –accedió finalmente–. Volviendo a los vínculos entre las víctimas, sea un asesino en serie o no, debe de haber alguna conexión. En eso estamos de acuerdo, ¿no? Para mí un punto en común curioso es el centro vacacional Valle del Sol, más concretamente el kayakista y el socorrista.

De nuevo Klementyna lanzó una mirada fugaz al oficial Mazur.

–¿Por qué iba a estar mi hijo metido en todo esto? –preguntó bruscamente el policía de Żabie Doły–. Si ya habéis hablado con él y habéis visto que todo está perfectamente en orden. Kamil no ha matado a nadie.

–Retomaré el tema más adelante –prometió con la misma brusquedad la comisaria Kopp.

Por un momento se hizo el silencio.

–Ayer Julia Zdrojewska hizo hincapié en otro tema –dijo por fin Klementyna, recuperando la compostura–. Ya lo había pensado antes, pero no le había dado mucha importancia. Ambas víctimas tenían la misma edad, veintitrés años. En un pueblo tan pequeño como Żabie Doły esto solo puede significar una cosa: Kózka y Risitas iban a la misma clase. ¿Es así, oficial Mazur?

Grzegorz Mazur le dio la razón apresuradamente y alcanzó la última botella de agua mineral que quedaba sobre la mesa. Le dio un buen trago.

–¿Puedo saber por qué no recordaste esto antes?

–No se me ocurrió que pudiera ser algo interesante en nuestra investigación –masculló el policía.

Klementyna Kopp le volvió a lanzar una mirada de odio.

–Me gustaría que miraseis esta fotografía. Nuestra psicóloga Julia Zdrojewska la encontró en el perfil de Facebook de una de nuestras víctimas.

La comisaria Kopp puso varias copias de una fotografía de la clase sobre la mesa. Cada policía cogió una. Daniel Podgórski se dio cuenta de que a Grzegorz Mazur le temblaba ligeramente la mano cuando cogió la suya.

–Para mayor claridad, los nombres de las personas que aparecen en la foto están abajo. Han pasado algunos años. Pero bueno, puede que reconozcáis a algunas incluso sin ver sus nombres.

Podgórski observó la foto con detenimiento. En la fotografía se veía un grupo de niños. Los alumnos estaban alrededor de un profesor de pelo ligeramente largo. En la esquina superior derecha el policía vio un grupo de alumnos abrazados. Junto a sus caras se podían leer los nombres Daria Kozłowska, Beata Wesołowska, Kamil Mazur, Marcin Wiśniewski, Olga Bednarek y Milena Król. Daniel ya conocía perfectamente a varios de ellos. Olga Bednarek y Milena Król, esos dos nombres no le decían nada. Un poco más abajo, algo solitario, había un chico delgado con el nombre de Feliks Żukowski. Al otro lado se veía al resto de los alumnos, Bernadeta Augustyniak y Tomek Chocimski. Esos dos nombres tampoco le sonaban.

Nueve alumnos. En la ciudad tal vez no se abriría una clase para tan poco alumnado. Sin embargo, en zonas rurales era difícil reunir la cantidad suficiente de chicos y chicas de la misma edad aun para abrir un grupo pequeño. Como ese, pensó Daniel. En Lipowo solía pasarles lo mismo.

–El profesor que está en el centro es el director del colegio de Żabie Doły –dijo Wiktor Cybulski con su tono elegante–. Es Eryk Żukowski.

–El director de nuestro colegio, sí –confirmó el oficial Grzegorz Mazur.

–Es más, mi esposa, Żaneta, da clases en ese colegio. Żaneta y Eryk son muy amigos.

Daniel se fijó en que a Wiktor Cybulski le tembló un poco la voz al decir eso.

–Vale. Me parece estupendo que sean amigos, pero ahora tendrán que dejar de serlo –exigió Klementyna Kopp con tono obstinado–. No quiero que Żaneta se vea con Eryk Żukowski. Al menos por ahora. También se lo he pedido a Julia Zdrojewska. Sé que las dos trabajan con él en una organización sin ánimo de lucro. Wiktor, tú tampoco deberías tener contacto con él.

–¿Piensas que Eryk es nuestro asesino? –preguntó el comisario principal Wiktor Cybulski.

En la voz del comisario principal se percibía un tono de incredulidad burlona. Daniel Podgórski trató de disimular una sonrisa, pero no era momento de bromear, precisamente.

–Por ahora no pienso nada –afirmó Klementyna–. Solo sé que tenemos un punto más en común.

La comisaria Kopp se acercó a la pizarra y cogió un rotulador.

Puntos comunes entre las víctimas:
1. Marcin Wiśniewski y Kamil Mazur –relación amorosa.
2. La clase del colegio de la colonia Żabie Doły.
3. ¿ ... ?

–Kózka y Risitas iban juntas al colegio –dijo Klementyna, dando golpecitos con el rotulador en la pizarra–. Creo que no podemos pasar eso por alto. Debemos hablar con todos los alumnos de esa clase. Tal vez incluso poner sobre aviso al resto de las chicas. No creo que se trate de un asesino en serie, pero no podemos descartarlo.

–Tonterías –masculló el oficial Mazur. El director Fryk Żukowski es un pilar de nuestra sociedad.

La comisaria Klementyna Kopp miró con dureza al policía de Żabie Doły. Se hizo el silencio, salvo por el zumbido del viejo aire acondicionado.

–Teniendo en cuenta que el nombre de su hijo se encuentra vinculado al caso, hemos decidido junto al fiscal Czarnecki que ya no puede formar parte de este equipo de investigación –dijo la policía alto y claro–. Así que puede retirarse, oficial Mazur.

Grzegorz Mazur miró con odio a la policía, pero no dijo nada. Se levantó lentamente. Hizo un movimiento imperceptible con la mano a modo de despedida y salió de la sala de conferencias, cerrando con cuidado la puerta de cristal. Daniel Podgórski miró de reojo al comisario Cybulski, pero la cara de Wiktor no expresaba ninguna emoción.

–Vale. Está bien. Entonces tenemos la pista de los chicos del centro vacacional y la pista de la clase del colegio de Żabie Doły –resumió Klementyna Kopp, como si nada hubiera pasado–. También me interesa el centro Valle del Sol. Tengo la sensación de que allí hay algo que no vemos. También resulta extraño que ayer no pudiésemos definir quién fue la última persona del centro en ver a Risitas viva. Eso me inquieta.

–Yo voy a hablar con el cura de Żabie Doły –recordó Wiktor Cybulski. Daba la impresión de que a él también le daba igual el destino del oficial Grzegorz Mazur.

Daniel Podgórski no sabía qué pensar. No le gustaba Mazur, pero la forma en que habían sacado a su compañero del caso no acababa de gustarle. Hasta cierto punto entendía a Klementyna, pero podría haber resuelto la situación de otra manera.

–Vale. Daniel y yo nos encargaremos de los otros temas –afirmó la comisaria Klementyna Kopp–. Por cierto, ¿qué tal Żaneta?

–Todo bien –replicó Cybulski–. Resulta que ha conocido a tu prometida, ¿no, Daniel?

Podgórski miró a Wiktor sorprendido. Weronika no le había dicho nada cuando hablaron por teléfono la última vez. De nuevo se sintió incómodo, pero se limitó a asentir con la cabeza. No quería que se notase que algo no iba bien.

EL DUEÑO DEL centro vacacional Valle del Sol, Szymon Wiśniewski, colgó el auricular. Miró de reojo el reloj. Rara vez sonaba el teléfono a esas horas de la mañana. Sin embargo, no le importó. Para eso era un hombre de negocios con amplia experiencia.

Llevaba muchos años trabajando en el sector turístico. Sabía cómo funcionaba ese mundillo. Su centro había sido el primero que se instaló en el lago Bachotek. Szymon Wiśniewski afirmaba, sin temor a equivocarse, que Valle del Sol era el que mejores resultados obtenía en toda la región de los lagos de Brodnica. Sin embargo, para obtenerlos no bastaba con saber de turismo. Hacía falta algo más. La experiencia que Szymon había adquirido en el extranjero le venía fenomenal.

Szymon Wiśniewski miró desde la ventana de su oficina, situada en el edificio principal del centro vacacional. Desde allí se veía la explanada de la entrada, que al mismo tiempo era el parking para clientes de Valle del Sol. Comprobó con satisfacción que todas las plazas estaban ocupadas. Lo mejor de todo era que la mayoría eran clientes fijos. En algún momento habían llegado allí por primera vez y después, satisfechos, volvían cada año. Precisamente eso era lo que más orgullo le producía al dueño del centro. Al fin y al cabo los servicios que ofrecía eran del más alto nivel.

Encendió el pequeño ventilador que estaba sobre la mesa. El calor hacía que Szymon Wiśniewski se sintiera cansado constantemente. Por otro lado, también era su mejor aliado. Gracias a él su balneario estaba lleno de vida desde la mañana hasta la noche.

Se puso su chaleco preferido, de innumerables bolsillos, y salió afuera. Dejó el ventilador para que removiese un poco el aire estancado de la oficina. Szymon se preguntó qué tenía que hacer. Le pasó por la mente la idea de que sin Risitas y Kózka no sería lo mismo. Por otro lado, estaba seguro de que se las apañaría. De peores había salido. A pesar de todo tendría que hablar con la asistente del director del colegio, Bernadeta Augustyniak. Eso era inevitable.

Wiśniewski resopló, dirigiéndose al bar. La gravilla rechinaba bajo sus zapatos. Algunos clientes lo saludaron con un movimiento de cabeza. Szymon puso rápidamente su mejor cara. El cliente mandaba.

El bar aún estaba cerrado. Wiśniewski echó un vistazo al reloj. Aún faltaban cinco minutos. Algunos clientes hambrientos ya andaban dando vueltas por allí.

Szymon Wiśniewski pasó a la trastienda. La camarera estaba fumando un cigarro apoyada en la pared del edificio, pese a que estaba prohibido. En ese momento no tenía tiempo de recordárselo. Miró a Lidka atentamente. Su piel morena brillaba por el aceite bronceador u algún otro producto. No estaba tan mal, se alegró Wiśniewski.

—Lidka, ¿tienes un momento? —le preguntó con una sonrisa amable.

EL COMISARIO PRINCIPAL Wiktor Cybulski accedió al fresco interior de la iglesia de la colonia Żabie Doły. El edificio era de cemento, igual de feo que el resto del pueblo. Sin embargo, dentro se podía sentir un alivio tanto para el alma como para el cuerpo. En un día como ese, en que el calor apretaba, la fealdad del edificio era lo de menos.

El policía miró alrededor. El sacristán que estaba barriendo la entrada del santuario le había dicho que el párroco se encontraba dentro. Sin embargo, no se veía a nadie por allí, ni a fieles rezando ni al propio cura.

Wiktor Cybulski se movió despacio por la nave principal, contemplando los cuadros de santos que colgaban de las paredes. Wiktor no era especialmente religioso, pero era un investigador nato. Había leído la Biblia varias veces. Quería sacarle el máximo provecho. La tenía en una estantería en su casa junto al Corán, el Tipitaka budista y *El libro del camino y la virtud* chino. El comisario opinaba que las principales religiones eran parte del legado cultural que vale la pena conocer. De cada uno de esos libros sagrados cada generación iba absorbiendo sus conocimientos. Cybulski pensaba obtenerlos a puñados.

Finalmente vio al párroco junto a un pequeño altar en la nave lateral. Le escaseaba el pelo, ya canoso. Parecía profundamente inmerso en sus rezos, pero cuando oyó los pasos de Wiktor acercándose, levantó rápidamente la cabeza.

—Comisario Wiktor Cybulski —se presentó el policía de Brodnica—. No se deje llevar por mi apellido, no soy pariente del conocido actor Zbigniew Cybulski. Claro que sería un gran honor, no puedo negarlo.

El cura miró a Cybulski un tanto risueño.

–Hola. Le estaba esperando, comisario principal. Qué bien que llamó antes de venir. Tenía que ir hoy a la ciudad por unos asuntillos y nos habríamos cruzado.

–Trato de no presentarme sin avisar. Me parece una falta de educación –aclaró Cybulski dignamente–. Como ya sabe, vengo por el tema de la muerte de Daria Kozłowska, a la que muchos conocían como Kózka.

El cura asintió afligido. Se levantó del reclinatorio y le señaló un banco de la primera fila.

–Podemos hablar ahí. Se está mejor aquí en la iglesia que fuera. Los muros gruesos no dejan pasar el calor. ¿Qué quisiera saber sobre nuestra Kózka, comisario principal? No entiendo muy bien cómo podría ayudarle en la investigación desde mi posición.

Varios testigos afirmaron que Kózka se había vuelto más religiosa últimamente. Wiktor pensaba que era importante seguir esa pista. Lo mejor era empezar por el origen, es decir, en la iglesia de Żabie Doły.

–Por favor, dígame cómo era Kózka según usted. ¿Qué tipo de persona era?

–Era extraordinariamente decente y amable –murmuró el padre–. Era una buena chica. Es terrible que ya no esté viva. Era muy religiosa y decente. Así se la podría definir en pocas palabras.

–Eso es lo que había oído. Sin embargo, tengo motivos para pensar que Kózka ocultaba algo –dijo Wiktor Cybulski pausadamente.

Por ahora no pensaba revelar los detalles sobre los juguetes sexuales que seguramente alguien había metido en el compartimento de la buhardilla del piso de Kózka. Wiktor tampoco quería sugerir nada, pero debía averiguar algo más sobre el tema.

–No sé qué piensa usted, comisario principal. ¿Qué iba a ocultar Kózka? –se indignó el cura–. Todos le han dicho que era decente, porque así era de verdad. No entiendo por qué hay que buscarle tres pies al gato.

–Un testigo opina que últimamente Kózka se había vuelto más religiosa de lo que solía ser –dijo Cybulski impávido. Decidió que era hora de poner las cartas boca arriba–. ¿Está de acuerdo con esa afirmación?

El párroco de Żabie Doły se lo pensó un momento con la vista puesta en el altar.

–No sé si en general se puede hablar de una religiosidad exagerada –dijo por fin–. Ese es un tema muy personal. Kózka siempre iba a misa, pero es verdad que últimamente venía cada vez que podía. Tal vez se acercó más a Dios debido al momento tan difícil que estaba atravesando. Había roto con su novio, como ya debe de saber. Estaba muy apegada a él. Por lo que sé, Kózka estaba considerando seriamente su futuro en común con Marcin Wiśniewski. Pero pasó lo que pasó. Así es la vida, nos da lecciones de humildad.

El párroco se despidió apresuradamente.

Le agradezco que me haya dedicado su tiempo.

El comisario principal Wiktor Cybulski tenía la desagradable impresión de que no se lo había dicho todo.

WERONIKA NOWAKOWSKA ESTABA tumbada en la cama de su dormitorio y apretaba el auricular del teléfono entre sus dedos. Tenía la sensación de que el teléfono pesaba toneladas. Le parecía seguir oyendo el sonido de la conexión constantemente interrumpida.

Sucedió.

Sucedió. No estaba segura de si había hecho bien. Al principio le había parecido que era la decisión correcta, pero unos minutos después, Weronika ya no estaba tan convencida. *Igor* se acostó a su lado, como si hubiera detectado que su dueña no estaba pasando por su mejor momento. Le acarició la cabeza al perro, pensativa.

Weronika Nowakowska no quería pensar que aquello que la unía a Daniel Podgórski se había terminado por completo.

Prefería verlo como un período de transición. Necesitaba tiempo para pensar en todo. Principalmente en sus expectativas irreales de la vida en general, se reprendía a sí misma. Al mismo tiempo, se daba cuenta de que tal vez se disponía a cometer un tremendo error.

Pasó a su despacho y se sentó ante su gran escritorio. Tenía que mantenerse ocupada para no perder la cabeza. Podría empezar a construir la página web de su club ecuestre. El establo ya estaba prácticamente listo. Weronika tenía la esperanza de poder colaborar en el futuro con el centro vacacional Valle del Sol, para que los turistas que descansaban junto al lago pudieran ir con ella a probar la equitación.

En esos momentos no podía pensar en Daniel.

Sucedió.

LA COMISARIA DE la policía criminal, Klementyna Kopp, se metió en su pequeño Skoda Fabia. Estaban en la gasolinera que se encontraba a la salida de Brodnica, en dirección a Tama Brodzka. En el aire flotaba el olor característico de la gasolina. Llenó el tanque y se abasteció de Coca-Cola y barritas de chocolate. Nunca se sabía, el día podía alargarse bastante. Se sentía singularmente cansada. No estaba segura de si era por el calor o por lo otro. Por si acaso se frotó el tatuaje de la suerte, aunque dudaba que en ese caso concreto fuera a ser de mucha ayuda. «Eres una vieja ridícula, Kopp. ¡Olvídalo!»

La comisaria observó a escondidas al joven oficial Daniel Podgórski. Estaba dentro del coche con semblante triste. Parecía haber acabado de hablar por teléfono. Se había quitado la gorra de policía y la estrujaba entre sus manos, meditabundo.

–Empecemos por ir a la colonia Żabie Doły –dijo con dureza Klementyna Kopp–. Vamos a hablar con todos los de la clase en la que estaban Kózka y Risitas.

Daniel asintió con la cabeza, pero no dijo nada. La comisaria Kopp no sabía bien qué hacer. ¿Debería preguntarle qué había pasado? ¿O tal vez era mejor dejarle en paz? Se sentía rara, fuera de lugar, mal vista. Como siempre.

–Venga, vale. En cuanto a los chicos, el kayakista Marcin Wiśniewski y el socorrista Kamil Mazur estaban en esa clase, además de Tomek Chocimski y Feliks Żukowski, a los que no conocemos. El último es el hijo del director del colegio de Żabie Doły –aclaró la policía.

Tal vez concentrarse en el tema iba a ser la mejor escapatoria. Por lo menos era la más segura para ella.

Podgórski seguía callado, sumido en sus pensamientos. Klementyna no estaba segura de si Daniel estaba escuchando lo que le estaba diciendo. Sentía el fuerte deseo de tocarlo. «Eres una vieja ridícula, Kopp. ¡Olvídalo!»

Carraspeó.

–Por ahora pasamos del kayakista Marcin Wiśniewski y del socorrista Kamil Mazur, ¿no? Ya hemos hablado con ellos. Antes de salir he investigado al tal Tomek Chocimski. Actualmente vive en Inglaterra, así que propongo que lo descartemos por el momento. No tiene pinta de que haya venido desde la isla para matar a Kózka y a Risitas, y volar de vuelta a Gran Bretaña... Aunque nunca se sabe. Pero bueno, propongo que nos centremos en los que están aquí, ¿no?

Alguien tocó el claxon para que se alejara del surtidor. La comisaria Klementyna Kopp no pensaba entrar al trapo. Se iría cuando lo creyera conveniente. El conductor volvió a tocar el claxon. Lo miró amenazadora. Cuando ya estaba pensando en mostrarle su placa, se liberó el surtidor de al lado y el hombre lo ocupó. Se bajó malhumorado del Opel.

–Hoy vamos a hablar con Feliks Żukowski, el hijo del director del colegio –aclaró la comisaria Kopp. Daniel dejó la gorra del uniforme sobre sus rodillas y guardó el móvil en el bolsillo. Siguió sin decir nada–. De paso hablamos también con su padre –continuó Klementyna–. Al fin y al cabo Eryk Żukowski era el profesor de esa clase, tal vez nos diga algo. Deberemos advertir al resto de las chicas sobre el potencial peligro.

Miró la lista con los nombres de los alumnos de la clase de Kózka y Risitas, escrita con su letra ilegible. Teresa siempre decía de broma que Klementyna escribía como un médico. Incluso la animaba a cambiar de profesión. Teresa. Su imagen le parecía muy lejana, difuminada. En su lugar había otra cara, una cara nueva. Un rostro en el que Klementyna no debía pensar bajo ningún concepto. La cara de Daniel Podgórski. «Eres una vieja ridícula, Kopp. ¡Olvídalo!»

Puso el contacto y metió la primera marcha. Daniel Podgórski seguía callado. La comisaria Kopp sentía que tenía que seguir hablando. Sin parar. Así tal vez no pensaría demasiado en él. No era momento de andarse con tonterías. Era demasiado mayor para eso. Definitivamente demasiado mayor. Se miró fugazmente en el retrovisor. Ridícula, fea. Eso era todo lo que podía decirse. «¡Olvídalo, Kopp!»

Klementyna se incorporó al tráfico sin respetar mucho la prioridad. Pisó a fondo el acelerador. No le gustaba conducir así, pero en ese instante lo necesitaba.

—En cuanto al resto de alumnas de la clase, exceptuando a Kózka y Risitas, tenemos tres chicas más —dijo la policía—. La primera es Milena Król. Es enfermera en la clínica Magnolia. La segunda es Olga Bednarek, que estudia en Varsovia. Aún así no podemos descartarla, porque viene siempre a pasar las vacaciones a casa de sus padres en Żabie Doły. La tercera alumna es Bernadeta Augustyniak, que actualmente es la asistente del director del colegio de Żabie Doły. Esto es todo lo que he podido averiguar sobre estos alumnos.

La comisaria Kopp pisó el acelerador y adelantó al camión cisterna que llevaba la leche a los caseríos de la zona. El motor del pequeño Skoda iba haciendo ruido.

—Por si acaso, deberíamos advertir a estas tres chicas del posible peligro. No sabemos si el asesino piensa volver a matar. Espero que esto ya haya acabado. Pero bueno, no podemos estar seguros.

–¿Qué significa «tenemos que darnos un tiempo»? ¿Qué te parece? –preguntó el joven oficial Daniel Podgórski de repente–. ¿Puedes decirme qué significa? Porque no acabo de entenderlo. «Tenemos que darnos un tiempo.»

La comisaria Kopp suspiró profundamente. No estaba preparada para una conversación de ese tipo, no era un tema seguro. Al menos no para ella. No cuando hablaba con Daniel. «¡Eres una vieja ridícula, Kopp! ¡Olvídalo!»

Podgórski hizo un ligero movimiento con la mano.

–¿Tenemos que darnos tiempo? ¡Me pregunto qué coño significa eso!

Klementyna miró a Daniel sorprendida. Tal vez era la primera vez que le oía decir tacos. Se concentró en el camino. Sentía que no podía mirarlo en ese momento.

Podgórski dio un profundo suspiro, como tratando de calmarse.

–Pensaba que entre Weronika y yo todo estaba bien, pero tal vez me estaba engañando a mí mismo –dijo en un susurro apenas perceptible, como si hablase para sí–. Qué tonto fui. No soy más que un simple policía de pueblo, mientras que Weronika es de Varsovia y...

El coche rebotó sobre unos baches. Los amortiguadores hicieron un ruido fuerte. Ahora o nunca, decidió la comisaria Kopp.

–Perdona, Klementyna. No he debido decirte todo esto –dijo Daniel Podgórski cuando Klementyna Kopp ya le iba a poner una mano sobre el brazo para animarle–. Debemos centrarnos en la investigación. Prometo olvidarme de este tema. Es una investigación demasiado importante. Debo aprender a separar lo personal de lo profesional.

La comisaria Klementyna Kopp adelantó a otro camión. Se le había pasado el momento. La policía suspiró para sus adentros. Tenía cincuenta y nueve años, pero se sentía como una adolescente. Esto le daba más miedo que cualquier otra cosa.

«Eres una vieja ridícula, Kopp. ¡Olvídalo!»

EL OFICIAL DE Żabie Doły, Grzegorz Mazur, entró en el salón de su acogedora casita. Todo estaba perfectamente pulcro, de eso se encargaba su mujer. Tal vez la decoración era un poco cursi, pero eso no le molestaba en absoluto. Su mujer era el alma de la casa, no él.

Su hijo Kamil tenía el día libre, así que no fue a Valle del Sol. El chico estaba semiacostado en el mullido sofá de flores que su esposa había comprado hacía poco por internet. El oficial Mazur tenía que reconocer que ese mueble era comodísimo.

Kamil se recostó aún más. Abrió una botella de cerveza con el canto de la mesa y le dio un largo trago. El policía miró a su hijo con ira. Ese comportamiento no era digno de un soldado.

–Siéntate bien –le ordenó.

Kamil miró a su padre por encima de la botella de cerveza.

–Yo me voy a hacer la comida –sugirió su mujer.

Prefería no interponerse entre su marido y su hijo. Salió discretamente de la habitación. Grzegorz sabía que su esposa tenía una sensibilidad excelente para este tipo de cosas. Ese no era lugar para mujeres.

–He dicho «siéntate bien» –repitió el oficial Grzegorz Mazur cuando la puerta del salón se cerró tras su esposa.

Kamil dio un trago más a la botella. Ni siquiera miró a su padre.

–Soldado Kamil Mazur –dijo entre dientes Grzegorz Mazur–. Ese comportamiento no es digno de un soldado. ¿Entendido?

El joven dejó la botella en la mesita de centro y miró a su padre con extrañeza.

–Ese ya no soy yo –dijo en voz baja.

–¿A qué te refieres?

–Soldado Kamil Mazur. Ese ya no soy yo. –repitió el joven tranquilamente.

–Sé que ya no lo eres. ¿Crees que se me ha olvidado o qué? ¡Joder! Has manchado el honor de nuestro apellido. ¿No puedes

133

contenerte? ¿Tienes idea de lo que sentí cuando me dio la noticia el comandante de tu unidad? ¿Sabes lo que sintió tu madre? ¡Vergüenza! ¿Conoces esa palabra?

Kamil se levantó lentamente del sofá floreado.

–¿Crees que no sé lo que es la vergüenza? ¡Mira tú por dónde! –espetó el hijo–. Tú eres mi padre. Esa es suficiente vergüenza para mí.

Grzegorz Mazur se quedó paralizado. Su hijo nunca le había dicho nada igual. Nunca. El policía sintió un dolor indescriptible por todo el cuerpo. Kamil tal vez se dio cuenta de que había ido demasiado lejos.

–Lo siento, papá –dijo rápidamente–. No pienso eso en absoluto. Lo he dicho porque me he enfadado.

Grzegorz Mazur asintió con la cabeza, pero le quedó el mal sabor de boca. No había sido él quien había manchado el honor de la familia. No era él quien debía estar avergonzado. Era Kamil quien debía agachar la cabeza. Sin embargo, Grzegorz Mazur era su padre. En las duras y en las maduras. Iba a ayudar a Kamil, lo quisiera su hijo o no. Había que arreglar ese asunto.

–Por desgracia, me han sacado de la investigación y no puedo ayudarte directamente como antes –dijo el policía algo más tranquilo.

No era momento de ponerse nerviosos. Debían examinar la situación con calma. El oficial Grzegorz Mazur le señaló a su hijo el sofá. Se sentaron juntos, como en los viejos tiempos, padre e hijo. Kamil siempre había tenido un carácter fuerte y no había pasado nada. No era un fracasado, como era el caso de Feliks Żukowski, el hijo del director del colegio. Sí, Kamil tenía un carácter fuerte. Desafortunadamente, en ese momento tenían que lidiar con las consecuencias.

–Ahora respóndeme a todo. Debo entender bien la situación –le pidió a Kamil. Si tenía que elaborar una estrategia, Mazur debía conocer hasta el más mínimo detalle–. ¿Qué y cómo sucedió? ¿Cuál es tu papel aquí?

El hijo fue breve y conciso, como un auténtico hombre. No se saltó nada. Grzegorz Mazur no pensaba juzgarle. Su opinión personal no era importante en esos momentos. Kamil era su hijo. Eso era lo único que importaba. Kamil era su hijo y Grzegorz pensaba ayudarle a toda costa.

–¿De verdad tenías que follarte a esa tal Risitas? –preguntó apenas el socorrista acabó su relato–. Si no fuera por eso, no podrían relacionarte con nada.

–No fui el único que se la folló –se defendió Kamil.

Mazur empezó a exasperarse de nuevo.

–Eso también lo sé. Yo me encargaba de este asunto, por si se te olvida. Siguiente tema. Risitas estaba embarazada cuando murió. ¿Era tuyo o del kayakista Marcin Wiśniewski?

–¿Y cómo cojones voy a saberlo? –replicó Kamil–. Puede que mío, puede que suyo, ¡o puede que de ninguno de los dos! ¿Qué importa eso ahora? Igualmente estoy jodido. Estoy incluso peor que antes.

El oficial Grzegorz Mazur de la colonia Żabie Doły le dio unas palmaditas a su hijo con su robusta mano.

–Lo solucionaremos, hijo –prometió el policía–. Lo solucionaremos. Ya verás.

7

Lipowo y colonia Żabie Doły.
Viernes, 2 de agosto de 2013, por la tarde

WIKTOR CYBULSKI SALIÓ de la iglesia en la antigua granja colectiva de Żabie Doły. Conversar con el párroco no le sirvió de mucho. El sacerdote dijo exactamente lo que ellos ya sabían. Recientemente, Kózka se había hecho más religiosa. ¿Por qué? El párroco sugirió que aquello podría estar relacionado con su ruptura con Marcin Wiśniewski. Cybulski no estaba seguro de que esa fuese la respuesta. Tampoco estaba seguro de si su religiosidad repentina estaba de alguna forma relacionada con el caso.

Había un olor a trigo en el aire, de la cosecha de uno de los campos que quedaban tras Żabie Doły. La cosechadora roja trabajaba con estruendo. Varios agricultores se gritaban algo mutuamente. Cybulski no pudo distinguir sus palabras.

Echó un vistazo a su cuaderno negro. Quería hablar a continuación con la madre de la segunda víctima, Risitas. La comisaria Kopp afirmó que la señora Wesołowska no se había mostrado muy abierta a cooperar cuando la había visitado con Daniel Podgórski. Wiktor conocía bien a la comisaria Kopp. Sabía que a veces podía ser demasiado directa. Quizá en ese interrogatorio se necesitase más tacto, y él era indudablemente una persona delicada.

La madre de la asesinada aún no quería dejar entrar a la brigada criminal en su casa. Ella había declarado que Risitas no vivía con ella y que rara vez se veían. Podría ser así. No habría nada extraordinario en eso. Por otro lado, la policía aún no había podido determinar otro lugar donde Risitas pudiese haber estado viviendo. Y Wiktor Cybulski quería averiguarlo.

Decidió dejar el coche frente a la iglesia. La colonia Żabie Doły no era grande. Wiktor podría haber ido también a la casa de Wesołowska a pie. El pueblo en sí no era demasiado bonito: antiguos bloques de hormigón, pavimentos con agujeros cubiertos de arena y excrementos de vaca, maquinaria agrícola vieja y oxidada en los escasos jardines. Cybulski vivía con su esposa no lejos de allí, pero eran escasas sus visitas a Żabie Doły. No tenía nada que hacer allí, mientras que Żaneta tenía que ir todos los días para trabajar. «Y no solo para eso», se corrigió en su mente Cybulski. También estaba Eryk Żukowski.

Wiktor dejó atrás la tienda donde trabajaba Kózka. Al verle, varios de los borrachines reunidos ante la entrada hicieron una profunda reverencia a la que acompañaba una risa maligna. La joven vendedora, que ya había sido interrogada por el inspector, salió otra vez al umbral y observó con curiosidad toda la escena.

Cybulski se detuvo abruptamente, causando otra descarga de risa en los perennemente ebrios clientes de la tienda. No les prestó atención. Recordó su última visita al ático que alquilaba Kózka, con todos los juguetes eróticos escondidos en el trastero. Los técnicos aseguraban que no estaban allí durante el primer registro. De lo que se podría fácilmente deducir que alguien los había puesto a escondidas.

La vendedora miraba a Wiktor Cybulski con curiosidad. Parecía una persona muy observadora. Wiktor se dirigió hacia ella sin prisas. La chica entró rápidamente en la tienda y ocupó su lugar detrás del mostrador. Ponía cara de haber sido pillada *in fraganti*.

–Buenos días –dijo con amabilidad Cybulski.

No pudo evitarlo y miró dentro de la nevera de los quesos. Parecía que había llegado una nueva entrega. A la vista se exhibía un gouda. Ese probablemente no fuese de los Países Bajos, pero su olor era inusualmente expresivo. Wiktor sabía que el sabor de aquel queso podía acentuarse con una copa de *cabernet sauvignon*. Probablemente lo tenían en su bodega. Tendría que llamar a Żaneta y asegurarse. Echó un vistazo alrededor. ¿Había algo semejante? Resultó que también habían traído camembert. El inspector Cybulski sintió una genuina excitación. Por supuesto no era el auténtico producto francés, pero tendría que conformarse con eso. Se lo podía acompañar de vino blanco, como *chenin blanc* o *cabernet blanc*, enumeraba Wiktor entusiasmado.

—Ejem —la chica de detrás del mostrador se aclaró la voz ruidosamente, sacando al policía de su feliz ensoñación.

El inspector Wiktor Cybulski la miró distraído.

—Ah, sí, discúlpeme la falta de modales —se dio cuenta el policía—. Me preguntaba si usted vio a alguien entrar al piso de Daria Kozłowska.

La joven vendedora miró a Wiktor como si no hubiera entendido nada.

—¿Quiere decir las visitas? ¿O cómo?

—Me refería más bien al período posterior a su muerte. Si alguien ha entrado en su piso desde el martes —aclaró Cybulski.

—Bueno, después de la muerte de Kózka, solo el señor Mazur, de nuestra policía, y usted entraron allí. No vi a nadie más, pero no estoy aquí todo el día. Esos caballeros de enfrente de la tienda a veces están aquí sentados, incluso cuando está cerrado. Hable con ellos.

El comisario Cybulski miró a través de la ventana enrejada al grupo de borrachos reunidos en un banco frente a la tienda. Se acordó de sus risas maliciosas cuando los saludó. No quería hablar con ellos en absoluto. De todos modos, ¿qué podrían decirle? Durante la mayor parte del día estaban bebidos.

—Y ya que estamos con el tema, dígame, ¿Kózka tenía a veces visitas? Quiero decir si alguien la visitaba. —La chica negó con la cabeza.

—Bueno, ella solía tener pocos invitados. Más bien pasábamos mucho tiempo juntas aquí en la tienda.

–¿Recuerda usted a alguien que la visitase?

La vendedora frunció el ceño, como si estuviera absorta en sus pensamientos.

–Bueno, creo que Feliks Żukowski una vez la visitó. Es el hijo del director de la escuela. Creo que una vez también estuvo alguien del complejo vacacional Valle del Sol.

–¿El piragüista Marcin Wiśniewski?

–Bueno, sí. Cuando todavía era su novio venía mucho –dijo cambiando un poco su anterior testimonio–. Pero después también, porque ella trabajó allí, en Valle del Sol. Quizá por eso él llegaba aquí más tarde, incluso cuando rompieron.

–¿Kózka ganaba dinero en un centro vacacional? –anotó el inspector Wiktor Cybulski. Definitivamente era un dato nuevo. Nadie lo había mencionado antes–. ¿Y sabe qué hizo allí?

La joven vendedora, que era amiga de Kózka, sacudió nuevamente la cabeza.

–No tengo ni idea de lo que estaba haciendo en Valle del Sol –admitió–. Kózka quería salir de aquí lo antes posible. Soñaba con ser actriz. Necesitaba pasta, y aquí en la tienda no pagan demasiado. Es por eso que trabajaba además en el complejo vacacional. Creo que incluso le estaba yendo bien allí. Recientemente se había comprado una falda nueva. A propósito, ¿comprará algún queso hoy? Ordené que trajeran especialmente uno fresco, porque las últimas veces les hacía ascos.

LA ENFERMERA MILENA Król subió a su bicicleta. Tenía que llegar lo más pronto posible a Magnolia. La conversación con los policías llevó mucho tiempo y Jo no estaba segura de si llegaría puntual a la clínica. La jefa de enfermeras estaría furiosa. La vieja Czesława Adamczyk no toleraba a los tardones.

Por todo aquello, a Milena no le dio tiempo a maquillarse y la cicatriz en su rostro lucía en todo su esplendor. Jo esperaba que una de sus compañeras le prestase un poco de base. Pedaleó rítmicamente a lo largo del sendero del bosque, que era un atajo directo desde la colonia de Żabie Doły a Lipowo. Sus manos temblaban levemente en el manillar. Fue en este camino en el que perdieron la vida Kózka y Risitas, un poco más cerca de la carretera que iba al complejo vacacional Valle del Sol.

Milena Król aceleró la marcha de la bicicleta. Tuvo que subir una gran cuesta y estaba empezando a sudar. El aire entre los árboles estaba prácticamente quieto mientras pasaba el puente que unía los dos lagos.

Kózka y Risitas estaban muertas. Cada vez que Milena pensaba en eso, se estremecía. Podía ser una coincidencia. Sin embargo, la policía había hablado con ella. Eso ya no había sido ninguna coincidencia. Jo, sin embargo, dudaba que supieran la verdad. Ni ella estaba segura de qué pensar.

–¿Cuándo fue la última vez que viste a Kózka? ¿Cuándo fue la última vez que viste a Risitas? –le había preguntado esa extraña policía de Brodnica de cabellera cana. Su nombre era gracioso, Klementyna Kopp. Sus manos estaban cubiertas de tatuajes, como las de los criminales.

Milena masculló una respuesta. En ese instante ya no estaba segura de lo que entonces le había dicho a la comisaria. Quizá mencionó algo sobre el fin de semana. Un alto policía de Lipowo, Daniel Podgórski, observaba a Milena de manera extraña. ¿O solo se lo parecía? De todas formas, su rostro se le hacía familiar. Eso infundió ánimo a Milena.

–Fuisteis a clase juntas, ¿eh? –preguntó después la tatuada policía.

«Si se tiñera el pelo de gris, podría parecer bastante joven», reconoció Jo.

–Sí, Kózka, Risitas y yo fuimos a clase juntas en la escuela de Żabie Doły –admitió Milena.

Los policías, de todos modos, conocían bien la respuesta. Una mentira sería inútil.

–Necesito ir a trabajar. Tengo prisa.

–Solo llevará unos minutos –prometió el policía de Lipowo. Milena recordó que Daniel Podgórski era el jefe de la policía local de allí. Jo pasaba por aquel edificio azul todos los días de camino a la clínica Magnolia.

–¿Mantuviste el contacto más tarde, después de terminar la escuela? –preguntó la comisaria Klementyna Kopp.

Milena negó con la cabeza. Se sentía rara teniendo en su piso a dos desconocidos. No quería que estuvieran allí. Bajo ninguna circunstancia.

–No lo creo –dijo tratando de estar tranquila.

–Vale, venga. ¿Qué podrías decir sobre las relaciones entre los alumnos de tu clase, eh? ¿Había conflictos?

Jo negó con la cabeza. Su corazón latía rápida y ruidosamente. Tan ruidosamente que tenía miedo de que lo oyeran.

–¿Alguno de los chicos parecía agresivo? –preguntó Daniel Podgórski.

El policía contemplaba su cicatriz.

Milena negó con la cabeza otra vez.

–No, no había nada de eso. ¿Podría irme ya al trabajo? –preguntó casi suplicando–. Me queda media hora. Definitivamente voy a llegar tarde, incluso yendo muy rápido. La mayor parte de la ruta es cuesta arriba, usted lo sabe muy bien.

Una conversación tan rutinaria la calmaba. Esperaba que no la calaran. No quería que sospechasen que tenía algo que ver en todo aquello. Había trabajado duro para conseguir su puesto y no podía perderlo.

La enfermera Milena Król pedaleó cada vez más rápido. De los nervios, casi no sentía la pendiente de la montaña. Entró en la carretera. Ya casi estaba en Lipowo. Sin embargo, fue imposible compensar el retraso. Jo esperaba que la enfermera jefe la creyera, no era culpa suya que la policía la interrogase. En realidad sería más exacto decir que la habían puesto sobre aviso. Hicieron exactamente eso, le advirtieron, pero al mismo tiempo, la calmaron. Dijeron que, por el momento, no había indicios de que hubiera más víctimas.

Pero Milena Król no estaba tan segura de eso.

Bernadeta Augustyniak se quitó el uniforme de asistente del director. La conversación con esa extraña pareja de policías había ido bastante bien y estaba satisfecha. Fue a la cocina. Su cuerpo en esos momentos estaba pidiendo un refuerzo.

La comisaría era pequeña, y el policía era extremadamente alto. Resultaba, cuando menos, ridículo. Bernadeta Augustyniak trató de recordar tantos detalles sobre la pareja como le fue posible. Aquello podría ser útil más tarde. Era joven, pero no estúpida. El extraño aspecto de los policías y lo que le habían dicho no confundió a la asistente del director de la escuela. Bernadeta sabía leer bien entre líneas. Tenía que prepararse para todas las eventualidades.

Se hizo un batido rico en proteínas. Desde hacía tiempo cuidaba mucho su forma. Tenía que hacerlo. En su oficio era necesario. Limpió la batidora y bebió a sorbos. Sus pensamientos volvieron a la visita de la pareja de policías. Tenía curiosidad por saber con quién más estaban hablando. No tenía miedo de sí misma, pero los demás podían estropear cualquier cosa. En realidad, la que no sabía tener cerrada la boca era Risitas.

—Pero Beata Wesołowska se ha ido —se rio Bernadeta Augustyniak.

Ya nada amenazaba a Bernadeta.

Ya no.

El joven oficial Daniel Podgórski no sabía qué pensar al respecto. Weronika Nowakowska quería reflexionar sobre su relación. No sonaba muy bien. Tiempo para la reflexión, el espacio. Eran términos extraños para él, ¿tal vez se hablaba así en Varsovia? Se consideraba a sí mismo un hombre simple, y tales juegos de palabras no lo convencían. Quería que la situación fuera bastante llana y clara. O Weronika lo amaba, o no. Daniel sintió contra sí una ligera sensación de enojo. Intentara lo que intentara, nunca sería perfecto. Siempre quedarían un plato sucio, unos kilos de sobrepeso, una llamada telefónica de más a la madre. A pesar de todo, se esforzaba.

Cuando él y la comisaria Kopp hablaron primero con la asistente del director de la escuela, Bernadeta Augustyniak, y luego con la enfermera Milena Król, Podgórski no había podido concentrarse. Todo el tiempo había estado pensando en Weronika.

Ni Bernadeta ni Milena dijeron nada especial. Ambas parecían un poco tensas, pero no era nada de extrañar, consideró Daniel. Les pidieron, después de todo, que tuvieran en cuenta la posibilidad de encontrarse en peligro. Como lo habían estado Kózka y Risitas. De momento nada más podían hacer. El fiscal, a pesar de su certeza de estar lidiando con un asesino en serie, decidió que aún no había suficientes indicios para proporcionar protección a todas las alumnas de la clase de Kózka y Risitas. Era una cuestión de falta de fondos, como de costumbre.

Daniel Podgórski se sentía abrumado por la frustración. Weronika prácticamente había roto con él. Tampoco podían brindar protección a las personas susceptibles de estar en peligro. El policía esperaba que la conversación con la última de las alumnas de la clase de Kózka y Risitas, Olga Bednarek, trajera al menos un pequeño avance en la investigación.

La comisaria Klementyna Kopp aparcó el coche delante de la casa de Olga Bednarek. Podgórski decidió dominarse. Le daría a Weronika el tiempo para reflexionar que supuestamente tanto necesitaba. Después ya se vería.

La comisaria Kopp llamó a la puerta de la pequeña casa en que había crecido Olga Bednarek. Era una de las escasas construcciones unifamiliares de la antigua colonia de Żabie Doły. La mayoría de los aldeanos ocupaba los pisos que les habían sido adjudicados en bloques de hormigón.

El hogar parecía pobre, pero decente. Les abrió la puerta una mujer regordeta de mediana edad. Estaba vestida con un delantal a cuadros, y sus mejillas estaban favorecedoramente enrojecidas.

–¿Está Olga Bednarek? –preguntó para empezar con buen pie Daniel Podgórski.

Bastaba de lamentarse. Manos a la obra. Total, lamentarse no cambiaría nada.

Klementyna mostró su placa de policía.

–Olga está de vacaciones. Soy Krystyna Bednarek, la madre de Olga –explicó la señora limpiándose las manos con el delantal.

–¿De qué se trata? ¿Ha pasado algo?

–¿Podemos entrar un momento? –preguntó Daniel.

La entrada de la casa no era el mejor lugar para hablar. Especialmente sobre esos temas.

–Por supuesto. Pasen –contestó la madre de Olga.

Y una dosis de inquietud apareció en su voz.

Krystyna Bednarek los llevó a una pequeña sala de estar. En el interior también reinaba el orden, pero se notaba que los mejores tiempos del mobiliario habían quedado muy atrás. La mujer probablemente había intentado zurcir los agujeros de los cubrecamas y pegar el papel del tapiz que se caía, pero no había logrado ocultar la sensación de miseria.

–Tenemos indicios para creer que su hija puede estar en peligro –explicó Podgórski concisamente–. Debemos contactar con ella lo antes posible.

Krystyna Bednarek se tocó la boca con la mano en un gesto de creciente ansiedad. Cuando bajó la mano, se notaban pequeños restos de harina en su rostro. Había un olor a levadura en el aire. Daniel lo conocía perfectamente. Su madre también amaba hornear pasteles.

–¿Qué quiere decir? –la señora Bednarek preguntó con cuidado–. Olga está en el campamento de supervivientes. Soñaba con esta aventura desde hace tiempo. Hará unos dos meses que logró matricularse en ese viaje. Partió el viernes de la semana pasada. No lo creerán, pero no es fácil inscribirse en un campo como ese. Quién lo hubiera dicho, meterse en el barro, sin electricidad ni agua corriente. Pero a los jóvenes les gustan ese tipo de cosas. Especialmente a los urbanitas.

La mujer se rio, olvidando por un momento el miedo.

—¿Podría darnos el número de teléfono de Olga? —preguntó Daniel Podgórski suavemente.

No quería molestarla innecesariamente, pero tenía que hacerlo. No quedaba otro remedio.

—Mi hija no se llevó su móvil. Por eso lo llaman campamento de supervivencia, porque se trata de sentirse como en otro siglo. No hay contacto con ellos. No hay teléfonos, internet, etcétera.

—Vale, pero ¿tiene algún contacto con los organizadores de todo ese circo, eh? —la comisaria Klementyna Kopp habló por primera vez—. Realmente necesitamos contactar con Olga. Es muy importante.

—Por supuesto. De todas formas, tengo el número de los organizadores. Qué tonta — rio, dando palmadas. Las nubes de harina se dispersaron por el aire—. Lo voy a buscar. Estaba por aquí.

Krystyna Bednarek comenzó a buscar entre los periódicos dispuestos en un ordenado montón junto al sofá. Finalmente sacó un pequeño folleto.

—Oh, aquí está el número, ¡tenía razón! —dijo la madre de Olga.

—Gracias—saltó la comisaria Kopp, y se dirigió hacia la salida sin despedirse.

La anfitriona miró sorprendida a Podgórski.

—Muchas gracias —dijo el policía, para aliviar de alguna manera la situación—. Estaremos en contacto. Si tiene alguna pregunta, por favor, llámeme.

Le entregó su tarjeta.

—Un momento. ¡Espere! —exclamó Krystyna Bednarek—. Le daré algunas de mis galletas. Desde que mi hija se fue no tengo a quien servírselas. Algunas se las llevo a Boguś, mi vecino, pero no llegaremos a comernos entre los dos todo lo que he cocinado.

La mujer salió corriendo sin esperar una respuesta. Regresó en un momento con los dulces envueltos en papel. El olor de los pasteles frescos hizo que Daniel Podgórski sintiera inmediatamente un hambre creciente. Miró de soslayo su barriga redonda. ¿Quizá Weronika esperaba que él hiciera algo al respecto?

–Buen provecho –dijo la anfitriona cálidamente.

La dieta tendría que esperar hasta el día siguiente, como de costumbre.

WIKTOR CYBULSKI DEJÓ atrás una tienda en la colonia de Żabie Doły y finalmente llegó a la casa donde vivía la madre de Beata Wesołowska. Todo allí podría describirse con una palabra: negligencia. Y aun así sería un eufemismo. Cybulski rio para sus adentros. En algunas zonas, la fachada de madera de la casa parecía estar completamente podrida. Las contraventanas colgaban de las bisagras. Varios tablones se apoyaban en la pared del edificio. El techo se había derrumbado por distintos lugares y parecía que goteaba. Un pequeño jardín, cubierto con maleza, llegaba casi a la altura de la cabeza.

A pesar del descuido extremo, la casa familiar de Risitas causó una impresión bastante pintoresca al inspector. Tal vez por su ubicación a orillas de Żabie Doły, entre el límite del bosque y la plantación de centeno que el viento no dejaba de mover.

Wiktor Cybulski paró un momento para admirar la belleza de los acianos y amapolas de la carretera. Adoraba esas flores de campo. Por un momento, consideró recoger algunas para Żaneta, pero finalmente abandonó la idea. No era un romántico y su esposa ciertamente tampoco lo esperaba. Que le comprase flores su amante. Era el director de la escuela, Eryk Żukowski, quien tenía que cortejarla.

Detrás de la desmoronada valla de madera de la casa de la familia Wesołowska, ladraba furiosamente un perro bastante grande de pelaje enmarañado. Wiktor Cybulski miró al animal con desconfianza.

–Quieto –se escuchó de repente.

Una mujer salió de la vieja casa. Estaba tan devastada como su vivienda.

–Soy el comisario Wiktor Cybulski de la Policía Criminal de Brodnica –dijo el policía cuidadosamente.

La comisaria Klementyna Kopp mencionó que la madre de Risitas era impulsiva.

–¿Está relacionado con el actor Zbyszek Cybulski? –se interesó la madre de Risitas.

Wiktor sonrió internamente. Después de todo, tal vez esa mujer no era tan mala. Solo necesitaba un trato especial.

–Desgraciadamente, no. Aunque sería un gran honor –dijo Wiktor con elegancia–. No lo niego. Un gran honor.

–Bueno, se parecen un poco –dijo nuevamente la madre de la segunda víctima.

En ese momento no parecía demasiado combativa.

–He venido por el caso de su hija –intentó Wiktor Cybulski. Esperaba que fuese el momento adecuado–. Es el caso de Risitas lo que me trae aquí.

La mujer agarró al perro por la correa. Su rostro cambió en un instante.

–No dejaré que se registre mi casa. ¡Lárguese!

Cybulski reconoció que probablemente se necesitase más tiempo y, decididamente, más tacto para apaciguarla. Se ajustó sus grandes gafas. Habría que actuar gradual y delicadamente.

–Quisiera hacerle unas preguntas sobre su hija. Eso es todo. Después la dejaremos en paz. Entiendo su amargura. Es un momento realmente difícil.

La señora Wesołowska miró al comisario Cybulski con buenos ojos. Ató al perro con una cadena corta y agitó su mano con impaciencia, invitando al policía a pasar.

–Sí, este es un momento difícil –admitió.

Wiktor entró en el descuidado jardín y asintió de manera comprensiva. Con semejantes testigos había que actuar con paciencia, con muchísima paciencia incluso,

–Tiene una hermosa casa –elogió–. ¡Un emplazamiento maravilloso!

Wesołowska asintió.

–Es la casa más antigua de Żabie Doły –dijo con cierto orgullo la madre de la chica–. Ya estaba aquí antes de que se construyera la granja estatal.

–En el mercado actual una casa tan antigua debe de valer una fortuna –continuó con su halago Cybulski, mirando la ruina en la que vivía la familia Wesołowska–. La admiro por conservarla tan bien.

Wiktor temió por un momento estar exagerando, pero la mujer sonreía más. Cybulski respiró profundamente. No era un amante del cine de posguerra, pero sabía tratar a mujeres como esa.

–Hago lo que puedo –reconoció la madre de Risitas. Parecía ya del todo relajada.

Entraron dentro. Olía a herrumbre y moho. Wiktor Cybulski detectó diferentes humedades en las paredes. Por todas partes se acumulaba la basura. Trozos de antiguas tuberías de metal se entremezclaban con los periódicos, así como con trozos de comida ya no demasiado frescos.

–Risitas dormía aquí –la señora Wesołowska señaló un sofá desvencijado del salón.

Cybulski miró con desconfianza el desmoronado mueble.

–La parte de arriba no la usamos para nada –explicó la dueña–. Creo que el tejado se ha resquebrajado y por eso gotea. Ambas dormimos en esta habitación. Y el perro también. Es decir, dormíamos. Porque Risitas ya no está viva. Solo me queda el perro.

Los pelos que campaban por doquier podrían considerarse una prueba palpable de la continua presencia de un terrier en aquella casa.

—¿Podría echarle un vistazo a las cosas de Risitas? —preguntó Wiktor con cautela.

La dueña se encogió de hombros.

—Están en esta bolsa.

Objetivo logrado. El comisario Cybulski sonrió para sus adentros. Solo hacía falta un poco de tacto. Se acercó hacia la socavada bolsa, propiedad de la segunda víctima. Estaba llena con ropa un tanto pasada de moda, pero en el fondo se ocultaban conjuntos de lencería completamente nuevos. Encajes rojos y negros que no eran precisamente los más discretos. El policía los contempló pensativo. Había visto disfraces del mismo estilo, que podían contemplarse en las vitrinas de las tiendas para adultos. Aquello le pareció muy interesante.

—¿Ha movido alguien sus cosas? —preguntó Cybulski. A la casa de la primera víctima probablemente alguien había llevado juguetes sexuales. Es decir, ¿toda esta lencería espectacular pertenecía realmente a Risitas o alguien estaba contaminando la investigación?

—Nadie ha tocado las cosas de Risitas, por supuesto. Ni siquiera yo —se incomodó la señora Wesołowska—. No dejo entrar aquí a nadie. ¿Se ha vuelto usted loco? Mi casa es mi reino, como suele decirse.

—Como dijo Dostoyevski, el hogar familiar es el pilar de toda fuerza pedagógica —dijo sentencioso el comisario Wiktor Cybulski.

La mujer lo miró insegura, mientras se preguntaba si debía ofenderse.

—¿Reconoce usted estas cosas? —preguntó el policía, señalando la escueta lencería y el disfraz de enfermera de *sex shop*.

—¿Cómo? Delante de mí no desfilaba ligera de ropa. ¿Cómo voy a saber qué es lo que llevaba debajo de la falda? De todas formas no me sorprende. Siempre fue una salida.

Había llegado el momento de las preguntas incómodas. El comisario adoptó una expresión facial adecuada, llena de tacto.

–¿Pueden los técnicos examinar estas cosas? De esta forma será más fácil encontrar al asesino. Sé lo mucho que supone para usted, lo entiendo perfectamente. Por eso me gustaría hacérselo más fácil.

La mujer lo miró desorientada.

–No se preocupe, haga el favor –terminó el comisario–. Mis hombres de la Científica lo solucionarán todo.

La madre de Beata Wesołowska únicamente sacudió los hombros.

LA COMISARIA KLEMENTYNA Kopp guardó el teléfono en su mochila negra. Cabía de todo, era muy práctica. Fea, pero resistente, como ella misma. Bebió un poco de Coca-Cola, y de repente notó que la bebida era demasiado dulce. Miró con extrañeza la botella, que tan bien conocía. Nunca había experimentado esa sensación antes. Sentía más o menos lo mismo que cuando alguien descubre que su pareja le engaña. Aquella alimentación insana era un punto fundamental en su vida. Algo que la calmaba.

Hacía tan solo un instante que había conseguido hablar con uno de los organizadores del campo de supervivientes al que había ido Olga Bednarek. Por el momento, Olga era la única de las estudiantes de aquella dichosa clase con la que no había conseguido hablar. Tras largas deliberaciones, la operadora de la agencia de viajes, una mujer amable, acordó que intentaría establecer contacto con el guía del grupo en el que debería estar Olga.

–No prometo nada –repitió varias veces la trabajadora de la agencia de viajes–. Con estos grupos es realmente difícil contactar. Normalmente tienen un teléfono satélite que suele estar apagado. Y todo en medio de esta jaula de grillos, me entiende. Por eso precisamente tenemos tantos voluntarios, porque aquí todo es real. Cero teatro.

A Klementyna Kopp le entraron ganas de darle una buena tunda.

—En mi caso, real como la vida misma—dijo para no zarandearla—. Por poner un ejemplo, tenemos dos cadáveres. Esa es la cruda realidad. Y esto es una investigación por homicidio. Tan real como la vida misma. Me entiende, ¿verdad?

La comisaria Klementyna Kopp sintió que era de vital importancia contactar con Olga Bednarek. Primero para advertirla y, además, porque posiblemente Olga tendría información importante. Aunque no llevaban más que tres días completos de investigación, la policía contaba con una novedad que daría un vuelco al caso. Cuanto más se demorase, más difícil sería encontrar al asesino. Por otra parte, cuanto más durase la investigación, más tiempo pasaría junto a Daniel Podgórski: era un sentimiento agridulce. ¡Eres una vieja cómica, Kopp! ¡Olvídalo!

Pero cómo podía olvidarlo Klementyna, si Daniel Podgórski estaba sentado a su lado en el coche. Pues muy bien. Se atrevió a mirarle fugazmente. Absorto, el policía comía las pequeñas y quebradizas pastas que les había ofrecido la madre de Olga Bednarek. Le quedaron unas migajas en la barbilla. A duras penas la comisaria Kopp se contuvo para no alargar la mano y quitárselas.

Klementyna maldijo para sus adentros. Todo eso era algo nuevo a lo que ella no sabía en absoluto hacer frente. Rayaba en lo absurdo, era una sátira y a la vez una parodia de su propia vida. ¡Olvídalo, Kopp!

—Vamos ahora a casa de los Żukowski —ordenó, intentando hablar de un modo normal—. Y habremos acabado por hoy.

Tanto el director de la escuela de la colonia Żabie Doły, Eryk Żukowski, como su hijo Feliks estaban en la fotografía escolar que las víctimas habían incluido en su perfil de Facebook. En aquel entonces, el director de la escuela era el tutor de Risitas y Kózka. Y Feliks, su compañero de clase. Y ahora dos alumnas habían perdido la vida. ¿Sería ese el vínculo que buscaban desde el principio?

—Me muero por hablar con ellos –dijo la comisaria Kopp. De nuevo sentía aquel extraño impulso de hablar. De hacerlo sin pensar, aunque dijera tonterías.

—Yo también creo que podría ser fundamental –ratificó Daniel Podgórski, acabándose la última pasta, igual de quebradiza.

Primero los buscaron en el edificio de la escuela de Żabie Doły. Wiktor Cybulski, que conocía personalmente a Eryk Żukowski, afirmó que lo más seguro era que allí encontrasen al director. Sin embargo, la escuela parecía muerta. Las puertas estaban cerradas y en ninguna ventana se vislumbraba ni por asomo el más mínimo resquicio de luz.

—¿Y ahora qué? –preguntó Daniel. A la luz del sol perezoso, su pelo parecía dorado–. ¿Vamos a su casa o acabamos por hoy?

Klementyna Kopp pensó en su piso vacío. Sin duda, el trabajo era una mejor decisión que la soledad.

—Rumbo a su domicilio personal.

Daniel suspiró aliviado, o al menos eso le pareció a ella. Quizá él sintiese algo parecido. Sin Weronika Nowakowska. ¡Eres una vieja cómica, Kopp! ¡Olvídalo!

La casa de Eryk Żukowski recordaba a una caja de cerillas. Probablemente antes había formado parte de un bloque comunista. Y sin embargo, lo habían reconvertido en una horrenda vivienda unifamiliar, o al menos eso le parecía a la comisaria Kopp. No obstante, el césped del jardín estaba uniformemente cortado y era de un verde perfecto, lo que constituía un cambio en absoluto menor, después de lo que Klementyna había visto en otras fincas de la colonia de Żabie Doły. Tan solo se echaban en falta las flores, así que la policía sospechaba que ninguna mujer vivía en aquella casa.

Llamaron a la puerta. Eryk Żukowski abrió prácticamente al instante, como si les hubiese estado esperando al otro lado del umbral. Su cabello era un tanto más largo que en la antigua foto escolar. Ahora le llegaba poco menos que por los hombros. Una gorra inmunda le cubría la cabeza, colocada con la visera hacia atrás. Lo cierto es que no pegaba demasiado con la camisa cuidadosamente planchada que lucía el director. Pero yo no soy quién para juzgar esas cosas, afirmó para sus adentros Klementyna Kopp. Era la última persona a la que se podría calificar de icono de la moda. Y lo consideraba un orgullo. Una cazadora de cuero, un par de pesadas botas, unos pantalones militares y varias blusas negras constituían casi todo su vestuario. Ahí se acababa todo lo referente a la moda.

—¿Sí? —preguntó Eryk Żukowski, mirándolos con atención.

—Comisaria Klementyna Kopp, de la Comandancia Provincial de Brodnica, e inspector Daniel Podgórski, de la comisaría de Lipowo —les presentó rápidamente Klementyna.

No había tiempo que perder. No le gustaban los preámbulos interminables. Quería actuar ya. Y más aún ahora. ¿Teresa? ¿Cuándo había sido la última vez que había pensado en ella? Hacía bastante tiempo, ciertamente. Aquella estúpida atracción que ahora la dominaba… Había que ponerle fin.

—Bienvenidos. Entren, hagan el favor —dijo el director de la escuela, abriendo el paso a los policías a través la puerta.

El estrecho recibidor resultó estar tan bien cuidado como el jardín. Eso es lo que cabía esperar del resto de la casa.

—Tranquilo. También queríamos hablar con tu hijo Feliks, así que...

Klementyna Kopp hizo un gesto indefinible con la mano.

—Por supuesto. Subo al piso de arriba a llamarlo. Casi todo el tiempo está en su cuarto —dijo el director Eryk Żukowski con tono explicativo—. Hagan el favor de llamarme Escarabajo. Todos me llaman así y yo ya me he acostumbrado. Será más agradable, además.

—Tranquilo, Escarabajo.

Klementyna y Daniel entraron a un pequeño salón, que estaba exactamente igual de ordenado que el recibidor y el jardincito de la entrada a la casa. Del primer piso llegaba el rumor

153

apacible de una conversación, sin que el oído pudiese distinguir bien ninguna palabra. Poco después Eryk Żukowski volvió a la habitación. Unos pasos más atrás le seguía un enjuto muchacho de rostro blanquecino.

—Aquí tenéis a Feliks. Feliks, saluda amablemente a estos señores.

El pálido muchacho se encogió un tanto ante aquellas palabras tan paternalistas.

—¿Sois de la brigada criminal? —preguntó. En su tono surgió cierta dosis de entusiasmo.

De repente, el teléfono de Klementyna Kopp sonó con estrépito. Era un número desconocido. Tenía la esperanza de que fuesen los organizadores de la escuela de supervivencia. Le hizo un gesto con la cabeza a Daniel Podgórski para que condujese el resto del interrogatorio de los Żukowski. Quería hablar tranquilamente. Salió a la entrada de la casa y descolgó rápidamente.

—¡Hola, hola! ¿Alguien me escucha? —oyó por el auricular. La voz moría entre las interferencias de una mala cobertura.

—¡Hola! —gritó en respuesta la comisaria Kopp.

—Tengo poca cobertura y casi no oigo —explicó el hombre, al otro lado de la línea—. ¿Alguien me escucha?

La comisaria Klementyna Kopp se presentó y, una vez más, explicó el asunto. Intentaba hablar alto y claro. Nuevamente, el auricular se vio invadido por las interferencias.

—Sí, sí. Ya sé de qué va el asunto. Solo que esa chica, Olga Bednarek, no llegó aquí jamás. No tengo nada que decir sobre ella.

A Klementyna se le disparó el corazón. Olga Bednarek no había aparecido en su anhelado campo de supervivientes. Eso no presagiaba nada bueno.

—¿A qué se refiere? —preguntó la policía por si acaso.

—Simplemente eso, que no se presentó —explicó una vez más el guía del grupo—. Nos ocurre normalmente, así que no me extrañó. La gente primero se emociona y en el último momento

154

se acobarda. A nosotros nos da igual, porque aun así tenemos una larga lista de espera. Si no vino, ella se lo pierde. La tal Olga Bednarek.

La comisaria Klementyna Kopp colgó. No tenía ningún sentido seguir hablando. Se pasó la mano por el pelo. Decididamente, aún estaba largo. Intentó analizar los hechos con calma. Olga Bednarek, la antigua amiga de clase de Daria Kozłowska y Beata Wesołowska, no había llegado al campo de supervivientes. Eso era un hecho. El organizador había afirmado que Olga podría haber cambiado de idea en el último minuto. Cierto. Tan solo que Olga Bednarek no había vuelto a casa. Su madre no la veía desde el viernes, justo cuando supuestamente la muchacha había salido a esa excursión.

Aquello no presagiaba nada bueno.

Nada bueno.

En medio de la oscuridad, por un momento, asomó un destello de luz. Pero no se trataba de esa terrorífica luz acompañada de los gritos. Olga Bednarek estaba casi segura de ello. ¿No sería acaso...? Un escalofrío recorrió su cuerpo. Cerró sus cansados ojos. Tenía la sensación de que los párpados se le habían hinchado hasta alcanzar proporciones gigantescas.

Aquella vez la luz no se apagó tan rápido como antes. Igual era otro espejismo. Con dificultad, Olga elevó los párpados. Intentaba mirar a la pared, pero todo le daba vueltas. Desde allí, figuras macabras la miraban con fijeza. Y entonces lo recordó todo. La nebulosa que velaba sus recuerdos se disipó.

Unos ruidos y el chirrido de las herramientas.

—Ha llegado el momento, Olga. ¿Lo sabes, verdad?

El tono impasible, meramente explicativo. Nada más, cero emociones superfluas.

Olga se estremeció de alivio. Se lo esperaba. Podría decirse incluso que inconscientemente lo aguardaba. La muerte era algo demasiado definitivo. Y, sin embargo, Olga Bednarek

155

prefería cualquier cosa antes que pasar más días en aquella oscuridad.

—Y pensar que podía haber sido distinto... ¡Completamente distinto! Pero, en fin, son cosas que pasan. Tú te lo has buscado, Olga. Aquella tarde, y ya sabes de qué hablo. No tengo ni que recordártelo. ¡No es culpa mía! No me dejaste elección. Y punto.

Olga Bednarek sintió cómo una descarga eléctrica atravesaba su cuerpo. Recordaba haber tenido ya esa sensación antes. ¿Hacía cuántos días? Puede que en otra vida. Nuevamente los recuerdos comenzaban a difuminarse.

No podía moverse.

Miró, indefensa, la porra, cada vez más próxima.

Sabía lo que venía después. Ya lo había visto dos veces.

Y enseguida el bisturí.

Eso ya era el fin.

SEGUNDA PARTE

8

MI OBRA EMPIEZA a levantarse, por así decirlo. Tras pensarlo mucho, al final decido que mi lienzo no va a ser la pared. Voy a usar un verdadero lienzo de lino. He leído mucho sobre el tema y ahora sé que el lino es el más duradero de todos los materiales. El algodón dura menos, pero por eso es mucho más barato. Sin embargo, a mí no me importa el precio. No en este caso.

La Obra es demasiado importante para fijarse en eso.

Así que compro un verdadero lienzo de lino. El primer problema que surge es que es demasiado estrecho. El vendedor me asegura que los rollos de lino más anchos miden dos metros. Definitivamente, eso es demasiado poco para mí. Necesito por lo menos el doble.

–No puedo hacer más – el vendedor agita los brazos–. Es todo lo que tenemos.

De modo que compro dos trozos de dos metros de ancho y cinco de largo. Quiero que la Obra ocupe toda la pared. La Obra Maestra tenía 243 x 233 centímetros. La mía va a ser mucho mayor. Creo que, incluso, mucho mejor.

Estiro el lienzo en el bastidor. Ha sido hecho a medida. Por si acaso, no doy mi nombre verdadero y pago en efectivo. No quiero dejar ninguna huella. Fijo el lienzo de lino en los listones con una grapadora. Consigo fijarlas completamente. Las tapo con solución de gelatina, para sellar la estructura de la tela. Para terminar, uso una base acrílica de pintura. Aplico dos capas. La primera vertical y la segunda horizontal. Voy cambiando de mano para hacer ejercicio. Izquierda, derecha, izquierda, derecha. Me resulta divertido.

Empiezo a trabajar en la primera figura en cuanto vuelvo a casa desde Varsovia. Tengo presente todo el tiempo la muerte de esa puta. Siento una nostalgia desconocida. Al principio me hago la promesa de no matar a la siguiente hasta que la primera figura esté completamente lista, pero ahora siento que no puedo aguantar más. Tengo que matar lo antes posible. Necesito ese chute de adrenalina. Necesito esa sensación de poder. Tengo que reconocerlo. Matar es adictivo. Nadie que no lo haya probado lo puede entender. Matar es algo que se puede saborear como un vino, un cigarro o una buena comida.

Durante estos meses me esfuerzo por controlar mis deseos, por no pensar en ello. Pero la pregunta siempre me ronda la cabeza. Sé cuál fue la primera vez, pero ¿cuál será la segunda? ¿Me gustará igual? ¿Me producirá el mismo éxtasis? Me doy cuenta de que prácticamente empiezo a olvidar cuál era el principal objetivo de toda esta aventura.

Debo tener cuidado, me recuerdo muchas veces. Este es un asunto delicado y es fácil equivocarse. No puedo matar así como así. Todo debe estar planeado y hay que dosificar el placer. Sin embargo, ningún argumento lógico me convence. El deseo está demasiado presente.

Empieza a invadirme una obsesión por mi primer asesinato. Ahora compro más periódicos que nunca. Diarios, prensa amarilla, me da igual. Incluso me suscribo a la edición de la capital. Quiero estar al tanto de cómo se han tomado mi hazaña en Varsovia. Espero que la policía vaya tras la pista que quiero que sigan. La pista de la cruz.

Y efectivamente. Un periodista bautiza a mi asesino como el Cruzado.

El Cruzado.

Incluso me gusta ese apodo. La cruz del pecho resultó ser lo suficientemente grande y significativa. Tan grande que eclipsa al pelo arrancado.

En los periódicos hablan del tema algunos expertos. Hablan de asesinatos de tipo religioso. También del castigo por el pecado de vender su cuerpo. Esto me da risa. La policía y los que se hacen llamar especialistas bailan al son que yo toco. Aunque, hasta cierto punto, tienen razón. Es un castigo, pero no el que ellos piensan.

Pienso obsesivamente en el siguiente asesinato. Hasta el grado de mirar a todos los que están a mi alrededor desde el punto de vista de su muerte. ¿Cómo se vería muerta esta o la otra? ¿Sus ojos perderían la vida de la misma forma que los de la puta de Varsovia? Han pasado apenas cuatro meses, pero siento que no aguanto más y voy a tener que cambiar mi plan original.

La ayuda llega del lugar más inesperado.

El trabajo.

Un viaje. Es el momento ideal para atacar de nuevo de forma segura. Fuera de mi territorio. Para que nadie me pueda relacionar con el tema.

Esta vez voy a Jelenia Góra. No conozco esta ciudad tan bien como Varsovia, pero no pasa nada. Llego un día antes para explorar el terreno. Nadie se pregunta por qué es tan importante para mí llegar ese día. No me preocupo, porque tengo preparada por si acaso una historia sobre un conocido que quiero visitar.

La encuentro con facilidad, a pesar de no conocer la ciudad. Sin embargo, partimos de la base de que en todas partes se pueden encontrar mujeres que se dedican al oficio más viejo del mundo.

Y no me equivoco.

La segunda figura se llama Paulina Halek. Pero esto no lo sé aún. Todavía no. Después del acontecimiento lo escriben en todos los periódicos. Igual que la primera vez.

Va vestida con un abrigo verde aparentemente elegante. ¡Pero a mí no me engaña! Conozco perfectamente a las de su clase. Lleva el pelo largo. Mejor. La segunda figura, al igual que la primera, tiene el pelo bastante largo en la Obra Maestra. Voy a trabajar en esto. Con el resto de figuras no tendré que preocuparme tanto por la longitud del pelo.

Espero el final del día con impaciencia. Doy explicaciones bastante vagas, pero todos las dan por buenas. Nadie sabe por qué estoy de los nervios. Incluso miento un poco, pero siento que estoy perdiendo el control. Eso no me gusta. Debo tener cuidado de no cometer errores cuando el éxtasis me invada.

Preparo las herramientas necesarias. Las mismas de la primera vez. Lo hago todo demasiado rápido. Se me cae el paralizador al suelo. Por un momento temo que no vaya a funcionar. Eso significaría que no podría matarla hoy. Sería una catástrofe. Una verdadera catástrofe. Quién sabe cuánto tiempo tendría que esperar después hasta encontrar un momento adecuado para actuar.

Empiezo a impacientarme.

Me pongo un cómodo chándal negro y llevo una pequeña mochila con las herramientas. Salgo afuera. Se nota que se acerca la primavera. El aire es agradable y cálido. Me invade una felicidad pura.

La encuentro exactamente donde estaba ayer. Lleva puesto el mismo abrigo verde.

–Hola –le digo con simpatía.

–Hola –me responde igualmente.

Tal vez finge ser una chica normal, que está aquí sin ningún objetivo. Sin embargo es fácil entenderla. Es más joven que la anterior. Su cara es casi infantil. Más tarde escribirán en los periódicos que tiene diecisiete años. Esto no lo sé aún, pero solo con verla se intuye que no lleva mucho tiempo haciendo la calle.

–¿Quieres ganarte un dinero? –le propongo amablemente. Exactamente igual que la primera vez.

Me mira, pero de diferente forma que la de Varsovia.

Se lo piensa, pero no tiene la experiencia de las putas viejas.

Me río. Le enseño los billetes para que esté segura de que no miento. Es exactamente el mismo dinero de hace unos meses en Varsovia. No puedo negarme ese pequeño gusto. Por alguna razón, me excita.

Por fin la puta jovencita asiente con timidez. Tal vez no sabe qué debe hacer ahora. Inmediatamente después me entero de que era su segundo día en la calle. Eso dijo otra prostituta. Sin embargo, ahí no lo sé. ¿De lo contrario no la habría matado? Tal vez debería haber elegido una que llevara varios años haciendo la calle. ¿Una que hubiera arruinado la vida de numerosas personas? Puede que incluso hubiera podido dar con la que arruinó la mía. Seguramente no fue la jovencita Paulina Halek.

Todo eso no lo sé aún, así que sin miedo le indico que debe ir detrás de mí. Lo hace. Está ligeramente avergonzada. No está segura de qué debe hacer. Yo ya lo sé. Mis movimientos son firmes. Es posible que esto la tranquilice un poco.

–¿Eres de este lado? –me pregunta, incluso, cuando nos dirigimos hacia el siguiente edificio vacío. Es curioso que podamos encontrarlos en cualquier lugar.

Le digo la verdad, después de todo desaparecerá dentro de poco. No va a poder contárselo a nadie. Por eso le digo toda la verdad. No digo ni una mentira. Ni siquiera me doy cuenta de que mis palabras se convierten en un monólogo pegajoso hasta que al final me duele la garganta.

Llegamos al lugar. Le indico que pase delante.

Se da la vuelta con seguridad y entra en el edificio.

Alcanzo el paralizador.

Aprieto el botón.

Al principio el aparato no funciona. Me invade una ola de pánico, pero en un momento aprieto el botón por segunda vez y en esta ocasión la corriente atraviesa su cuerpo. Apenas alcanza a darse la vuelta y veo su expresión confiada cuando su cuerpo paralizado cae al suelo.

A pesar de todo me da un poco de pena, pienso fugazmente. En ese momento la duda se apodera de mí. Incluso entiendo que ya no hay vuelta atrás. La puta lo sabe todo sobre mí, ya me ha visto la cara.

Me muevo rápido. Tal vez demasiado rápido, pero todo mi cuerpo se enciende con la avidez de matar. Le corto el pelo y lo pongo a un lado. Hago un corte con forma de cruz en su pecho. Tengo que recordar que es al Chivo Expiatorio a quien espero que cuelguen en mi lugar. ¿O quizá ni siquiera llegue tan lejos? Yo no cometo errores, precisamente. Incluso como Cruzado. El Chivo Expiatorio es al mismo tiempo mi protector y mi asesino.

Y pensar que al principio era tan importante... Ahora lo estoy olvidando poco a poco.

Le rajo la garganta con un movimiento rápido. Esta vez uso la mano izquierda.

No alcanzo a retirarme lo suficientemente rápido y parte de la sangre me empapa el chándal negro.

Tiene en mí el mismo efecto que una ducha fría.

Respiro pesadamente y me esfuerzo por valorar la situación bajo la tenue luz que entra en el edificio vacío. En la tela negra ni siquiera se aprecia el carmín de la sangre. Respiro con alivio. Espero poder llegar a la habitación sin que nadie repare en estas manchas.

9

EL JOVEN OFICIAL Daniel Podgórski se comió el desayuno y miró por la ventana de su piso en el sótano de la casa de su madre. Parecía que tenían por delante otro día abrasador. El termómetro afuera de su ventana marcaba ya veintiséis grados. Nada mal para un sábado por la mañana.

Daniel encendió el reproductor. Tras un momento, el disco empezó a girar involuntariamente. El aparato no era precisamente nuevo. El policía tendría que haberlo renovado hacía ya tiempo, pero por una u otra razón nunca encontraba el momento. Podgórski siempre andaba con la desagradable sensación de tener muchas cosas que hacer, pero las dejaba todas para más tarde.

Por fin, en los altavoces empezó a sonar la voz de Bruce Dickins:

> And if you're taking a walk through the garden of life
> What do you think you'd expect you would see?
> Just like a mirror reflecting the moves of your life
> And in the river reflections of me.

Iron Maiden. A Daniel Podgórski le encantaba desde que era muy joven, cuando había pasado por una fase de pelo largo y chaquetas de cuero con tachuelas. Ahora tenía el pelo corto y treinta y tantos años, pero seguían gustándole sus canciones. No había cambiado mucho. Por un momento empezó a recrearse en los golpes rítmicos de la batería y los rasgados violentos de las cuerdas. Tenía que darse prisa si quería llegar a la sesión informativa de la mañana. Sin embargo, no podía negarse a sí mismo ese momento de placer que le producía la buena música.

Cerró los ojos para sentir mejor el ritmo, pero lo único que consiguió fue acordarse de Weronika casi instantáneamente. No se veían desde hacía dos días. El día anterior habían hablado por teléfono. Había sido una conversación terrible. Y sanseacabó. No fue un punto y final, ya que habían decidido darse un tiempo. Fuese lo que fuese lo que eso significara. Podgórski se estremeció con ese pensamiento. Por un momento pensó en llamar a Weronika, pero desechó la idea. Al fin y al cabo era ella la que necesitaba tiempo, así que era ella quien debía dar el primer paso. Él tendría que apretar los dientes y aguantarse, esperando a ver qué decidía Nowakowska. Así era siempre. Las mujeres decidían y al final él se quedaba solo. Bueno, solo con un plato de tarta que le llevaba su madre. Esta vez sería diferente, se prometió a sí mismo Daniel. No iba a pensar en Nowakowska para nada. No iba a pensar en Weronika hasta que no lo llamase. *We have a deal, don't we?*

> There are times when I feel I'm afraid for the world;
> There are times I'm ashamed of us all;
> When you're floating on all the emotion you feel;
> And reflecting the good and the bad...

Daniel Podgórski empezó a inquietarse. Sus pensamientos volvieron a la investigación. Dos chicas habían sido asesinadas. Primero Kózka, después Risitas. La tarde anterior había desaparecido también Olga Bednarek, amiga de las dos víctimas. Bien era cierto que no habían encontrado el cuerpo de Olga, pero la comisaria Klementyna Kopp no tenía duda de cuál había sido su destino. Daniel tenía que reconocer que estaba de acuerdo con ella. No tenía buena pinta. Lo peor de todo era la sensación de no tener aún una visión panorámica del caso. Todavía se les escapaba algo importante.

Daniel le echó un vistazo al reloj que colgaba sobre la tele. Ahora sí que tenía que darse prisa. Se puso el uniforme sin ganas. La comisaria Klementyna Kopp y el comisario principal Wiktor Cybulski no tenían que llevarlo. Los de la Policía Criminal se regían por otras normas en la Comandancia Provincial de Powiat. Sin embargo, Podgórski tenía que enfundarse los pantalones azul marino. Se alegraba, al menos, de llevar camisa de manga corta. Soñaba con ponerse pantalones cortos y sandalias. Sobre todo ya que había llegado el fin de semana.

Daniel Podgórski cerró la puerta de casa y salió. No sintió ni el más ligero soplo de aire. Todo parecía cubierto de ese calor sofocante. Su Subaru azul claro estaba aparcado a pleno sol y parecía haberse calentado hasta enrojecer. El policía abrió las puertas de ambos lados. Hacía mucho que no le funcionaba el aire acondicionado, así que eso tendría que ser suficiente. Otro asunto del que hacerse cargo en el futuro próximo.

–Hola –oyó tras de sí.

Podgórski se dio la vuelta lentamente, sorprendido. En la puerta estaba el oficial Grzegorz Mazur, de la colonia Żabie Doły. Iba de paisano, así que al principio Daniel no lo reconoció en absoluto. Llevaba dibujada en la cara una sonrisa amistosa.

–¿Qué tal, Daniel?

–Todo bien –respondió Podgórski superficialmente.

–¿Trabajáis hoy? –el aspirante Mazur señaló el uniforme de Daniel–. Yo libro, así que me voy al lago con mi mujer. Pasaremos un rato en bañador en Valle del Sol. A partir de mañana vuelvo a mi comisaría de Żabie Doły. Desde ya te digo que es un verdadero alivio. Estoy harto de estos fanfarrones de Brodnica. Cerdos arrogantes... No saben lo que es el verdadero trabajo de policía. Pero, en general, ha salido bien. A mi esposa también le vendrá bien un pequeño descanso.

Señaló su coche, que estaba aparcado un poco más adelante. Daniel saludó con indiferencia a la mujer de su compañero, que no parecía interesada en la conversación.

—Escucha, Daniel. Tengo una pregunta, de amigo a amigo —la voz de Grzegorz Mazur se convirtió en un susurro cómplice—. ¿Podrías decirme cómo va la investigación? ¿Alguna novedad desde que la lesbiana esa de Kopp me sacó?

Podgórski giró la cabeza ligeramente.

—Sabes bien que no puedo decirte nada, Grzegorz.

—Daniel, no seas cabrón. En el pueblo a nadie le gusta esto, recuérdalo. ¿Hay novedades o no?

Podgórski se metió en el coche. Dentro hacía aún más calor del que esperaba. Tendría que arreglar de una vez el aire acondicionado.

—¡Daniel!

—¡Que descanses! —le dijo el joven oficial Daniel Podgórski, y se dirigió a la sesión informativa del grupo de investigación de Brodnica.

MARCIN WIŚNIEWSKI SE sentó frente al puesto de alquiler de kayaks en el centro vacacional Valle del Sol. Suspiró profundamente. Se esperaba bastante movimiento en el negocio. Era sábado y en poco tiempo no cabría ni un alfiler en la playa de su balneario. Normalmente eso se veía reflejado en un mayor número de kayaks alquilados. Su padre le mandó prepararlo todo, pero Marcin llevaba cumplida escasamente la mitad de la tarea. No tenía fuerzas para hacer nada más. Los turistas tendrían que limpiar ellos mismos las telarañas y otras manchas de las canoas. El chico estaba seguro de que no se iban a asustar por ello. El precio por hora de alquiler de los kayaks no era exorbitante, así que tampoco podían exigir mucho a cambio.

Marcin opinaba que deberían comprar algunos hidropedales. No había ni uno en alquiler. Sin embargo, su padre se opuso firmemente. Szymon Wiśniewski siempre tenía razón.

También tenía un argumento irrefutable: era el dueño de todo el negocio. Él decidía. Puede que, precisamente por eso, Marcin empezase a trabajar por su cuenta. Aunque no fuera en la cuestión de los hidropedales. No vaciló en dirigirse a la asistente del director de la escuela, Bernadeta Augustyniak. Sabía que Bernadeta era el talón de Aquiles de su padre.

Todo iba bien. Hasta el momento. Marcin Wiśniewski se hizo un moño bajo con las rastas, y masculló para sus adentros. Todo iba genial. Hasta el momento. Los negocios empezaban poco a poco a descontrolarse. ¿Tal vez su padre tenía razón al temer a Bernadeta? La asistente del director de la escuela era impredecible.

—¿Cuánto por cada kayak? —soltó imperiosamente una mujer.

Marcin Wiśniewski la miró sorprendido. Ni siquiera la había oído llegar. Tras ella estaba el resto de la familia. Unos cuantos niños y un padre un tanto amedrentado. Se veía quién llevaba los pantalones en esa familia. El padre desplazaba el peso de su cuerpo de una pierna a otra con nerviosismo.

Marcin cambió el precio.

—Eso es un auténtico escándalo. El año que fuimos a Mikołajki pagué la mitad de eso.

El hijo del dueño del centro vacacional Valle del Sol lo dudó de verdad. Ella se molestó.

—Entonces vaya a Mikołajki, señora —rebatió, aunque sabía que no debía.

Era necesario cuidar a los clientes. Incluso a esas tipas mandonas enervantes. Algún día el centro vacacional Valle del Sol le pertenecería a él. Debía recordarlo.

—¿Cuántos kayaks querría? —preguntó un poco más amablemente.

Se esforzó en dirigirse también al asustado marido de la turista. A los hombres siempre les gustaba sentirse valorados. Sobre todo si la mayor parte de su vida estaban atrapados bajo la zapatilla de una esposa controladora.

—Dos —soltó la mujer sin consultarle a su marido.

—Pasen.

Marcin Wiśniewski acompañó a la familia a la parte trasera del local, donde los kayaks estaban en unos estantes junto a un columpio.

—Pueden elegir los que les gusten más. ¿Remos de madera o de aluminio?

Esta vez se esforzó en hablarle al hombre. Quería entenderse con él sin necesidad de palabras. Podría serle de utilidad más tarde. Los hombres como él eran los mejores clientes para su padre. Marcin lo sabía bien. En cierto modo también eran clientes para él. Aunque fuese diferente. Y también debía recordarlo.

—¿Y cuál es la diferencia?

—Los de madera son un poco más pesados —respondió el muchacho pacientemente.

Su mente volvió a aquello. Al principio no sabía qué pensar. Su padre lo inició bastante tarde. Marcin podía aceptarlo todo. «Podía» era una buena palabra. Podía aceptarlo todo, pero ¿quería? Ante sus ojos estaba Kózka. Eso ya no podía ni quería aceptarlo. Eso ya era demasiado. Sin embargo, Marcin era un hombre de negocios. Completamente igual que su padre, aunque no quería que se le notase. Se puso en contacto con Bernadeta Agustiniak y apretó los dientes.

Puede que lo que le había pasado a Kózka fuera drástico, pero en el fondo se lo merecía.

La comisaria Klementyna Kopp se echó un vistazo en el espejo del baño de mujeres de la Comandancia Provincial de la Policía de Brodnica. Llevaba puesto un estúpido vestido veraniego de flores que se había comprado ese mismo día a primera hora de la mañana. Se sentía rara. Fuera de lugar, por lo menos. También llevaba puestas unas delicadas bailarinas. Echaba de menos sus botas militares.

Mirarse en el espejo en ese momento le producía una sensación verdaderamente extraña. La última vez que Klementyna fue así vestida había sido tal vez en 1973, cuando se casó. Ese había sido el peor error de su vida, ahora lo sabía. El tiempo había hecho que lo viera con perspectiva. Tenía entonces diecinueve años, el pelo largo y brillante, y el cutis terso. Cero cargas emocionales. Pura despreocupación. Pensaba que era invencible. Pues bien, estaba equivocada. Su marido se lo había demostrado bastante rápido. Nunca más confiaría en los hombres. En ninguno. Prefería no depender de nadie y salir con mujeres. Hasta entonces. Hasta el momento en que estalló ese absurdo enamoramiento por Daniel Podgórski. «Menuda vieja ridícula estás hecha. ¡Olvídalo!»

Alguien tocó a la puerta del baño, pero Klementyna aún necesitaba un momento antes de irse corriendo a la sala de conferencias con esa ropa tan ligera y extraña. Por precaución no se llevó su ropa antigua, de lo contrario se habría acobardado y se habría puesto su chaqueta de piel, sus pantalones de camuflaje y sus botas militares.

La comisaria se limpió unas gotas de sudor de la cara. No tenía ningunas ganas de salir de ese baño. No temía perseguir al asesino, pero salir al pasillo de la Comandancia Provincial con ese vestido femenino era como una pesadilla. Klementyna maldijo en voz baja. Sentía que estaba a un paso de convertirse en una idiota total, pero ya estaba muy mayor para esas cosas.

Abrió el grifo para echarse agua fría en la cara. Se recompuso. La comisaria Klementyna Kopp no era precisamente una cobarde. Salió al pasillo y estuvo a punto de chocarse con una policía del departamento de tráfico. Le sonaba vagamente esa joven. La policía miró a la comisaria Kopp sorprendida. Klementyna no tenía intención de preocuparse y actuó con naturalidad. Al fin y al cabo tenía derecho a vestirse como quisiera. Incluso con un ligero vestido de flores.

Salió con paso decidido hacia la sala de conferencias. El comisario principal Wiktor Cybulski y el joven oficial Daniel

Podgórski ya estaban esperándola, inmersos en una charla desenfadada. En cuanto la vieron se quedaron callados. Sus caras expresaban una gran estupefacción. Lo único que le apetecía a Klementyna era abrir la puerta de golpe y huir. Qué bien que su grupo de investigación tuviese entonces tan pocos miembros. De lo contrario, tal vez no habría aguantado la humillación.

–Estás realmente maravillosa –dijo por fin Wiktor Cybulski con caballerosidad–. Aunque, como dijo George Bernard Shaw, las mujeres son como las traducciones: las bonitas no son fieles y las fieles no son bonitas.

La comisaria Klementyna Kopp resopló insatisfecha. Se le pasó el miedo. En ese instante estaba enfadada. Wiktor. No tenía ganas de escuchar sus citas. Nunca tenían ningún sentido y no estaban especialmente relacionadas con la situación. Las soltaba a diestro y siniestro tal vez solo para parecer más inteligente. A propósito de eso, Klementyna estaba casi segura de que Cybulski no tenía absolutamente ningún problema de visión y no necesitaba esas enormes gafas que llevaba.

–Está bien –dijo la policía con desgana para no empezar discusiones innecesarias. Acababan de sacar del grupo de investigación al oficial Grzegorz Mazur.

Sentía en sus brazos descubiertos el aire frío procedente del viejo aparato de aire acondicionado. Casi había olvidado esa sensación. Llevaba siempre puesta su chaqueta de cuero.

–Esta mañana me ha visitado Grzegorz Mazur –les informó el joven oficial Daniel Podgórski, haciendo caso omiso a su metamorfosis–. Quería saber qué novedades hay en la investigación.

Daniel enseguida fue al grano, sin los preámbulos que tanto desagradaban a Klementyna Kopp. A pesar de todo, Klemetyna se sintió abatida. «Eres una vieja ridícula, Kopp. ¡Olvídalo!» ¿Cómo iba a fijarse Daniel en ella?

–No le habrás dicho nada, ¿no? –preguntó. Tal vez fue demasiado seca, pero así era más fácil esconder su inseguridad

–Por supuesto que no le he dicho nada. Solo me parece un poco raro que me haya venido a preguntar. No lo digo más que por eso –replicó Podgórski en tono conciliatorio–. Ya sé que no puedo revelar nada.

–Entonces mejor os cuento cómo me fue ayer –interrumpió Wyktor Cybulski, ajustándose sus ridículas gafas–. Por supuesto, me refiero a la investigación. Como ya debéis de saber, conseguí ver las cosas de Risitas.

Klementyna recordó a la mujer demacrada y su terrier de pelo enmarañado.

–Esa vieja arpía te dejó entrar hasta el fondo de la casa, ¿no? Wyktor Cybulski asintió satisfecho de sí mismo.

–Tuve que tratarla con tacto y delicadeza –aclaró–. Lo que más me llamó la atención es que en medio de las cosas de Risitas encontré bastante lencería sexy y disfraces salidos de un *sex shop*. ¿A quién os recuerda?

–¿A los juguetes en la casa de Daria Kozłowska?–preguntó Daniel, aunque más bien era una afirmación.

Wiktor asintió.

–Exacto. Eso mismo pensé. ¿Qué posibilidades hay de que dos chicas de la colonia tradicional de Żabie Doły compartan esas aficiones? Además, son precisamente estas dos chicas las que han sido asesinadas. Le he dado a los técnicos los juguetes de Kózka y la lencería de Risitas.

–¿Y? –preguntó sucintamente Klementyna Kopp.

Wiktor Cybulski carraspeó dándose importancia.

–Los técnicos aseguran que los artículos que alguien metió en el piso de Kózka nunca se estrenaron.

En ese momento se hizo el silencio. La comisaria Kopp pensó en los juguetes sexuales, que no acababan de encajar con Kózka. La mayoría de los testigos la tenían por «tradicional y religiosa». Sus padres afirmaban incluso que no le interesaba especialmente el sexo. Por otro lado, tampoco sabían que su hija llevaba mucho tiempo viéndose con Marcin Wiśniewski.

¿Qué más cosas no sabían sobre su hija? ¿Qué más les faltaba saber a ellos mismos sobre Kózka?

—Para. Espera. Estos juguetes sexuales son nuevos de fábrica, ¿no? —se aseguró Klementyna—. Nadie los ha usado nunca, ¿no?

El comisario principal Wiktor Cybulski asintió de nuevo.

—Exactamente, Klementyna. Solo los sacaron de la caja. Eso es todo.

—¿Hay huellas dactilares? —preguntó rápidamente la policía.

Wiktor negó con la cabeza.

—Desgraciadamente no tienen ninguna huella dactilar. O las han borrado, o quien los tocó llevaba guantes.

—Eso encajaría con la teoría de que alguien los metió allí —pensó en voz alta Daniel Podgórski.

—Vale. ¿Y la lencería de Risitas? —preguntó Klementyna. Los testigos aseguraron que era bastante más atrevida que Kózka. Tal vez la lencería sexy era algo que se ponía a diario.

El comisario principal Wiktor Cybulski carraspeó de nuevo, como si de repente se sintiera incómodo con el tema de conversación. La comisaria Kopp no quería perder el tiempo con esas maneras tan pomposas. La ponían especialmente de los nervios ese día.

—¿Entonces?

—Pues que por el momento lo único que han confirmado es que esa lencería está usada. Tiene fluidos corporales. Seguramente la usó la misma Risitas, pero en el laboratorio deberían hacer la prueba de ADN, para mayor seguridad. Ya sabéis cuánto tiempo tendríamos que esperar ahora los resultados. Estaríamos al final de una larga cola.

—Vale. Dejémoslo por el momento —accedió Klementyna Kopp—. ¿Qué pensáis sobre todo este tema erótico? ¿Deberíamos profundizar más o lo dejamos?

—Julia Zdrojewska lo mencionó —puntualizó Daniel.

Era verdad que la psicóloga había hablado del tema sexual desde el principio. Afirmaba que el asesino podría temer el

174

encuentro sexual con una mujer, pero, por otro lado, desearlo. La comisaria Klementyna Kopp no estaba del todo segura de cómo encajaba eso en el panorama. ¿Kózka y Risitas habían tenido sexo con el hombre que las mató después? ¿Era él quien había puesto los juguetes en el piso de Kózka? ¿Era él para quien Risitas se ponía ropa interior de encaje y disfraz de enfermera sexy?

—¿Y si estaban metidas en algún tipo de práctica sexual extraña? —se preguntó Wiktor Cybulski, como si hubiera leído la mente de la comisaria—. Ese tipo de cosas pueden ser fascinantes para la gente joven. Desafortunadamente, su compañero fue demasiado lejos y sucedió. ¿Quizá el juego incluyese prácticas sadomasoquistas? ¿Qué os parece?

La pregunta quedó en el aire un rato. En ese instante, tanto Wiktor como Daniel parecían avergonzados por el tema. Tal vez pensaban que Klementyna, con su ligero vestido, se iba a sentir ofendida si hablaban claro de ciertas cosas. Tal vez no tendrían tantos reparos si la comisaria llevase su vestimenta habitual.

—Seguramente tenemos a la siguiente víctima —recordó la comisaria Kopp con tono de resignación. Nada le pasaba por la cabeza. Por primera vez en mucho tiempo la persecución de un asesino no le producía placer—. Olga Bednarek, la compañera de clase de Kózka y Risitas, lleva una semana desaparecida. Hoy es tres de agosto. La chica fue vista por última vez el veintiséis de julio, o sea, el viernes de la semana pasada. La familia no estaba preocupada porque se supone que Olga iba a asistir a un campamento de supervivientes, donde no tendría contacto con la civilización.

—Pero ¿nunca llegó al campamento? —se aseguró el comisario Wiktor Cybulski.

—Exacto.

—¿Has mandado que lo comprueben?

La comisaria Kopp asintió.

—También he encargado a los técnicos que registren la habitación de Olga —aclaró—. Por lo que sé, no han encontrado

175

nada. No había artículos sexuales. Nada que ver con el tema. Daniel y yo hemos hablado ya con la madre de la desaparecida. Hoy vamos a hablar con su mejor amiga. Tal vez ella nos diga más cosas.

Esperemos que Olga Bednarek no sea la tercera víctima —masculló Wiktor Cybulsk—. De cualquier manera, también sería útil comprobar si Olga tiene alguna conexión con Marcin Wiśniewski, de Valle del Sol. Parece que este muchacho está siempre en el ojo del huracán. Al menos hasta ahora.

—Él o el centro vacacional al completo —coincidió Klementyna Kopp—. En Valle del Sol pasa algo. Solo que aún no sé exactamente qué.

Percibió que el joven oficial Daniel Podgórski se estremecía ligeramente. Lo más seguro para el pueblo de Lipowo era que el centro vacacional Valle del Sol no se viese involucrado en aquel tema. Sin embargo, Klementyna no tenía intención de hacer la vista gorda ante nada. Ni siquiera por Daniel. Aún le quedaba un poco de sensatez.

—¡Eso es! Casi me olvido —gritó Wiktor Cybulski, dándose una palmada en la frente con dramatismo—. ¡Hablando del centro vacacional! Resulta que Daria Kozłowska, nuestra Kózka, también trabajaba allí. Su compañera de la tienda dijo que era «un ingreso extra». Intenté preguntar, pero parece ser que la dependienta no sabía más detalles.

—Vale. Pues bien, tenemos que comprobarlo. Si es así realmente, el centro vacacional se encontraría de nuevo en el punto de mira.

La comisaria Klementyna Kopp se colocó el tirante del vestido de flores. Aún sentía la mirada sorprendida de ambos hombres sobre ella.

—Oficialmente, Olga Bednarek no es una víctima. Pero debemos comprobar de qué manera encaja en nuestro esquema. Tampoco podemos olvidar el tema del colegio de Żabie Doły. Si Olga Bednarek no está viva, ya sería la tercera alumna de su clase que ha sido asesinada. Una cifra nada despreciable para el director Eryk Żukowski.

FELIKS ŻUKOWSKI, EL hijo del director del colegio de la colonia Żabie Doły, estaba sentado en uno de los pupitres del aula de biología. En su opinión, la escuela del pueblo era absolutamente moderna. Cada estancia tenía una finalidad. Por lo tanto, tenían el aula de lengua polaca, donde reinaba Żaneta Cybulska, tenían el aula de música, el aula de historia, el aula de matemáticas... etcétera. Pero precisamente el aula de biología era el mayor orgullo de Eryk Żukowski. Era también su reino indivisible.

Feliks estaba escuchando las voces de Eryk y su asistente Bernadeta Augustyniak. El director había determinado que, incluso en sábado, debía ordenar la sala de disección, contigua al aula de biología. Resultaba que su padre quería quedar bien con las compañeras de Cogito Ergo Sum y de otra organización absurda, lo que era tan solo un pretexto para no quedarse en casa. O, mejor dicho, para no quedarse en casa con Feliks. Bernadeta Augustyniak, con su jersey abrochado hasta el cuello, era imprescindible para Eryk, incluso para realizar esas tareas básicas. Dependía de ella. La presencia de Feliks era algo secundario.

Justo por eso, el hijo del director no pensaba siquiera en entrar a la sala de disección. Feliks prefería quedarse tranquilo en el aula de biología. Echó un vistazo alrededor de la sala. Recordó que hacía tiempo había tenido clase ahí. Parecía que hubiera llovido ya mucho. Claro que, todo tenía un aspecto un tanto diferente. Más sencillo y limpio. Ya no estaba la tabla de colores de Mendeléyev que se usaba en clase de química, una asignatura que a veces se impartía en esa sala. Tampoco estaban los pósters que enseñaban el ciclo de reproducción de las plantas, ni los pósters que mostraban las especies animales, ni nada de eso. No es que Feliks tuviera ganas de verlos, precisamente.

Cuando iba a ese colegio tampoco había una sala de disección al lado. Entonces era un trastero que apenas un tiempo después había reformado su padre. Aparte de eso, los pupitres de madera eran los mismos, con dibujos y letras grabadas. Enseguida Feliks Żukowski encontró el pupitre donde se solía sentar. Aún tenía la marca del corte que hizo entonces en la vieja madera.

Con la misma facilidad llegaron los recuerdos. Sobre todo los malos. Su padre nunca le había dado un respiro. Más bien al contrario. Eryk Żukowski siempre le había exigido mucho más que al resto de los alumnos. Feliks recordaba bien esos instantes de intranquilidad en la pizarra cuando el director del colegio le sacaba a la fuerza la respuesta correcta. La humillación que sufría entonces delante de todos sus compañeros le quemaba como el ácido de las probetas del aula de química. Luego volvía a ese mismo pupitre, acompañado de las risitas de los de la pandilla. A veces Kamil Mazur o Marcin Wiśniewski soltaban algún comentario fuera de lugar. Lo hacían en voz baja, para que el director Eryk Żukowski no lo oyera. Feliks los oía perfectamente.

Sin embargo, eso no era lo peor. Lo peor era que le hacían el vacío. Feliks siempre se sentaba solo. En ese mismo pupitre. Nadie de la pandilla quería sentarse con él, por eso se sentía así. Venía a ser lo mismo que quedarse solo. Sabía que lo aguantaban únicamente porque era el hijo de Eryk Żukowski. Eso podía servirles para algún enchufe con el profesor, que encima era el director del colegio.

Feliks se estremeció con nerviosismo. Pasó su mano delgada sobre la superficie del viejo pupitre del colegio. A mediados del año en que se sentía más solo, se había sentado con él Bernadeta Augustyniak. Ella nunca había pertenecido a la pandilla, pero por eso siempre fue la niña de los ojos de su padre. El director Eryk Żukowski pensaba que era la mejor de la clase y quería que fuese una buena influencia para Feliks. Así que fue él quien mandó que se sentase en ese mismo pupitre. «Si mi padre supiera», pensó Feliks riéndose. Si supiera la verdad sobre su asistente...

Desde la sala de disección se alcanzaba a oír la risa femenina de Bernadeta Augustyniak. El director Eryk Żukowski también se estaba riendo de algo. Se entendían muy bien. Feliks no podía ni soñar con que su padre se riese así con él. Con él, el director se ponía tenso y un poco rígido.

Feliks se levantó y se dirigió a la mesa del profesor. Bernadeta había dejado allí su bolso. Era el momento perfecto para ver lo que tenía dentro, un vistazo rápido a lo que llevaba ahí. Hasta entonces no había tenido la ocasión. Quién sabe cuándo se le volvería a presentar.

Feliks empezó a ver el contenido del bolso de la asistente de su padre, mirando de reojo todo el tiempo hacia la puerta de la sala de disección. No quería que lo pillaran en el peor momento. Un pequeño calendario con notas ilegibles, un neceser con polvos y brillo de labios. Nada de rímel. Para esas cosas Bernadeta era bastante comedida. Al fondo estaba lo más interesante. Feliks lo sacó y lo sujetó con la mano.

—Qué curioso —murmuró para sí mismo.

Por un momento luchó consigo mismo para no apretar el botón. Lo dominaba un deseo incontrolable de ver lo que sucedería entonces. Sin embargo, le daba miedo que la descarga de corriente hiciera demasiado ruido. Volvió a poner el paralizador en el bolso.

10

EL COMISARIO PRINCIPAL Wiktor Cybulski entró en el centro vacacional Valle del Sol. Detuvo el Mondeo plateado en el parking que había frente al edificio. Miró alrededor con curiosidad. No sabía qué esperar exactamente. La verdad es que no vivía lejos de allí, pero Żaneta y el nunca habían visitado ese lugar. No les gustaban las multitudes. Al menos, a él no.

Sacó la llave. El llavero de marca produjo un suave tintineo. Wiktor se preguntó si Żaneta realmente pensaba lo mismo que él sobre el centro vacacional. Por lo general estaban de acuerdo en todo, pero tal vez esa era solo su impresión. El director Żukowski había debido de tentarla con algo. ¿Y si los amantes habían ido allí en algún momento a sentarse en la plataforma? Qué amantes tan románticos. ¿Acaso habían estado allí? Ya que Wiktor iba a hacer los interrogatorios igualmente, podría preguntar, de paso, por ese detalle. ¿Y si alguno de los trabajadores del centro le fuese sincero sobre ese tema? «Sí, vi a su esposa con su amante.» El comisario principal Cybulski se rio para sus adentros. No era propio de él indagar así en los asuntos de Żaneta. Pensaba abordar la infidelidad de su esposa de forma tranquila y objetiva. No le gustaban la emociones exageradas.

Salió del coche e inspiró profundamente. Allí olía a patatas fritas y aceite viejo. Wiktor Cybulski sintió un ligero desagrado. No es que no le gustase esa comida, las verdaderas patatas fritas belgas podían ser una delicia para el paladar. Solo había que prepararlas adecuadamente. Era imprescindible cocinarlas en aceite de cacahuete. Las patatas tenían que ser bajas en almidón, no patatas corrientes, sino de primera calidad, siguió pensando. Las patatas fritas belgas podían servir de guarnición con cualquier cosa. En verano, como más le gustaban a Cybulski era con mejillones. Para reforzar el aroma se podía agregar una salsa hecha a base de mayonesa, tomate y pimiento a las patatas. Al policía se le caía la baba solo de pensarlo.

—Manos a la obra —se dijo Wiktor en voz baja. No debía dedicar demasiado tiempo a pensar en comida. Aunque fuera una parte tan importante del día a día. La comida, mejor en compañía.

Manos a la obra. La comisaria Klementyna Kopp pensaba que no era necesario hablar con Szymon Wiśniewski, el dueño del centro vacacional Valle del Sol. En su opinión, ese hombre ocultaba algo, aunque dijese que estaba dispuesto a cooperar. Wiktor Cybulski no había tenido el gusto de conocer aún al respetable señor Wiśniewski, pero confiaba en la palabra de su colaboradora. Ella tenía buen ojo para la gente, aunque tendía a ponerse violenta.

Cybulski enseguida se dirigió hacia el bar, donde por lo visto trabajaba alguien más hablador. Una tal Lidka. El comisario rodeó el edificio y decidió echar un vistazo dentro desde la pequeña y sucia trastienda. El ruido hizo que la camarera, de intenso bronceado, se girase bruscamente.

—Comisario Wiktor Cybulski, de la Policía Criminal de Brodnica —se presentó amablemente el policía—. Quisiera hacerle unas preguntas. No soy pariente del actor Zbigniew Cybulski. Claro que, me encantaría. Sería un gran honor.

—¿¿De quién?!

La cara de Lidka, la camarera, dejaba ver que no estaba entendiendo nada. Wiktor se dio cuenta entonces de que el apellido del famoso actor no tenía ningún efecto en la gente joven. Tal vez ese era el curso normal de los acontecimientos. *Panta rei*. «Todo fluye», como el pensamiento de Heráclito de Éfeso. Debía de haber algo de verdad en eso.

—Quisiera hablar un momento con usted, si es posible –aclaró Cybulski pacientemente–. Van a ser solo unos minutos. No se preocupe, por favor.

La camarera lo miró con inseguridad. Wiktor le mostró de nuevo su placa. Examinó su traje elegante durante un rato largo. Debió de gustarle, porque colocó en la barra un cartel con el breve mensaje de «Vuelvo enseguida».

—Ya se lo dije todo a su compañera –comenzó Lidka, pasando a la trastienda–. Una bajita, con tatuajes y pelo corto. Iba con ella nuestro policía de Lipowo. El jefe de nuestra comisaría.

El comisario principal Wiktor Cybulski asintió. Sabía bien que ya habían interrogado a la camarera. Tenían la teoría de que cuantos más agentes hablaran con cada testigo, más posibilidades tendrían de obtener información importante. La gente recordaba diferentes detalles pasado un tiempo, además, cada policía veía las cosas con una perspectiva diferente.

—Sí, lo sé –le dio la razón a Lidka–. Sin embargo, quería preguntarle algo más. Uno de los testigos reconoció que Daria Kozłowska se sacaba un dinero extra aquí en el centro. ¿Sabría decirme qué es lo que hacía Kózka aquí exactamente?

La camarera Lidka miró al policía con desgana.

—¿Kózka? –se aseguró.

Wiktor Cybulski asintió. Sus nuevas gafas le quedaban un poco flojas. Se le movían sin control sobre la nariz. Debía ir a la óptica a que se las ajustasen.

—Justo a ella me refiero. ¿Qué hacía Kózka aquí?

—Pero ella no trabajaba aquí –dijo Lidka, aunque se percibía un ligero tono de duda en su voz. Parecía que iba a decir algo más.

Cybulski le dio tiempo para pensar. Echó un vistazo alrededor de la trastienda del bar. Desde su posición veía las botellas de cerveza colocadas en filas sobre los estantes. Ninguna de esas marcas hubiera sido digna de su paladar.

—Kózka... venía a veces al centro –dijo Lidka antes de que Wiktor tuviera tiempo de sumirse en sus pensamientos sobre la bebida de lúpulo–. Venía a ver a Marciniak Wiśniewski al puesto de alquiler de kayaks. Eso es todo lo que sé.

–¿A qué se refiere? –hurgó el comisario.

Lidka miraba alrededor con cautela.

–Tengo que irme –dijo por fin, como si hubiera cambiado de opinión–. Me meteré en problemas por haber dejado mi puesto en el bar. Hable con Marcin Wiśniewski y pregunte por qué rompieron, que le diga la verdad. Aunque seguramente no se la dirá, tal y como están las cosas. Lo conozco, pero hasta cierto punto. Me gustaría ayudar, pero no puedo decirle más. Entiéndame. Tengo que vivir de algo. La vida en mi aldea no es un cuento de hadas en absoluto.

–Recuerde, por favor, que estamos hablando de un doble asesinato. No le conviene ocultar información –le advirtió el comisario.

Lidka lo miró iracunda y se echó el largo pelo negro hacia atrás.

–No estoy ocultando nada –dijo–. Déjeme en paz, por favor. Una chica debe saber apañárselas. Un señor enfundado en un traje caro no puede entenderlo.

Wiktor Cybulski se sacudió una mota de polvo de la manga. Ciertamente el traje le había costado lo suyo. Nadie se lo podría haber permitido con un sueldo de policía. Żaneta era profesora, pero también venía de una familia adinerada. No les faltaba de nada. Wiktor no se avergonzaba de vivir a costa de su mujer. Si fuera al contrario, él tampoco escatimaría en ella. «Lo mío es tuyo.»

–Una chica tiene que apañárselas –repitió la camarera con énfasis.

EL SOCORRISTA KAMIL Mazur sentía que el suelo quemaba bajo sus pies. Su padre tenía razón cuando hablaban. Kamil había metido la pata hasta el fondo. Solo quedaba esperar a que la policía volviese a esa historia. El viejo contramaestre Adrian

Wieczorek había estado de acuerdo en pasar muchas cosas por alto. Era un tipo decente. Sin embargo, había dejado las cosas claras. Kamil Mazur no podía volver al barco. Salvo por esa condición, el viejo contramaestre no tenía intención de complicarle demasiado la vida al chico. Al menos, en la medida de lo posible. De hecho, aquel asunto no se había podido aclarar del todo.

La situación actual no pintaba bien. Kamil Mazur esperaba que al menos Marciniak Wiśniewski y su padre, el dueño del centro vacacional, se quedasen callados. Eso era lo que les convenía. Kamil no estaba solo en eso.

—Señor Kamilek, ¿por qué está tan cabizbajo hoy? —le preguntó una de las turistas al socorrista.

A Kamil le daban náuseas sus brazos flácidos y gordos. Rezó para que la mujer no se sentara a su lado en la plataforma. Sin embargo, así fue. Por si fuera poco, le guiñó un ojo. El coqueteo de la reina del baile venida a menos.

Kamil Mazur mostró una amplia sonrisa. Le costó mucho. Sabía que su padre estaba en la playa y lo estaba observando. Estaba alerta como siempre, aunque ese día no llevase el uniforme de policía. El muchacho sintió que la vergüenza se apoderaba de él lentamente.

—¿Cuándo vamos a entrenar, eh? —dijo la turista, guiñándole el ojo de nuevo.

—Hoy ya estoy ocupado —replicó brevemente Kamil Mazur.

Era verdad.

—¿No puedes más tarde? —insistió la mujer, y le hizo un gesto con los dedos que hablaba por sí solo.

Kamil tuvo una pequeña lucha interna. Necesitaba dinero, mucho. Precisamente, en esos momentos en que la situación empezaba a flojear. Quién sabía lo que depararía el futuro, tanto el próximo como el lejano. Había que tener alguna seguridad.

—Vale —cedió por fin.

—Como siempre entonces, ¿no? —se aseguró la mujer.

El socorrista Kamil Mazur le miró los brazos de pasada. No podía evitar que le dieran náuseas.

—Va a tener que pagarme extra —hizo el intento.

Corría un riesgo. Si su jefe se enteraba, seguramente Kamil perdería el trabajo. La situación era más que arriesgada.

La mujer sonrió obstinada.

—Está bien —dijo.

Kamil le lanzó una mirada expresiva y se le tensaron todos los músculos. Parecía encantada. El muchacho miró de reojo otra vez hacia la playa. Su padre lo miraba directamente. Y, de golpe y porrazo, Kamil Mazur dejó de ser un soldado.

RESULTÓ QUE LA amiga más cercana de la presunta desaparecida Olga Bednarek vivía en Lipowo. El joven oficial Daniel Podgórski se alegró mucho. Hasta el momento todos los interrogatorios habían sido en Żabie Doły y las sesiones informativas habían tenido lugar en Brodnica. En esos momentos, Daniel se sentía aliviado de volver a su terreno.

OLÍA A LAS flores coloridas que adornaban los cuidados jardines de las casas de ladrillo. Incluso soplaba una ligera brisa que movía con delicadeza las hojas redondas de los tilos. Los viejos tilos que crecían a los lados de la calle eran el orgullo del pueblo. Cuando florecían, todo Lipowo se impregnaba de ese inolvidable y maravilloso olor. Daniel Podgórski se lamentó de que la comisaria Kopp no hubiera estado allí a finales de junio para vivirlo.

Dejaron el coche frente al edificio azul claro de la comisaría de Lipowo e hicieron el resto del camino a pie. La gente saludaba amablemente a Podgórski, echándole un vistazo rápido a Klementyna Kopp. La mayoría de la gente recordaba a la comisaria por la investigación que había tenido lugar el invierno pasado. Aparte, su pinta tan original siempre generaba interés.

Daniel Podgórski miró de reojo a su compañera. Veía por primera vez a la comisaria llevando un vestido. Era esbelta, a pesar de su edad y su complexión bastante angulosa. Podgórski se había acostumbrado ya a los tatuajes desgastados de sus brazos. Al verla con ese ligero vestido de flores, que mostraba más de lo que escondía, el policía empezó a vislumbrar la historia que llevaba grabada con tinta en sus manos. Parecía que cada elemento del complicado tatuaje tuviera un significado.

Klementyna Kopp tal vez se había dado cuenta de que la estaba observando, porque le lanzó una mirada hostil. Daniel Podgórski se giró rápidamente. No quería enfadarla. Aún así, Klementyna se mostraba cada vez más tensa. Él no sabía exactamente lo que estaba pasando. Tal vez ya estaba harta de trabajar con él. Por si fueran pocos los problemas que Podgórski tenía con Weronika Nowakowska, también sus relaciones con otras personas se estaban desmoronando.

Llegaron al destino de su caminata, lo que interrumpió los tristes pensamientos de Daniel. La casa de la mejor amiga de la desaparecida Olga Bednarek estaba junto a la iglesia de Lipowo, una construcción del siglo XIX. La elevada torre del bello santuario proyectaba una agradable sombra sobre el caserío.

La comisaria Klementyna Kopp tocó a la puerta con fuerza. Una chica joven con un niño pequeño en brazos les abrió.

—¿Son de la policía? —preguntó, aunque Daniel estaba seguro de que su anfitriona lo había reconocido enseguida.

Todos en Lipowo lo conocían. Al menos de vista. Sin embargo, debían proceder según ciertas normas.

—Adelante —dijo la amiga de la desaparecida Olga Bednarek, y los dejó pasar.

Se sentaron en una salita decorada con buen gusto.

—Vivo aquí con mi hermana y su marido. Mi marido está en el Ejército —aclaró la anfitriona—. No tenemos mucho espacio, pero nos las apañamos.

Daniel Podgórski asintió con aprecio.

–Tranquila –interrumpió Klementyna demasiado rápido, como siempre–. ¿Sabes el paradero actual de Olga Bednarek?

Hasta el momento, la policía no había encontrado a nadie que supiera dónde estaba Olga.

–Ya me preguntaron eso otros policías –dijo la amiga de la desaparecida. Tal vez se refería a los policías de Brodnica, encargados de la búsqueda de Olga.

–No sé nada más. Estaba segura de que Olga había ido a ese campamento de supervivientes. Estaba emocionada con el tema desde hacía tiempo. Todo el tiempo hablaba de eso, le gustaban mucho esas cosas. ¿Han hablado ya con los organizadores del viaje?

Podgórski asintió. Lo habían hecho incluso dos veces. La primera vez había hablado la comisaria Klementyna Kopp por teléfono. El segundo interrogatorio al guía del grupo, que estaba desorientado, se lo había encargado la comisaria Kopp a la policía local. No hubo ningún resultado. El hombre les dijo lo mismo que había dicho por teléfono. Olga Bednarek simplemente no se había presentado en el punto de encuentro el viernes veintiséis de julio. El grupo se había puesto en marcha sin ella, llevando en su lugar a la primera persona que estaba en la lista de espera. El guía nunca llegó a ver a la chica desaparecida y no pudo decir nada más sobre el tema. No parecía que estuviese ocultando nada.

–¿O sea que todos sabían de ese viaje? –preguntó Daniel una vez más. Entre ellos podría encontrarse también el asesino.

La amiga de la desaparecida se rio en voz alta. El niño probablemente no entendía qué estaba pasando, pero en su cara también se dibujó una amplia sonrisa.

–Eso creo. Olga estaba todo el rato presumiendo de ese viaje. ¡Literalmente! Nada más reservar su plaza. Eso fue tal vez hace dos meses, no recuerdo exactamente. En cualquier caso, hablaba como loca.

–Dos y medio –la corrigió automáticamente Klementyna Kopp–. Fue hace dos meses y medio.

Habían podido comprobar cuándo Olga Bednarek había conseguido reservar la plaza para su tan deseado viaje.

—Puede ser –confirmó la anfitriona.

—¿Olga estudiaba en Varsovia? –preguntó Daniel Podgórski, pasando a la siguiente pregunta. Aún no estaban del todo seguros de lo que podía ser importante, así que necesitaban tocar todos los temas.

La mejor amiga de la desaparecida asintió.

—Sí. Olga estudiaba Psicología en una escuela grande de la capital –aclaró–. Le dieron una beca. De lo contrario seguramente no podría haberse permitido esos estudios. Ya estaba en su cuarto año. Había empezado a escribir su tesis. Madre mía, estoy hablando de ella en pasado, como si ya no estuviera viva...

La chica giró la cabeza y se quedó callada un rato. Las lágrimas inundaron sus ojos.

—¿Le gusta a Olga estudiar en Varsovia? –preguntó Daniel Podgórski con delicadeza.

Puso especial énfasis en el uso del tiempo presente. Quería descargar un poco de la tensión que había empezado a llenar el ambiente. El niño sobre las rodillas de la anfitriona miró al policía con inseguridad. Daniel le sonrió, pero el pequeño solo hizo un mohín de vergüenza. La madre lo abrazó con fuerza.

—¿A Olga le gusta estudiar en Varsovia? –repitió Podgórski.

—A decir verdad, por lo que sé, no mucho. Quiero decir que el tema en sí le gusta, pero es posible que no se entienda del todo bien con el resto de estudiantes.

—Para. Espera. No se entiende con el resto de estudiantes. ¿A qué te refieres exactamente? –indagó la comisaria Kopp–. ¿Acaso Olga tenía enemigos en Varsovia?

La mejor amiga de la chica desaparecida se removió ligeramente al oír el tiempo pasado. A pesar de eso, Daniel Podgórski tenía la sensación de que se estaba haciendo a la idea de no volver a ver a Olga nunca más.

–No. No me refiero a eso para nada. Olga no tenía ningún enemigo. No en ese sentido –dijo la anfitriona negando rápido con la cabeza–. Se trata simplemente de que esas personas vienen de familias adineradas. Y Olga no es precisamente rica. Tal vez por eso tenía la sensación de que todos allí la miraban por encima del hombro. Respiró con alivio cuando consiguió que le concedieran hacer sus prácticas aquí, en Magnolia, en lugar de tener que ir al hospital con aquellos niños pijos. ¿Están seguros de que Olga está en peligro? Aún no puedo creerlo.

El joven oficial Daniel Podgórski miró con disimulo a la comisaria Klementyna Kopp. La habitación se sumió en un profundo silencio.

WERONIKA NOWAKOWSKA LIMPIABA frenéticamente la habitación. Su vieja casa se veía vacía. Demasiado vacía. *Igor* aguzó el oído y miró de reojo a su dueña con incredulidad. Rara vez la había visto tan nerviosa. Weronika lo había limpiado todo ya dos veces. Sentía que no podía parar porque, de ser así, empezaría a pensar en Daniel. Y en su propia estupidez. Porque, ¿qué era exactamente lo que le había dicho? «Tenemos que darnos un tiempo». Lo más manido que existía.

11

EL PÁRROCO DE la colonia Żabie Doły se dejó caer con pesadez sobre una silla de madera. Estaba en la sacristía de su parroquia, un edificio de hormigón. La sala quedaba al norte del presbiterio, que tampoco destacaba por su belleza. Apenas entraba luz, pero el párroco lo prefería así; necesitaba estar casi a oscuras cuando se preparaba para decir misa. La penumbra le ayudaba a entrar en el trance de la meditación piadosa. Después, se lavaba las manos en la pila de piedra y salía al encuentro de los feligreses, sintiendo que estaba en su lugar.

Pero esa vez ni siquiera la penumbra le ayudaba. No le había inspirado ninguna respuesta; el párroco no sabía qué hacer. Por un lado, se debía al secreto de confesión. Por eso no había contactado con la policía hasta el momento. Tampoco había revelado lo que le había contado Kózka. Afectaba al centro vacacional Valle del Sol y, por tanto –de eso el cura de la colonia de Żabie Doły estaba seguro–, el secreto de Kózka levantaría ampollas en toda la zona.

El sacerdote estaba sentado inmóvil, mirándose las manos con indecisión. Oía cómo el sacristán barría el aparcamiento del templo. Lo hacía con mucho detalle, como de costumbre. Había que hacerlo antes de que el calor se volviese insoportable. El párroco suspiró de forma casi inaudible. Por un lado estaba el secreto de confesión, pero, por otro, Daria Kozłowska ya no estaba viva, sopesó el cura. Si revelaba la confesión de Kózka a aquel elegante policía, el comisario principal Wiktor por la imagen recurrente de Olga Bednarek grotescamente mutilada. Había algo más: Daniel intuía que el mensaje del asesino le resultaba, de alguna forma, familiar. En los albores grises de la madrugada, cuando el sol aún no había salido, Podgórski había comprendido por fin lo que todo el tiempo le había estado rondando por la cabeza.

–¿Y bien? –dijo el fiscal Jacek Czarnecki, invitándolo a intervenir. Las gotas de sudor se arremolinaban en su hinchado rostro, a pesar del aire acondicionado que había en la sala–. ¿Qué querías decir, Daniel?

Daniel Podgórski tembló. No estaba seguro si era por el frío, o por el creciente nerviosismo ante la aparición de un nuevo cadáver.

–Mi abuelo coleccionaba todo tipo de bibelots –explicó lentamente Podgórski. No sabía si su idea era cierta, pero de todas formas estaba decidido a convencer al resto del equipo–. Ese era su *hobby*. Su habitación parecía un museo en miniatura con pequeñas obras de arte. Cuando yo era niño, me gustaba asomarme y divertirme con sus cosas. Mi abuelo me lo permitía [...] a su pesar, siempre encontraba la forma de ablandarle.

[...] Todos miraban expectantes al policía de Lipowo.

[...] Había allí una pequeña estatua con tres monos –acabó rá[...]ente Daniel Podgórski–. La primera se tapaba los oídos, [...]da los ojos y la tercera la boca. En ese mismo orden. [...]ecuerdo con exactitud. Me vino a la cabeza por la no[...] no he tenido tiempo de ir a casa del abuelo y traer [...]ero quizá sepáis a qué me refiero.

[...] pareció que en aquel momento era Klementyna [...] estremecía.

[...] no vi nada, no diré nada» –afirmó pensativa [...].

[...]ó con la cabeza y recorrió con la mirada a [...]

[...]ne lógica –se sumó la psicóloga Julia [...], tras aquel breve traspié, a punto de

Cybulski, quizá lograsen atrapar al asesino. Lo que permitiría zanjar el asunto de una vez por todas.

El párroco respiraba con dificultad. Cuanto más reflexionaba sobre ello, menos sabía qué hacer. Lo peor es que no tenía a quién pedirle consejo. En ese sentido, el sacristán estaba descartado. Era un hombre simplón y no habría entendido nada. Tampoco podía acudir a Grzegorz Mazur, el oficial de Żabie Doły, con algo semejante; su hijo también estaba involucrado.

Entonces el párroco se arrodilló, pidiendo una respuesta a sus dudas. Necesitaba más tiempo para meditar.

EL INSPECTOR DANIEL Podgórski tiritaba. Estaba sentado justamente bajo el chorro del aire acondicionado y cada vez tenía más frío. Recorrió con la mirada a los reunidos en la sala de conferencias de la Comandancia Provincial de la Policía de Brodnica, en la primera planta. Era el quinto día de la investigación y Podgórski había comenzado a tratar ese gabinete como si fuese suyo. Se había vuelto tan acogedor y reconocible como su propia sala de reuniones de la comisaría de Lipowo. Faltaban solo los colegas de Lipowo, y su madre llevándole una olorosa tarta de manzana en la bandeja.

A pesar de ser domingo, se personaron en la Comandancia de Policía todos los miembros del equipo investigador, por otra parte no excesivamente grande. El fiscal Jacek Czarnecki acababa de zamparse un bocata. Habían quedado muchas migas en sus frondosos bigotes. La psicóloga Julia Zdrojewska se paseaba por la sala con un gesto absorto y alicaído. El comisario principal Wiktor Cybulski, tan elegante como acostumbraba, le retiró una silla a la comisaria Klementyna Kopp para que se sentase.

Aquel día Klementyna iba vestida con su atuendo habitual. Una cazadora de cuero más con las mangas subidas, los pantalones desmontables grises y las pesadas botas militares. Ya no quedaba ni rastro del vestido de flores del día anterior. Daniel

Podgórski se sintió extrañamente aliviado. No le gustaban los cambios. Prefería cuando todo discurría por el camino conocido. Especialmente en ese momento, en el que otra persona más había sido asesinada.

—Hasta ayer podíamos hacernos ilusiones con que Olga Bednarek estaba a salvo —empezó a hablar el fiscal Jacek Czarnecki, mordiendo el último trozo de su enorme bocata—. Lamentablemente, resulta que eran esperanzas vanas y que la había atacado nuestro homicida en serie. ¡Asesino de vírgenes! No me gusta este apelativo, es muy pomposo. No importa. En cualquier caso, el forense está examinando en estos momentos los restos para el informe de la autopsia. Deberíamos tener los resultados dentro de un rato. Por lo que sé, todos habéis visto el cuerpo. Aquí tenemos también las imágenes, así que podemos hablar sin ningún problema.

El fiscal Czarnecki señaló un sobre que se hallaba en mitad de la mesa. Nadie se estiró para hacerse con él. Conocían perfectamente el aspecto físico de Olga Bednarek en vida. También sabían lo que había hecho con ella el asesino.

La psicóloga Julia Zdrojewska suspiró. Seguía recorriendo con nerviosismo la sala de conferencias. Los tacones de sus zapatos percutían ruidosamente el suelo, luchando por destacar con el zumbido de aquel aire acondicionado tan pasado de moda.

—¿Va todo bien, Julia? —preguntó el fiscal, mirándola con preocupación.

—No. Nada funciona —dijo Zdrojewska, con una voz que no parecía la suya. Por lo general, era tan elegante y equilibrada como el comisario Wiktor Cybulski. En esos momentos, sin embargo, las emociones estaban a flor de piel y eran ellas las que mandaban—. ¡Conocí a esa chica! Hace poco tiempo, Olga Bednarek estuvo de prácticas con nosotros en Magnolia. No me lo puedo creer. Cuanto más pienso en ello, menos puedo creerlo. Al principio, cuando nos dirigimos a Zbiczno por aquel búnker, me parecía que estaría bien, pero luego estuve toda la noche sin pegar ojo. Nunca, desde que trabajo aquí, me había ocurrido algo así. Nunca. Ni siquiera tras aquel caso del infanticida del año pasado.

—Siempre es más difícil aceptar la muerte de alguien a quien se conocía —dijo la comisaria Klementyna Kopp.

La voz de la canosa policía sonaba sorprendentemente calmada, como si se hubiesen intercambiado los papeles y ella fuese la terapeuta, durante un segundo, y la psicóloga su paciente. Klementyna Kopp se levantó y se acercó a Julia Zdrojewska. No la tocó, sino que aguardaba justo al lado.

Daniel tenía la impresión de que aquellas dos mujeres se entendían de alguna manera. Sintió celos de la psicóloga. A diferencia de Podgórski, ella sí que tenía acceso a los secretos de Klementyna.

—Sí, así es, lo sé. Lo sé, Klementyna —repuso Julia Zdrojewska, mientras intentaba calmarse. Se sentó a duras [penas] tras la mesa y apretó con la mano la medallita que llevaba al cuello—. Intento controlarme. Tenemos [que atrapar] a ese monstruo. Desentendernos no nos lleva[rá a nada]. Recordádmelo si alguna vez se me olvi[da].

Todos asintieron con la cabeza [en señal de acuerdo co]mún. Solo que no sabían cómo a[...]

—En lo que respecta a es[...] tamente Daniel Podgór[ski ...] habían cortado las or[ejas ...] caron los ojos. Y [...] Olga Bednar[...]

Dani[el ...] día anter[ior ...] orillas del la[go ...] joven asesina[da ...] macabro. No ha[...] anterior. Y dudaba[...]

Al igual que la ps[icóloga ...] poco había podido con[...]

venirse abajo, había recobrado una apariencia de tranquilidad–. Buen trabajo, Daniel.

–La figurita representa a tres monos. Yo también tuve una así. El autor material lleva tres mujeres asesinadas. ¿Significa eso que no habrá más víctimas? –se alegró el fiscal Jacek Czarnecki–. Porque el «no oí nada» son las orejas arrancadas de Daria Kozłowska, el «no vi nada», los ojos rebanados de Beata Wesołowska, y el «no diré nada», son los labios amputados a Olga Bednarek. El asesino ha matado a tres jóvenes. Ya ha demostrado lo que quería demostrar... ¿y se acabó?

El orondo fiscal miró expectante a los policías, pero obtuvo el silencio como respuesta.

–Así pues, «los tres monos sabios» –dijo al fin el comisario principal Wiktor Cybulski en voz baja.

–¿Qué quieres decir exactamente? –preguntó el fiscal extrañado. ¿Por qué de repente son sabios?

Wiktor miró fugazmente al fiscal Czarnecki.

–Me refiero a *Sanbiki no saru* –dijo Cybulski, ya algo más alto–. Es decir, si lo traduces literalmente del japonés «los tres monos», *Sanbiki no saru*.

Esta vez fue el comisario el que se levantó, como si se preparase para dar una charla. Agarró el rotulador de pizarra e hizo un bosquejo rápido con las figuras de los tres monos en la pizarra blanca que colgaba en la esquina de la sala de conferencias.

–A menudo la gente los denomina «los tres monos sabios». Ilustran cierto refrán japonés –dijo Wiktor Cybulski, desenfundando el marcador negro–. Si mal no recuerdo, así suena en japonés: *Mizaru, Kikazaru, Iwazaru*. En otras palabras, «no ver, no oír, no hablar».

Daniel Podgórski miró atónito a Cybulski. El resto no parecían demasiado sorprendidos por aquel alarde de erudición y elocuencia.

–¿Hablas japonés? –preguntó Podgórski.

Él solo había sido capaz de aprender inglés, a fuerza de escuchar a su grupo favorito. Hacía años que había olvidado el ruso que le enseñaron en la escuela. Desde siempre admiraba a los políglotas.

—Por desgracia no sé japonés, pero me interesan estas cuestiones —se apresuró a explicar Cybulski—. La religión, la teología, las doctrinas filosóficas... Todo ello es la sabiduría de generaciones, que deberíamos aprovechar al máximo. Aunque, como decía Gabriel García Márquez, la sabiduría llega cuando ya no sirve para nada.

La comisaria Klementyna Kopp desvió la mirada. No intentaba disimular en absoluto.

—Bueno, venga, va. Pero, Wiktor, entra ya en materia. Te propongo que nos ahorremos esas sentencias tan tontas, ¿vale?

Cybulski se ajustó sus grandes gafas y señaló con el marcador a los tres monos dibujados sobre la pizarra.

—Quizá la representación más popular de este proverbio sea precisamente la escultura de los tres monos sabios a la entrada del establo del santuario de Tosho, en Nikko —dijo con cierto entusiasmo—. Lo visitamos Żaneta y yo hace varios años. La escultura es impresionante. Especialmente si prestas atención a toda la simbología. Data probablemente del siglo XVII, pero podría equivocarme, así que no os lo toméis al pie de la letra. No quisiera induciros a error.

—Wiktor —le recordó nuevamente Klementyna Kopp—. Si te soy sincera, me importa una mierda de qué siglo es la escultura esa. Y seguro que a los demás también.

Cybulski se encorvó ligeramente.

—¿Por qué no pasamos a la interpretación? —propuso conciliadora la psicóloga Julia Zdrojewska.

—Por supuesto —estuvo de acuerdo inmediatamente el comisario Cybulski—. Es ahora, sin embargo, cuando surgen las dudas, ya que *Mizaru, Kikazaru, Iwazaru* se puede interpretar de diferentes formas.

—¿Qué quieres decir? —se interesó el fiscal Jacek Czarnecki.

Daniel Podgórski se inclinó hacia Wiktor con curiosidad. Nunca le habían suscitado tanto interés las figuritas de su abuelo.

Simplemente estaban en su habitación. En un lugar más o menos honorable.

Cybulski miró entre los presentes.

–Si analizamos *Mizaru, Kikazaru, Iwazaru* según las enseñanzas de la diosa Vajra, su interpretación es muy próxima a «quien no ve el mal, no oye el mal y no habla del mal, se protege así de todos los males».

Probablemente Wiktor detectaba que el estupor no desaparecía del semblante de Podgórski, porque rio en voz baja y añadió:

–Esto no es ningún saber oculto, Daniel. Sospecho que se puede encontrar incluso en portales tan populares como la Wikipedia. No hay que ser ningún especialista en cultura oriental. De todas formas, si queremos interpretar de esta manera el proverbio, podríamos equipararlo a nuestro «no juegues con fuego». Así al menos lo afirman algunos investigadores.

–Yo interpreto ese proverbio de otra forma muy diferente –espetó la comisaria Klementyna Kopp, con tono un tanto agrio.

–Ya llegaremos a eso –le aseguró Cybulski–. Deduzco que tienes en mente la interpretación típica de las culturas occidentales. Nosotros también nos adscribimos a ella. Pero en un momento volveremos con el significado. Quería hablaros también de la interpretación budista. En ese caso, podemos entender el refrán más bien como «no busques ni tampoco remuevas los malos actos y palabras de otras personas».

Klementyna volvió a mirar con insatisfacción a Cybulski.

–¿No nos lo íbamos a ahorrar? ¿Qué es lo que querías decir de la interpretación occidental?

Parecía que la comisaria Kopp estaba irritada, más que de costumbre. Surcó su rostro aquella expresión tan particular que Daniel Podgórski no había sido capaz de descifrar. Otro secreto más de la comisaria. Podgórski miró celoso a Julia Zdrojewska. Sentía curiosidad por saber si la psicóloga conocía ese secreto.

Wiktor Cybulski asintió con la cabeza.

–Pues que en Occidente solemos interpretar *Mizaru, Kikazaru, Iwazaru* como un tipo particular de complicidad con el mal –dijo colocándose bien sus grandes gafas–. La gente prefiere no saber lo que ocurre, no escuchar y no hacer nada.

–Eso es lo más fácil –soltó Klementyna.

Daniel Podgórski miró a su veterana compañera. Sus palabras sonaban amargas como la absenta que el policía había probado en los tiempos de su tempestuosa juventud. Al policía de Lipowo no lo engañaba aquel barniz de presunta indiferencia.

–Yo también considero que de momento deberíamos quedarnos con la interpretación occidental. Es la más extendida en Polonia –intervino mientras tanto la psicóloga Julia Zdrojewska–. Quizá nuestro autor material se sienta perjudicado. Tal vez le ocurriese algo malo, y nadie hiciera nada al respecto. Al menos desde su punto de vista. Nadie lo ayudó. Todos prefirieron cerrar los ojos. Una conducta y experiencias semejantes, o, mejor dicho, interpretar la realidad de esa forma, pueden ser típicas de un asesino en serie.

El fiscal Jacek Czarnecki asintió con la cabeza, entusiasmado.

–¡Mira tú! Desde el principio dije que era un asesino en serie. Julia, ¿crees que ahora está castigando a aquellas mujeres concretas que lo ignoraron, o quiere que entendamos el mensaje en general, por así decirlo?

–Buena observación –le alabó la psicóloga–. Quizá fueron precisamente esas tres chicas en concreto, Kózka, Risitas y Olga Bednarek, quienes no lo ayudaron. Así que las asesinó a imagen y semejanza de los tres monos sabios: *Mizaru, Kikazaru, Iwazaru*. De esta forma las castiga. De la misma manera, el asesino podría tener cuentas pendientes con otras personas. O con todo el mundo. Y lo quiere demostrar mediante este modo de actuar. Es difícil de decir en este momento. Hay que contemplar ambas posibilidades.

Daniel Podgórski miró nuevamente a Klementyna Kopp. La comisaria tenía todo el tiempo una expresión implacable en el rostro. No parecía ella misma.

–Entonces, ¿no deberíamos buscar en el pasado el móvil de estos crímenes? –preguntó el policía de Lipowo.

–No tengo las respuestas a todas vuestras preguntas –respondió la psicóloga Julia Zdrojoewska, dejando caer los brazos en un gesto de impotencia–. Sé tanto como vosotros. El hecho de que sea psicóloga no implica que automáticamente sepa leerle el pensamiento al asesino. El suceso, al que el homicida presuntamente se refiere, bien pudo ocurrir en el pasado, pero también podría haberse desencadenado recientemente.

–Esa segunda posibilidad parece más probable –se pronunció el comisario principal Wiktor Cybulski–. Que haya ocurrido hace poco.

–¿Por qué lo piensas?

Si un suceso así hubiese ocurrido hace mucho tiempo, ¿por qué el asesino habría esperado tanto para infligir el castigo?

–Pudo ausentarse durante un tiempo –apuntó Daniel Podgórski–. Quizá se marchó de aquí o estuvo encarcelado por otro delito, y por eso no pudo vengarse durante años.

La comisaria Klementyna Kopp miró a Daniel con interés.

–Esto me hace pensar en el socorrista Kamil Mazur –interrumpió la comisaria un tanto balbuciente–. Ayer lo busqué en el sistema, tanto a él como al piragüista Marcin Wiśniewski. Pensé que las relaciones hombre-mujer son tan buen móvil para el crimen como cualquier otro, pero no logré encontrar gran cosa sobre Marcin.

–Por ahora eso no significa nada –dijo el fiscal Jacek Czarnecki.

–Tranquilo, vale. Pero... Kamil Mazur resultó mucho más interesante.

–¿A qué te refieres, Klementyna?

–Kamil Mazur sirvió en la Marina, ya lo sabíamos. Pero... la clave aquí es la palabra «sirvió», y no «sirve».

Los miembros del equipo investigador miraron con atención a la comisaria Kopp. Normalmente no les interesaban las sutilezas lingüísticas. Sin embargo , todos tenían mucha curiosidad por saber qué era lo que la comisaria había encontrado sobre el hijo del oficial Grzegorz Mazur, de la colonia de Żabie Doły.

–Explícate –le pidió el fiscal Czarnecki, mesándose sus poblados bigotes.

–Kamil Mazur ha sido expulsado del cuerpo de la Marina como medida disciplinaria –dijo rápidamente Klementyna Kopp–. No se interpuso una querella formal, pero sí consta como nota en la hoja de servicios y Kamil también ha perdido el derecho a servir en el Ejército.

–¿Qué ocurrió exactamente? –se interesó Cybulski–. ¿Por qué lo han expulsado del Ejército?

–El informe era bastante confuso. Como ya dije, es más bien un apunte que otra cosa. Tendremos que hablar con la persona al mando de la unidad en la que servía Mazur. Por lo que he podido leer entre líneas, se trata de una agresión violenta.

Daniel Podgórski recordó al oficial Grzegorz Mazur, que la mañana anterior se había presentado de improviso en su casa. El policía intentaba saber algo más sobre la investigación de la que lo habían apartado. ¿No estaría Grzegorz Mazur de Żabie Doły intentando proteger a su hijo? ¿Sería el socorrista el asesino de sus tres compañeras de clase?

El fiscal Jacek Czarnecki emitió un prolongado silbido.

–¡Bueno, bueno! Puede que lleguemos al fondo de la cuestión más rápido de lo que habíamos pensado –dijo con satisfacción–. Si es así, les aseguro que no me enfadaré.

–Quisiera volver un segundo a lo que hablábamos antes –manifestó Julia Zdrojewska–, a los acontecimientos pasados que el autor material posiblemente considerara como una injusticia manifiesta hacia él. Pongamos que haya ocurrido en el pasado. Me refiero al hecho de que las víctimas eran de la misma clase en Żabie Doły. Las tres: Kózka, Risitas y Olga. Si miramos en la fotografía que he encontrado en Facebook...

La psicóloga comenzó a rebuscar entre toda la documentación apilada sobre la mesa. Por fin encontró la fotografía de toda la clase y la señaló con un dedo. Daniel reparó en que llevaba una elegante manicura francesa, para unas uñas demasiado cortas.

–¿A qué te refieres, Julia? –preguntó de nuevo el fiscal Czarnecki.

La psicóloga percutió con las uñas sobre la mesa.

–Observadla bien. Fijaos en que este grupo de niños está de pie, particularmente cerca unos de otros. Como uña y carne, como suele decirse coloquialmente. Los jóvenes lo llaman a veces «una pandilla de amigos», ¿verdad? Daria Kozłowska, Beata Wesołowska, Olga Bednarek, la enfermera Milena Król y dos chicos: el piragüista Marcin Wiśniewski y el socorrista Kamil Mazur. A juzgar por su lenguaje corporal, apostaría a que eran muy amigos. Y ahora, tres muchachas de esta pandilla ya han muerto...

Se hizo el silencio en la sala de conferencias.

–Tenemos que interrogar a esa Milena Król –ordenó el fiscal Jacek Czarnecki–. Así veremos todo lo que nos puede contar. De alguna forma, hay que forzarla a hablar.

–Ya lo hicimos –recordó Daniel Podgórski–. Pero la enfermera, precisamente, no tenía nada que añadir.

–Pues apretadle las tuercas. Buscamos algún acontecimiento del pasado, ¿verdad? Julia, ¿crees que deberíamos proporcionarle a la muchacha una discreta escolta que la proteja?

–Es algo que no podemos descuidar –dijo la psicóloga Julia Zdrojewska–. Lo pido también a título personal. Milena trabaja en Magnolia. No quiero que le ocurra nada. Ella está bajo mi propia responsabilidad.

El fiscal asintió con la cabeza.

–De momento tenemos un coche patrulla vigilando el camino de Żabie Doły a Lipowo, es decir, donde se encontraron los cuerpos de Kózka y Risitas. No parece que esa unidad siga siendo necesaria allí en concreto. Les asignaré ahora que protejan a la tal Milena Król –decidió el fiscal. No quiero más víctimas, ¡no lo olvidéis nunca! Tenemos a la prensa pisándonos los talones. Asesino de Vírgenes, ¡menuda historia!

Todos asintieron con la cabeza. Nadie quería que muriese ninguna joven más.

–¿Y qué pensáis sobre el hecho de que abandonaran a Olga Bednarek en el búnker? –preguntó tras un instante Wiktor Cybulski–. A las dos primeras víctimas las dejaron en el arcén del camino entre Żabie Doły y Lipowo, tal y como nos ha recordado hace un segundo Jacek. Y sin embargo, Olga Bednarek estaba escondida en el búnker, por así decirlo. Y hasta allí hay un buen trecho. Está casi en Zbiczno. ¿Qué pensáis sobre eso? ¿Tiene algún significado?

–En esto hasta el más mínimo detalle puede ser significativo –comenzó la psicóloga Julia Zdrojewska.

–Para. Un momento, todavía hay algo más –la interrumpió con virulencia Klementyna Kopp, como si de repente se diese cuenta de algo y no pudiera esperar ni un minuto más–. Recordad que, en realidad, Olga Bednarek lleva una semana desaparecida. Nadie la vio a partir del viernes veintiséis de julio. Y ayer era tres de septiembre. ¿Por qué la encontramos precisamente ahora, eh? Risitas y Kózka fueron asesinadas la misma noche que las secuestraron. Encontramos los cuerpos a la mañana siguiente.

–¿Y si todo ese tiempo ha estado en el búnker? –reflexionó Julia Zdrojewska–. Nadie la había visto, a diferencia de las demás víctimas, que fueron abandonadas en sitios bien visibles.

Durante un instante, la psicóloga sopesó su propia idea.

–Me pregunto si no pudo suceder así: el asesino mata a Olga y la abandona en el búnker. Lo hace el veintiséis de julio, es decir, el día en el que la joven desaparece –propuso con lentitud Zdrojewska–. Pero nadie encuentra el cadáver. Son pocos los que entran en ese búnker. El homicida se enfurece al ver que nadie ha descubierto su obra. Por eso decide cambiar de táctica y empieza a abandonar los demás cuerpos en sitios muy visibles. Al fin y al cabo, quiere transmitirnos un mensaje, denunciar a gritos la injusticia que lo perjudicó. Solo lo puede hacer si encontramos a las víctimas. Se sale de lo común, porque lo que le importa no es desembarazarse de los cadáveres y ocultar su crimen, como suele ocurrir. Nuestro asesino quiere que sepamos lo que ha hecho.

Durante un instante todos sopesaron en silencio las palabras de la psicóloga.

–Por el momento, no sabemos cuánto tiempo ha estado Olga Bednarek en ese búnker. Esperemos al informe del perito forense –ordenó el fiscal–. Eso nos ayudará a resolver la adivinanza.

–Tampoco quiero abandonar definitivamente la pista del centro vacacional Valle del Sol –afirmó la comisaria Klementyna Kopp–. Hay algo en todo esto que me huele muy mal.

El fiscal Jacek Czarnecki miró a la policía con impaciencia.

–¿Estaba ligada Olga Bednarek de alguna forma al centro vacacional? –preguntó.

–Aún no lo sé –admitió Klementyna.

–Pues averígualo cuanto antes.

SZYMON WIŚNIEWSKI, PROPIETARIO del centro vacacional Valle del Sol, miró atentamente a Weronika Nowakowska, que estaba sentada enfrente. Aquella mujer era muy alta y esbelta. Tenía un cabello pelirrojo precioso, con vetas inflamadas por el sol veraniego que se colaba a través del ventanal.

Al parecer, Weronika Nowakowska dirigía, o en breve empezaría a dirigir, un pequeño club de equitación en la colina de Lipowo. Y quería empezar a colaborar con su centro vacacional. Weronika daba por seguro que así captaría más socios para su club. Para sus adentros, Szymon Wiśniewski tuvo que admitir que lo que proponía sonaba bastante bien. De hecho, era imposible que sufriese pérdidas por colaborar con Nowakowska.

–Usted planea descuentos en las clases de equitación para mis clientes, ¿lo he entendido bien? –se aseguró el propietario del complejo.

Szymon sabía perfectamente lo que buscaba Weronika, pero quería alargar la conversación y ver si podía averiguar algo más al respecto.

–Exactamente –dijo Weronika Nowakowska, ya algo más tranquila. Al principio de la reunión estaba todavía nerviosa–. A cambio, usted ofrecerá mis cursos de equitación a los clientes de su centro. En Varsovia trabajaba como psicóloga, pero también tengo el diploma de instructora en hípica. Competí con la selección júnior, en la disciplina de doma clásica. Le puedo asegurar que mis cursos de equitación estarán al más alto nivel.

Szymon Wiśniewski escrutó una vez más a aquella mujer. No le preocupaba el nivel de los cursos, eso era una cuestión secundaria. No obstante, tenía curiosidad por saber si Nowakowska, ella en particular, sería del gusto de sus clientes. Había que abordar ese asunto con delicadeza, pero Szymon era perfectamente capaz de hacerlo.

–Su propuesta me interesa –respondió con una sonrisa.

Weronika Nowakowska sonrió igualmente. «Qué fácil era ganarse a la gente», pensó Szymon. Bastaba con una leve sonrisa.

–En nuestra próxima reunión trataremos todos los detalles. Prepare por favor una oferta más detallada –dijo Szymon, sin quitarle el ojo a Nowakowska.

Como contacto, reconocía que Weronika Nowakowska le podía venir bien en el futuro. Siempre y cuando jugara bien sus cartas.

EL COMISARIO WIKTOR Cybulski bajó al sótano de la Comandancia Provincial de la Policía en Brodnica donde, desde hacía poco tiempo, se encontraba la sala de autopsias. La comisaria Klementyna Kopp y Daniel Podgórski habían ido a interrogar una vez más a la enfermera Milena Król, amiga de las tres mujeres asesinadas. Mientras tanto, Wiktor tenía la intención de sacarle al forense algo más sobre la muerte de la tercera víctima, es decir, Olga Bednarek.

Cybulski entró en la pequeña recepción de la sala de autopsias. Tras el escritorio se sentaba una joven con el cabello de un intenso color chocolate. Wiktor fantaseó durante un instante ante semejante imagen.

Se le pasó por la cabeza que mucha gente no asociaba particularmente el chocolate con el pecado. Aunque tenía que reconocer que era un tema complicado. Poniendo como ejemplo el chocolate blanco, con un porcentaje ínfimo de mantequilla de cacao, el intenso dulzor de aquella exquisitez podía acabar siendo un problema. El catador debía tener presente que no hubiera demasiado contraste de sabores. Por eso Wiktor, en un caso así, se decantaba por el vino blanco. También eran buenas otras uvas, como por ejemplo, la moscatel, que aportaba un regusto a nuez y café al chocolate blanco. A él mismo le encantaba beber un jerez con reminiscencias de manteca y de vainilla. En cambio, a Żaneta –¡cielo santo!–, le gustaba apurar un trago de whisky puro de malta. Una combinación que no agradaba tanto a Cybulski.

La mujer sonrió amablemente al policía. Eso lo arrancó de sus pensamientos.

–Comisario, ¿en qué puedo ayudarle?

Si a Wiktor no le traicionaba la memoria, la mujer con el cabello color chocolate llevaba unos cuantos meses como asistente del forense Zbigniew Koterski.

–¿Es usted Malwina Lewandowska, cierto? –se aseguró Cybulski.

–Sí, señor comisario.

–Busco al doctor Koterski –explicó el policía.

–El doctor está en su despacho, señor comisario. Me parece que está justamente acabando el informe sobre la tercera víctima de ese asesino en serie –dijo la asistenta del perito con excesiva timidez–. De ese Asesino de Vírgenes, del que escriben todos los periódicos.

–Gracias. Entonces voy directamente a ver a Zbigniew.

Wiktor Cybulski enfiló el pasillo del sótano. Hacía bastante más frío que en el resto de plantas. Se preguntó si era por la proximidad a la morgue, o si el aire acondicionado era sensiblemente mejor en la planta de abajo. ¿Tal vez era más moderno? Aunque quizá se tratase del sol, que no llegaba a calentar ese recinto.

Cybulski llamó a la puerta del despacho del perito forense.

–Adelante – oyó la amigable invitación del patólogo, siempre bien dispuesto hacia los demás.

Cybulski entró en el despacho. No era una habitación muy grande. Probablemente fuese más pequeña que el despacho de Wiktor en la segunda planta de la Comandancia Provincial. Las estanterías, que se alzaban por las paredes en vertical, estaban llenas de gruesos tomos de libros que ofrecían el aspecto de enciclopedias y atlas. Sobre la mesa de trabajo reinaba un orden aparente. El perito había colocado varias fotos de su familia junto al ordenador. Una sonriente rubia oxigenada con dos niños. Y, en medio, un perro igual de sonriente.

Cybulski pensó en su mujer. Tenía su fotografía en la mesa de su despacho. En ella, Żaneta aparecía distinguida y meditabunda. Aunque así era siempre con él. ¿O solo lo fingía? Wiktor sospechaba que Żaneta también podía ser alegre y despreocupada. Y quizá justamente lo era en brazos de su amante Eryk Żukowski. ¿La hacía más feliz el director de la escuela de Żabie Doły que él?

–¡Ay, Wiktor! Precisamente iba a mandarles el informe –dijo como saludo el médico forense Zbigniew Koterski–. Hace un segundo, literalmente, he acabado la autopsia de la tercera víctima, Olga Bednarek, a la que encontraron ayer en el búnker.

–¿Algún descubrimiento interesante? –preguntó Cybulski, intentando dejar de lado sus reflexiones sobre la infidelidad de Żaneta–. Tanto mejor si nos ayuda a atrapar al asesino.

El médico forense se rascó la raíz de su pelo castaño.

–En lo que respecta a las lesiones corporales, es muy parecido a los casos de Beata Wesołowska y Daria Kozłowska. Se las infligieron antes de morir, y el asesino usó algo similar a un palo grueso. ¿Quizá la empuñadura de una herramienta?

A Wiktor lo recorrió un escalofrío.

–¿Y qué hay sobre la amputación de los labios? –preguntó, obligándose a calmarse.

–Muy similar a las anteriores amputaciones –repuso el patólogo Zbigniew Koterski–. Usó un bisturí. Sospecho que se trata del mismo objeto. Y por tercera vez usó también el paralizador. Hasta aquí las similitudes, porque también hay diferencias.

–¿Cuáles?

–Creo que esta joven, Olga Bednarek, estuvo encerrada durante algún tiempo.

Cybulski miró atentamente al perito forense. Eso concordaba con lo que habían estado hablando en la reunión.

–Nos preguntábamos si la víctima habría podido ser asesinada hace una semana . Fue la última vez que se la vio. Seguimos comprobando si hay alguien que la haya visto más tarde. De momento sin resultados. Así que hoy en la reunión nos preguntábamos si, a pesar de haber encontrado el cadáver ayer, Olga podría haber sido asesinada hace una semana. ¿Es posible?

–Creo que estuvo encerrada –repitió el forense–. Y lo puedo argumentar.

Zbigniew Koterski volvió la pantalla del monitor en dirección a Wiktor Cybulski. Así es como este vio una fotografía de la autopsia del cadáver.

–Estas son las manos de Olga Bednarek –explicó el perito forense.

–Comprendo. Estuvo maniatada, como en el caso de las primeras víctimas.

El perito buscó entre las fotografías de la autopsia. Wiktor sintió escalofríos al ver los cuerpos amputados.

—Fíjate en las heridas sobre las muñecas de las tres víctimas. ¿Ves la diferencia?

Wiktor Cybulski apartó la vista. Ya no tenía fuerzas para mirar todo aquello. La impotencia se apoderó de él. Probablemente Koterski lo detectara, porque volvió a colocar el monitor en su sitio.

—Las tres víctimas tenían heridas alrededor de las muñecas. La razón es muy sencilla. El asesino se esforzaba para que las correas estuvieran fuertemente ceñidas. Probablemente quería asegurarse de que las víctimas no se defendiesen mientras les pegaba. El autor material usó una cuerda corriente, que coloquialmente denominamos de pita. No tiene sentido determinar el fabricante de esta cuerda. No nos aportaría casi nada, porque es demasiado popular. Se puede encontrar en cualquier pueblo, establo o caballeriza. En cualquier caso, una cuerda así está muy afilada, así que es fácil que haga cortes en la piel.

El comisario principal Wiktor Cybulski asintió. Conocía perfectamente el tipo de cuerda al que se refería el patólogo. De hecho, Żaneta guardaba a *Castaño* en un pequeño establo muy próximo a su casa. Precisamente esas cuerdas servían para las pacas de heno que luego ellos compraban a los agricultores de la colonia Żabie Doły.

—Ya entiendo —dijo el comisario—. Dices que les ataron las manos a las tres de la misma forma. ¿Qué es lo que diferencia a Olga Bednarek?

—Está comprobado que también la maniataron. Solo que lo hicieron después —explicó el patólogo con paciencia.

—¿Cómo que después?

—En mi opinión, al principio y durante mucho tiempo, Olga Bednarek estuvo encadenada. Las heridas de sus muñecas son sensiblemente más grandes que las de las demás víctimas. Hasta el punto de haberse producido una infección. También he analizado los cambios en la piel. Probablemente la joven perdió varios kilos a gran velocidad, lo que sugiere que la mataban de hambre. Su cuerpo estaba extenuado. No creo que tuviese ese aspecto la semana antes de morir. Pueden comprobar en qué condición física estaba antes de desaparecer. Hablen con su familia si quieren, pero, en mi opinión, fue tal y como se lo estoy contando. El asesino encerró y encadenó a Olga durante varios días y, probablemente, apenas le daba de comer.

Cybulski asintió lentamente con la cabeza.

—Encontré también partículas de excrementos sobre la piel. Con toda probabilidad, la joven no tenía más opción que hacerse sus necesidades encima. El asesino no limpiaba, sino que la había abandonado a su suerte. Más tarde lavaron el cuerpo. Es posible que una vez muerta. Quizá el autor material quería esconder este aspecto del secuestro.

Wiktor sintió un nuevo escalofrío. Prefería no imaginarse todo aquello con detalle.

—Es terrible, verdaderamente.

El patólogo no dijo nada. Simplemente asintió con la cabeza.

—¿Por qué la retuvieron, mientras que Risitas y Kózka murieron la misma noche que las secuestraron? —preguntó el comisario principal Wiktor Cybulski.

—Son ustedes los que tienen que responder a esa pregunta —señaló el doctor Zbigniew Koterski en voz baja—. Yo solo analizo las señales que presenta el cadáver.

12

LA ENFERMERA MILENA Król salió del edificio principal de la Clínica Privada de Ayuda Psicológica y Psiquiátrica Magnolia en Lipowo. Se estaba esforzando por comportarse con normalidad. En la sala de enfermeras se quitó el uniforme almidonado y se puso sus vaqueros cortos y una camisa azul claro. Se desmaquilló, dejando la cicatriz completamente al descubierto. Después se despidió de sus compañeras y salió, como si nada. Ese era su ritual después de cada jornada laboral. Lo mismo debía hacer ese mismo día. Todo normal, todo en orden. Ya la visita de la policía había causado cierto revuelo y unas cuantas miradas de desaprobación de la jefa de enfermeras.

Milena se subió a la bici y salió con calma del recinto de la clínica. En cuanto los edificios de Magnolia desaparecieron tras la esquina, Jo aceleró. Pedaleaba por Lipowo tan rápido como podía. La invadió una sensación de *déjà vu*. Hacía apenas un momento estaba hablando con la policía por segunda vez. Y de nuevo iba en la bici a toda velocidad. Completamente igual que la vez anterior. Solo que en esta ocasión no se apresuraba hacia Magnolia para empezar su turno. Tenía que llegar lo antes posible al centro vacacional Valle del Sol.

Había llegado la misma pareja de policías de la última vez, pero el jefe de la comisaría de Lipowo, un tipo alto llamado Daniel Podgórski, se había quedado en el coche. La única que había entrado a la clínica había sido una comisaria bajita y con tatuajes. Milena recordaba bien que su nombre era Klementyna Kopp.

La policía le había hecho preguntas sobre cosas pasadas. Tal vez se podría decir que había estado indagando. En esos instantes Milena tenía la sensación de que alguien la estaba siguiendo. Aceleró. Tenía que llegar al centro vacacional y hablar con Kamil Mazur. ¡En ese mismo momento! Todo aquello ya era demasiado para ella.

Pasó la tienda de Wiera Rosłońska y llegó hasta el final del pueblo. A partir de ahí el camino era cuesta abajo. En el sentido literal y en el figurado. Lipowo se encontraba en una colina. La carretera que iba al centro vacacional, situado en el valle posglacial del lago Bachotek, era toda cuesta abajo. Eso jugaba a favor de Milena. Podía acelerar más.

Las ruedas de la bici chirriaron cuando Jo empezó a pedalear aún más rápido. Estaba segura de que la seguía un coche. No era solo una sensación fruto de los nervios tras la conversación con la policía y todo lo que había pasado. El coche se mantenía a una cierta distancia, pero Milena Król sentía que la estaba siguiendo. Cuando aceleraba, el coche también aumentaba la velocidad. Milena prefería no mirar atrás, pero podía oír el ruido del motor unos metros detrás de ella.

Varios turistas que andaban caminando por allí, admiraban la escena con estupefacción. Eso a Jo no le preocupaba. Por primera vez no la miraban por la cicatriz de Joker que le atravesaba la cara, sino por su desenfrenada carrera mientras huía del coche desconocido. Era una experiencia bastante liberadora.

De repente, las ruedas de la bici toparon con un montoncito de arena. Milena Król mantuvo el equilibrio con dificultad, pero consiguió enderezarse y no caerse. El corazón le latía con fuerza.

El coche que iba tras ella se detuvo también.

—Disculpe, ¿está bien? —preguntó el conductor con nerviosismo.

Jo asintió con la cabeza. Sentía que el corazón se le iba a salir del pecho. El hombre miró alrededor y le susurró en tono reservado:

–Por favor, no se asuste. Somos de la policía de Brodnica. Vamos a escoltarla. Debemos protegerla hasta que se resuelva el caso del Asesino de Vírgenes.

Milena Król asintió con la cabeza, tratando de hacer un gesto que expresase alivio. El Asesino de Vírgenes. Menudo apodo tan estúpido.

–Muchas gracias –titubeó Jo, esforzándose por hablar con normalidad.

–Por favor, no se preocupe. Con nosotros aquí no corre peligro –la convenció el policía vestido de paisano–. Le ruego que no vaya tan rápido con la bici. Es peligroso.

–Muchas gracias –repitió Milena amablemente.

No necesitaba su ayuda. Sabía perfectamente a quién debía evitar. Se subió a la bici y se encaminó al centro vacacional, esa vez con más calma. El coche de policía camuflado se mantuvo tras ella a una cierta distancia.

Atravesó la puerta de madera de Valle del Sol. En el centro casi todo era de madera, menos el edificio principal, el bar y el comedor. Se bajó de la bici y continuó a pie, empujándola.

En todas partes había gente. Milena Król miró alrededor con inseguridad. Por un lado la multitud le convenía, sin embargo, por el otro, suponía una amenaza para ella. Por el momento todo parecía normal. Encadenó la bici al poste que había frente al edificio principal y bajó corriendo al balneario. No miró hacia atrás para comprobar si los policías de paisano la seguían. Tenía que hablar con Kamil. Ese pensamiento anulaba todos los demás.

Milena accedió a la plataforma con paso decidido. Parecía que la frágil construcción de madera temblaba bajo su peso. Debajo ondeaba el lago. La atravesó una chispa de miedo. Después de lo que había sucedido, el agua le gustaba aún menos.

Kamil Mazur se percató enseguida de su presencia. En cuanto la vio se levantó rápidamente de su hamaca naranja de socorrista.

–¡Jo! –la llamó–. ¿Qué haces aquí?

Milena Król miró de reojo una vez más al agua verde del lago Bachotek. En la parte menos profunda había niños jugando. En la más honda se encontraban algunos de los nadadores más experimentados. Un par de personas saltaban desde la plataforma, salpicando alrededor.

–Tenemos que hablar –dijo la enfermera con dureza.

–¿Aquí? –Kamil señaló la plataforma y la gente que los rodeaba–. Jo, no creo que quieras hablar aquí.

La enfermera Milena Król sintió que la invadía una ola de pánico.

–¡Me da igual! –lanzó un grito estridente.

Algunas personas que estaban tomando el sol en la plataforma los miraron. Jo hablaba cada vez más fuera de sí, como si quisiera controlarse y no lo consiguiese. Se daba cuenta de eso a la perfección. Respiró profundamente para tranquilizarse. Las amenazantes olas del lago no se lo estaban poniendo fácil.

–¡La policía ha vuelto a interrogarme! –titubeó por fin. Hablaba un poco más bajo, pero con la misma estridencia de antes–. Ya me han interrogado dos veces. Y ahora encima me siguen dos de ellos vestidos de paisano.

–Calma, Jo –dijo el socorrista Kamil Mazur–. No entres en pánico innecesariamente.

–¿Cómo voy a estar tranquila? ¿Cómo? Dímelo, porque no lo sé.

El socorrista miró alrededor.

–Bueno, ya es mi hora de descanso –afirmó como si nada–. Vamos al kayak.

Milena Król sentía cómo se le agolpaba la sangre en la cara.

–¿Te has vuelto loco? ¿Cómo que al kayak?

–¡Jo, tranquilízate! Sé que te da miedo el agua, pero en el kayak no nos puede oír nadie. Ni siquiera los policías que te siguen. Soy socorrista. A mi lado no va a pasarte nada –prometió Kamil Mazur–. Confía en mí.

Milena Król lo miraba con furia.

–Entonces dijiste lo mismo –bufó.

–¡Jo, supéralo! Tenemos que preocuparnos por el futuro, ¿no? Aunque tal vez me equivoque. Al fin y al cabo no soy yo al que persigue la policía.

Milena miró de nuevo a Kamil Mazur con desgana. Era difícil creer que antes hubieran estado tan unidos. Era difícil creer que hubiese confiado en él hasta el infinito. Últimamente a Jo le parecían sospechosos cada uno de sus movimientos. Sabía por qué Kamil ya no era soldado. Eso no la sorprendió. Él siempre había sido así. De todas formas, debía hablar con él. Costase lo que costase.

Siguió al socorrista hacia el local de alquiler de kayaks. Sin embargo, Kamil no entró, simplemente cogió una barca de un estante y la echó al agua. Ayudó a Milena a subirse y tras unos cuantos golpes de remo ya estaban en las aguas profundas.

Jo sentía que las manos le temblaban ligeramente. En la orilla podía ver la ropa de civil de los policías. Sus «guardaespaldas». De repente sintió que lo del kayak no había sido tan mala idea.

–¿De qué quieres hablar? –preguntó Kamil Mazur, aunque sabía de sobra lo que la había llevado allí. Milena estaba completamente segura.

Un poco más adelante iba la lancha de la policía, que cada año patrullaba en el lago. Jo se estremeció.

–¡Kózka, Risitas y ahora Olga Bednarek! –se desahogó Milena–. ¿Qué dices de eso?

Su voz se volvió estridente otra vez sin que ella pudiera evitarlo.

–¿A qué te refieres? –preguntó el socorrista arrastrando las palabras.

–¡Sabes de sobra a qué me refiero! No finjas, Kamil.

El socorrista no respondió. Fueron a la deriva en silencio durante un rato. El agua salpicaba a su alrededor, haciendo que el corazón de la joven latiera más deprisa. Quería volver ya a la orilla.

–¿Y qué quieres hacer? –preguntó por fin Kamil Mazur.

–Debería hablar con la policía –replicó Milena, aunque esta idea ni siquiera a ella misma la convencía.

–¿Te has vuelto loca? –preguntó el socorrista en un tono agresivo que ella recordaba perfectamente–. Jo, ¿por qué remover el agua pasada? De cualquier forma yo ya tengo problemas. Tú también podrías tenerlos. ¿Qué crees que dirían en Magnolia si supieran lo que has hecho?

Milena Król se quedó un rato pensativa. Intentaba pensar de forma racional. Tal vez Kamil tenía razón. Necesitaba ese trabajo. No podía arriesgarse a que la echasen. La jefa de enfermeras era capaz de hacer cualquier cosa.

–Esperemos. ¿Kózka, Risitas, Olga Bednarek? Eso no tiene por qué significar nada –dijo el socorrista pausadamente. Hablaba alto y claro, como si se lo explicase a un niño pequeño–. Ya iremos viendo cómo se desarrollan las cosas. Entonces tomaremos una decisión, ¿de acuerdo?

Jo asentía con la cabeza. Tal vez Kamil tenía razón. Tal vez estaba exagerando.

LA COMISARIA KLEMENTYNA Kopp detuvo el coche en el arcén de la carretera de Lipowo. Se oía el agradable rumor de las hojas de un hermoso y viejo tilo. Tenía que reconocerlo, podría cerrar los ojos y quedarse ahí escuchando el leve susurro del viento. Le venía a la mente una pieza para violín de Vivaldi. A la comisaria le gustaba mucho ese ciclo de conciertos. Lo escuchaba muy a menudo.

Sin embargo, aquel no era un buen momento. Klementyna Kopp tenía demasiadas cosas en la cabeza. Primero, esa fascinación fatal por Daniel Podgórski que la comisaria ya no podía controlar. Después, la pista de los tres monos sabios que se le había escapado de la manera más tonta. De todas las personas del equipo de investigación, debió haber sido precisamente ella la que se diese cuenta de la conexión, no Daniel. La policía no estaba segura de cómo tomarse todo aquello. Se sentía aún más incómoda. Otro motivo más para encontrar al culpable cuanto antes y acabar esa investigación infernal.

Para colmo de males, hablar de nuevo con la enfermera Milena Król no había dado muchos resultados, igual que la primera vez. Sin embargo, la comisaria tenía la sensación de que la chica de la cicatriz estaba escondiendo algo.

—¿Te apetece un helado o una Coca-Cola fría? —preguntó Daniel Podgórski—. Aquí cerca hay una tienda. Puedo ir a buscarlos. Así hacemos un descanso.

Tontamente, el viejo corazón de la comisaria Klementyna Kopp latió más rápido. Maldijo en voz baja. «Eres una vieja ridícula. ¡Olvídalo, Kopp!», se repetía a sí misma todo el tiempo, pero a todas luces no daba resultado. Miró de nuevo a Daniel. Podría ser su madre. De sobra. Veintiséis putos años de diferencia, se decía Klementyna para sus adentros. «¡Veintiséis años! Idiota. Además él tiene pareja, una de su edad.» Todas las señales en el cielo y la tierra indicaban que Klementyna Kopp no pintaba nada ahí. No pintaba nada. Como de costumbre. ¿Entonces por qué no podía mirarlo tranquilamente? Sin que el puto corazón le latiese así. Eres una vieja ridícula, Kopp, pensó una vez más.

Klementyna se tocó el tatuaje de la suerte, pero no le sirvió de mucho. Daniel, los tres putos monos sabios, la falta de avances en la investigación. La comisaria empezaba a perder la confianza en sí misma.

—Me encantaría una Coca-Cola fría —dijo. Quería quedarse sola un rato, concentrarse en el trabajo—. Mientras, voy a llamar a esa unidad militar de Wybrzeż. Debemos investigar el caso del socorrista Kamil Mazur. Es más, debimos haberlo hecho antes.

—De acuerdo —replicó Daniel, y se subió al coche.

La comisaria Kopp respiró su olor por un instante. Hacía muchos años que no tenía ningún efecto en ella el encanto de los hombres. De hecho, los odiaba desde su matrimonio fracasado. Los trataba como si fuesen animales peligrosos. ¿Y qué eran, sino predadores? ¿Quién golpeaba, mataba y violaba? Klementyna maldijo, esta vez en voz alta.

El Asesino de Vírgenes. Un alias que parecía de la Edad Media, pero la policía estaba segura de que tras él se escondía una mente afilada como el bisturí de acero que utilizaba con tanto deleite. Los tres monos sabios... Encima el asesino jugaba con ella. Klementyna lo sentía. Jugaba con ella. Y lo que era peor, la comisaria Kopp le estaba permitiendo que la arrinconase. De ahí no podía salir nada bueno.

Respiró profundamente y agarró el teléfono. Klementyna Kopp sabía arreglárselas en cualquier situación. Dominaba su propia vida. Siempre había sido así y siempre lo sería. Nada iba a cambiarlo. Ni Daniel Podgórski ni ese tal Asesino de Vírgenes.

Klementyna marcó rápidamente el número de la unidad donde servía el socorrista Kamil Mazur. No le apetecía seguir dándole vueltas.

—Contramaestre Adrian Wieczorek, de la Tercera Flotilla Naval de Gdynia —se presentó un hombre.

—Vale —replicó la policía. Una respuesta un poco tonta.

—Estaba esperando su llamada, comisaria Kopp —aclaró el contramaestre impasible—. El comandante me dijo que quería hablar conmigo.

—Sí —murmuró Klementyna lacónicamente.

—Se trata del soldado Kamil Mazur, ¿verdad? —preguntó de nuevo el oficial.

Se podía percibir un tono de inseguridad en su voz. Sin embargo, la comisaria Klementyna Kopp quería que el contramaestre sintiera la necesidad de continuar hablando. No pensaba ponérselo fácil.

—Sí —soltó sin más explicaciones.

—Se trata de su despido disciplinario, ¿verdad? —hizo otro intento el contramaestre Wieczorek.

—Exacto. Leí el *memorándum*. Debo decir que era bastante confuso.

«Confuso» era poco decir. Klementyna rio para sus adentros. Lo único que le pasaba al *memorándum* era que estaba lleno de palabrería sin sentido, nada más.

—Solo se trató de un pequeño incidente —aclaró rápidamente Adrian Wieczorek—. Una pequeña pelea cotidiana, podríamos decir.

Klementyna Kopp esperó.

—Ni siquiera hirió a nadie —añadió el militar de Gdynia—. Fue una cuestión rutinaria de procedimiento.

La expresión «cuestión de procedimiento» era un elemento recurrente en la palabrería ininteligible. Klementyna se estaba exasperando.

—Y expulsaron a Kamil Mazur del Ejército, ¿no? —afirmó con aparente tranquilidad la comisaria Kopp—. Por una pequeña pelea, eso está diciendo, ¿no?

Por un momento, al otro lado del teléfono se hizo el silencio.

—No quiero causarle problemas innecesarios al muchacho —reconoció el contramaestre Adrian Wieczorek—. Creo que el hecho de no poder volver al Ejército ya es suficiente para él.

—Vale. Me maravilla la buena voluntad que tienen hacia Kamil Mazur. Pero yo estoy investigando un caso de asesinato, que encima se ha repetido, así que le aconsejo que colabore. Creo que entenderá la importancia del asunto, ¿no?

—Está bien —dijo el contramaestre Adrian Wieczorek con voz resignada—. A menudo Kamil se ponía violento. Empezaba peleas con los compañeros de su unidad, y en la ciudad. La comandancia ya estaba harta de los problemas que provocaba. Por otro lado, Kamil Mazur estaba muy involucrado con la unidad. También pasó el entrenamiento militar de forma ejemplar.

—¿Y qué clase de peleas provocaba? —insistió la comisaria Kopp.

—Diferentes. En el bar, en la calle, aquí y allá. Cuando hay muchos hombres en un lugar también hay mucha testosterona. Las peleas surgen inevitablemente. Por lo general son discusiones verbales y cosas así. Solo tenemos que controlar la situación para que no se nos vaya de las manos.

–De acuerdo, vale. Volvamos a Kamil Mazur. ¿Era violento con las mujeres?

El Asesino de Vírgenes solo atacaba mujeres. Al menos hasta el momento.

–No sé nada de ese tema –aseguró el contramaestre Adrian Wieczorek–. Si hubiera sucedido algo así lo sabría sin falta, se lo garantizo, comisaria.

–¿Qué hay de la última pelea? –preguntó Klementyna–. La pelea tras la cual fue expulsado. ¿Podría hablarme más de ese tema?

El hombre se aclaró la garganta.

–El oficial Kamil Mazur golpeó a un compañero con una porra. Teníamos que tomar medidas de algún tipo.

EL DIRECTOR DEL colegio de la colonia Żabie Doły, Eryk Żukowski, puso la mesa. Había preparado una comida humilde, pero esperaba comerla con su hijo. En los últimos días Feliks se había comportado aún más raro que de costumbre. Hablaba un poco y se callaba de repente, y destrozaba cosas en su cuarto.

Eryk Żukowski temía que su hijo se hubiera vuelto loco de verdad. Loco era una palabra muy fuerte, pero era peor aún en el caso de Feliks. El director del colegio había tratado, incluso, de arreglar unas citas entre Feliks y su asistente Bernadeta Augustyniak, pero no había funcionado. Su presencia siempre le había pasado desapercibida a Feliks. Sin embargo, podría decirse que esa vez Eryk había obtenido el efecto contrario al deseado. En lugar de una mejoría, vio que a su hijo se le habían intensificado los síntomas.

El director del colegio sirvió la sopa en los platos hondos.

El *chłodnik** era un plato ideal para ese calor abrasador y sofocante.

---

* El *chłodnik* es un plato tradicional de la cocina polaca. Se trata de una sopa fría cuyos ingredientes principales son remolacha y crema ácida. (*N. de las T.*)

–¡Feliks! La comida está en la mesa –lo llamó.

No obtuvo respuesta.

Eryk Żukowski dio un largo suspiro. Se atusó el pelo, un poco largo de más. Parecía que iba a tener que subir a la habitación de su hijo. En esa ocasión Bernadeta Augustyniak lo había defraudado. Eryk se preguntaba si no debería hablar con la psicóloga Julia Zdrojewska sobre lo que había pasado con Feliks. Sin embargo, prefería no arriesgarse. La psicóloga estaba colaborando precisamente con la policía y podría tener una impresión equivocada de todo aquello. El director Żukowski prefería no correr el riesgo de meterse en problemas con la policía.

–¡Feliks! ¡La cena! –llamó de nuevo para asegurarse.

Ninguna reacción. El director subió y tocó a la puerta de su hijo. No hubo respuesta. Abrió la puerta con cuidado y miró alrededor de la habitación. En el centro reinaba el más absoluto desorden. Eryk Żukowski sintió que el corazón le latía más rápido. No toleraba algo así. Ni en el colegio, ni allí. El resto de la casa siempre estaba reluciente, pero en la habitación de su hijo el suelo estaba completamente cubierto de trastos. Era difícil saber para qué servía cada cosa. Al director se le pasó por la cabeza que allí sería fácil esconder algo sin que nadie lo encontrara.

–¡Feliks! –llamó una vez más.

Su llamada no tuvo respuesta. Su hijo no estaba en casa.

EL INSPECTOR DANIEL Podgórski trataba de encontrar la posición más cómoda en el pequeño Skoda de la comisaria Klementyna Kopp. Medía casi dos metros y pocos coches le resultaban confortables.

Poco antes se había tomado un helado a la sombra de unos árboles junto a la carretera de Lipowo. Klementyna se estaba tomando tranquilamente una Coca-Cola fría que Daniel le había comprado en la tienda. Después la situación cambió en un abrir y cerrar de ojos. Bastó una llamada de teléfono.

En esos momentos iban por un camino lleno de gravilla y hojas, un atajo a la colonia Żabie Doły. La comisaria Kopp agarraba con fuerza el volante, que por momentos se le iba hacia un lado. Las ruedas iban derrapando levemente sobre las piedras traicioneras. Este tramo era el peor. Después el camino se volvía más liso.

Era domingo a última hora de la tarde y Daniel Podgórski se sentía cansado. Era el quinto día seguido que trabajaban y daba la impresión de que la investigación iba para largo. El policía suspiró por lo bajo. Sin duda necesitaba un momento de descanso. No obstante, Klementyna parecía impasible ante el calor y las continuas horas de trabajo. Tal vez la persecución del criminal le daba la vida.

El párroco de la colonia Żabie Doły había llamado al comisario principal Wiktor Cybulski, con quien había hablado anteriormente. El capellán afirmó que tenía una valiosa información respecto a Daria Kozłowska. Cybulski ya estaba esperando a Klementyna y a Daniel en la iglesia de Żabie Doły. Al principio Wiktor había querido interrogar él solo al cura, pero la comisaria Kopp se había negado. Quería estar presente. De ahí que fueran tan deprisa por el camino sin pavimentar al otro lado del lago.

Llegaron a Żabie Doły levantando una nube de polvo tras ellos. Las casas allí parecían bloques de cemento que alguien había soltado en medio del campo. La carretera asfaltada estaba agrietada y desmoronada a los lados. Daniel Podgórski no quería ser engreído, pero Żabie Doły no tenía ni punto de comparación con Lipowo. Eso podía verlo cualquier observador imparcial.

La comisaria Klementyna Kopp aparcó el Skoda negro frente a la iglesia. Salió del coche sin mediar palabra y cerró la puerta de un golpe. Podgórski suspiró de nuevo. Últimamente le pasaba mucho. Se preguntaba si la comisaria Kopp no estaba harta de trabajar con él. A Daniel había llegado a caerle bien, pero lo que ella pensaba de él era todo un misterio. Su cara nunca mostraba ninguna emoción.

Entraron en la iglesia. Dentro reinaba un frescor agradable. Sin embargo, el templo no se podía comparar a la iglesia de ladrillo de Lipowo. Por lo que Podgórski sabía, la iglesia de Żabie Doły había sido construida a finales de los noventa, unos años después de que se liquidase la Cooperativa Agrícola Comunista. Nadie se había preocupado por su belleza, simplemente tenía que ser funcional.

Wiktor Cybulski esperaba en la nave principal. Le acompañaba el párroco, con su pelo del color de la leche.

—Pasemos a la sacristía —dijo el capellán tras saludar a Daniel Podgórski y a Klementyna Kopp.

El párroco parecía nervioso. Las manos le temblaban ligeramente y afloró en su rostro un color enfermizo.

—No debería desvelar lo que voy a decirles —empezó el cura, cerrando tras ellos la puerta de la sacristía—. Me he enterado de todo esto en confesión. Debo guardar silencio...

El capellán calló y se pellizcó los labios, como si no debiera seguir hablando. Daniel Podgórski miró el reloj. Se sorprendió al ver que eran más de las ocho. El interior de la sacristía se sumía en la oscuridad. Los días se estaban haciendo claramente más cortos.

—No se preocupe, padre —dijo el comisario Wiktor Cybulski—. Hace bien diciéndonos toda la verdad. Puede que estemos ante el peor de los pecados, el de quitarle la vida al prójimo. Recuérdelo, padre.

El párroco parecía un poco más tranquilo tras esas afirmaciones. Encendió una pequeña lámpara y señaló unas sillas de madera que estaban alineadas junto a la pared. Los policías se sentaron obedientemente.

—Daria Kozłowska, o sea Kózka, se confesaba cada pocos días... Encontraba alivio en ello —empezó su relato el párroco de Żabie Doły–. Después de lo que hacía en el centro vacacional Valle del Sol...

–¿Y qué es lo que hacía allí? –preguntó Klementyna Kopp con una delicadeza inusitada.

El cura miró al suelo, como avergonzado.

–Kózka rompía el sexto mandamiento. Entregaba su cuerpo a los hombres –aclaró en un tono apenas perceptible–. A cambio de dinero.

–¿En el centro vacacional de Szymon Wiśniewski? –se aseguró la comisaria Kopp–. ¿Kózka era prostituta?

–Sí –reconoció el párroco–. No sé si su muerte estará relacionada con eso, pero pensé que no debía seguir ocultándolo. Por lo que contaba Kózka, Beata Wesołowska también lo hacía. Sin embargo, Risitas no se confesaba conmigo, así que tal vez no debí haberlo mencionado siquiera. ¡Ahora estoy rompiendo todas las normas!

–¿Olga Bednarek también lo hacía? –preguntó Wiktor Cybulski, apuntando algo en su inseparable libreta negra–. Ella es nuestra tercera víctima.

El párroco de la colonia Żabie Doły levantó las manos con un gesto de impotencia.

–No lo sé –dijo. Parecía que desvelar el secreto de Kózka le había producido alivio–. Daria no mencionó nada de ella. Olga Bednarek no venía a nuestra iglesia. La mayor parte del año vivía en Varsovia, ya que estudiaba allí. Yo hacía mucho que no hablaba con ella. Sobre el tema de Valle del Sol solo sé lo que me dijo Kózka.

–¿Está completamente seguro de su información, padre? –preguntó Cybulski.

–Sí –afirmó el capellán y se santiguó varias veces–. Kózka decía que por eso la había dejado su novio. Por cometer adulterio.

–¿El piragüista Marcin Wiśniewski?

–Sí. Marcin se enteró de que Kózka participaba en todo esto y no pudo perdonarla. Eso me dijo ella. Estaba destrozada, pero necesitaba el dinero, así que no dejó ese «trabajo» en el centro vacacional. Kózka quería vivir en la ciudad. Allí la vida es mucho más cara y ella no tenía nada de ahorros. Les pido por favor que no la juzguen con demasiada severidad. Los tiempos que corren no son fáciles para la juventud.

–No pienso juzgar a nadie –afirmó la comisaria Kopp–. Pienso atrapar al que la mató.

KAMIL MAZUR SE quitó la gorra y la camiseta de socorrista. Lentamente caía la noche, pero en el animado centro vacacional no se notaba. Se había quedado más tiempo del que debía en Valle del Sol, pero así se ganaba un dinerillo extra. Sintió vergüenza, pero al mismo tiempo estaba satisfecho con la ganancia.

Era ya el segundo día que su padre estaba en la playa, a pesar de que su madre estaba a todas luces harta. Kamil no estaba seguro de que su padre no lo estuviese observando. De cualquier forma, sentía el peso de su mirada todo el día. Incluso cuando iba a las sesiones privadas con las turistas maduritas.

¿Qué pensaba su padre de él? ¿Le daba asco que hubiera caído tan bajo? El propio Kamil se esforzaba en autoconvencerse, diciéndose que en el fondo no estaba haciendo nada malo. Sin duda era mejor que las chicas. Él solo se desnudaba. Ellas iban bastante más lejos.

Kamil Mazur se puso su ropa de calle, agarró la mochila y se dirigió a la colonia Żabie Doły. Fue dejando atrás el ruido procedente del centro vacacional. Estaba rodeado por la oscuridad y el silencio de la noche estival. El atajo sin pavimentar que llevaba de Lipowo a Żabie Doły bajaba en dirección al riachuelo que unía los lagos Bachotek y Strażym. El socorrista se detuvo un momento sobre el puente de piedra. A esa hora estaba completamente vacío. Incluso los pescadores, que a veces se quedaban allí a arreglar la pesca, habían decidido volver a casa.

Sus ojos se acostumbraron a la oscuridad. Kamil vio la silueta de unos cisnes deslizarse orgullosos sobre el agua. El agua salpicaba discretamente los pilares del puente. De repente el zumbido de un motor rompió el silencio. No había vuelta atrás. El socorrista Kamil Mazur suspiró. Tenía que decidir qué quería hacer con su vida después de todo lo que había pasado.

El coche se detuvo en el puente justo detrás de Kamil. El socorrista se dio la vuelta sorprendido. Bajaron un poco la ventanilla.

–Hola, Kamil. ¿Quieres ganarte un dinero?

El fajo de billetes se le hizo muy apetecible. Realmente muy apetecible. El trabajo sería un poco diferente del que hacía en el centro vacacional, pero la ganancia también sería significativamente mayor. Al menos esa fue la impresión que le dio a Kamil Mazur a simple vista.

Se acercó al coche.

TERCERA PARTE

13

Łódź. Marzo de 2012

CUESTA CREER QUE hayan pasado tres años desde la última vez. En ese tiempo ha aparecido la segunda figura sobre el lienzo. Es un poco menos angular, como más humana. Me mira directamente. No como la primera, que está de perfil.

El segundo asesinato resultó igual de placentero que el primero. Sin embargo, también fue en cierto modo escalofriante. Quizá incluso aterrador. Sobre todo cuando me enteré de lo joven que era aquella chica. Y lo que es peor, el poco tiempo que llevaba en la profesión más antigua del mundo. Tal vez todo esto junto y por separado produce que sienta una saciedad temporal.

No hay que engañarse. Temo que la policía pueda descubrir la verdad. A pesar de mis precauciones. En el segundo asesinato cometí algunos errores que podía haber evitado. Hubiera bastado con tener más cuidado.

A pesar del miedo, trato de ver las cosas con calma. Tal vez la policía haya descubierto algo. Por otro lado, tengo todo preparado para una eventualidad de ese tipo. Tengo a mi Chivo Expiatorio, que acarreará con toda la culpa en caso de que algo suceda. Así lo castigaré. Claro que, el Chivo Expiatorio aún no lo sabe. Se enterará nada más la policía llame a su puerta. Si es que llaman, me corrijo en voz baja. Si acaso.

Sin embargo, pronto resultará que ese miedo era infundado. Pasan los años y el caso del Cruzado se queda sin resolver. El caso ya ha sido archivado. Desaparecen también los artículos de los periódicos. Varsovia y Jelenia Góra respiran con alivio. Yo también respiro con alivio.

—Por otro lado era bastante obvio —me digo.

Creo en el poder de mi mente. Creo que en esta área nadie me va a derrotar. Seguro que la policía ya no. Debo recordarlo. Esto me da fuerzas.

Una noche me siento a la mesa y decido repasar todo cuidadosamente. Primer hecho. Seguramente el caso del Cruzado ha sido archivado. No encontraron al culpable de la muerte de Renata Krawczyk en Varsovia, ni de Paulina Halek en Jelenia Góra. Eso es un hecho.

El siguiente es que mi Obra aún está incompleta. El motivo original de crear este cuadro empieza a perder fuerza. La Obra en sí misma es ya lo importante. Con sus propios principios. Tengo listas dos figuras. Aún me faltan tres.

Me pregunto si es seguro continuar. También me pregunto cómo será matar una vez más. La primera vez fue fantástico, impresionante. La segunda vez me dejé llevar y acabé mirando a la puta a los ojos. Su miedo se me pegó al cuerpo y la mancha que dejó perduró los siguientes tres años. No quiero que esto se repita, pero llego a la conclusión de que debo acabar el cuadro. Es importante. Ahora la Obra es lo más importante.

Leo bastante sobre formas de conservar el pelo. Este aún tiene una pinta estupenda, a pesar del paso de los años. Adorna las cabezas de la primera y la segunda figura. Sin embargo, necesito más para la tercera. Así que tengo que matar otra vez. Esta lógica es indiscutible. No tengo salida. Debo matar por tercera vez. No es mi culpa. Todos sabemos que el fin justifica los medios.

No obstante, la cuestión es cómo hacerlo. ¿Resucito al Cruzado?¿Hago de nuevo un corte en forma de cruz en el pecho y le rajo el cuello a lo Jack el Destripador?

Reconozco que antes la teatralidad me resultaba entretenida, pero ahora me doy cuenta de que no la necesito. ¡Qué va! Hasta puede ser contraproducente. El caso del Cruzado ha sido archivado y es mejor que quede así para siempre. No quiero que nadie se ponga a examinar mis errores de cerca.

De esta forma, llego a la conclusión de que es hora de cambiar de método. Necesito tiempo para pensar, para decidir algo más concreto. Debo trazar un plan de acción y crear un nuevo asesinato.

El Chivo Expiatorio ya no va a ser necesario –reconozco con optimismo.

Pasan los meses, en los que pienso mucho en mi nuevo asesino. Tengo intención de cambiar por completo la técnica de matar, para que nadie lo relacione con el Cruzado. Y lo que es más importante, para que no lo relacionen conmigo. Guardo en un cajón al Cruzado y su gran cruz sobre el pecho de las víctimas. Ya no los voy a necesitar. Tampoco puedo usar el paralizador, al menos no por ahora. Quizá la próxima vez. También debo dejar de rajar la garganta, aunque esto era algo que me producía una inmensa satisfacción.

Por fin trazo un plan de acción muy bueno. Leo un artículo en internet que describe las historias de cierto proxeneta con las prostitutas que lo desobedecían. Toda la historia se desarrollaba tal vez en algún lugar de Sudamérica. No recuerdo ahora exactamente. El proxeneta arreglaba estos asuntos con un único disparo en la cabeza. No sé bien cuál es la realidad polaca respecto a estos temas, pero me imagino que funcionan de forma similar.

Cuanto más lo pienso, más me gusta la idea. Un tiro en la cabeza. Hay algo de romanticismo en ello. Me resulta complicado conseguir una pistola. Será mi primera vez. Las armas de fuego son algo nuevo para mí. El cuchillo me era familiar y por eso me daba seguridad. ¿Cómo será matar con pistola? ¿Sentiré el mismo placer?

Se acabaron las reflexiones. Ya tengo el arma del crimen.

Ahora solo necesito el momento adecuado.

La ocasión se presenta cuando debo viajar unos días a Łódź. Esta vez no necesito días extra para prepararme, como sucedió en Jelenia Góra. Conozco Łódź bastante bien de mi visita hace algunos años. Solo compruebo que siga allí un sitio que me parece el ideal. Resulta que no ha cambiado nada. Me alegro por ello. Cuando vuelvo de hacer un reconocimiento la veo a ella.

Se llama Alisa Petrova y es una inmigrante ilegal del este. Claro que esto aún no lo sé y, claro, me entero después por los periódicos. Incluso podría decir que me entero mucho después. ¿Por qué? La respuesta es simple. La policía no puede identificar a Alisa por su pelo. Eso pasa cuando alguien está de ilegal en un país y tiene que esconderse.

El pelo rubio de Alisa Petrova tiene un tono natural propio de los eslavos. Apenas le llega por los hombros, pero eso no me importa. Es perfectamente suficiente para la tercera figura. Miro la foto de la obra del Maestro. La tercera figura solo tiene una especie de moño pequeño. Alisa lleva un anorak de plumas. Aún estamos en marzo, así que no me extraña que se quede helada pasando toda la noche de pie en la calle.

Cuando la veo me invade una excitación conocida. No puedo matarla ahora, me repito. Debo esperar a mañana y actuar según el plan. No quiero cometer más errores.

Esa noche duermo mal. Todo el tiempo pienso en lo que va a suceder. Me lo imagino. Al final me duermo. De alguna manera consigo aguantar todo el día siguiente, pero cuando cae la noche, siento que mi cuerpo está al límite. Debo tranquilizarme. Debo controlar la excitación.

Cuando llega la hora, meto los instrumentos en la mochila, la pistola y las tijeras. Llevo conmigo el paralizador, como un talismán de la suerte, aunque no pienso usarlo hoy. Nadie prestó atención a ese detalle en los asesinatos del Cruzado, pero quién sabe. Según el nuevo plan ahora todo debe ser diferente. Me pongo el chándal negro y las deportivas de correr y agarro la mochila. Salgo a la calle.

Rápidamente llego al lugar donde ayer estaba esperando a que llegaran clientes. Me acerco a ella tranquilamente. Alisa me ve y me guiña un ojo. Parece hambrienta y desesperada.

–Hola –se dirige a mí.

Por primera vez es ella quien empieza la conversación. No sé si esto es bueno o malo.

–Hola –le respondo, y le muestro rápidamente el fajo de billetes.

Obviamente es el mismo de hace unos años. Siento que no debo gastar ese dinero. Sería como una traición. Tal vez incluso lo llegue a integrar en el cuadro al final. Sería un buen cierre. Sin embargo, esto es algo que debo pensar más tarde. No tengo tiempo para esas reflexiones ahora que la tengo delante. Con vida.

–¿Qué quieres? –pregunta con un ligero acento extranjero–. Hago de todo.

Señalo abiertamente mi bajo vientre. Así es como debería ser, ¿verdad? Entiende a qué me refiero. Todo el tiempo está mirando de forma sospechosa la mano que tengo dentro del bolsillo del chándal. La palma me suda sobre el mango de la pistola. No acabo de confiar del todo en esta arma, pese a haber hecho pruebas con ella en el campo. En el tambor falta una bala. El resto están ahí esperando a ser utilizadas.

Al final la puta niega con la cabeza, como si sospechara algo. Le vuelvo a enseñar los billetes, sujetando la pistola con la otra mano. Por un momento Alisa lucha contra su propio miedo, pero eventualmente vence la necesidad de ganar dinero. Cualquiera podría decir que me aprovecho de su hambre y su mala suerte. Responderé con facilidad. Unas de su calaña me arruinaron la vida. No pienso tener clemencia, nadie la tuvo conmigo.

La puta me sigue, llegamos a un pequeño callejón. Ahora debo actuar rápido. Tendré que cortarle el pelo después. No puedo empezar por ahí, como hice las veces anteriores. Tengo miedo de que le caiga sangre, pero debo correr el riesgo. No tengo salida.

Señalo abiertamente mis partes íntimas. Le hago arrodillarse. Cuando lo hace, saco el arma. Rápido.

Le pego un tiro en la cabeza.

Después vuelvo a disparar para mayor seguridad. Hubiera bastado solo un disparo para obtener un efecto romántico. No pasa nada.

Miro alrededor. El silenciador ha hecho que no se oyeran los disparos. Además esta zona está bastante despoblada. Espero un minuto en tensión, tal vez dos. Sin embargo, no viene nadie, así que miro a la muerta y valoro los efectos obtenidos. Tal vez sea la suerte del principiante, pero todo parece muy profesional. Al menos eso me parece. La pistola es algo nuevo para mí. Tal vez en el futuro me apunte a clases de tiro para adquirir experiencia. Empiezo a darme cuenta del riesgo que he corrido. ¿Qué habría sucedido si no hubiese apuntado bien? ¡Debí haberme preparado antes! Errores, errores, errores. Esto es inadmisible para alguien como yo. Me invade la ira.

Por otro lado, respiro con alivio. Siento tranquilidad y satisfacción por la tarea completada. Miro su cuerpo con avidez. No puedo quedarme contemplándola, puede llegar alguien.

Me pongo manos a la obra. Le corto el pelo con bastante precisión. Me doy cuenta de que su cara se ve todavía más bonita con el pelo corto. Incluso en esto alcanzo la perfección.

Dentro de poco aparecerá la tercera mujer en mi cuadro.

14

LA COMISARIA DE la policía criminal Klementyna Kopp miraba mientras los uniformados llevaban a cabo la detención del dueño del centro vacacional Valle del Sol. El fiscal Jacek Czarnecki había dado la orden de arrestar inmediatamente a Szymon Wiśniewski esa misma mañana. Por el momento se le acusaba de proxenetismo. Le podían caer hasta tres años de cárcel. Código Penal, sección XXV, artículo 204, apartado 1. ¿Tres años? Klementyna Kopp resopló en voz alta. Con gusto encerraría a Szymon Wiśniewski en la cárcel mucho más tiempo, pero el Código Penal solo aplicaba castigos más severos a los que prostituían a menores de edad o a personas traídas del extranjero con esa finalidad.

Szymon Wiśniewski también debía ser interrogado sobre su posible relación con la muerte de Kózka, Risitas y Olga Bednarek. Sabían que al menos dos de las víctimas trabajaban para él. Su relación con Olga Bednarek y el posible móvil de su asesinato deberían establecerlo después.

La comisaria Kopp miraba mientras un uniformado cerraba la puerta del coche de policía tras Szymon Wiśniewski. Una vez que se había alejado la patrulla, Klementyna se dirigió al despacho del detenido. El comisario principal Wiktor Cybulski y el inspector Daniel Podgórski ya estaban trabajando allí con los técnicos de la policía científica. Empezaron por el escritorio, pero debían inspeccionar todo el edificio. Lo siguiente sería la casa del detenido. Si no encontrasen ninguna prueba, seguramente tendrían que peinar todo el terreno del centro vacacional Valle del Sol. Eso podía llevar un tiempo.

Daniel Podgórski sonrió con simpatía a Klementyna. El viejo y estúpido corazón de la comisaria Kopp latió con más fuerza. Retiró la mirada. «¡Olvídalo, Kopp!» No se le podía notar. Ni su tonto enamoramiento ni... ¿el miedo? ¿Los tres monos sabios? Le enfurecía su propia debilidad. No esperaba eso de ella misma. Un poco más y se pondría a cometer errores de principiante.

—Señora Kopp —dijo el jefe de los técnicos. Le pareció ver en su cara una sonrisa un tanto cínica.

La furia de Klementyna se intensificó aún más. Ese hombre volvió a pronunciar su apellido con un tono irritante. La comisaria respiró profundamente varias veces. Debía tranquilizarse si quería ser eficiente en el trabajo. Podía ser que fuese fea, pero era infalible. ¡Siempre lo era!

—Señora Kopp, uno de los muchachos acaba de informarme de que el sótano de este edificio está cerrado. Me gustaría inspeccionarlo. No mataron a las víctimas en el lugar donde se encontraron sus cuerpos, así que debieron de hacerlo en algún sitio. A la última chica la tuvieron escondida algún tiempo. Me da que ese sótano sería un lugar ideal tanto para matar como para esconder algo.

Klementyna asintió con la cabeza. No sonaba mal. Si consiguieran encontrar alguna prueba, podría por fin acabar con esa investigación. ¿Los tres monos sabios? ¿Daniel? Tal vez un descanso no le vendría mal. Puede que no fuera una mala idea.

—Vale, entrad allí —le dijo al jefe de los técnicos—. Podéis romper la puerta. Me da igual. Haced lo que tengáis que hacer.

El jefe de los técnicos se dirigió a la escalera.

—Espera —lo llamó la comisaria Kopp. Sentía que no podía quedarse con Daniel Podgórski en aquella habitación. No iba a soportar su mirada—. Voy contigo. Quiero ver yo misma lo que hay en ese sótano.

—Como desee, señora Kopp.

El hombre le dirigió una mirada extraña. Klementyna no le dio mayor importancia. Bajaron rápidamente las escaleras del edificio principal del centro vacacional. Los turistas los miraban desorientados. La comisaria Kopp se percató de que muchos de ellos tenían ya las maletas hechas. Seguramente esa noche desaparecería gran parte de los huéspedes de Valle del Sol. La prostitución en el centro vacacional debía de atraer una buena clientela. Klementyna se planteó por un momento detener a algunos de esos hombres, pero decidió no hacerlo. Del tema de la prostitución se encargaba ya alguien. Durante el arresto en el centro vacacional ya había visto a Maksymilian Kania, de la Unidad Antivicio. Seguramente estaba al cargo de ese asunto, y le correspondía a él demostrar que se había dado un caso de proxenetismo. Si Szymon Wiśniewski daba con un buen abogado, tal vez consiguiera salir airoso de sus problemas. Era frustrante.

Klementyna Kopp maldijo en voz baja. No obstante, el tema de la prostitución no estaba en sus manos, su cometido era encontrar al asesino de esas chicas. Y lo que era aún peor, la comisaria ni siquiera estaba segura de si se trataba de Szymon Wiśniewski. Por el momento no veía cuál podría haber sido el móvil del propietario de Valle del Sol. Kózka y Risitas trabajaban para él y seguramente ganaba más dinero gracias a ellas. ¿Por qué iba a querer matarlas? Además, ¿cómo podía saber Szymon Wiśniewski lo de los tres monos sabios? ¿Cómo? Kopp no lo entendía.

En la entrada al sótano había un chico rapado casi al cero. A Klementyna Kopp le sonaba su cara. Apenas un momento después se dio cuenta de que era el piragüista Marcin Wiśniewski, el hijo del propietario del centro, que había sido detenido. Sin sus rastas tenía una pinta de lo más normal. Una cara que le pasaría desapercibida a cualquiera.

–No pueden irrumpir en el sótano así sin más –protestó Marcin Wiśniewski–. ¡En ausencia de mi padre yo soy quien manda aquí y no les permito que destrocen nada!

El jefe de los técnicos miró fugazmente a la comisaria Kopp.

–Vale. Está bien. Perfecto –dijo la policía, al mismo tiempo que indicaba a los técnicos que continuasen con su trabajo.

El piragüista Marcin Wiśniewski observaba nervioso la escena, pero no dijo nada más.

El cerrajero abrió la puerta con precisión.

–Mira –espetó la comisaria Klementyna Kopp a Marcin Wiśniewski–. Ni siquiera hemos tenido que romper la puerta. Aunque podrías habernos facilitado las cosas dándonos la llave. Pero bueno, ahora ya da igual. Solo queremos echar un vistazo y entonces os dejaremos en paz. Al menos por un tiempo.

La puerta del sótano se abrió.

Robert Czubiński cargó las cañas de pescar y los cebos en la bici. Pensaba colocarse donde pasaba el agua por el puente de piedra entre Bachotek y Strażym. Contaba con que un lunes por la mañana no habría mucha gente en el camino de Lipowo a la colonia Żabie Doły. Sentía que era ya demasiado viejo para ir en barca hasta el centro del lago, como hacía antes. En la recta final de la vida, prefería pescar desde la orilla. Por otro lado, le suponía un problema tener la presencia constante de turistas y los coches de la ciudad a sus espaldas. Unas por otras, reconoció el viejo pescador.

Czubiński pedaleó despacio. Le dolían las articulaciones. Seguramente por el reumatismo. Todos acababan cayendo, el hombre debía resignarse. Aun así el camino de ida era más fácil, porque era cuesta abajo hacia el lago, ubicado en un valle posglacial. Cuando volviese a su casa de Lipowo, era posible que tuviera que bajarse de la bici y empujarla cuesta arriba.

Parecía que los rayos del sol casi quemaban, a pesar de que el día apenas estaba empezando. Se alegraba de haberse puesto la gorra. Supuestamente ese iba a ser el día más caluroso de la semana. Cuando el viejo Czubiński salió de casa, su mujer le había dicho que el termómetro ya marcaba casi treinta grados, y eso que aún era por la mañana. Aunque su mujer exageraba mucho, así que el hombre no podía estar seguro de nada.

Lo mismo pasaba, por ejemplo, con el teléfono móvil. La mujer de Czubiński le decía que lo llevase siempre encima. No estaba seguro de por qué. Toda su vida se las había arreglado sin esas modernidades. ¿Por qué tenía que cambiar a esas alturas? Sin embargo, su esposa temía que su marido pudiera desmayarse o algo así. Entonces tendría que llamar a sus hijos para pedir ayuda. Simplemente no entendía qué le pasaba a su mujer por la cabeza. Si por un casual perdía el conocimiento, no iba a poder llamar por teléfono.

Ya le llegaba el olor del agua. El camino se allanaba e iba por la presa, entre una vegetación espesa de juncos, hasta el puente de piedra. En tiempos de la guerra, los alemanes fusilaban allí a los polacos. De hecho, en los viejos árboles aún se podía encontrar alguna bala disparada en aquel entonces.

LA COMISARIA KLEMENTYNA Kopp salió del edificio principal del centro vacacional Valle del Sol. Sentía una creciente frustración. Si todavía fumase sacaría un cigarrillo, o mejor aún, un puro o un porro. Abrieron la puerta del sótano sin problema, el cerrajero ni siquiera tuvo que esforzarse mucho. Dentro no encontraron una oscura y sangrienta sala de torturas, que es lo que todos esperaban en su fuero interno. Lo que allí había era un «club para hombres», como lo describió el hijo del detenido Szymon Wiśniewski. La comisaria rio para sus adentros. Podrían haber dicho directamente que era un burdel, pero nadie lo hizo.

El piragüista Marcin Wiśniewski defendió a su padre diciendo que los clientes del centro vacacional allí podían, simplemente, huir del calor y de sus mujeres. Klementyna Kopp no tenía ninguna duda de lo que allí sucedía. La Unidad Antivicio se ocuparía del tema, pero seguramente no conseguirían probar gran cosa, como solía pasar en esas situaciones. Lo que sucedía tras la puertas cerradas de un dormitorio forrado de satén era asunto de dos personas adultas. La comisaria maldijo en voz alta. Odiaba esa sensación de impotencia.

Los técnicos encontraron un poco de sangre en una de esas habitaciones de satén. Sin embargo, era una cantidad demasiado pequeña para poder sospechar que allí hubieran matado a Kózka, Risitas y Olga Bednarek. Aún no podían relacionar al dueño de Valle del Sol con los asesinatos.

La comisaria Kopp se sentó en un banco de madera frente al edificio principal del centro vacacional. Necesitaba un poco de tiempo para pensar en todo con tranquilidad. Claro que, aún existía la posibilidad de que Szymon Wiśniewski hubiera matado a sus víctimas en otro lugar completamente diferente. Desde el principio habían dejado la puerta abierta a esa posibilidad. Hacía un rato que el comisario principal Wiktor Cybulski y el inspector Daniel Podgórski habían ido a ver la casa donde vivía Wiśniewski con su hijo, el piragüista Marcin. Hasta el momento Klementyna no había recibido noticias de los policías.

De repente vio a una persona que, definitivamente, no estaba esperando. Por el camino se acercaba Weronika Nowakowska. La novia de Daniel Podgórski apretaba entre sus manos una carpeta. La comisaria Kopp miró con envidia su cuerpo joven y esbelto, y su espeso pelo rojizo. «¡Olvídalo, Kopp!»

—Hola, Klementyna —la saludó Weronika amablemente.

Se habían conocido durante la investigación anterior.

—Hola —replicó la comisaria Kopp. Sentía que estaba perdiendo el control sobre sí misma poco a poco.

—¿Qué está pasando aquí? —preguntó Nowakowska, señalando los coches de policía aparcados y al camión del equipo de la policía científica—. Otra vez han...

No terminó la frase. Miraba a la policía esperando una respuesta.

—¿Qué estás haciendo aquí? —preguntó la comisaria Klementyna Kopp un poco agresiva.

Weronika Nowakowska miró a Klementyna un tanto desorientada por su violenta reacción. La comisaria Kopp se esforzaba por respirar hondo y despacio, pero gradualmente las emociones dormidas hasta el momento empezaron a salir a la superficie.

–Vengo a ver al dueño del centro vacacional, Szymon Wiśniewski. Me gustaría iniciar una colaboración con Valle del Sol –aclaró la novia de Daniel–. Quería presentarle una oferta más concreta para mi club de hípica. Habíamos quedado.

–Pues me parece que no vas a hablar con él –replicó Klementyna. Sentía que los celos y la frustración empezaban a llenar su cuerpo hasta los topes–. Szymon Wiśniewski ha sido detenido esta mañana.

–¿Por qué? ¿Qué ha pasado?

La comisaria Klementyna Kopp no hizo más que encogerse de hombros. No tenía ganas de dar explicaciones. Le invadió un golpe de calor. Klementyna tenía la sensación de que estaban solas. Las voces de los turistas y de los policías le llegaban como del otro lado de una espesa niebla.

–¿Está Daniel aquí? –preguntó Weronika.

Se podía oír perfectamente la esperanza en su voz. En ese momento el dique de emociones hasta entonces dormidas se desbocó. La comisaria Kopp sentía que ya no podía contener las palabras que se agolpaban en su boca. No servía de nada pensar que seguramente se arrepentiría después de haber explotado. Llegó a un punto crítico.

–¡No eres bienvenida aquí! –le gritó Klementyna a Weronika Nowakowska–. Vete antes de que me vea obligada a arrestarte. Quién sabe qué clase de negocios tenías con Wiśniewski.

Varios policías la observaban con cautela. Klementyna Kopp reconoció que debían de tener una pinta ridícula. Una vieja bajita con una americana desgastada y unos tatuajes igualmente desgastados en los brazos, y esa joven diosa de la vida con cabellos de fuego. Sin embargo, todo eso dejó de tener importancia. La explosión de emociones calladas le trajo temporalmente un alivio agridulce.

–¿Todo bien, comisaria? –preguntó un joven policía mientras se acercaba a ellas.

La comisaria Klementyna Kopp le hizo un gesto con la mano para que se fuera y él se marchó. Ni siquiera prestó atención a la reacción de Weronika Nowakowska. No quería ver a nadie en ese momento. A nadie. Se sentía humillada.

EL VIEJO PESCADOR Robert Czubiński se bajó de la bici. Era incómodo llevar todas las cañas por ese terreno arenoso de la presa. Además, a Czubiński le gustaba hacer a pie el último tramo del camino hasta el puente de piedra. Tenía esa costumbre desde hacía años, incluso cuando era muy joven.

El viejo pescador suspiró profundamente. Ese día aquello estaba muy tranquilo, sin un coche. El camino de hojas de Lipowo a la colonia Żabie Doły tenía bastante movimiento, sobre todo en fin de semana. Ultimamente, después de todos esos asesinatos, tal vez la gente lo estaba evitando. Quizá fuese mejor así. El propio Robert Czubiński era demasiado viejo para tener miedo. La muerte lo estaba esperando a la vuelta de la esquina, así que ya le daba igual. Además, en los periódicos decían que era el Asesino de Vírgenes, recordó el anciano. Czubiński definitivamente no era ninguna virgen. El anciano lanzó una risa gutural solo de pensarlo.

Se movió mientras empujaba la bici con una mano y levantaba las cañas con la otra. Hacía poco su hijo le había regalado un flotador nuevo. Ese por fin iba a ser el gran día en que Robert pudiese probarlo. Unos metros más adelante vio el puentecito de piedra. Las articulaciones empezaron a molestarle otra vez. Estaba deseando que llegara el momento de sentarse en el puente.

Miró extrañado en aquella dirección. O tenía alucinaciones, o allí yacía alguien. El pescador dejó la bici y las cañas a un lado del camino de arena. Las ranas habían empezado a croar, una saltó entre sus piernas evitando que la pisara.

Se acercó con cautela. Efectivamente, en el puente de piedra había alguien acostado. Un joven muchacho de constitución bastante musculosa. Tal como debía ser un hombre. Tal como era el pescador hacía tiempo, en sus tiempos. Alrededor había mucha sangre. Czubiński se santiguó inmediatamente.

De repente el viejo pescador se dio cuenta de que al muchacho le faltaban las manos. A Czubiński lo recorrió un escalofrío. Sin manos. Eso le parecía peor que la propia muerte. Todos los hombres necesitaban sus manos, sin ellas eran inútiles. No podían trabajar ni mantener a su familia. Así de importantes eran las manos.

El viejo lloró la muerte del muchacho.

LA CASA DEL detenido Szymon Wiśniewski y su hijo Marcin se encontraba detrás del centro vacacional Valle del Sol, lejos del balneario. Wiktor Cybulski tenía que reconocer que el lugar tenía mucho encanto. Alrededor reinaba un agradable silencio. Solo se oía el murmullo de los pinos. Cybulski inspiró profundamente. Sintió el aroma de la resina y las cálidas hojas. Le gustaba ese olor estival del bosque. La propia casa de los Wiśniewski estaba hecha de troncos de árboles. Parecía una versión ampliada de las casitas de descanso que ofrecían en el centro vacacional. Eso también tenía su encanto. El comisario principal tan solo se preguntaba cómo sería el invierno allí.

Cybulski inspeccionó la vivienda junto a Daniel Podgórski y el grupo de técnicos de la policía científica. Hasta el momento no habían encontrado nada particular. Podgórski parecía desanimado.

–¿Problemas en casa? –se arriesgó Wiktor.

Esa pregunta había sido un poco indiscreta. No obstante, el comisario Cybulski sentía que debía hacerla. Sabía por experiencia que los investigadores debían tener la mente despejada. No debían pensar en nada que no fuera el caso. De lo contrario podrían pasar por alto muchos aspectos importantes del conjunto.

Podgórski miró a Wiktor con inseguridad. Cybulski no sabía por qué, pero a la gente le gustaba contarle sus cosas, incluso aunque no lo conociesen mucho. El policía alto y rellenito de Lipowo no era la excepción. Le contó a Wiktor todo sobre su situación incierta con Weronika Nowakowska.

El relato hizo que la mente de Cybulski volase un momento hacia Żaneta y el director del colegio de Żabie Doły. El policía miró a Daniel. ¿Acaso era Wiktor, con su complicada vida privada, la persona adecuada para darle consejos a Podgórski?

Wiktor Cybulski suspiró en voz baja. Debían solucionar eso de una vez por todas y concentrarse en la inspección de esa casa.

—Como decía Demóstenes, lo que el hombre soluciona en un año, la mujer lo estropea en un día —afirmó—. No hay que darle muchas vueltas a todo esto. Mi experiencia me dicta que si la mujer dice que necesita su tiempo para replantearse la relación, realmente espera que te acerques a ella y le des más cariño.

—Comisario —se oyó la voz de uno de los técnicos.

—Dígame.

El técnico miró a Wiktor Cybulski y a Daniel Podgórski con un poco de desconfianza. Quizá había oído la tierna conversación.

—Siento interrumpir, pero creo que hemos encontrado algo arriba.

Cybulski fue tras el técnico por las escaleras de madera. Crujían bajo sus pies. Habían encontrado algo. El comisario principal Cybulski reconoció que en realidad les vendría bien un avance en la investigación. Entraron a un dormitorio del piso de arriba. El técnico señaló los palos de golf que estaban en un rincón. Wiktor se ajustó las gafas. El Asesino de Vírgenes atizaba a las víctimas antes de darles el golpe de gracia. ¿Cabía la posibilidad de que hubiese utilizado precisamente esos palos?

—Interesante —murmuró Wiktor Cybulski.

Daniel Podgórski entró en el dormitorio y también reparó en la bolsa con los palos de golf.

244

–Qué extraño. Por aquí no hay ningún campo de golf –dijo–. Al menos no en Lipowo.

–Lo más curioso es que Wiśniewski los guardase aquí.

Cybulski se acercó a la bolsa y miró dentro cautelosamente. Vio algunas maderas, híbridos y *putters*. Sin embargo, no había ningún hierro, lo que resultaba bastante extraño. Wiktor jugaba al golf con muy poca frecuencia. Únicamente lo hacía cuando iba de vacaciones con Żaneta a Francia. Aun así, sabía diferenciar los tipos de palos y su uso.

–No hay ningún hierro –se dijo en voz baja.

–¿A qué te refieres? –se interesó Daniel Podgórski.

–Los palos de golf se dividen en diferentes tipos. No voy a entrar ahora en detalles. –Wiktor miró fugazmente al policía de Lipowo y se aclaró la garganta–. De todas formas, cada tipo de palo tiene unas cualidades y sirve para una jugada diferente. Los hierros son más pesados que las maderas y sirven para golpes más precisos.

Podgórski miró de forma crítica la bolsa con los palos.

–¿Piensas que los hierros pueden ser usados para golpear a las víctimas? El forense habló de un palo del grosor de un dedo o poco más. Tal vez el mango de alguna herramienta. La cabeza de esos palos... bueno, no sé.

–Yo tampoco sé, Daniel, la verdad. Aun así me gustaría encontrar los palos que faltan –soltó Wiktor mirando al policía–. En ese juego debería haber hierros.

–Por supuesto. De hecho estamos haciendo todo lo que podemos, comisario –dijo el agente–. ¿Me llevo el resto de los palos al laboratorio?

El policía parecía un poco decepcionado. En su voz se percibía un tono de enfado y su mirada decía «sé cómo hacer mi trabajo, muchas gracias».

Antes de que el comisario principal Wiktor Cybulski pudiera decir algo, sonó su teléfono. Otra vez funcionó mal el tono de llamada que le había puesto, así que en lugar de sonar un fragmento de «Non, je ne regrette rien» de Edith Piaf, que era lo que él esperaba oír, sonó una melodía mecánica que hacía daño a los oídos.

—Dígame. Sí... Ya vamos.

—¿Qué pasa? —preguntó Daniel Podgórski.

—Hay una nueva víctima —aclaró brevemente Wiktor Cybulski.

LA ASISTENTE DEL director del colegio de Żabie Doły, Bernadeta Augustyniak, se vistió despacio. Por esos lares las noticias volaban. Alcanzó a hacer una maleta para estar preparada por si acaso. La verdad, no creía que alguien la pudiera relacionar con alguno de esos temas. No había dejado huellas. Nunca. Ni en el centro vacacional Valle del Sol ni en ningún otro sitio.

Por otro lado, ¿podía estar segura de ello? ¿Podía estar segura de no haber dejado ninguna huella? Tal vez todo había ido un poco lejos. Más lejos de lo que planeaba inicialmente. Bernadeta sentía que estaba pisando un terreno verdaderamente peligroso. La policía estaba demasiado cerca y lo que había hecho la tarde anterior había sido demasiado arriesgado. Sin embargo, no podía dejar pasar esa oportunidad.

Bernadeta Augustyniak se puso una blusa blanca abotonada hasta el cuello. Tal vez la interrogasen en algún momento. Su uniforme de asistente del director era lo mejor en situaciones como esa. Se miró en el espejo y sonrió satisfecha. Toda su figura emanaba seriedad y veracidad. Bernadeta era digna de confianza. Nadie podía echarle nada en cara.

¿Quizá no tenía sentido haber empezado a colaborar con el dueño del centro vacacional Valle del Sol? ¿O haber introducido a Marcin Wiśniewski en su nuevo proyecto? El piragüista creía que todo había sido idea suya, que así le demostraría a su padre que era capaz de valerse por sí mismo. Pero fue ella la que lo había planeado todo, no Marcin. ¿Tal vez había sido un error y debió haber actuado sola desde el principio?

Los pensamientos de Bernadeta Augustyniak volvieron a la noche anterior. Esa noche pudo haber cometido su siguiente error, pero al mismo tiempo también la clave del éxito. En cuanto vio a Kamil Mazur, entendió que podía ser el cierre ideal. No estaba segura de lo que diría Marcin Wiśniewski al respecto, pero no le importaba demasiado. Siempre había un punto débil, pero la asistente del director del colegio acabaría convenciendo a Marcin Wiśniewski de que tenía razón.

Podían ganar bastante dinero con eso. Ella podía ganar bastante dinero con eso.

EL HALLAZGO DEL cuerpo del socorrista Kamil Mazur en el puente de piedra, ubicado en el camino de Lipowo a la colonia Żabie Doły, provocó que se convocara una reunión de urgencia en la Comandancia Provincial de la Policía de Brodnica. El inspector Daniel Podgórski miró a su alrededor en la sala de conferencias. Se habían reunido todos menos la comisaria Klementyna Kopp. Nadie sabía dónde se había metido la policía de cabello canoso. Todos intentaron llamarla, pero no cogía el teléfono.

Lo peor es que nadie sabía dónde podía estar Klementyna. Uno de los policías uniformados de Brodnica, que había participado en el arresto de Szymon Wiśniewski, dijo que había visto a la comisaria Kopp discutir con una mujer pelirroja. Por la descripción Daniel llegó a la conclusión de que podía tratarse de Weronika Nowakowska. El policía no entendía nada. En la situación actual de incertidumbre en que se encontraba su relación, Podgórski no quería llamar a Weronika para preguntarle lo que pasaba.

—Estoy harto de esperar a Klementyna —dijo por fin el corpulento fiscal Jacek Czarnecki—. Si tiene que venir, vendrá. Si no, la culpa será suya y de nadie más. Klementyna se está pasando, como siempre. No sé hasta cuando va a tolerar sus excesos el comandante. También habrá que ver hasta cuándo los voy a tolerar yo. Empecemos ya.

–Vamos a darle un rato más a Klementyna –trató de calmarlo la psicóloga Julia Zdrojewska–. Tú mismo sabes, Jacek, que es la mejor. Seguro que tiene una buena razón para no estar ahora con nosotros aquí.

A Daniel Podgórski le pareció que la psicóloga lo miraba fugazmente. Empezaba a estar un poco perdido.

–Estoy de acuerdo –dijo el fiel comisario Wiktor Cybulski–. Seguro que Klementyna tiene sus razones. Esperemos unos minutos más. Le he dejado un mensaje en el contestador. Debería aparecer. Es hora.

El viejo aire acondicionado hacía ruido sobre sus cabezas.

–No tenemos tiempo de esperar. Se trata del cuarto asesinato. Empecemos ya –le cortó el fiscal Czarnecki.

El fiscal parecía a punto de explotar. Su rostro carnoso se estaba tiñendo de un rojo intenso. El calor no le resultaba agradable a nadie, pero a Czarnecki parecía sentarle fatal.

–Bueno, tenemos un cuerpo más. Esta vez han matado a Kamil Mazur –dijo el fiscal, limpiándose el sudor de la cara–. El forense Koterski se ha encargado de él inmediatamente. Este tema es nuestra prioridad más absoluta, mía y del comandante. Tenemos ya demasiados cadáveres en nuestro terreno. Los medios se burlarán de nosotros. El Asesino de Vírgenes. ¡No me digas! ¿Por qué ninguno de vosotros hace nada para pillar a ese jodido payaso?

–Jacek –lo tranquilizó la psicóloga Julia Zdrojewska.

La vena de la sien del fiscal Czarnecki latía ligeramente. Se volvió a limpiar el sudor de la frente.

–Kamil Mazur está muerto. ¿Qué me decís de eso? –preguntó en tono acusador–. ¿A alguien le quedan dudas de que se trate de un asesino en serie?

La psicóloga suspiró ligeramente, pero su cara mantenía una expresión profesional.

–La cuarta víctima no coincide con el esquema anterior –empezó tranquilamente, sin comentar la pregunta del fiscal.

–A Kamil Mazur lo apalearon, lo ataron y se deshicieron de él –afirmó Jacek Czarnecki, calmándose un poco–. ¿Qué es lo que no encaja aquí con el esquema anterior? A Kózka, Risitas y Olga Bednarek les hicieron exactamente lo mismo.

Julia Zdrojewska asintió lentamente con la cabeza.

–Sí, es verdad –reconoció despacio–. Por lo que he visto en las fotos, también hay diferencias. Por no hablar de que esta vez han matado a un hombre. Los asesinos en serie por lo general se ciñen a un grupo determinado. Sus víctimas suelen ser mujeres. No cambian su esquema de actuación sin más. Especialmente durante el ciclo de asesinatos. Puedo decir, casi con total seguridad, que nuestro ejecutor no es un asesino en serie. Al menos no es uno convencional.

–Entonces, ¿quién es? –aclamó el fiscal furioso–. Por favor, dime su nombre y acabemos con esto.

Daniel Podgórski miró a la psicóloga. Julia Zdrojewska parecía ofendida por ese tono agresivo.

–No puedo darte su nombre, Jacek. Por lo que tengo entendido, esa no es mi labor, sino la tuya, entre la de otras personas. Yo solo soy una consultora –dijo con cierto sarcasmo–. Pero acabemos con este enfrentamiento que no nos lleva a ningún lado. Volviendo a nuestro asesino, yo diría más bien que quiere matar a un cierto grupo de personas. Seguramente dejará de matar cuando lo consiga. Esa es mi opinión. Lo que tú creas, ya es otra cosa.

El fiscal Jacek Czarnecki golpeó la mesa con su mano carnosa.

–¿A un grupo concreto de personas? –preguntó–. ¿En cuanto los mate a todos parará? No podemos quedarnos aquí de brazos cruzados. Basta de teorías. Quiero ver resultados. Y no solo yo, el comandante también se está impacientando.

Daniel Podgórski miró sorprendido al fiscal Czarnecki. Nunca lo había visto tan enfadado. Por lo general era un hombre tranquilo. Se notaba que esa investigación estaba siendo una carga para todos.

–Jacek, vamos a intentar verlo con perspectiva –hizo un intento el comisario principal Wiktor Cybulski–. Los nervios no nos ayudan. Julia tiene razón.

–Me cabrea que Klementyna no esté aquí –dijo indignado el fiscal Czarnecki–. ¿Cómo tengo que tomarme esto? La necesitamos. Puse en sus manos la dirección de este grupo de investigación y ella va y monta este número. Si es que quiere dejarlo, la puerta está abierta. Podéis hacérselo saber.

El fiscal volvió a limpiarse el sudor de la frente.

–Volvamos al tema –hizo un nuevo intento la psicóloga Julia Zdrojewska–. Tal como dije antes, lo primero que no encaja con el esquema anterior es el sexo de la cuarta víctima. Lo segundo es, según mi opinión, el tema de las manos amputadas. Esto no encaja con los tres monos sabios de los que hablaba Wiktor.

–*Mizaru, Kikazaru, Iwazaru* –recordó Cybulski–. Ni ver, ni oír, ni hablar.

Podgórski se pasó la mano por la barba. ¿Qué tenía que ver lo de las manos con las amputaciones anteriores? Daniel llevaba pensando en eso desde el momento en que vio el cuerpo del socorrista Kamil Mazur en el puente de piedra.

–Quizá encaja de alguna manera –se pronunció Podgórski.

Ahora todas las miradas se centraron en Daniel. Eso lo ponía un poco nervioso. Daniel carraspeó por lo bajo para darse valor a sí mismo. Otra vez echaba de menos su pequeña comisaría de Lipowo. Allí siempre se sentía como en casa.

–Encaja si nos ceñimos a la interpretación de los tres monos sabios, que simbolizan el consentimiento del mal, es decir, que la gente prefiere no ver, ni oír, ni reaccionar ante el mal –comenzó Daniel Podgórski–. Entonces, si nos circunscribimos a esta interpretación en concreto, se me ocurre que las manos amputadas pueden simbolizar que esta persona no hizo nada para ayudar. Encajaría en el caso de que el socorrista Kamil Mazur no hubiera hecho nada para ayudar a nuestro sujeto cuando lo necesitaba. Al menos desde su punto de vista.

Por un momento se hizo el silencio.

–O puede ser precisamente al contrario –dijo esta vez el comisario Wiktor Cybulski–. Tal vez haya sido un castigo por algo que Kamil hizo.

Ambos policías y el fiscal miraron expectantes a la psicóloga Julia Zdrojewska.

–Me inclino más hacia la versión de Daniel –dijo Zdrojewska tras meditarlo–. Tal vez porque se ajusta más a nuestras conjeturas anteriores. Si asumiésemos la interpretación que propone Wiktor deberíamos cambiar el punto de vista respecto a las anteriores víctimas.

–¿A qué te refieres? –preguntó el fiscal. Parecía que por fin había podido controlar sus nervios.

–Si asumimos que a Kamil le cortaron las manos como castigo por algo que hizo, deberíamos mirar de la misma forma las heridas que les hicieron a las víctimas anteriores. A Kózka le habrían cortado las orejas como castigo por algo que oyó. A Risitas le habrían sacado los ojos como castigo por algo que vio. A Olga Bednarek le habrían cortado los labios como castigo por algo que dijo. No sé si me convence...

Daniel Podgórski se mesó de nuevo la barba, pensativo. Empezaba a estar demasiado larga.

–Hay una novedad más –dijo–. Tanto el jefe del grupo de técnicos como el forense Koterski afirman que Kamil Mazur fue asesinado exactamente en el lugar donde lo encontramos. No lo pusieron en el puente después, sino que murió ahí. Al resto de víctimas las mataron en otro lugar diferente a donde las encontramos. ¿Por qué el asesino actuó de manera diferente con Kamil? ¿Por qué a Kamil lo mató en el mismo lugar y a Kózka, Risitas y Olga Bednarek no?

–Es verdad –reconoció Wiktor Cybulski, ajustándose sus grandes gafas–. No sé si no estaremos completamente equivocados cuando hablamos de un patrón de actuación. Quizá se trate de algún tipo de caos controlado, cuya única finalidad es confundirnos. De hecho, Kamil Mazur no es el único que ha sido tratado de manera diferente a los demás. Recordemos a Olga Bednarek. El asesino primero la retuvo y después la dejó en un búnker cerca de Zbiczno. Teniendo todo esto en cuenta, solo Kózka y Risitas fueron asesinadas casi de la misma manera. Olga y Kamil ya no siguen ese patrón.

El corpulento fiscal Czarnecki asintió ligeramente con la cabeza.

—¿Cómo encaja en todo esto el dueño del centro vacacional Valle del Sol Szymon Wiśniewski? Maksymilian Kania de la Unidad Antivicio se ocupará de reunir las pistas relacionadas con el supuesto caso de proxenetismo. Me temo que puede resultarle difícil. Deberíamos probar que obligó a esas chicas a ejercer la prostitución. ¿Tenéis algo que pueda relacionar a Szymon Wiśniewski con nuestras cuatro víctimas?

—En casa de Szymon Wiśniewski hemos encontrado un juego de palos de golf —recordó el comisario principal Cybulski—. Al principio faltaban algunos de los denominados hierros, pero hemos conseguido localizarlos. Estaban guardados en la buhardilla. Ahora están todos en el laboratorio. Seguramente pronto tendremos los resultados. Veremos si en los palos había restos de sangre humana o no. Empezaremos por ahí. Tres de las cuatro víctimas estaban relacionadas con el dueño del centro. Kózka, Risitas y el socorrista Kamil Mazur trabajaban para Wiśniewski. Aún no tenemos testigos de que Olga hubiese trabajado allí haciendo algo, por no hablar de que trabajase como prostituta en ese «club para hombres». Julia, tú la conociste en Magnolia. ¿Es posible que lo hiciese? ¿Le pegaría hacer algo así?

Julia Zdrojewska movió la cabeza con impotencia.

—No sé, de verdad que ya no sé nada —dijo—. Al principio de mis prácticas llevé a cabo una sesión de psicoterapia con Olga. Aunque era más en el marco de las prácticas que en serio, debo guardar el secreto profesional. Sin embargo, dado que ha fallecido, puedo decir que no me dio esa impresión en absoluto. Por otro lado, eso no quiere decir nada. Tal vez no quiso confesármelo. Dedicarse a la prostitución no es algo de lo que las chicas vayan presumiendo por ahí.

–Bueno. Hablad con el dueño de Valle del Sol y su hijo –ordenó el fiscal Jacek Czarnecki, levantándose con dificultad–. Alguien tiene que hablar también con el oficial Grzegorz Mazur. Repartíos como queráis y encontrad a Klementyna Kopp, joder. ¡Estoy harto de sus jueguecitos!

El fiscal salió de la sala de conferencias azotando la puerta.

–Daniel, creo que tú deberías hablar con Klementyna –le susurró Julia Zdrojewska a Podgórski.

Daniel Podgórski miró sorprendido a la psicóloga. No entendía nada. ¿Por qué tenía que hablar precisamente él con la comisaria Klementyna Kopp?

LA ENFERMERA MILENA Król sentía todo su cuerpo enfermo. Tenía la sensación de que cada uno de sus músculos se contraía y latía nerviosamente. No podía superar lo que había sucedido con Kamil Mazur en aquel puente de piedra. Jo se hizo una cola de caballo. No se preocupó por la cicatriz de la cara. Llamó a Magnolia e informó a la jefa de enfermeras de que no podía ir al trabajo. Le dijo que tenía gripe o algo así. Sus labios se movían con vida propia, como si su cerebro no funcionase. La jefa del turno pareció creerla.

Milena Król se sentó a la mesa de la cocina e intentó respirar profundamente. Sentía que un trago de alcohol le vendría bien, pero en casa no tenía nada de eso. Sin embargo, tenía miedo a salir y que todos pudieran leer la verdad en su cara.

La enfermera miró a escondidas por la ventana. El coche camuflado de policía seguía cerca de su casa. No puede ser solo por protección, se dijo Milena. Nadie gastaría el dinero de los contribuyentes en protegerla. ¿Tal vez la policía sospechaba de ella? Eso sería mucho más probable.

Las manos le temblaban cada vez más. Se metió en la cocina para que los policías no pudieran verla. ¿Por qué iban a sospechar de ella? No les había dado ningún motivo. Ninguno.

WIKTOR CYBULSKI ENTRÓ en la sala de interrogatorios número dos de la Comandancia Provincial de la Policía de Brodnica. La estancia era pequeña. En el centro había una mesa de metal. Las paredes estaban pintadas de un tono verde oscuro. En una pared colgaba un espejo de dos caras. De hecho el nombre correcto era «vidrio de visión unilateral», pero Wiktor ya se había acostumbrado a que la gente dijera mal el nombre. Tras el espejo, en la habitación de al lado, esperaban el fiscal Jacek Czarnecki y Daniel Podgórski. La psicóloga Julia Zdrojewska ya había vuelto a la clínica Magnolia, pero estaría atenta al teléfono por si acaso. La comisaria Klementyna Kopp aún no había aparecido. Cybulski trató de llamarla varias veces, pero no contestaba. Lo único que podían hacer era continuar con el procedimiento sin la participación de la veterana policía.

En el cuarto ya estaba Szymon Wiśniewski esperando al comisario principal Wiktor Cybulski. Wiktor iba a interrogarlo y tratar de establecer de qué manera podía estar relacionado el dueño del centro vacacional Valle del Sol con las muertes de Kózka, Risitas, Olga Bednarek y, recientemente, del socorrista Kamil Mazur.

–Todo esto es un error –afirmó Szymon Wiśniewski en tono tranquilo–. Ya se lo dije a los que me interrogaron antes, al tipo ese del apellido gracioso. Puedo admitir que regentaba el club para hombres, pero no hay nada de malo en eso. No hacíamos nada ilegal. En todo caso no admito en absoluto haber matado a esas chicas. Esas acusaciones son ridículas.

–Puede que enseguida tengamos la oportunidad de aclararlo todo –replicó con la misma tranquilidad el comisario principal Wiktor Cybulski.

254

Encendió la grabadora y recitó la fórmula habitual con la que comenzaban los interrogatorios. Informó de quiénes estaban presentes en la sala, la fecha, la hora y el objetivo de la conversación.

—Todo esto es un error —repitió Szymon Wiśniewski.

—Comencemos por el principio —pidió Wiktor, ignorando las vehementes afirmaciones del hombre—. Usted es el dueño del centro vacacional Valle del Sol, ¿es correcto?

—Eso es. Para ser exactos, soy el copropietario junto con mi hijo, Marcin Wiśniewski.

Wiktor Cybulski asintió despacio con la cabeza. Eso ya lo habían averiguado.

—¿Sabía su hijo el tipo de actividad adicional que usted dirigía en su centro vacacional?

—¿Se refiere al club para hombres?

El comisario principal asintió de nuevo con la cabeza.

—Sí —añadió el policía para que su respuesta quedara grabada en el dictáfono.

—No es ilegal regentar un club de ese tipo. Era un punto de encuentro, un bar normal con una ambientación un tanto erótica.

—Dejemos por ahora el tema de su legalidad. Solo quisiera aclarar si su hijo era consciente de los servicios que ofrecían allí.

Szymon Wiśniewski se quedó callado un rato, como si estuviera pensándose la respuesta.

—¿De qué servicios está hablando, comisario? —preguntó por fin el dueño del centro vacacional. En su voz podía percibirse un tono triunfal—. ¿Se refiere a la venta de alcohol?

Wiktor Cybulski soltó un largo suspiro. De esa forma no hacían más que dar vueltas en círculo. Decidió cambiar un poco la estrategia. El tira y afloja sobre el tema de la prostitución se lo dejaría a los policías de la Unidad Antivicio.

—Vamos a plantearlo de otra manera —propuso Cybulski—. ¿Podría confirmar que las chicas asesinadas trabajaban para usted en ese club? Da igual de qué trabajasen. Eso no me interesa por ahora.

Szymon Wiśniewski de nuevo sopesó su respuesta unos minutos.

—Allí solo trabajaban Kózka y Risitas —dijo por fin—. A la tal Olga Bednarek de la que tanto habla, ni siquiera la conocía, así que, por favor, no me relacione con ella de ninguna manera.

Wiktor Cybulski tenía la sensación de que a pesar de todas las vueltas que había dado al principio, esa vez el hombre decía la verdad.

—De acuerdo. ¿Qué le unía a Kamil Mazur?

—Kamil era socorrista en mi centro vacacional. Todos lo saben, no es ningún secreto.

El comisario principal Cybulski suspiró de nuevo en voz alta.

—¿Realizaba alguna... actividad extra como la de, digamos, Kózka y Risitas?

El dueño de Valle del Sol, Szymon Wiśniewski, se estremeció ligeramente y miró al espejo de doble cara. Se daba perfecta cuenta de que estaba siendo observado minuciosamente por el resto del equipo de investigación.

—Kamil Mazur trabajaba de socorrista para mí —afirmó con dureza—. No sé qué está insinuando.

Ni siquiera el mismo Wiktor Cybulski estaba del todo seguro. Quería encontrar alguna relación convincente entre las víctimas. La prostitución era un factor demasiado interesante que podría relacionar a todos los asesinados. Por ejemplo, podría entrar en el juego algún cliente que hubiera ido demasiado lejos. Por lo que sabía Cybulski, la prostitución masculina aún no era muy popular en Polonia, pero no podían descartar que Kamil Mazur se dedicase a ello. Claro que el dueño del centro vacacional, Szymon Wiśniewski, nunca lo iba a reconocer. Habían llegado a un punto muerto.

—Le voy a preguntar una vez más —dijo secamente el policía—. ¿Su hijo Marcin Wiśniewski coordinaba todo esto con usted?

–¿Qué es lo que se supone que mi hijo coordinaba concretamente? –preguntó con tranquilidad Szymon Wiśniewski, mirando a los ojos de Wiktor–. Marcin me ayuda a manejar los asuntos del centro vacacional y trabaja en el alquiler de kayaks. No sé a qué más se refiere.

–Está bien. En ese caso, ¿podría decirme de qué forma empezaron a colaborar con usted Kózka y Risitas? De hecho iban a la misma clase en el colegio de la colonia Żabie Doły. Debían de conocerse bien.

–Por favor, no nos meta en ese asunto ni a mí, ni a mi hijo.

Wiktor Cybulski asintió con la cabeza y se ajustó las gafas, que se le habían vuelto a resbalar por la nariz.

–Entiendo. Dejemos por ahora a las chicas, ya que por lo que veo es un tema demasiado delicado para usted. Centrémonos, para variar, en el socorrista Kamil Mazur, nuestra cuarta víctima. ¿Cómo se convirtió Kamil en socorrista de su centro vacacional?

Szymon Wiśniewski dudó ligeramente.

–Conozco bastante bien a su padre, el oficial Grzegorz Mazur, de la comisaría de Żabie Doły. Grzegorz me pidió que ayudase a su hijo. Kamil había dejado el Ejército y, ya que había servido en la Marina y nadaba muy bien, me pareció que el puesto de socorrista era ideal para él. De todas formas tenía que contratar uno más.

El siguiente asunto a aclarar era el tema del arma del crimen, se dijo Wiktor.

–¿Juega usted mucho al golf? –preguntó refiriéndose a los palos que encontraron en la casa de Wiśniewski–. ¿Y su hijo?

Justo antes de comenzar el interrogatorio, el comisario había recibido una llamada del laboratorio. Los técnicos habían determinado que en los palos de hierro que estaban guardados en la buhardilla había restos de sangre. Alguien había limpiado concienzudamente los palos, pero eliminar la sangre por completo era prácticamente imposible. El luminol siempre era infalible.

—¿Qué tiene que ver el golf con todo esto?

Szymon Wiśniewski parecía francamente sorprendido.

—Responda a la pregunta, por favor —preguntó otra vez con énfasis Wiktor Cybulski.

Szymon Wiśniewski se encogió de hombros.

—Está bien. Solo que no sé a qué viene. A veces juego con mi hijo al golf, sí. Nos planteamos ampliar la oferta de Valle del Sol con un campo de golf. Incluso compramos un kit de palos bastante caro... Un momento. ¿Qué está insinuando, señor comisario?

—Otra vez hemos vuelto a su hijo —dijo Wiktor Cybulski, evitando de nuevo contestar la pregunta de Szymon Wiśniewski—. Unos testigos aseguran que Marcin mantuvo una relación sentimental primero con Kózka y después con Risitas. ¿A su hijo no le molestaba que ambas trabajaran en ese club suyo?

—¿Por qué iba a molestarle? —preguntó el dueño del centro vacacional Valle del Sol—. Ellas solo servían copas allí. No hay nada de malo en eso.

Wiktor Cybulski empezaba a sentirse cada vez más frustrado. No le daba ninguna envidia la labor que tenía por delante Maks Kania, de la Unidad Antivicio.

—¿Cómo se tomó Marcin que Risitas lo engañase con Kamil Mazur? —preguntó el policía, inclinándose hacia el interrogado.

—No sé nada de ese tema. ¿No estará insinuando que mi Marcin puede haber matado al socorrista Kamil Mazur?

La pregunta quedó en el aire. Durante un rato solo se oía el ruido del dictáfono.

—¿Dónde estuvo ayer por la noche? —preguntó el comisario Wiktor Cybulski en lugar de contestar—. Es decir, cuando mataron al socorrista.

—Estuve toda la noche en Valle del Sol. Ayer tuvimos la fiesta de despedida de uno de los grupos. Tengo muchos testigos que me vieron en el centro. Si se trata de eso, Marcin también estaba. Me ayudó a coordinar todo, por si acaso no lo ha entendido al principio, comisario.

Wiktor Cybulski asintió tranquilamente con la cabeza. Ya habían comprobado la coartada de los Wiśniewski. En realidad, mucha gente había visto a Szymon en la fiesta del centro vacacional. La coartada de su hijo estaba un poco menos clara. Los huéspedes de Valle del Sol que participaron en la fiesta simplemente asumían que Marcin estaba allí. Sin embargo, nadie pudo dar más detalles al respecto.

La situación del piragüista Marcin Wiśniewski tenía peor pinta aún, reconoció Wiktor Cybulski. El muchacho no tenía coartada para la hora en que había muerto el socorrista Kamil Mazur. Habían encontrado en su casa los palos de golf, en los que había rastros de sangre humana. Sabían que a todas las víctimas las habían matado con un instrumento romo. Marcin Wiśniewski, además, tenía relación con todas ellas. Había tenido relaciones amorosas con Kózka y Risitas, trabajaba con Kamil, iba a la misma clase que Olga. ¿Acaso era Marcin Wiśniewski la persona que estaban buscando? ¿El infame Asesino de Vírgenes?

15

Żaneta Cybulska detuvo el coche frente al edificio del colegio de la colonia poscomunista Żabie Doły. La esposa de Wiktor miró alrededor furtivamente, prefería pasar desapercibida. Por otro lado, su presencia en el colegio, aunque fuese durante las vacaciones, no debería sorprender a nadie. Al fin y al cabo era profesora allí, y no una profesora cualquiera, sino que pertenecía al selecto grupo de pedagogos que colaboraba con el director del colegio Eryk Żukowski en Cogito Ergo Sum.

Żaneta salió del coche y empujó la puerta. Había que darle bastante fuerte, de lo contrario no se cerraba. Aún así no pensaba decirle nada a Wiktor, ese coche era asunto suyo. Tendría que llevarlo al mecánico. Se haría cargo cuando terminase todo aquello. En esos momentos no tenía tiempo.

Entró en el edificio del colegio con su llave. No todos los profesores tenían una. Solo los que pertenecían a Cogito tenían ese privilegio. Żaneta entró en el colegio y cerró tras ella la pesada puerta echando la llave. Los pasillos estaban vacíos y silenciosos como nunca. En el rostro de Żaneta Cybulska asomó una sonrisa. En un mes esos pasillos silenciosos estarían llenos de las voces de los alumnos. En ese momento no había nadie allí, ni siquiera el director del colegio Eryk Żukowski y su asistente Bernadeta Augustyniak. Era perfecto.

Recorrió rápidamente el pasillo y subió las escaleras hasta el primer piso. Tenía que llegar a la sala de biología lo antes posible y resolver el asunto que la había llevado allí. Nadie se daría cuenta de que Żaneta había tomado algo prestado. En realidad podría haberlo hecho durante la reunión del grupo Cogito, siempre había tanto jaleo que nadie se habría percatado de nada. Sin embargo, prefería no arriesgarse.

La mujer de Wiktor Cybulski entró en silencio a la sala de disección. Ese lugar era casi como un templo de las ciencias, donde Eryk Żukowski era el capellán. Żaneta casi podía sentir su mirada sobre ella cuando alcanzó el bisturí.

EL HIJO DEL dueño del centro vacacional Valle del Sol, Marcin Wiśniewski, se dejó caer tranquilamente sobre la silla metálica de la sala de interrogatorios número dos. El comisario principal Wiktor Cybulski lo mandó llamar a la Comandancia Provincial de la Policía en Brodnica justo al finalizar su conversación con Szymon Wiśniewski.

Daniel Podgórski observaba el curso de los acontecimientos detrás del espejo de dos caras. El interrogatorio llevaba ya más de una hora, pero Wiktor aún no había conseguido sacar nueva información. El piragüista Marcin Wiśniewski repitió la versión que había dado su padre respecto al club para hombres, aunque ya todos sabían el verdadero propósito de ese lugar. Aún así, Podgórski seguía teniendo el presentimiento de que el chico ocultaba algo más.

Cybulski se veía ya cansado. Sus ojos estaban enmarcados por unas oscuras ojeras. Wiktor se quitó sus grandes gafas y las limpió.

–Está bien –dijo por fin, inclinándose hacia Marcin Wiśniewski–. Dígame, por favor, dónde estaba exactamente ayer por la noche, cuando murió el socorrista Kamil Mazur.

Marcin Wiśniewski miró fugazmente hacia el espejo de dos caras. Daniel Podgórski seguía teniendo la sensación de que el muchacho era una persona completamente diferente tras haberse cortado las rastas. Sus movimientos habían perdido la tranquilidad estudiada y se habían hecho más nerviosos.

—Estaba en la fiesta que organizó nuestro centro vacacional —replicó Marcin rápidamente—. Era la despedida de uno de nuestros grupos de huéspedes.

—Por favor, recuerde que está obligado a decir toda la verdad —dijo lentamente el comisario principal Cybulski—. Nadie lo vio allí, señor Marcin. Así que voy a preguntarle de nuevo, ¿dónde estaba ayer por la noche cuando murió su compañero Kamil Mazur?

Hasta el momento no se habían centrado en investigar las coartadas de cada uno. Al principio no tenían claro qué personas del entorno de Kózka, Risitas y Olga Bednarek podrían desear su muerte. El fiscal era de la teoría de que se encontraban ante un asesino en serie. Alguien que tal vez no perteneciese al círculo más cercano de las víctimas. A esas alturas, precisamente después de la muerte de Kamil Mazur, la psicóloga Julia Zdrojewska afirmaba con seguridad que no se trataba de un asesino en serie. La comisaria Klementyna Kopp aún no aparecía, por lo tanto no podía dar su opinión sobre el tema. No obstante, Daniel recordaba que la comisaria había dicho lo mismo desde el primer momento. Daniel Podgórski estaba de acuerdo con ellas. Tal vez habían cometido un error al no centrarse demasiado en el entorno de todas las víctimas. Había que enmendarlo a partir de ese momento.

El piragüista Marcin Wiśniewski apretó los labios.

—Disculpe, pero ¿acaso soy sospechoso de algo? —preguntó con dureza.

Wiktor Cybulski no contestó.

—¿Juegas al golf?

El rostro de Marcin Wiśniewski se contrajo brevemente. Las comisuras de sus labios apuntaron hacia abajo, pero enseguida volvieron a su lugar. Daniel no estaba seguro de si había sido fruto de su imaginación o no.

—¿Eso a que viene? —preguntó Marcin, al igual que lo había hecho su padre hacía un rato.

–En vuestra casa hemos encontrado palos de golf.

–¿Está prohibido?

Wiktor Cybulski miró al joven fijamente.

–Pues tal vez –replicó tranquilo–. Daria Kozłowska era su compañera, después también lo fue Beata Wesołowska. Ahora Kózka y Risitas están muertas. Risitas le engañó con Kamil Mazur, que también está muerto. Todas estas conexiones están bastante claras, para su desgracia. Solo nos queda la incógnita de cuál era su relación con Olga Bednarek, algo que seguro que pronto averiguaremos. Por ahora sabemos, por ejemplo, que iba a su misma clase en el colegio de la colonia Żabie Doły. Todo esto tiene mala pinta para usted, si le soy honesto, señor Marcin. Sobre todo porque hemos encontrado en su casa unos palos de golf manchados de sangre que podrían ser el arma del crimen

El piragüista Marcin Wiśniewski se echó a temblar. En ese momento lo veía claro. Volvió a mirar nerviosamente hacia el espejo de dos caras. Daniel Podgórski tenía la impresión de que algo no encajaba.

¡LO HABÍA CONSEGUIDO! El hijo del director del colegio de Żabie Doły, Feliks Żukowski, se sentía sucio, pero al mismo tiempo no podía creer su buena suerte. ¡Lo había conseguido! Esperaba que aquello acabase con el problema. Lo habían liberado. Los ejercicios físicos que había estado haciendo últimamente también habían dado resultados. No era el debilucho de siempre. Definitivamente ya no estaba tan flaco como cuando era un niño. Sentía que era una persona completamente nueva. Se sentía invencible.

El hijo del director del colegio volvió a mirar debajo de la cama. Allí seguían. Sentía como si le quemasen bajo el colchón, y al mismo tiempo se llenaba de orgullo. El fin justificaba los medios, como se solía decir. Solo le quedaba esperar el momento adecuado. Ese momento llegaría por fin, Feliks Żukowski estaba seguro.

La venganza era dulce.

EL INSPECTOR DANIEL Podgórski y el comisario principal Wiktor Cybulski fueron a la colonia Żabie Doły para hablar allí con el oficial Grzegorz Mazur. Querían respetar su luto por la muerte de su hijo. Hacerle ir a la Comandancia Provincial de Powiat en Brodnica estaba fuera de lugar, dada la situación.

Los policías salieron del Ford Mondeo color plata, que era el coche camuflado de policía que normalmente llevaba Cybulski. La casa de los señores Mazur estaba rodeada de un pequeño terreno de césped un poco seco. En algunas macetas crecían unos geranios. En el centro del jardín había un solitario gnomo de adorno. Su sonrisa le pareció a Daniel un poco burlona. El conjunto no era imponente, pero el jardín se diferenciaba del resto de las casas poscomunistas de Żabie Doły.

Podgórski tocó suavemente a la puerta de la casa de cemento. El oficial Grzegorz Mazur la abrió y sin mediar palabra se dirigió a un salón recargado y empalagoso. La decoración no encajaba del todo con el aspecto militar del policía de Żabie Doły. Daniel intuyó que la mujer de su compañero sería la encargada de la decoración.

El oficial Grzegorz Mazur se dejó caer en un sofá mullido. Miraba la pantalla negra de la televisión apagada, como si en realidad estuviese encendida. Su rostro parecía contraído por el dolor, pero sus ojos estaban secos. No había derramado ni una lágrima. En las manos apretaba la gorra de socorrista que pertenecía a Kamil.

—Está así desde que se enteró —les aclaró la esposa. También ella parecía impasible ante la muerte de su único hijo—. Estoy empezando a ponerme nerviosa. He intentado darle mis remedios para los nervios, pero no ha querido nada. Ya no sé qué hacer.

Daniel Podgórski le dedicó una sonrisa de ánimo. Los «remedios para los nervios» explicaban su mirada vacía y su falta de emociones.

—Nos ocuparemos de él —prometió el policía de Lipowo, aunque sabía que no era del todo verdad. ¿Qué podían hacer ellos en una situación como esa? No iban a devolverle la vida a Kamil—. Por favor, no se preocupe, señora Mazur.

Cybulski se sentó junto al oficial Grzegorz Mazur en el sofá. Daniel vio un breve atisbo de duda en el rostro de Wiktor cuando este se hundió entre las suaves almohadas rosas del sofá.

—Tenemos que hablar, oficial Mazur —dijo Wiktor Cybulski con delicadeza—. Usted quiere que atrapemos al asesino de su hijo, ¿verdad? El primer paso es hablar con usted. Ya conoce el procedimiento, oficial Mazur.

Grzegorz Mazur retiró la mirada de la pantalla y miró fijamente a Wiktor. Después miró a Daniel Podgórski. La mirada de Grzegorz parecía en ese instante fría como el acero.

—Aquí no se trata de procedimientos —dijo Mazur entre dientes—. Lo voy a matar. Voy a matar al cabrón que me ha quitado a mi hijo.

El comisario Cybulski suspiró en voz baja. Trató de levantarse del mullido sofá, pero resultó ser más difícil de lo que esperaba. Luchó un rato con los cojines hasta que fue capaz de ponerse de pie.

—Eso, desgraciadamente, no podremos permitirlo —dijo, ajustándose las gafas—. Sin embargo, podremos castigarle en la medida en que lo dicte la ley escrita. Como dicen en Occidente, la venganza es un plato que se sirve frío. Trate de recordarlo, oficial Mazur.

—Claro —murmuró Grzegorz Mazur—. Ya conozco la ley. El cabrón estará encerrado unos años y después saldrá por buen comportamiento. Voy a matar a ese hijo de puta, aunque después me tengan que meter a mí en la trena. Me da igual.

–Querido –interrumpió suplicante la mujer del policía de Żabie Doły–. No digas esas cosas. Estoy segura de que nuestro Kamil no querría que hicieses algo así.

El oficial Grzegorz Mazur se encogió de hombros.

Podgórski decidió interrumpir la discusión.

–Tienes razón, Grzesiek, primero tenemos que atraparlo –dijo Daniel. Se esforzó por que su voz sonase profesional y empática al mismo tiempo–. Esos pensamientos no nos llevan a ninguna parte. Tenemos que empezar a actuar. Me gustaría que pensases bien si Kamil tenía algún enemigo. ¿Se te ocurre algo?

El oficial Mazur miró de nuevo a Podgórski.

–¿Ya no estamos hablando de un asesino en serie? Antes de que... me expulsase la comisaria Kopp, estábamos buscando a un asesino en serie. ¿Ha cambiado algo?

–No lo sabemos. De verdad que no lo sabemos –replicó Wiktor Cybulski–. Estamos barajando varias opciones. Es posible que lo haya hecho alguien del círculo cercano de las víctimas. Ahora piénselo bien, oficial Mazur. ¿Le viene alguien a la cabeza? ¿Alguien con quien Kamil tuviese cuentas pendientes?

Grzegorz Mazur miró a su esposa.

–Tal vez el piragüista Marcin Wiśniewski, del centro vacacional –dijo bastante bajo–. Por lo que sé, Kamil estuvo varias veces con su novia. Tal vez Marcin quisiera vengarse.

–¿Varias veces? –indagó Daniel.

Ya habían discutido ese tema. Daniel no sabía si tenía alguna importancia. Le parecía que Marcin Wiśniewski era inocente, pero podía estar completamente equivocado.

–No sé exactamente cuántas veces –dijo Grzegorz Mazur, mirando de nuevo a su mujer, que parecía desorientada. Tal vez no sabía nada de ese incidente.

–La venganza sentimental puede ser un motivo –coincidió rápidamente Wiktor Cybulski–. La muerte de Kamil no encaja con el patrón anterior, eso es un hecho. Ahora me pregunto si se trata del mismo asesino en los cuatro homicidios. Tal vez una persona mató a las chicas, y otra, a Kamil. ¿Puede que el segundo asesino quisiera hacernos creer que fue el Asesino de Vírgenes quien mató a Kamil?

Daniel Podgórski miró sorprendido al comisario. Esa era una idea novedosa, pero Daniel no estaba del todo seguro de que debieran exponer esos pensamientos en presencia de los padres de la víctima. Además, seguían esperando el informe del médico forense sobre las agresiones que sufrió Kamil Mazur. Entonces podrían especular. Podgórski echaba en falta a la comisaria Klementyna Kopp. Sabía que Cybulski era un detective estupendo, pero no trabajaba con él de forma tan natural como lo hacía con la comisaria.

El oficial Grzegorz Mazur miró a su esposa.

–Querida, espera un poco en la cocina. Tenemos que hablar cosas de hombres –le dijo a su mujer con una ternura inesperada.

Ella asintió con la cabeza y salió obedientemente del salón.

–Escuchad –dijo el policía de Żabie Doły en un tono sensato. Parecía que estaba recuperando la razón–. He estado pensando en todo esto. Esa posibilidad ya me había pasado por la cabeza. ¡Pero eso no es lo único que ha captado mi atención! A mi hijo lo mataron *in situ*. Era un muchacho grande. Podríamos decir que estaba como un toro. Por lo que sé, pesaba casi ciento diez kilos. Ciento diez kilos de músculo.

En la voz del oficial Grzegorz Mazur se percibía el orgullo por su hijo. No obstante, ese orgullo estaba mezclado con el dolor por su pérdida.

–¿Pensáis que sería fácil levantar a Kamil? –continuó Mazur, recobrando la calma–. Eso mismo pensé yo. Para levantar ese peso, el asesino necesitaría una fuerza tremenda.

Wiktor Cybulski y Daniel Podgórski se miraron. Hasta el momento ninguno de ellos había pensado en eso. Sonaba razonable, incluso Daniel debía reconocerlo.

–Pensadlo, Kózka, Risitas y Olga Bednarek. Las víctimas anteriores eran chicas menuditas. Cualquiera podría levantarlas con un poco de esfuerzo, incluso tú –Grzegorz Mazur señaló la complexión pequeña de Wiktor.

El comisario principal no parecía ofendido por la alusión a su falta de musculatura y su estatura más bien baja.

–Más aún porque los cuerpos fueron arrastrados por el suelo –añadió Wiktor, ajustándose las gafas–. Tiene razón, oficial Mazur.

–Pues claro. Es más difícil transportar ciento diez kilos de músculo.

El oficial Grzegorz Mazur miró expectante a los policías. En su mirada apareció algo extraño que Daniel no supo interpretar. Podgórski tenía la impresión de que le habían dicho demasiado a Mazur. No deberían tratarle como a un miembro del equipo. Con más razón en esos momentos en que su hijo había muerto. No obstante, Wiktor Cybulski no parecía darle importancia.

–En eso tengo que estar de acuerdo.

Mazur asintió con la cabeza, satisfecho.

–Ahora bien, el piragüista ese, Marcin Wiśniewski, no es de los más fuertes. Tiene la caja torácica hundida y tres pelos en la parte baja de la espalda. Le he observado un poco mientras descansaba con mi mujer en el balneario de Valle del Sol. Estoy seguro de que alguien como él no podría mover el cuerpo de mi hijo a ningún sitio. ¿Han usado de nuevo el paralizador? Eso no he podido averiguarlo.

–Sí –reconoció Wiktor Cybulski–. Aún no tenemos el informe de la autopsia, pero el forense dijo algo de eso cuando examinó el cuerpo de Kamil en el lugar del crimen.

Daniel Podgórski le echó una mirada punzante a Cybulski. La conversación estaba yendo realmente mal.

–Ya lo sabéis –dijo triunfante el oficial Grzegorz Mazur–. Marcin Wiśniewski sometió a mi hijo con un paralizador. Esa es la única forma en que podría hacerle algo. No podría haber derrotado a mi Kamil de otra manera. No ese debilucho. Después lo dispuso todo para que pareciese obra del Asesino de Vírgenes.

Daniel Podgórski ya no sabía qué pensar. Lo que decía Mazur tenía sentido, pero tampoco podía dejar de pensar que seguían pasando por alto el detalle más importante. Algo se les estaba escapando.

KRYSTYNA BEDNAREK SE dispuso a colocar la ropa de Olga. Los técnicos de la policía científica habían dejado todo manga por hombro. Para ellos Olga solo era «la tercera víctima». No era una persona. La madre de la chica asesinada había querido llorar al ver todo aquello, pero entendía que tenían que hacerlo. Puede que en algún lugar estuviera escondida la pista que los llevase a encontrar al que había provocado esas desgracias. Ella no era la única que había perdido a una hija. También los padres de Kózka, la madre de Risitas y los padres de Kamil Mazur. Todos estaban sufriendo lo mismo que ella.

Krystyna Bednarek todavía no podía creer que su hija estuviese muerta. Primero había perdido a Olga cuando se fue a Varsovia. Krystyna entendía que los estudios eran en verdad muy importantes. Podrían asegurarle a Olga un futuro mejor, sacarla de una vez por todas de Żabie Doły, una colonia poscomunista, pero su corazón la echaba de menos. No importaba cuántas tartas hiciese. Ella y Olga solo se tenían la una a la otra. Su marido había muerto algunos años atrás y las había dejado solas. Se las apañaban. La beca para estudiar en Varsovia había sido el mayor logro de su hija.

Krystyna Bednarek suspiró. Recordaba cómo Olga saltaba de alegría cuando recibió la noticia de que había entrado en aquella escuela privada de la capital. Su hija parecía la persona más feliz del mundo. Aún así, Krystyna no sabía bien qué pensar sobre el tema. En Varsovia la gente era diferente, decía, pero su hija no la escuchaba. Se fue. Durante sus conversaciones por teléfono, Krystyna sentía que tenía algo de razón, la gente de la capital era un poco diferente. Vivían más deprisa, tenían otros objetivos y sueños. Veía que la propia Olga también estaba cambiando. Su hija quería ser como sus compañeras ricas. Vestirse con las marcas de moda, ir a las tiendas y restaurantes, comprar manuales caros sin que le doliese el bolsillo. No les alcanzaba para eso. Krystyna tenía remordimientos de conciencia por no haber podido darle a Olga lo que necesitaba. Trabajaba en la cocina del centro vacacional Valle del Sol y su salario apenas le alcanzaba para mantenerse. Por no hablar de mandarle dinero a Olga. Eso ni siquiera era una opción.

Krystyna Bednarek colocaba ensimismada la ropa que habían tirado. Encima de todo estaban los trajes que Olga había llevado a la conferencia científica de Gdańsk. Era la última semana de prácticas y Olga se había alegrado de que tuvieran que ir precisamente a la playa. Le interesaba obtener conocimientos, pero también le apetecía bañarse en el mar. Olga siempre decía que el lago no era lo mismo. Krystyna acariciaba con ternura el bañador con flores de colores que se había llevado su hija. Juntas habían sopesado si no era demasiado escueto para ese viaje. Al fin y al cabo no eran unas vacaciones, solo era un viaje de trabajo, se podría decir. Sin embargo, al final Olga se había enterado de que la enfermera Milena Król seguramente llevaría un bikini también, y el problema había quedado resuelto.

De repente, Krystyna Bednarek vio entre las cosas de su hija una blusa azul claro de seda muy elegante. El material era agradable al tacto. No recordaba habérsela visto puesta a Olga, pero tal vez la había comprado en Varsovia. Krystyna abrazó la blusa y se echó a llorar. Ya nunca más iba a ver a su hija.

EL COMISARIO PRINCIPAL Wiktor Cybulski bajó con el inspector Daniel Podgórski a la planta baja del edificio de la Comandancia Provincial de la Policía de Brodnica. Entraron en la sala de disección para hablar con el médico forense sobre la muerte de

Kamil Mazur. Para entonces, el forense ya debía de haber terminado la autopsia del cadáver.

Los recibió la asistente del doctor Zbigniew Koterski en persona. La chica con el pelo color chocolate. Al verlo, a Wiktor Cybulski le apetecieron inmediatamente unas trufas con pistachos, la especialidad de Żaneta. Iba a tener que pedirle a su mujer que las preparase. Aunque tal vez Żaneta ya solo se las preparaba a su amante.

–El doctor Koterski ya los está esperando en su despacho –les informó Malwina Lewandowska, la asistente del forense–. Hace poco que hemos terminado la autopsia de la última víctima. Así que pensé que... quizá no tenga importancia, pero...

No terminó.

–Oh, ya han llegado, señores –dijo jovial el médico forense Zbigniew Koterski, que apareció de la nada. En las manos llevaba una bolsa de papel–. Adelante, pasen a mi despacho. Acabo de ir a la tienda un momento y he comprado unas ciruelas buenísimas. Tal vez les apetezca una.

Los policías entraron tras el forense en su despacho.

–¿Dónde han dejado a nuestra Klementyna Kopp? –preguntó Koterski en un tono un tanto burlón–. He oído algunos rumores ridículos en el pasillo. ¿Qué tanto hay de verdad en ellos? No llega mucha información a mi inframundo.

Wiktor no pensaba preocuparse demasiado por la ausencia de la comisaria Kopp. Klementyna aparecía y desaparecía como quería. Wiktor llevaba ya algunos años trabajando con ella y había aprendido a tolerar sus cambios de humor. Trataba de justificarla ante el comandante, que ya estaba un poco harto de ella. Si no fuera por los espectaculares resultados de Klementyna, seguramente nunca más le permitirían trabajar en Brodnica. Wiktor tampoco pensaba comerse la cabeza con ese tema. Además, dudaba que la comisaria Kopp se preocupase por él. Dudaba que le importase alguien que no fuera ella misma. Era como un gato que sigue su propio camino.

–Tal vez tengan razón –reconoció al mismo tiempo el médico forense. En sus labios se dibujó una amplia sonrisa. Siempre parecía satisfecho con la vida . Como Klementyna no hay dos.

–¿Podrías resumirnos los resultados de la autopsia del cadáver de Kamil Mazur en pocas palabras, Zbyszek? –sugirió Daniel Podgórski.

–Claro, sin problema –dijo el forense–. ¿Tenéis alguna pregunta concreta? ¿O debo contaros todo por orden?

–En el lugar de los hechos dijiste que las agresiones son similares a las que vimos antes con Kózka, Risitas y Olga Bednarek.

El médico forense asintió con la cabeza.

–Tras realizar la autopsia puedo decir que por un lado sí y por otro no.

–¿A qué se refiere, Zbigniew? –preguntó Wiktor Cybulski.

–A simple vista parecen iguales. Por tanto, tenemos una parte del cuerpo amputada, que en el caso de Kamil son las manos. Tenemos el uso de un paralizador. También tenemos marcas de golpes que se hicieron tras la muerte de la víctima. Sin embargo, a partir de aquí la cosa cambia.

Los policías miraban expectantes al forense.

–Cojan ciruelas, están deliciosas –les aseguró el médico forense Zbigniew Koterski–. Volvamos a las marcas de golpes. Tiene muchas menos que las víctimas anteriores. Podríamos decir que en el cuerpo del socorrista hay apenas unos pocos moratones. A Kózka, Risitas y Olga las golpearon con mayor intensidad. Como si esta vez el asesino no hubiera tenido tiempo o como si no tuviese tanto sentido golpear a Kamil como a las otras. Es como si el asesino hubiera tenido que «quitárselo de encima», como decimos coloquialmente. Esto solo son especulaciones mías.

–¿Es posible que nos encontremos ante dos homicidas? –preguntó el comisario, regresando a la idea que había surgido tras interrogar al oficial Grzegorz Mazur en la colonia Żabie Doły.

Wiktor se preguntaba si tal vez el Asesino de Vírgenes no habría matado a las tres primeras víctimas y Kamil Mazur fuera obra de otro diferente. El segundo homicida podría haberse hecho pasar por el asesino en serie que estaba actuando en su zona.

El forense cogió otra ciruela.

–En mi opinión, no –afirmó el doctor Koterski, haciendo ruido al masticar la fruta–. A no ser que el segundo asesino estuviese muy bien enterado del modo de actuación del primero. Debería conocer literalmente cada detalle. Pero no se ha informado a la prensa de todo.

–Por ejemplo, que estaba involucrado en los crímenes anteriores, ¿no? –se aseguró Wiktor.

–Por ejemplo. Sin embargo, sigo opinando que solo hay un asesino en el juego, no dos.

Daniel Podgórski también cogió una ciruela.

–¿Qué pruebas hay? –preguntó el policía–. ¿Qué demuestra que estamos ante un solo asesino?

–Por ejemplo, el uso del mismo instrumento para realizar las amputaciones –aclaró el médico forense Zbigniew Koterski–. Como ya les he dicho, se trata seguramente de un bisturí. La forma de ejecutar la amputación en sí también es muy parecida. Las amputaciones han sido realizadas con mucha precisión, pero al mismo tiempo la mano del asesino no es una mano experta. Tal vez el asesino ha observado alguna cirugía o alguna autopsia, pero nunca lo ha hecho él mismo. Al mismo tiempo, parece que sabía más o menos cómo utilizar un instrumento como el bisturí.

–¿O sea, que no se trata de un médico, por ejemplo? –se aseguró Wiktor Cybulski.

–Cojan, señores –les ofreció de nuevo el forense, y él mismo cogió otra fruta madura. Podgórski siguió su ejemplo–. Como ya les he dicho, nuestro asesino es más bien alguien que sabe más o menos de anatomía y puede haber observado una autopsia, pero no es un médico.

–¿Se pueden amputar las manos con un bisturí? –preguntó Podgórski incrédulo, haciendo referencia a las manos amputadas de Kamil Mazur–. No entiendo mucho de esto, pero diría que parece mucho más fácil cortar orejas, ojos y labios, como hizo el asesino con las víctimas anteriores.

–Se puede hacer –dijo el forense, masticando otra ciruela–. Absolutamente.

Se levantó y se dirigió hacia las estanterías que había en la pared más estrecha del despacho.

–Mirad el atlas anatómico –dijo, mientras les daba a los policías un grueso tomo abierto por la página en cuestión–. En la ilustración se muestra la construcción de una muñeca humana.

Wiktor Cybulski y Daniel Podgórski miraron el dibujo.

–En realidad la muñeca se compone de ocho huesecillos pequeños. Todavía me acuerdo de dos versos que nos ayudaban a recordarlos en las clases de anatomía de la universidad. «Se Escala la Pirámide como ninguna, Pisando fuerte a la luz de la Luna», para la hilera superior –recitó el médico forense Zbigniew Koterski con una sonrisa en los labios–. Y para la hilera inferior: «En el Trapecio, el Trapecista, con un Gancho Grande se cuelga en la pista». Las primeras letras de cada palabra coinciden con las primeras letras de los nombres de cada uno de los huesos.

El comisario principal Wiktor Cybulski miró con interés el atlas de anatomía humana. Quizá le dedicase un poco más de tiempo a esa ciencia cuando acabase aquella investigación. No solo la filosofía era importante. Según Cybulski, todos deberíamos tener al menos un conocimiento mínimo de cada área de la ciencia. Wiktor estaba seguro de que Żaneta sabía exactamente cuál era la anatomía de una muñeca. Seguramente el director Eryk Żukowski se lo había explicado más de una vez.

–De cualquier forma, para cortar las manos no hace falta cortar ningún hueso del brazo ni del codo –continuó el médico forense, señalando su antebrazo–. Basta con cortar el tejido blando alrededor de la muñeca y después separarlo de los huesos, doblando por la articulación, por ejemplo. Y listo. Tal vez eso fue precisamente lo que hizo nuestro asesino. Recordad que aquí no estamos hablando de una sala de operaciones, donde el médico debe ligar los vasos sanguíneos y demás. Al asesino no le preocupaba que su «paciente» se desangrase. Como les dije antes, la amputación no fue correcta, pero el asesino debía de tener unas nociones mínimas de anatomía humana. Sobre todo en el caso de la amputación que le hizo al socorrista Kamil Mazur. Además, sospecho que un completo desconocedor no hubiera intentado ejecutar esa labor con un bisturí. Más bien hubiera utilizado una sierra u otra herramienta más grande. Tal vez un hacha, como en las películas. Al mismo tiempo, basta con cortar en el lugar adecuado con un bisturí pequeño pero afilado, y listo.

Wiktor Cybulski asintió con la cabeza pensativo. Desde hacía tiempo surgía en su cabeza una idea bastante desagradable. Aún así, prefería no mencionarlo siquiera.

–En casa de uno de los sospechosos hemos encontrado unos palos de golf en los que hay restos de sangre humana –dijo Wiktor para poner fin a sus especulaciones–. Habría que hacer un examen de ADN para comprobar si esa sangre pertenece a alguna de nuestras víctimas. No sé si tiene sentido. Por eso debo preguntarle, si en su opinión, Zbigniew, las marcas de golpes en los cuerpos de nuestras víctimas pueden corresponder a las marcas que produce un golpe con un palo de golf.

El médico forense se lo pensó un momento. Cogió de nuevo la bolsa de papel, pero ya se había comido toda la fruta. Arrugó la bolsa y la lanzó con un movimiento certero a la papelera.

–Pueden investigar esos palos. Si hay algún rastro de sangre deberían hacerlo. Aún así, creo que no buscamos un instrumento como ese. Las hemorragias subcutáneas tienen una forma diferente, más alargada. Por eso pensé en una porra. Tal vez el mango grueso de alguna herramienta. Quizá el mango de esos palos de golf que tienen, pero no la cabeza.

275

—Entiendo —asintió Wiktor Cybulski. Otra vez ese pensamiento desagradable e indefinido empezaba a apoderarse de su mente. Lo expulsó con todas sus fuerzas.

—Aún no les he dicho lo más importante —en la voz del médico forense Zbigniew Koterski se percibía un tono diferente—. Lo he dejado para el final.

El forense encendió el ordenador y giró la pantalla hacia los policías.

—Aquí tenéis una foto de la caja torácica de Kamil Mazur.

El comisario principal Wiktor Cybulski contuvo la respiración. Eso era nuevo.

EL DIRECTOR DEL colegio de la colonia Żabie Doły, Eryk Żukowski, subió a la buhardilla de su casa. Incluso allí reinaba un orden impecable. Eryk era muy cuidadoso con eso. Ni una mota de polvo, ni huellas de dedos en el espejo. Limpiaba con guantes para asegurarse de que aquello no sucedía. La limpieza lo tranquilizaba. También le permitía poner su mente en orden.

Eryk Żukowski sabía perfectamente dónde encontrar el álbum con las fotos de la clase al que se refería. Sacó el álbum con movimientos cautelosos y fue viendo página por página hasta que encontró la foto que le interesaba. Él en el centro, los alumnos alrededor. Su hijo Feliks estaba un poco más cerca del director que el resto de alumnos de Żukowski. Esa fue la primera y última vez que Eryk se había decidido a dar clase a un solo grupo. No podía confiarle su hijo a nadie más. Sin embargo, más tarde tuvo que reconocer que no podía dedicarse solo a un grupo de alumnos, ni aunque se tratase de su propio hijo. El director del colegio debía estar disponible para todos, ayudar a cada uno de los alumnos a encontrar su propio camino en los senderos de la vida. Solo él estaba en condiciones de hacerlo. Nadie más.

El director del colegio pasó su mano por la foto. Daria Kozłowska, Beata Wesołowska, Olga Bednarek y Kamil Mazur.

Cuatro de sus alumnos habían muerto. No pensaba decírselo a nadie, ni siquiera a Feliks, pero creía que se lo merecían por lo que habían hecho. Totalmente. Guardó el álbum con solemnidad.

La justicia siempre alcanza a los que han pecado, pensó Eryk sentenciosamente.

Siempre.

HABÍA CAÍDO LA tarde cuando Daniel Podgórski salió del edificio de la Comandancia Provincial de la Policía. Pasó por el supermercado de al lado y compró algunas chocolatinas y una botella grande de Coca-Cola. Había llegado la hora de sacar la artillería pesada.

La comisaria Klementyna Kopp seguía sin responder el teléfono. La última vez que Daniel la vio había sido esa misma mañana, durante la detención de Szymon Wiśniewski en el centro vacacional Valle del Sol. Parecía que a nadie le importaba demasiado la ausencia inesperada de la comisaria Kopp, pero Podgórski no se sacaba de la cabeza lo que le había susurrado la psicóloga en la sesión informativa de la mañana. Julia Zdrojewska insinuó que Daniel era quien debía hablar con Klementyna. ¿Tal vez la comisaria tenía algún problema? El policía de Lipowo ni siquiera estaba seguro de caerle bien a Klementyna, aunque él se consideraba su amigo. Puede que fuese un sentimental, pero pensaba que a un amigo no se lo abandona cuando te necesita. Eso le había enseñado su madre.

Aparte de su cercanía personal, Daniel Podgórski sentía que la investigación no avanzaba sin la presencia de la comisaria Kopp. El trabajo con el comisario principal Wiktor Cybulski no acababa de gustarle. No dejaba de pensar en el interrogatorio tan poco profesional que le había hecho al oficial Grzegorz Mazur, cuando Wiktor había revelado los detalles más importantes de la investigación sin pensárselo dos veces.

277

Así que tomó una decisión. Daniel Podgórski tenía que encontrar a Klementyna Kopp. Pero no sabía muy bien cómo conseguirlo. ¿Dónde podía estar la comisaria Kopp? Finalmente, Daniel decidió empezar por el lugar más obvio, su piso. Le había resultado muy fácil conseguir la dirección de Klementyna en el Departamento de Recursos Humanos. Nadie le hizo demasiadas preguntas. La jefa de recursos humanos simplemente miró a Podgórski por encima del monitor y le dictó el nombre de la calle. Después ignoró a Daniel por completo.

Podgórski pagó los dulces en la caja del supermercado y se dirigió a casa de la comisaria Klementyna Kopp. Resultó que la policía vivía muy cerca de la comandancia. Apenas a unos minutos a pie.

Daniel Podgórski pasó la delgada torre teutónica que se elevaba sobre el parque y siguió hacia el sur por la calle Zamkowa. Enseguida llegó al edificio donde seguramente vivía su compañera. El conjunto daba una impresión más bien deprimente. El edificio se encontraba en bastante mal estado. Le vendría bien una reforma general, reconoció Podgórski. Quizá las autoridades de la ciudad acabaran haciéndolo. Precisamente, muy cerca de allí estaban la plaza mayor y el casco antiguo, donde casi todos los edificios habían sido reformados hacía poco.

El policía entró en el pequeño portal y subió al primer piso por unas escaleras de madera bastante empinadas. La puerta de Klementyna Kopp no se diferenciaba en nada del resto. Daniel casi se rio a carcajadas. Al igual que en el despacho de Klementyna en la Comandancia Provincial, Daniel no sabía qué esperar. La propia comisaria Kopp era una persona tan peculiar que casi esperaba ver una puerta decorada con... ¿con qué exactamente? De cualquier manera se había vuelto a equivocar. Su puerta era como todas las demás.

Podgórski tocó con fuerza, apretando la bolsa de la compra en la otra mano. Ya no estaba seguro de que fuese una buena idea. Tal vez había ido demasiado lejos. La comisaria Kopp no era de ese tipo de personas a las que les gusta que se metan en su vida privada. Más bien al contrario.

El policía sintió una especie de alivio cuando no obtuvo respuesta. Se quedó escuchando un rato. Tenía la sensación de que se oía un movimiento imperceptible dentro. Así que tocó una vez más. No era momento de echarse atrás.

–Klementyna, ¿estás ahí? Soy yo, Daniel –dijo Podgórski dirigiéndose a la mirilla–. Solo quería comprobar que estás bien. Nadie sabe qué pasa contigo. Nos preocupamos por ti.

Era una pequeña mentira, pero Podgórski reconoció que no podía decirle la verdad. El movimiento dentro del piso se oía mejor ahora. Finalmente se abrió una cerradura y la puerta se abrió.

–¿Qué quieres, eh? –preguntó la comisaria Klementyna Kopp con la rapidez de una ametralladora.

–Te he traído una Coca-Cola y algunas chocolatinas –dijo Daniel Podgórski de modo alentador. Meneó la bolsa de la compra. Sabía que la comisaria Kopp se alimentaba precisamente de ese tipo de cosas. Lo raro era que no estuviese tan gorda como él–. También he pensado que podría contarte lo que ha pasado hoy, para que mañana puedas volver sin problemas a la investigación y demás.

El propio policía sabía lo que significaban las palabras poco precisas «y demás», pero apenas cayó en la cuenta. Esperó.

–Entra –dijo por fin Klementyna, abriendo del todo la puerta de madera.

Daniel Podgórski entró en el pequeño recibidor. Apenas cabían allí los dos. A la izquierda había un modesto cuarto de baño y al otro lado, una cocina un poco más grande. Enfrente había una habitación. En el aire flotaba una melodía de música clásica, tal vez una ópera. Podgórski no sabía mucho de esas cosas.

–Qué acogedor –dijo tratando de controlar el abatimiento que se apoderaba de él.

En ese pequeño piso se respiraba tristeza. Había emociones negativas y esperanzas truncadas en cada esquina. «Acogedor» era la última palabra que podría describir esa soledad.

Klementyna pareció estremecerse.

–Cálmate, Daniel, ¿vale? –dijo con tono de resignación–. No necesito tu hipocresía. Sé dónde vivo.

–Claro, perdona.

–Pasa a la habitación.

Podgórski dio unos pasos y ya estaba en la habitación más grande del piso. Aquí, al igual que en el despacho de Klementyna Kopp en la Comandancia Provincial, el policía no vio muchos detalles personales. Parecía que la comisaria Kopp, fuese por elección propia o no, no tenía a nadie en la vida.

Otra vez a Daniel lo invadió la tristeza. Pensó en Weronika Nowakowska. Tal vez el comisario principal Wiktor Cybulski tenía razón y Podgórski debía hacer caso omiso de sus palabras cuando decía que necesitaba tiempo. Tal vez debía luchar por su relación y no agachar la cabeza como un niño inmaduro. Decidió ir a casa de Weronika en cuanto acabase de hablar con la comisaria Kopp.

–No necesito tu compasión, ¿está claro? –espetó Klementyna. Quizá se había percatado de su mirada, aunque había tratado de comportarse con neutralidad.

–Perdona –murmuró de nuevo Daniel Podgórski–. ¿Puedo sentarme?

–Vale.

El policía de Lipowo agarró una silla y miró expectante a su compañera. La comisaria Klementyna Kopp no parecía muy contenta con su visita. Lo miraba con una expresión obstinada en su cara arrugada.

–¿No soy bienvenido aquí? –preguntó Daniel con cautela. Quería tener una visión clara de la situación. Lo último que quería era darle más disgustos a su compañera.

De repente, como si esas palabras tuvieran una fuerza mágica, Klementyna estalló en un breve sollozo entrecortado, pero con la misma rapidez recobró la compostura. Se limpió las lágrimas de su cara angular y se sentó junto a Daniel, como si un momento antes no hubiera pasado nada.

–Vale, está bien. Pasemos por alto todo eso –dijo la comisaria Kopp con tono decidido–. No tiene sentido.

Podgórski no estaba seguro de si su compañera se refería a ese momento de debilidad o a otra cosa. No obstante, le pareció que iba a decir algo completamente diferente.

–¿Te apetece una Coca-Cola? –preguntó el policía, entregándole a Klementyna la bolsa con los dulces del súper cercano a la comandancia.

La policía la aceptó sin decir nada. Sacó la botella de Coca-Cola y le dio un buen trago.

–Vale, está bien. Dime lo que habéis averiguado hoy y continuamos, ¿de acuerdo? –dijo, dejando la botella en la mesa.

Daniel Podgórski trató de no mostrarse sorprendido ante su repentino cambio de humor. Le contó todo a Klementyna con tantos detalles como podía recordar.

–O sea, que el socorrista Kamil Mazur tenía una herida de arma blanca en el pecho, ¿no? –se aseguró la comisaria Klementyna Kopp.

Podgórski asintió con la cabeza.

–Sí, eso también lo diferencia del resto de víctimas. Ninguna de las chicas tenía heridas ahí. El forense nos ha dicho que se lo hicieron después de morir.

–¿El asesino usó un bisturí?

–El doctor Koterski afirma que lo hicieron con algo más grande, como un cuchillo.

–¿Por qué el asesino le clavó un cuchillo a Kamil Mazur? No se lo hizo ni a Kózka, ni a Risitas ni a Olga Bednarek –pensó en voz alta Klementyna Kopp–. ¡Algo no encaja aquí! El asesino está jugando conmigo... con nosotros. Se trata de un juego macabro.

–Puede ser. De todas formas no creo que el piragüista Marcin Wiśniewski sea culpable –concluyó Daniel Podgórski, mirando a la comisaria Kopp. Parecía que, lo que la había hecho perder el equilibrio se había ido para siempre y su compañera había vuelto a ser ella misma–. No solo es un presentimiento.

–¿Por qué piensas que no fue él, eh? –preguntó la policía con tranquilidad.

Daniel se pasó la mano por la barba.

–Aunque solo sea por lo que dijo el forense, que el asesino seguramente sabía algo de anatomía. No me parece que Marcin concuerde con ese criterio.

–Vale. Pero bueno, quizá recuerdes que en Żabie Doły está el director ese, Eryk Żukowski. Ya hemos hablado con él, ¿te acuerdas? Dirige la organización esa, con un nombre en latín, por lo que puedo recordar. ¡Cogito Ergo Sum! Parece que allí les enseñan anatomía a los chicos. Incluso tienen una sala de disección. El piragüista Marcin Wiśniewski fue alumno de ese colegio hace tiempo. A lo mejor sabe más de lo que aparenta.

–De acuerdo –dijo Daniel–. Debemos comprobar si Marcin participaba en ese tipo de clases, aunque sigo pensando que él no es el Asesino de Vírgenes.

Klementyna Kopp miró fugazmente a Podgórski. El policía no supo interpretar esa breve chispa que apareció en sus ojos.

–Está bien, Daniel. Está todo bien. Pero bueno, tú mismo recordarás que Marcin Wiśniewski no tiene coartada para la noche en que murió el socorrista Kamil Mazur. Su padre, o sea, el dueño del centro vacacional, Szymon Wiśniewski, tiene, por el contrario, una coartada irrefutable. Si suponemos que a las cuatro víctimas las mató la misma persona, entonces no pudo ser el viejo Wiśniewski. Su hijo no tiene coartada –repitió la comisaria Kopp–. Y lo que es más, Marcin Wiśniewski tiene algún tipo de relación con todas las víctimas.

–Es posible –reconoció el suboficial Daniel Podgórski–. También están los palos de golf en los que encontramos sangre. Es verdad que el doctor Koterski afirma que no los usaron para golpear a las víctimas, pero ya no sé.

282

La comisaria Klementyna Kopp asintió ligeramente con la cabeza. Llevaba un rato callada, mirando a un pequeño armario que había en el rincón.

—Yo también quería decirte algo —soltó, como si hubiera tomado una decisión importante—. Puede tener relación con el caso.

16

Lipowo, colonia Żabie Doły y Brodnica.
Martes, 6 de agosto de 2013, antes del mediodía

WERONIKA NOWAKOWSKA SE levantó muy temprano. Los rayos de un sol joven bailaban sobre la pared del dormitorio. Tras la ventana, el viento susurraba entre las esbeltas copas de los pinos. Los pájaros cantaban alegremente. En algún lugar lejano, Weronika escuchó un solitario pájaro carpintero. No se podía creer que todo fuese tan rápido.

Daniel Podgórski la había visitado la noche anterior. Sin previo aviso. Nowakowska quería hablar con él, darle una explicación. Ella misma no estaba segura de lo que sentía exactamente por él, pero el policía no le explicó nada. Tampoco quiso hablar. Solo preguntó si podía quedarse, y Weronika asintió. Decidió que más tarde meditaría sobre el asunto.

Weronika se hizo a un lado y miró a Daniel Podgórski. Estaba tumbado boca arriba sumido en un sueño profundo. Nowakowska no sabía qué ocurriría después, pero estaba segura de una cosa: Daniel volvía a dormir a su lado. El amor puede ser difícil, pero a veces es la cosa más sencilla.

Igor ronroneó en sueños. Sus patas se movían rítmicamente, como si el perro estuviese en medio de la persecución más importante de toda su vida. Weronika Nowakowska sonrió ampliamente. Era un momento perfecto tras una noche perfecta.

De repente sonó el teléfono de Daniel. Podgórski abrió los ojos, lo habían arrancado del sueño. Miró a su alrededor, como si en un primer momento no supiese dónde estaba. Weronika le acercó el móvil con una sonrisa.

–¿Diga? –dijo Daniel Podgórski de forma poco clara–. Hola, Klementyna.

El corazón de Weronika se disparó. ¡Klementyna Kopp! Una y otra vez se le aparecía el rostro irritado de la comisaria Kopp mientras, la mañana anterior, la expulsaba de Valle del Sol. Weronika consideraba que tendría que hablar de ello con Daniel, pero mejor dejarlo para otro día. No sabía qué pensar del asunto. Podría estar equivocada, pero una mujer celosa detectaba siempre a otra. Aunque las diferenciase la edad, la clase social o incluso el lenguaje.

–Sí, por supuesto. Llegaré en media hora –soltó Daniel Podgórski, y colgó.

Weronika miró inquisitivamente al policía. Muy a su pesar, volvió a sentir el aguijón de los celos. Parecía un sinsentido. Incluso en el caso de que Klementyna hiciese planes con Daniel, lo más probable era que él ni siquiera reconociese las señales. Era increíblemente simple.

–El caso ha dado un vuelco –explicó el policía, y se vistió rápidamente.

Su uniforme estaba un tanto arrugado, pero a Daniel no le daba tiempo de volver a casa a por otro. Exactamente igual que hacía una semana, cuando lo llamaron porque se había encontrado a la víctima en el camino de Lipowo a Żabie Doły. Habían pasado siete días desde entonces, resultaba difícil de creer.

–Tengo que irme –soltó Daniel Podgórski–Te quiero. Quiero que hablemos luego. Es importante, ¿vale? Hoy por la tarde, si no surge ningún imprevisto con el caso.

A Weronika se le disparó el corazón. Esperaba que no se tratase de aquello que cualquier mujer habría sospechado en su situación. ¿Qué pasaría si Daniel planeaba pedir su mano? De ser así, Weronika tendría que rechazarlo.

FELIKS ŻUKOWSKI, EL hijo del director de la escuela, salió de casa con sigilo. Seguro que su padre estaba dentro del colegio.

Aunque, si siguiese en casa tampoco se habría dado cuenta de la ausencia de su hijo. Así que el muchacho había adquirido práctica en aparecer y desaparecer. Feliks era como un espíritu, lo llevaba en la sangre. Pero ya no era el de antaño. Y todos tendrían que acostumbrarse al cambio.

Pasó por delante de la colonia Żabie Doły y se dirigió al bosque. Cuando rebasó la casa de Olga Bednarek, su corazón latió con más fuerza. Ella era diferente. No pasaba nada si asesinaban a Risitas y Kózka, pero Olga Bednarek debería vivir. Sin embargo, Feliks Żukowski comprendía que todo aquello formaba parte de algo más grande, y que él mismo no podía intervenir seleccionando a las víctimas. No era culpa suya que Olga hubiese muerto. Fue el destino que ella, por inconsciencia, se había buscado.

Recortó con esmero todos los artículos que habían aparecido en la prensa local. El Asesino de Vírgenes había matado a Kamil Mazur. Como si fuera una damisela. Como a una víctima del destino. Como a una bruja.

El Asesino de Vírgenes había matado a Kamil Mazur. Feliks Żukowski se reía de aquella paradoja. Nadie lo podía oír, porque ya estaba en el bosque. Había quedado con alguien que lo entendía perfectamente, la única persona en el mundo. Qué extraño que hubiesen tardado tanto en saberlo.

De nuevo se rio, y sintió alivio. Probablemente se habían acabado los problemas.

EL INSPECTOR DANIEL Podgórski llegó a la Comandancia Provincial de la Policía en Brodnica y se dirigió a paso ligero a la sala de conferencias de la primera planta. A pesar de lo temprano de la hora, todo estaba lleno de civiles y agentes uniformados.

Daniel subió corriendo la escalera, dejó atrás el despacho de Klementyna Kopp y continuó por el pasillo. Se acordó entonces de lo que le había dicho la policía el día anterior. Parecía emocionada. Él mismo había sentido cómo los sentimientos se despertaban en él: por primera vez, Klementyna lo dejaba acceder a su vida privada. Confiaba en él. Y le había estado hablando de una mujer a la que había amado y con la que había pasado los años más felices de su vida. Daniel Podgórski la escuchó con atención. Incluso se podría decir que registró cada palabra. Como colofón, la comisaria Kopp afirmó que aquello era un juego asesino dirigido a ella. ¿Tenía eso visos de ser cierto? Los tres monos sabios, cuya imagen emulaban las víctimas, ¿podrían ser elegidos al azar, o el asesino había elegido ese motivo con algún fin en concreto? Daniel consideró que tendría que volverle a sacar el tema a Klementyna. No podían dejarlo estar.

Podgórski llegó a las acristaladas puertas de la sala de conferencias. Tenía que interrumpir sus meditaciones. La comisaria Klementyna Kopp y el comisario principal Wiktor Cybulski lo estaban esperando. Aparte de ellos, en la sala se encontraban el jefe de la policía científica y el orondo fiscal Jacek Czarnecki.

HABÍA UN PEQUEÑO paquete desplegado sobre la mesa. Parecía que todos intentaban alejarse al máximo de aquel envío insignificante. Daniel miró intrigado el paquete. ¿Era ese el vuelco que había dado el caso?

—Esta mañana dejaron esto aquí, en la comandancia —dijo con tono explicativo el fiscal Jacek Czarnecki—. El envío está dirigido, y cito, «a los investigadores del Asesino de Vírgenes». En la parte inferior había una postdata: «La solución del caso».

Daniel Podgórski volvió a mirar al paquete. Era un sobre marrón, recubierto de plástico, tamaño A-4. Parecía de lo más corriente.

—No me haría ilusiones con encontrar huellas dactilares en el envío —dijo el jefe de la policía científica. Daniel no sabía cómo se llamaba, pero le resultaba inconfundible.

–Tranquilo, pero, por si acaso, tenéis que analizarlo –dijo la comisaria Klementyna Kopp con tono decidido–. Nunca se sabe.

El policía científico inclinó la cabeza.

–Por supuesto, señora Kopp.

–Y esto exactamente, ¿cómo ha venido a parar aquí? –se interesó Daniel Podgórski, señalando intrigado el sobre marrón.

–Lo trajo un chaval –explicó el fiscal Jacek Czarnecki–. El niño afirmó que unos señores le pagaron para que trajese aquí el paquete.

Daniel sintió que le embargaba la excitación.

–¿Y el muchacho podría describirlos?

–No, por desgracia no todo nos va así de bien –espetó Klementyna Kopp–. No habla nada claro el chaval. Para él, todos los mayores de quince años somos viejos. Además, según su descripción, ambos llevaban una gorra sobre la cabeza y gafas de sol. Me siento como si formásemos parte de una jodida película. ¿O solo a mí me lo parece?

–En cualquier caso, sabemos que fueron dos, un hombre y una mujer –dijo el fiscal, que parecía tan frustrado como Klementyna–. ¡Aunque no nos sirva para nada, coño!

–¿Abrimos entonces el envío? –preguntó el comisario principal Wiktor Cybulski–. Él quizá compartía esa exaltación. Por primera vez, Daniel veía al comisario principal con el traje arrugado.

–No sabemos lo que es –afirmó inseguro el fiscal Czarnecki.

–A pesar de todo, intentémoslo –decidió Klementyna–. Una bomba no es.

El técnico se enfundó los guantes y empezó a seccionar el papel con cuidado. Dentro había un único folio y un CD. El comisario Wiktor Cybulski se colocó igualmente los guantes y agarró la carta con las manos.

Muy buenas:

No habéis conseguido descubrir quién ha asesinado a tantas personas, ¿verdad? Seguís sin saber quién es al Asesino de Vírgenes. ¿Cierto?

Ya antes intenté avisaros, y os conduje a la pista, pero no os disteis cuenta de lo que pasaba, por desgracia.

Así que decidí hacerme con la prueba definitiva, para que no tengáis duda sobre quién es el culpable de todos estos homicidios. En el disco encontraréis a qué se dedica la asistente del director de la escuela, Bernadeta Augustyniak, en Valle del Sol. ¿Alguien de vosotros ha oído hablar alguna vez de las *snuff movies*? ¿Tú por ejemplo, Klementyna Kopp?

Saludos

P. D.: Como veréis, soy más perspicaz que vosotros, os llevo la delantera.

Cuando el comisario Wiktor Cybulski acabó de leer, se hizo el silencio en la habitación. Todos miraron a la comisaria Klementyna Kopp. El anónimo remitente se dirigía directamente a ella. Daniel Podgórski volvió a recordar aquella charla que habían mantenido la tarde anterior.

–Que nos traigan un ordenador y un proyector –ordenó secamente Klementyna. Ni siquiera miró en dirección a Daniel. Probablemente no quería retomar la conversación del día anterior–. Tenemos que verlo de inmediato.

El jefe de la policía científica salió rápidamente de la sala de conferencias.

–¿Qué son las películas *snuff*? preguntó Podgórski extrañado. Nunca había oído hablar de eso.

–Un film que muestra escenas de violaciones o asesinatos reales. Y con ello no nos estamos refiriendo a las grabaciones privadas de los asesinos, por así decirlo. Se trata de películas rodadas para su distribución comercial –se apresuró a explicar el comisario principal Wiktor Cybulski. En honor a la verdad, no hay pruebas fehacientes de que existan producciones de ese tipo.

Eso no es más que una leyenda urbana. Suele haber partes falsas en estos largometrajes. Sangre artificial y demás. Personalmente, nunca me he topado con una película que...

—Una especie de porno duro, realmente —explicó en dos palabras la comisaria Kopp—. Alguien asesina a otra persona, y un grupo de putos pervertidos se masturba con eso. Y encima se paga una fortuna.

Todos miraron a la policía. Sus duras palabras pendían en el aire. Aquel día no funcionaba el antiguo aire acondicionado, y el ambiente era cada vez más sofocante.

—¿Creéis que en este disco tenemos grabadas las muertes de todas las víctimas? —preguntó el fiscal Jacek Czarnecki con gran lentitud. Si es así, hay que detener de inmediato a esa tal Bernadeta Augustyniak. Por lo menos hasta que reunamos las pruebas.

El jefe de la policía científica volvió con los aparatos y encendió rápidamente el ordenador. Poco después el proyector iluminó una de las paredes. Un silencio absoluto reinó en la sala de conferencias. Empezó la proyección. La película estaba grabada cámara en mano. La imagen saltaba y giraba, pero eso solo le añadía una desagradable autenticidad. Mostraba a dos hombres, que violaban sucesivamente a dos mujeres. A pesar de que los hombres estaban enmascarados, el grupo de policías pudo reconocer fácilmente al piragüista Marcin Wiśniewski y al socorrista Kamil Mazur. En cambio, las mujeres no llevaban máscaras. Eran Risitas y Kózka. Se las identificaba sin ningún margen de error. Las escenas de la violación eran extraordinariamente creíbles. Acababan pegando a las mujeres con un palo de hierro para jugar al golf. Sus gritos eran desgarradores, así que Daniel Podgórski sospechaba que no fingían. No se mostraba su muerte.

Cuando parecía que la grabación ya había terminado, la siguiente escena se iluminó en pantalla. La imagen era poco nítida debido a la oscuridad reinante. La cámara hacía un *zoom* sobre Kamil Mazur, que yacía sobre un pequeño puente de piedra. Parecía que aquel hombre ya había muerto. Una mano que empuñaba un cuchillo apareció en la pantalla, enfundada en un guante. Todos los investigadores reunidos en la sala de conferencias contuvieron el aliento. El cuchillo se hundió en el cuerpo de Kamil Mazur con facilidad. Así acababa la película.

Un escalofrío recorrió a Daniel. El resto de policías parecía que también habían perdido la compostura. Klementyna Kopp apagó rápidamente la proyección.

–Detención inmediata de Bernadeta Augustyniak –ordenó el fiscal Jacek Czarnecki, a pesar de que la asistente del director de la escuela no aparecía en la película ni un instante–. Y ya le estáis echando el guante al piragüista ese, el tal Marcin Wiśniewski. Él además sí está en la película. Registrad sus casas y todo el centro vacacional. En el film no se muestran los asesinatos, pero igual sí que se registraron en alguna otra parte. ¡No quiero oír hablar de ningún fallo!

El comisario principal Wiktor Cybulski salió corriendo de la sala de conferencias junto al jefe de la Científica.

–¿No te intriga saber quién nos lo ha enviado, eh? –preguntó Klementyna Kopp.

El fiscal miró a la policía con desgana.

–De momento detenemos a Bernadeta Augustyniak y a Marcin Wiśniewski. Luego ya nos ocuparemos de los detalles. No quiero que se esfumen o que destruyan pruebas –decidió Czarnecki. Ese tal Marcin Wiśniewski está hasta el cuello de mierda. En la película se lo ve claramente. No se ve a Bernadeta Augustyniak, pero alguien tenía que estar al otro lado de la cámara. Además, tenemos la carta.

El fiscal Czarnecki señaló la misiva sin remitente, que seguía sobre la mesa.

–Olga Bednarek no aparece en la película –intervino lentamente Daniel Podgórski–. Solo estaban Risitas, Kózka, Kamil Mazur y Marcin Wiśniewski. No estaba Olga. Eso no me cuadra.

—A mí que esté o no, me da igual —soltó el fiscal—. Nos encargaremos de eso más tarde. Tenemos una pista importante, no hay tiempo que perder con discusiones.

TRAS LA MUERTE de su hijo, el oficial Grzegorz Mazur, de la colonia de Żabie Doły, seguía sin poder recomponerse. Trataba de contener sus emociones por respeto a su esposa. Ella era mujer y podía llorar a su hijo. Así son las leyes de la naturaleza. En cambio, el hombre debe ser fuerte y seguir adelante.

Grzegorz Mazur intentó autoconvencerse de que había hecho todo lo humanamente posible, pero más bien todo escapaba a su control. Si bien intentaba pensar con objetividad en ello, el policía sentía que empezaba a sucumbir a las emociones. Sabía, sin embargo, que eso no lo iba a llevar a ninguna parte. Tenía que tragarse la pena y el miedo, tenía que empezar a actuar. La inacción indicaba que todo podría tomar la dirección opuesta a lo que quería Mazur.

Grzegorz echó un vistazo en la cocina. La mujer la recorría sin un objetivo concreto, atontada por los tranquilizantes. Ella no lo molestaría, estaba seguro. Mazur sacó una botella de agua mineral del frigorífico y se dirigió a su despacho. Debido a la muerte de su hijo, había conseguido unos días de vacaciones pagadas. Qué atenta era la gente. «Encima por anticipado», se rio amargamente Grzegorz. Pero le venía bien, porque podría concentrarse en el asunto sin que nadie lo molestase.

¿Quién había asesinado a Kamil? Hasta el día anterior, Grzegorz solo había considerado a una persona: el piragüista Marcin Wiśniewski. No era nada fácil ni agradable, porque Marcin era el hijo del propietario del centro vacacional Valle del Sol. De hecho, Szymon siempre había sido un buen conocido del oficial Mazur. La muerte de Kamil podía sepultar todo aquello. En un instante.

De esa manera habían sido las cosas hasta el día anterior. Aquella mañana la situación había cambiado ligeramente. Había aparecido otra posibilidad más. Así, el oficial Grzegorz Mazur fue a la tienda de Żabie Doły, en la que antaño había trabajado Kózka. La misma donde, en una buhardilla asfixiante, tenía su piso. Mazur no tenía en absoluto intención de ir allí a investigar. Solo quería comprar panecillos frescos y leche para el desayuno. A pesar del luto por la pérdida de un hijo, su mujer y él algo tenían que comer.

Cuando el oficial Mazur salió de la tienda, sintió cómo se le clavaban los ojos de los borrachos congregados en el banco situado delante de esta.

—Y ahora, ¿en qué estáis? —soltó el policía dirigiéndose a ellos. Tenían una norma: tanto él como sus policías de la colonia de Żabie Doły no les causarían problemas por beber en un lugar público, a cambio de que estos borrachines se sentaran educadamente donde la tienda, sin provocar a nadie—. No estoy para tonterías. Ahora no. Mi hijo ha muerto. Respetadlo, si no, os daré una paliza de las que no se olvidan, hasta que se os caiga la piel a tiras.

El oficial Grzegorz Mazur no planeaba mostrar tanta ira ante aquellos marginados. Fue algo que ocurrió solo.

—Pues precisamente por eso —dijo Miecio el Cojo, que era el líder informal de todos los borrachos y jetas de Żabie Doly—. Venimos por ese asunto en concreto, jefe.

El oficial Mazur miró a su alrededor. La vida en aquel pueblo transcurría como de costumbre. En el campo, la cosecha era inmejorable. El olor a cereal se elevaba por el aire. La vida continuaba. Solo él seguía en el mismo punto.

—Pero ¿de qué vais? —dijo el policía airado. No acababa de creerse que aquellas personas repugnantes pudiesen saber algo sobre la muerte de Kamil.

—Jefe, pues el corbatas ese de Brodnica —Miecio el Cojo probablemente se refería a Wiktor Cybulski, dedujo Mazur— ese nuevo rico de Brodnica preguntó si no había alguien que merodease por el piso de arriba.

El borracho señaló la buhardilla, que antes de morir ocupaba la primera víctima, es decir, Kózka. El oficial Grzegorz Mazur sintió una creciente emoción. Se acordó de los juguetes sexuales, que alguien había dejado allí después de la visita de la policía.

—Sí, ¿y qué, Miecio? ¿Visteis a alguien? —preguntó Mazur—. Sin chistes. La dependienta de la tienda no vio nada, y todos sabemos que es una cotilla. Si ella no vio a nadie, es que al piso de Kózka en la parte de arriba no ha entrado ni Dios.

Grzegorz Mazur se esforzó para que su voz no denotase esperanza. No podía dejar ver cuánto le importaba aquella información, o los borrachos de la tienda sabrían sacarle provecho para sus fines.

—Pero ella no se tira aquí todo el día, jefe. Y nosotros, sí —y Miecio el Cojo eructó, mostrando sus dientes, corroídos por la caries. Le faltaban las dos paletas superiores—. Vimos a alguien, así, como quien no quiere la cosa.

—¿A quién visteis entonces?

—No tan rápido, jefe. Primero, la pasta. El subsidio se agota enseguida, y de alguna forma hay que salir adelante.

—¿Cuánto queréis? —preguntó el oficial Mazur, olvidándose de morderse la lengua.

El grupo de borrachos se sumió en una viva discusión.

—Para ti, jefe, serán cien de los grandes. Además, como ahora se cosecha, podemos sacarnos un extra en el campo. Que tus perros no nos lo pongan difícil. Es inútil... En la vida, las personas se las arreglan como pueden. Así, como quien no quiere la cosa.

El oficial Mazur sacó rápidamente la cartera. Al hacerlo, se le cayeron varios panecillos al suelo. Los bollitos rodaron por el asfalto, que tenía partes reventadas. Desde detrás de un arbusto seco saltó un perro vagabundo y pronto agarró un panecillo con sus amarillentas fauces.

—No tengo cien eslotis, pero aquí os dejo cincuenta —dijo febrilmente Grzegorz Mazur. También os puedo prometer lo segundo.

De nuevo los borrachos se sumieron en una discusión.

–Admitido, jefe –dijo por fin Miecio el Cojo.

–Entonces, ¿quién entró en la casa de Kózka?

–Feliks Żukowski. El friqui ese. Llevaba una bolsa. Cuando salió, ya no la llevaba.

–¿El hijo del director de la escuela? –preguntó sorprendido el oficial Grzegorz Mazur.

–Afirmativo. Él merodea todo el tiempo por el pueblo, jefe, y se cree invisible. ¿Es tonto o qué? Aquí, a la entrada de la tienda, lo vemos todo. Es un buen sitio –eructó de nuevo Miecio El Cojo–. Feliks perseguía un poco a Kózka y a Risitas. Pero, sobre todo, a otra persona.

–¿A quién perseguía Feliks? –preguntó abruptamente–. ¿A mi Kamil?

–Afirmativo. Eso también. Pero sobre todo a Bernadeta Augustyniak. Y ahora danos la pasta, que se me reseca la garganta. Hay que matar el gusanillo.

Los ánimos comenzaban a decaer. Pero la mente del oficial Grzegorz Mazur trabajaba rápido. Feliks Żukowski. Y el resto de la lista. Además, otra posibilidad: ¿cuál era el móvil que podía tener Feliks? ¿Habría dejado él los juguetes sexuales de Kózka? ¿Por qué seguía a todas las personas asesinadas? ¿Por qué seguía a Bernadeta Augustyniak, la asistente de su padre? ¿Acaso ella tenía también que morir?

Mazur no estaba seguro de lo que tenía que hacer. ¿Avisar a Bernadeta Augustyniak? ¿Era eso lo más urgente?

17

Colonia Żabie Doły y Brodnica.
Martes, 6 de agosto de 2013, por la tarde

EL INSPECTOR DANIEL Podgórski entró a la sala de interrogatorios número dos de la Comandancia Provincial de la Policía en Brodnica. Él y la comisaria Klementyna Kopp tenían que interrogar al piragüista Marcin Wiśniewski y a la asistente del director del colegio, Bernadeta Augustyniak. El fiscal Czarnecki había dado la orden de arrestarlos inmediatamente por una película *snuff* que la policía había recibido de una fuente desconocida. Lo único que sabían era que el paquete lo había llevado una pareja. Marcin Wiśniewski aparecía en la película en el papel de ejecutor. Bernadeta no aparecía en esa macabra producción, pero era responsable de la misma, al menos, según el autor de la carta anónima. Al mismo tiempo que Daniel y Klementyna realizaban el interrogatorio, el comisario principal Wiktor Cybulski estaba coordinando el registro de la casa de los dos detenidos.

Daniel Podgórski y Klementyna Kopp se sentaron frente al piragüista Marcin Wiśniewski. La comisaria recitó la fórmula inicial con la que empezaban todos los interrogatorios.

–Vale. Bueno. Vienes mucho por aquí últimamente, ¿no, Marcin? –le dijo al hijo del dueño de Valle del Sol.

El chico empezó a temblar ligeramente. Miraba atentamente la superficie metálica de la mesa.

–Soy inocente –dijo en voz baja.

–Espera. Para. Aún no sabes de qué se te acusa exactamente. Pero bueno, no tengas miedo, que enseguida se va a aclarar todo esto. Solo espera un momentito, ¿vale?

La comisaria Klementyna Kopp sacó un portátil y encendió la película *snuff* que la policía había recibido de un remitente anónimo.

—¿Lo reconoces? —preguntó con dureza cuando los gritos de las mujeres violadas llenaron la estancia.

Marcin Wiśniewski se estremeció ligeramente y asintió rápido con la cabeza.

—Bueno, vale. Pero te aconsejo que le eches otro vistazo —dijo tranquilamente la comisaria Klementyna Kopp—. Si colaboras, puede que lleguemos a un acuerdo. Por ahora tu situación tiene muy mala pinta. Antes de que recibiéramos esta película ya era regular, pero ahora estás jodido, como dicen algunos. Yo prefiero no usar ese vocabulario, porque ya tengo una edad. De cualquier manera, estás bien jodido. Creo que eso lo entiendes, ¿no? En esta película tenemos grabado cómo violas a dos de las víctimas y después las atacas con un palo de golf.

El hijo del dueño del centro vacacional, Marcin Wiśniewski, se achantó.

—¿De dónde habéis sacado esa película? —preguntó el joven con voz débil.

El piragüista parecía aterrorizado. Daniel Podgórski sintió, contra su voluntad, cierta dosis de empatía hacia él.

—Tienes más películas como esa, ¿no? —dijo la comisaria Kopp en lugar de responder.

Marcin Wiśniewski suspiró en voz alta. Levantó la mirada de la mesa, como si por fin acabase de tomar una decisión.

—Solo hay una de esas —dijo—. Pero lo hemos pagado caro. Las chicas no fueron lastimadas realmente. Les digo la verdad. Solo era un juego.

—¿Hablas de Kózka y Risitas? —se aseguró Daniel Podgórski.

Marcin asintió con la cabeza.

—¿Y Olga Bednarek participó en esto? —preguntó Daniel. Sentía que era algo fundamental. Hasta el momento Olga Bednarek no se ajustaba a ningún patrón.

–¿Olga? –preguntó Marcin Wiśniewski sorprendido.

–Exacto. Olga Bednarek. ¿También la grabasteis o qué? –preguntó Klementyna Kopp.

Los ojos del piragüista Marcin Wiśniewski se llenaron de lágrimas.

–No, ella no formaba parte de esto en absoluto –aseguró el hijo del dueño del centro vacacional, frenéticamente–. De verdad. Lo juro. Yo no las he matado. Solo grabamos una película porno. Eso no es ilegal. No obligamos a nadie y nadie era menor de edad. Un negocio limpio.

–De eso ya se encargará la Unidad Antivicio –afirmó la comisaria Klementyna Kopp–. Pero bueno, por lo que tengo entendido, tenemos una pequeña regulación en el Código Penal. Me refiero a la sección XXV, artículo 202, apartado tres. Sabes lo que dice, ¿no?

Marcin Wiśniewski volvió a clavar la mirada en la mesa, como si allí estuviese la respuesta.

–Ahí dice que en ese tipo de películas no se puede mostrar violencia –continuó la comisaria Kopp. Su gesto se tornó sombrío–. Creo que no vas a cuestionar que en esa película tan bonita hay mucho de eso, ¿no?

La policía señaló el monitor del ordenador. El joven estaba evitando mirar en esa dirección.

–Solo hay una de esas –dijo de nuevo suplicante Marcin Wiśniewski–. Solo hay una, de verdad. Yo no he matado a nadie. Esa película solo era una broma. Sangre de mentira y una violación fingida. Bernadeta Augustyniak decía que ese tipo de cosas se venden bien. Se trata de un tema nicho y hay muy poco en nuestro mercado. Prácticamente teníamos el monopolio. Eso decía ella.

–Vamos a centrarnos en Bernadeta –dijo Daniel Podgórski–. Más tarde hablaremos de la autenticidad de esas escenas.

El policía no creía a Marcin cuando decía que las escenas estaban representadas. Los gritos desgarradores de las chicas violadas eran demasiado turbadores. Podgórski no creía que alguien pudiera fingir de esa manera. Además, quedaba una escena final, cuando un desconocido clavaba un cuchillo en el pecho del recientemente asesinado Kamil Mazur.

–Exacto –retomó la comisaria Klementyna Kopp–. ¿Cuál era el papel de Bernadeta en todo esto, eh?

–Ella nos filmaba –dijo Marcin sin dudar. Eso es lo que hubiera hecho cualquier amiga solidaria–. Además, lo coordinaba todo conmigo. Ella era la que había montado con mi padre el club de hombres en nuestro centro vacacional. Después yo quise hacer mis proyectos propios, por eso la invité a colaborar en las películas porno. Lo vendíamos juntos. ¡Todo legal! La película que tenéis aquí también está en orden. Todo es fingido. ¡Es una farsa! No es una *snuff* de verdad.

–De acuerdo, vale –soltó Klementyna, y avanzó la película hasta la escena final–. ¿Y qué dices de este final encantador? También es una farsa, ¿no?

En la pantalla aparecía una mano con un guante sosteniendo un cuchillo. El filo se enterró en el cuerpo de Kamil Mazur. Marcin Wiśniewski volvió a apartar la mirada.

–Eso también es una farsa, ¿no? –gritó de nuevo Klementyna Kopp–. Ahora resulta que el socorrista Kamil Mazur está muerto y vosotros tenéis una grabación donde alguien le clava un cuchillo en el corazón. Vuelvo a preguntar: eso también es una farsa, ¿no?

Las lágrimas empezaron a correr por la cara del piragüista Marcin Wiśniewski.

–Sí, se lo juro por lo que más quiera –dijo apagadamente–. Esa película la terminamos hace ya algún tiempo. Todo sucedió después. Yo quería cerrarlo. El domingo por la noche, cuando teníamos la fiesta de despedida en el centro vacacional, Bernadeta Augustyniak y yo lo revisamos todo de nuevo, toda la película. Lo que llamamos posproducción. Reconozco que queríamos promocionar pronto ese *snuff*. Ahora que se habla tanto de este tema, seguro que nos lo compraría alguien. Por eso precisamente no tenía coartada. Me refiero a que no podía decirla.

Sospechaba que ibais a dudar de mí. De cualquier manera, cuando mataron a Kamil Mazur, yo estaba con Bernadeta en mi casa. Corregimos la calidad del vídeo y demás. Cuando acabamos, Bernadeta se fue a casa...

—¿Y? —preguntó Daniel Podgórski. El propio policía se sorprendió de lo agresiva que había sonado esa palabra tan corta.

Marcin Wiśniewski se estremeció ligeramente.

—Bernadeta Augustyniak volvía por la carretera de Lipowo a Żabie Doły. En el puente se topó con el cuerpo de Kamil. Ya estaba muerto —dijo el piragüista en voz baja—. Bernadeta tenía todos los aparatos en el coche, porque se los había llevado a mi casa. Pensó que era una ocasión estupenda. Según ella, ese era el final perfecto para la película. De todas formas Kamil Mazur ya estaba muerto, así que no iba a hacerle daño a nadie. Así me lo contó más tarde por teléfono. Por supuesto que a mí me pareció una idea enfermiza, pero al final me convenció. Al fin y al cabo, se trataba de un cadáver de verdad. Para una película de estas era oro puro. Pudimos haber ganado una fortuna. Sé como suena lo que estoy diciendo, ¡pero era así!

Marcin se echó a llorar otra vez. Apoyó la cabeza en sus manos. Sus brazos se agitaban con los sollozos.

—Aparte del cadáver de Kamil, el resto era fingido. ¡Lo juro! No obligamos a las chicas a nada. Les pagamos bien. ¡Todo es una farsa!

—¿Cómo podemos estar seguros de que esa película no es solo la primera de una saga? Tal vez hay una continuación en la que matáis a estas chicas, ¿no?

—No la hay, lo juro. Seguramente habéis revisado ya mi ordenador. ¡No hay nada allí! Filmamos porno, de acuerdo. ¡Pero eso no es ilegal! ¡No podéis encerrarme!

La comisaria Klementyna Kopp se pasó la mano por el pelo. Daniel Podgórski se percató de que ya le había crecido bastante desde que se lo había rapado al cero.

—De acuerdo, vale. Déjame ver si he entendido bien —dijo la policía, con una inesperada tranquilidad y claridad—. Afirmas

que la asistente del director del colegio, Bernadeta Augustyniak, se topó por casualidad con el cadáver del socorrista Kamil
Mazur, ¿no?

—¡Joder! —maldijo el joven en voz alta.

La palabrota quedó en el aire. La comisaria Klementyna
Kopp y el inspector Daniel Podgórski estaban esperando. Parecía que el piragüista Marcin Wiśniewski quería decir algo
más.

—Quizá Bernadeta Augustyniak los mató a todos —dijo lentamente el muchacho—. Quería que todo fuera tan realista...
¡Joder! ¿Cómo no lo he pensado antes? ¡Tenéis que registrar
su ordenador sin falta!

LA ENFERMERA MILENA Król ya había limpiado toda la casa.
Hasta el más pequeño rincón estaba reluciente y olía a productos desinfectantes. Aunque alguien se empeñase en buscarlo,
no encontraría ni rastro de suciedad. A Jo la tranquilizaba un
poco trabajar, pero aun así las manos le temblaban de los nervios y la cicatriz de Joker parecía latir en su cara.

Cada cierto tiempo Milena miraba fuera de la casa, para
comprobar si seguía allí el coche camuflado de la policía. Volvió a mirar, retirando cuidadosamente el visillo que colgaba en
la ventana de la cocina. La patrulla había desaparecido. ¡No
estaba! Milena Król no sabía si eso era bueno o malo.

Abrió el visillo un poco más. Frente a su edificio de cemento poscomunista se concentraba un grupo de las mujeres
más cotillas de la colonia Żabie Doły. No tenía que salir de casa
para darse cuenta de que algo pasaba en el pueblo. Milena Król
oía a lo lejos las sirenas de policía. Otra vez se echó a temblar.
Tenía que enterarse a toda costa de lo que estaba pasando, pero
salir a la calle era impensable.

Jo no sabía qué hacer. Se le fue la mano involuntariamente
a la cicatriz de la cara. De repente sus ojos vieron el teléfono.
Pues claro, era obvio. Milena Król marcó el número de su madre.

No hablaban con mucha frecuencia. Esa vez Jo tampoco tenía ganas de llamarla, pero no tenía otra salida. Tenía que saber lo que estaba pasando en Żabie Doły.

—Dígame —dijo su madre con voz entrecortada.

La enfermera suspiró en voz alta.

—Hola, mamá.

—¡Milenka! Cómo me alegro de oírte. Oye, se me ha acabado el dinero, ¿podrías prestarme unas monedillas? Creo que no te va mal en la tal Magnolia, ¿verdad? La gente dice que en la clínica puedes hacer una fortuna. Le vas a prestar algo a tu pobre mamá, ¿verdad?

Milena Król volvió a suspirar. Estaba preparada para acceder a cualquier cosa, con tal de llegar al tema que le interesaba.

—De acuerdo —dijo en voz baja—. Te lo presto.

—Estupendo, Milenka. ¡Qué maravilla! ¿Sabes lo que me ha dicho Różniakowa? No te lo vas a creer... ¡Literalmente no te lo vas a creer! ¡De hecho iba a llamarte para contártelo! ¡Estaba agarrando el teléfono y en ese momento me has llamado! ¡Increíble!

Jo estaba a punto de colgar el teléfono. No quería escuchar todo eso. No en ese momento.

—¡Mamá! —interrumpió a su madre con voz temblorosa.

—Dime, Milenka...

—¿Ha pasado algo hoy en el pueblo? —Milena Król se estaba esforzando por que su voz sonase completamente normal—. Me ha parecido oír unas sirenas de policía.

Su madre refunfuñó.

—¡Pero si estoy tratando de contártelo! ¡Pero es que no me escuchas! Hoy ha habido una captura de verdad. ¡Aquí, en Żabie Doły! ¡No te lo vas a creer! Un coche de policía se ha llevado a Bernadeta Augustyniak, esa que ahora es la asistente del director del colegio. La recuerdas, ¿verdad? Ibais juntas a clase en la enseñanza primaria.

—Sí —respondió débilmente Milena. A Jo nunca le había gustado Bernadeta.

Seguramente su madre no se había percatado del cambio en el tono de voz de su hija, ya que continuó con entusiasmo.

–Różniakowa me ha dicho que se han llevado también al piragüista Marcin Wiśniewski, de Valle del Sol. Różniakowa dice que juntos mataron a esas chicas. En común. ¡Mierda! Viene Różniakowa. Tengo que hablar con ella. Cuelgo. ¡Adiós!

Milena Król se quedó un rato con el auricular en la mano. ¿Puede que estuviese equivocada en todo? ¿Puede que no fuese así en absoluto? Kózka, Risitas y Olga Bednarek estaban muertas. También estaba muerto Kamil Mazur. La policía había detenido a Bernadeta Augustyniak y a Marcin Wiśniewski. ¿Quién más faltaba? No tenía que hacer las cuentas para saberlo. El corazón le latía cada vez más fuerte. La adrenalina estallaba en sus venas.

Esperaría hasta el día siguiente. Solo hasta el día siguiente.

EL COMISARIO PRINCIPAL Wiktor Cybulski se quedó detrás de Marian Ludek, el mejor informático de la Comandancia Provincial de Policía en Brodnica. Alrededor, los ordenadores funcionaban haciendo ruido. Otros especialistas estaban trabajando en ellos.

–Ya he revisado el ordenador de Marcin Wiśniewski –aclaró el informático Marian Ludek–. Efectivamente hay mucha pornografía de producción propia. En general está bien hecha. Marcin Wiśniewski tenía varios programas buenos para editar películas. De entrada puedo decirte que todos los programas eran legales. No podemos agarrarnos ahí. Tomaron precauciones.

Wiktor Cybulski miró al informático cautelosamente. Marian Ludek era el claro ejemplo del *hacker* enamorado de los ordenadores. Tenía el rostro pálido y ligeramente hundido, y los ojos escondidos tras unas gafas de cristal grueso. Hablaba con un ligero deje, como si procediese de algún lugar cerca de la frontera con Ucrania.

–Estamos hablando de unas inocentes películas o... –Wiktor no terminó.

El comisario principal no sabía mucho de esas cosas. Nunca había sentido la necesidad de ver cómo otros practicaban sexo. Ni siquiera sentía la necesidad de practicarlo él mismo, para ser honesto. Apreciaba la cercanía de su esposa, pero la mera idea del sexo... No lo necesitaba. Y se sentía bien al respecto. Żaneta parecía aceptarlo. Pero ¿tal vez por eso se había acercado a Eryk Żukowski?

–Hablamos más bien de porno duro –afirmó Marian Ludek, sin precisar a qué se refería–. Se lo pasaré a Maks Kania, de la Unidad Antivicio, pero me parece que en el ordenador de Marcin Wiśniewski realmente no hay nada a lo que agarrarse. Desde el punto de vista del derecho penal.

–¿Has encontrado películas de asesinatos? –preguntó Wiktor con esperanza.

El informático negó con la cabeza.

–Aparte de lo que ya tenéis, no he encontrado nada nuevo. Ah, bueno, una cosa curiosa.

–¿A qué te refieres?

–A la película que recibisteis en un CD de forma anónima –precisó Marian Ludek–. El piragüista Marcin Wiśniewski también la tenía en su ordenador, pero en su versión faltaba el final donde le clavan un cuchillo en el pecho al cadáver.

Wiktor Cybulski suspiró.

–Puede que Marcin esté diciendo la verdad y que Bernadeta Augustyniak lo grabara sola. ¿Y qué hay de su ordenador? –preguntó el comisario principal con tono de resignación–. Hemos intentado hablar con ella, pero no quiere decir nada sin la presencia de su abogado, así que estamos esperando a que llegue su defensor.

–En el portátil de Bernadeta he encontrado las mismas películas que en el de Marcin. La única diferencia es que el *snuff* tiene la escena final en la que clavan el cuchillo. Así que, por lo visto, efectivamente Bernadeta Augustyniak es quien agregó ese macabro final. Sin la ayuda de Marcin Wiśniewski.

–Entonces, ¿Bernadeta tampoco tiene más películas como esa?

El informático Marian Ludek volvió a negar con la cabeza.

–No, pero siempre cabe la posibilidad de que guardase películas más fuertes en un disco externo o en otro ordenador.

Esta vez fue el comisario principal el que negó con la cabeza.

–No hemos encontrado nada de eso en su casa. Vamos a seguir buscando. Tal vez encontremos algo mientras tanto –dijo desanimado Wiktor–. Así que, como decía Antoine de Saint-Exupéry, no pierdas nunca la paciencia, esa es la última llave que abre la puerta.

Wiktor Cybulski se repetía esas sabias palabras, pero empezaba poco a poco a perder la paciencia y a dejarse llevar por la frustración. Quería resolver ya el caso del Asesino de Vírgenes. Era gracioso, a Wiktor ya no le molestaba ese alias tan pretencioso con el que la prensa sensacionalista había bautizado al asesino. ¡Bah! Hasta él había empezado a llamarlo así. Cybulski quería acabar de una vez con el caso del Asesino de Vírgenes. Al policía de Brodnica le rondaba una extraña inseguridad, y a la mente le venían unos pensamientos desagradables que prefería no concretar. ¿Cuál era el papel de Żaneta en todo eso? ¿Acaso tenía un papel?

–Muchas gracias por tu ayuda, Marian –dijo Cybulski antes de salir al pasillo.

Los pensamientos de Wiktor volvieron a la investigación. Cuando registraron la casa de la asistente del director del colegio de Żabie Doły, Bernadeta Augustyniak, Cybulski se percató de que la joven había hecho las maletas. Como si estuviera preparada para huir. Puede que estuviera esperando la llegada de la policía, pero aún así, no tan rápido. Incluso eso parecía sospechoso ya. ¿Por qué huiría alguien inocente?

El comisario principal Cybulski siguió pensando que también habían encontrado un paralizador en casa de Bernadeta. La joven lo llevaba en el bolso. El Asesino de Vírgenes usó un paralizador todas las veces. Las marcas eran visibles en los cuerpos de las cuatro víctimas. Bernadeta era una mujer menuda. Tal vez así le era más fácil someter a las víctimas. ¿Podía ser que el móvil de los asesinatos de Lipowo y Żabie Doły fuera el dinero? De hecho, era uno de los móviles más comunes en todos los crímenes. ¿Era posible que el caso fuese así de sencillo? Bernadeta Augustyniak quería grabar una verdadera película *snuff* y venderla por un montón de dinero, por eso mató a las víctimas una por una. ¿Era eso posible? Sería bueno que Bernadeta empezase a hablar. Lo de esperar al abogado era frustrante.

El comisario principal Wiktor Cybulski salió al parking que estaba frente a la Comandancia Provincial de Brodnica y se metió en el Ford Mondeo plateado que usaba normalmente. El policía se ajustó las gafas y reconoció que todo encajaba. No podía haber lugar para Żaneta en aquel rompecabezas. ¿Qué estaba dispuesto a hacer en caso de que su mujer estuviese metida en todo eso? ¿Qué estaba dispuesto a hacer para protegerla?

Żaneta Cybulska sentía que debía apoyarlo. Siempre y en todo momento. De hecho, la relación dependía de eso. También debía apoyarlo en cada decisión. Incluso en la más difícil. Por eso hizo lo que hizo. Puso en riesgo su posición de profesora respetada, puso en riesgo su matrimonio con Wiktor. ¡Mierda! También había puesto en riesgo su libertad. ¡Eso no era un juego!

Żaneta había hecho lo que había hecho, y no había vuelta atrás. Era demasiado tarde para lamentarse. Debía continuar hacia delante. Con él. Sentía curiosidad por lo que diría Wiktor de todo eso. Se rio para sus adentros. Seguramente mantendría su tranquilidad pétrea, como de costumbre. A pesar de todo le gustaba su calma y control sobre sí mismo, su predictibilidad. ¿Sería que por eso seguían juntos?

Tranquila. Żaneta Cybulska debía mantenerse tranquila. Incluso en esos momentos en que tal vez había cometido un error realmente grave. Acababa de hablar del tema con él. Parecía satisfecho con el curso de los acontecimientos. Al menos él. Ella por dentro estaba temblando.

Él. Su nombre nunca lo pronunciaba en voz alta ni aunque estuviese sola. Aunque una vez casi lo dijo. Tal vez fue con Weronika Nowakowska, montando a caballo. Le gustaba hablar con ella. Casi tanto como con Julia Zdrojewska. Al fin y al cabo tenía sentido, ya que las dos eran psicólogas. Żaneta Cybulska no sabía qué era lo que le atraía tanto de Weronika y Julia. Como la luz a los mosquitos. A pesar de que ellas podían resultar peligrosas. ¿Acaso Julia y Weronika podían reconocer la verdad en unas cuantas palabras? ¿Acaso alguna de las dos se lo diría a Wiktor entonces?

Żaneta Cybulska se fue a la cocina. Wiktor aún no había vuelto del trabajo. De buena gana podía invadir el reino de su marido y prepararle la cena. Al menos eso podía echárselo en cara su esposo.

Bajó al sótano, donde estaba su taller de escultura. Ese era su reino. Wiktor no tenía acceso, aunque también guardaban allí el vino. Ella pagaba la casa, así que podía decidirlo.

Atravesó el taller. Trató de no ver el desorden que había. Se acercó a la estantería de los vinos. Eligió una botella de *pinot noir*, un Sanctuary Grove Mill del 2004. Era el primer *pinot noir* de aquella bodega. Le gustaba mucho. Aún quedaban algunas botellas. El vino tenía un intenso aroma a cereza y chocolate amargo. Su vivo color rojo le recordaba el color de la sangre.

Żaneta se estremeció, dejando la botella en su sitio. Se le habían quitado las ganas de un vino tinto. Eligió un *chardonnay*. De todos modos pensaba preparar unas vieiras en salsa de nata. El *chardonnay* quedaba perfecto con ese plato.

¿Qué haría Wiktor si se enterase? La pregunta no obtuvo respuesta.

HABÍA ACABADO EL séptimo día de investigación. Daniel Podgórski apenas podía creer que justo una semana atrás habían encontrado el cuerpo de Beata Wesołowska. Daria Kozłowska había desaparecido un día antes. Habían pasado tantas cosas en esos días, que el policía de Lipowo tenía la sensación de que había pasado mucho más tiempo. Daniel se sentía cansado. Hasta el momento no había tenido prácticamente ni un minuto libre. Esa mañana se había levantado y había ido directamente a la Comandancia Provincial de Brodnica. Volvió por la noche y ya no le quedó tiempo para nada. Echaba de menos a sus compañeros de la comisaría de Lipowo. Eran como una familia para él. En otro orden de cosas, se alegraba de que su relación con Weronika hubiese vuelto a la normalidad, al menos por el momento.

Daniel Podgórski salió del edificio de la Comandancia Provincial y se metió en el supermercado de al lado. En los últimos días se había dejado ver bastante por allí. Ese día quería comprar algo especial. Iba a pasar la noche a solas con Weronika. Quería hablar seriamente con ella sobre su futuro en común, quizá también un poco sobre lo ocurrido entre ellos en los últimos días. Su relación con Weronika, eso es en lo que quería concentrarse Podgórski. Era importante. Tenía esa sensación, sobre todo desde que había visitado la soledad de la comisaria Klementyna Kopp.

A pesar de todo, Daniel tampoco podía dejar de pensar en el caso del Asesino de Vírgenes. Todo el tiempo tenía la sensación de que se le estaba escapando algo, como si la respuesta a todas las preguntas estuviese delante de sus ojos pero no pudieran verla. Tal vez estaban viendo todo desde un ángulo equivocado. El problema era que Podgórski aún no sabía desde qué ángulo, concretamente, debían mirarlo.

El policía cogió una cesta roja con el logo del súper y fue a la sección de frutas y verduras, que estaba justo al principio de la tienda. La fruta allí no era ni tan bonita ni tan fresca como en el mercado de la plaza, pero tampoco era del todo mala. Daniel Podgórski observó minuciosamente las sabrosas uvas. No estaba seguro de lo que quería comprar exactamente. Siguió buscando algo con lo que pudiera lucirse esa noche. No tenía nada que ocultar, quería impresionar a Weronika. Como fuese. Sin embargo, cada vez era más consciente de que nunca iba a cumplir las expectativas de Nowakowska. ¿Quizá, a pesar de todo, no encajaban el uno con el otro? ¿Tal vez debería conocer a alguien de Lipowo? ¿Acaso había apuntado demasiado alto tratando de tener una relación con la psicóloga pelirroja de Varsovia?

Daniel Podgórski pasó por la sección de dulces. Luchó consigo mismo un momento, pero acabó cogiendo un paquete de bollos. Miró su barriga rechoncha, que se marcaba claramente bajo la camisa del uniforme de verano. Todos tenemos nuestra debilidad. Unos beben, otros fuman. Para él, el origen de la felicidad radicaba en la comida. ¿Qué se le iba a hacer? Tal vez no todos tuvieran que ser delgados o tener un cuerpo atlético. El mundo también necesitaba hombres como él.

–¿Daniel?

Podgórski se giró sorprendido. El paquete de bollos con relleno de crema se le cayó al suelo. En el pasillo estaba Weronika Nowakowska sonriéndole. Inmediatamente Daniel sintió que le invadía un calor agradable.

–¡Weronika! ¿Qué haces tú aquí? –preguntó mientras le daba un beso en la frente.

–He venido a hacer unas compras para esta noche, pero veo que hemos tenido la misma idea. Me dijiste que teníamos que hablar hoy. Sonaba importante –dijo Nowakowska–. ¿Vienes de la comandancia?

Daniel asintió. De repente sintió que no era el mejor momento para hablar seriamente de su relación. Primero tenía que resolver el caso de los cuatro asesinatos. Debía coger al toro por los cuernos, en esos momentos no podía sacarse de la cabeza el caso del Asesino de Vírgenes. Podgórski no quería confesarlo, pero en el fondo el problema también era que, inconscientemente, le daba un poco de miedo esa importante conversación con Weronika. ¿Quién sabía cómo iba a acabar? Tal vez en lugar de hablar de eso, Weronika pudiera ayudarle a ver la investigación desde otro punto de vista. Tal vez un enfoque nuevo del caso los llevase por fin a algún avance.

–¿Te apetece que vayamos por el parque? –propuso Podgórski.

Era consciente de que en realidad no debía hablar con Weronika de los detalles del caso, pero, como alguna vez dijo la comisaria Klementyna Kopp, las normas están para romperlas. Así que Daniel no iba a preocuparse demasiado.

–Claro –replicó Weronika, mirando a Daniel sorprendida.

Dejaron las cestas en el súper y salieron a la calle. Caminaban con paso relajado en dirección al parque que estaba junto a las ruinas del castillo teutón.

–No puedo dejar de pensar en la investigación –comenzó Daniel.

Los ojos de Weronika brillaron del entusiasmo. Podgórski sabía perfectamente que le encantaban esas cosas. Tenía las estanterías llenas de novelas policíacas. Era raro que hasta entonces no hubiera intentado trabajar en la policía.

Podgórski le contó todo por orden a Nowakowska, moviendo las manos durante el relato. Por un momento dudó de si debía revelar el secreto que le había contado la comisaria Kopp. Finalmente decidió reservarse ese detalle por el momento. No creía que a Klementyna le gustase que nadie supiera su secreto.

–¿Quién os envió la película? –preguntó Weronika cuando el policía de Lipowo terminó su relato.

–Un chico recibió el paquete de manos de una pareja que seguimos sin poder identificar. Aún no sabemos quiénes pueden ser –reconoció Daniel–. De todas formas, creo que el fiscal Czarnecki le ha restado importancia a esa cuestión demasiado pronto.

Weronika Nowakowska miraba al policía atentamente.

–¿A qué te refieres?

Daniel se encogió de hombros.

–Aparentemente todo encaja –dijo gesticulando enérgicamente–. La asistente del director del colegio, Bernadeta Augustyniak, quería filmar una película *snuff*. Así que mató a sus actrices, es decir, Kózka y Risitas, y a uno de los actores, o sea, Kamil Mazur. Pero, en ese caso, ¿qué pasa con Olga Bednarek? ¡Precisamente ella no sale en la película que nos enviaron anónimamente, ni en ninguna de las grabaciones de los ordenadores de Marcin y Bernadeta!

Caminaron un rato en silencio. Se cruzaron con una pareja de ancianos que iban cogidos de la mano. Daniel los miró con un poco de nostalgia. Soñaba con encontrar una mujer con la que pasar el resto de su vida. ¿Acaso sería Weronika Nowakowska?

–Además, en el ordenador de Bernadeta Augustyniak no había grabaciones de los asesinatos en sí–continuó Podgórski, cuando ya había pasado la pareja de ancianos–. Solo tenemos esa película en la que violan a Kózka y Risitas. El final en el que clavan un cuchillo en el pecho de Kamil Mazur no es suficiente para acusar a Bernadeta Augustyniak de un asesinato múltiple. Prácticamente no tenemos pruebas de que lo haya podido hacer ella. ¿Quién nos envió esa película? ¡Esa pregunta me está quitando el sueño!

–¿Crees que la ha enviado el asesino? –planteó Weronika–. ¿Crees que tal vez haya querido despistaros? Pero has dicho que fueron dos personas las que le dieron el paquete al chico. Si el asesino es un hombre, ¿quién era entonces su acompañante?

Daniel Podgórski abrió las manos en un gesto de impotencia.

–No lo sé. Ya no sé nada.

Nowakowska se abrazó a Daniel. Quizá se había percatado de la frustración que invadía al policía. Podgórski volvió a sentir esa agradable sensación de calor.

–Espera. Vamos a pensar poco a poco –propuso Weronika con seriedad–. Si la película la envió el asesino, ¿de dónde la había sacado? ¿Y por qué iba a hacerlo?

Continuaron caminando lentamente. El césped del parque estaba recién cortado y en el ambiente flotaba un agradable olor. El agua del río Drwęca tintineaba suavemente. En la tierra reinaba una maravillosa tranquilidad, pero el cielo amenazaba tormenta. El pronóstico del tiempo advertía que habría tormentas la mayor parte del día, pero las nubes habían empezado a acumularse. Daniel se alegró para sus adentros. La lluvia refrescaría un poco las aceras recalentadas.

–¿El asesino quiere despistarnos? –repitió de nuevo el policía–. ¿Tal vez quiera echarle la culpa a Bernadeta Augustyniak y Marcin Wiśniewski para que centremos nuestra atención en ellos?

–Pero ¿cómo iba a saber siquiera que existía esa película?

–Tú misma sabes que aquí las noticias vuelan. En la colonia Żabie Doły seguramente pasa lo mismo.

Weronika negó con la cabeza.

–Esta vez no –afirmó–. De hecho vosotros no sabíais nada. Ni de la prostitución de Valle del Sol, ni de que Marcin y Bernadeta grababan películas porno. El dueño del centro vacacional y su hijo supieron ocultarlo muy bien. ¿Cómo podía saber todo esto la persona que os envió la película?

–Tendría que ser alguien de su círculo cercano –pensó en voz alta Daniel Podgórski–. Solo hay algo que no me deja tranquilo.

–¡Suéltalo!

Llegaron a la caseta de los helados y se compraron uno de tres bolas para cada uno. Ya sería momento de empezar la dieta más adelante. También hacían falta en el mundo hombres como él, se animaba.

–No sé de qué manera encaja aquí Olga Bednarek –dijo, volviendo al tema–. Algo me dice que ella es una figura clave aquí. ¡Solo que aún no sé por qué! Le doy todas las vueltas posibles y Olga Bednarek sigue sin encajar en absoluto. No era novia del piragüista Marcin Wiśniewski ni del socorrista Kamil Mazur, como era el caso de Kózka y Risitas. Olga tampoco trabajaba en el centro vacacional, como las otras chicas. Tampoco formaba parte de la red de prostitución de Valle del Sol, ni de la grabación de películas porno. Al menos por lo que sabemos. ¡Olga Bednarek nunca encaja! ¿Por qué la mataron?

Weronika Nowakowska mordió el barquillo del helado ensimismada.

–Por lo que cuentas, lo único que realmente la une al resto de víctimas es que todos iban a la misma clase de la escuela primaria de la colonia Żabie Doły.

Podgórski asintió rápidamente.

–Exactamente. Los cuatro iban a la misma clase. Solo que eso sucedió hace mucho tiempo. Entonces eran unos niños. Cualquier cosa que hubiera pasado entonces, ¿podría tener alguna importancia ahora?

–Debes recordar lo que sucedió el pasado invierno en Lipowo. A veces una historia del pasado deja huellas que perduran –afirmó solemnemente Weronika–. ¿Y cómo entra ahí en juego el tema de los tres monos sabios y la amputación de diferentes partes de la cara y el cuerpo? Tal vez no deberíamos olvidarlo.

Daniel Podgórski volvió a pensar en el secreto que le había contado la comisaria Klementyna Kopp. Los tres monos sabios. ¿Realmente quería el asesino indicarles algo o solo estaba jugando con Klementyna? ¿Qué papel desempeñaban *Mizaru*, *Kikazaru* e *Iwazaru* en toda esta historia?

18

EL INSPECTOR DANIEL Podgórski cruzó las manos sobre el pecho. Tenía la impresión de que el interrogatorio de Bernadeta Augustyniak se alargaba eternamente. Casi prefería no mirar al reloj. La joven evitaba responder a la mayor parte de las preguntas, a pesar de los esfuerzos del fiscal Jacek Czarnecki y de la comisaria Klementyna Kopp, quienes dirigían aquel interrogatorio.

Daniel contemplaba los esfuerzos de sus colegas desde detrás de un espejo veneciano. Por su parte, el comisario principal Wiktor Cybulski observaba el interrogatorio tan concentrado, que no le prestaba mayor atención a Podgórski. De la expresión de su cara era difícil interpretar qué pensaba exactamente de todo el asunto. Parecía como si el elegante policía de Brodnica se hubiese encerrado en sí mismo.

—Soy inocente —dijo Bernadeta Augustyniak una vez más—. Yo no he participado en nada. No tenéis ni media prueba contra mí.

—En el rodaje de películas pornográficas su participación es segura. Tenemos la confesión de Marcin Wiśniewski, más la carta que recibimos... Le pido que deje ya de fingir —dijo un enervado fiscal Czarnecki. Y en su carnoso rostro aparecieron gotas de sudor.

Bernadeta Augustyniak sonrió de forma desagradable.

—No tiene nada. Yo no aparezco en esas películas. No estoy en ninguna grabación.

–Alguien tenía que sujetar la cámara –espetó el fiscal.

–¿Y por qué iba a ser yo? –preguntó Bernadeta Augustyniak con insolencia. Este nuevo tono no pegaba con su cortés atuendo.

–Tenemos la confesión de Marcin Wiśniewski, más la carta –repitió el fiscal Jacek Czarnecki.

–Pues no es más que su palabra contra la mía –afirmó con tranquilidad la asistente del director–. Perdóneme, señor fiscal, pero usted mismo sabe que no tienen pruebas suficientes ni siquiera para considerar que yo participase en la realización de esas películas, y, desde luego, no me pueden acusar de asesinato, eso seguro. Usted lo sabe muy bien. No hay ningún motivo para que me retenga más tiempo. Todo lo que tienen son pruebas circunstanciales que no valen nada. Y eso en el mejor de los casos. Alégrense de que no los denuncie por difamación.

El fiscal respiró pesadamente. Por su parte, la comisaria Klementyna Kopp permanecía hasta el momento sentada en silencio. En su rostro se dibujó un rictus lúgubre. Mientras que en la cara de Bernadeta Augustyniak apareció una fría sonrisa triunfal.

–Bueno, vale. Pero... tenías esas películas en tu ordenador –intervino por primera vez Klementyna.

–No es ningún crimen. Todos tenemos derecho a nuestra intimidad. No podéis juzgar lo que me gusta ver en mi tiempo libre. Son cosas privadas.

–Tranquila. ¿Podrías decirnos cómo es que tienes esta película, ya que no interviniste en su realización? –siguió preguntando Klementyna Kopp con tono de charla distendida–. Me interesa particularmente la película *snuff* que recibimos.

–Que recibieron de alguna fuente muy dudosa –se molestó Bernadeta. La vena de su sien comenzó a vibrar levemente.

–Tranquila. Lo podemos llamar una fuente dudosa –acordó solícita la policía–. A mí no me molesta. ¡Pero...! Esa fuente te señala a ti como autora de un asesinato múltiple. Cierto es que aún nos falta probarlo. Es tu palabra contra la suya, como tú dices. Primero leímos la carta. Ahora estamos hablando contigo para conocer tu versión de los hechos. Luego quisiera hablar nuevamente con la fuente dudosa. El problema es que no sabemos quién es la persona que nos envió la película. Igual tú podrías ayudarnos, ¿no?

Bernadeta Augustyniak miró a la comisaria Kopp indecisa.

–No lo sé –dijo la joven lentamente.

–¿Cómo que no sabes? Perdona, pero suena estúpido –afirmó Klementyna, peinándose con la mano–. De verdad que suena estúpido.

Daniel Podgórski percibió por primera vez que el pelo de la comisaria Kopp tenía un bonito tono grafito, y le intrigó el aspecto que habría tenido cuando era más joven.

–Suena como suena –repuso la asistente del director de la escuela–. Cómo voy a saber yo quién se lo ha enviado. Su trabajo es averiguarlo, no el mío.

El abogado que acompañaba a Bernadeta le susurró algo al oído. El discreto intercambio de frases se prolongó durante varios minutos.

–Quizá sí sepa quién pudo hacerlo –dijo al final Bernadeta, mirando atentamente a la policía.

Tanto el fiscal Jacek Czarnecki como la comisaria Klementyna Kopp miraron expectantes a la joven. Al otro lado del espejo veneciano, el inspector Daniel Podgórski y el comisario principal Wiktor Cybulski también clavaron su mirada intensamente en Bernadeta Augustyniak, a pesar de que la joven no los podía ver.

Bernadeta sonrió, satisfecha del efecto de sus palabras.

–Feliks Żukowski –dijo, como si eso lo explicase todo.

–¿El hijo del director de escuela de la colonia Żabie Doły? –se cercioró el fiscal. Una nota de extrañeza resonaba en su voz.

La asistente del director asintió absorta con la cabeza. Por un instante la expresión de autosatisfacción desapareció de su rostro.

–Feliks me sigue desde hace un tiempo. Quizá piense que no me he dado cuenta, pero el pobre lo hace de manera muy torpe. Decidí no estropearle ese placer –explicó con tranquilidad Bernadeta–. Sospecho que fue Feliks quien se coló en mi vivienda. Aquella noche, cuando volví a mi casa la ventana estaba abierta. Feliks Żukowski pudo haber entrado a través de ella y llevarse la película.

–¿Y por qué tiene que ser Feliks? –preguntó el fiscal Czarnecki–. Perdone usted, pero no suena muy convincente.

Bernadeta suspiró silenciosamente.

–Feliks Żukowski me odia desde hace mucho tiempo –explicó–. Él cree que es listo y que yo no sé nada, pero lo he visto. Ni siquiera fue difícil, la verdad. Es un individuo bastante patético. Sentía compasión por él, así que no intervine. En cualquier caso, Feliks no desaprovechará ninguna ocasión para vengarse de mí.

–Porque tiene un motivo, ¿verdad? –preguntó dulcemente la comisaria Klementyna Kopp

Bernadeta Augustyniak se encogió de hombros.

–Se podría decir que ese odio se remonta a los tiempos de la enseñanza primaria. Como ustedes ya seguramente sabrán, íbamos a la misma clase en Żabie Doły

–¿Y qué ocurrió exactamente en la escuela? –interrumpió el fiscal Jacek Czarnecki.

–Feliks siempre envidió que su padre, es decir, el director de la escuela, Eryk Żukowski, me atendiera más a mí que a él –les informó con tranquilidad Bernadeta Augustyniak–. Y así era, pero es difícil escandalizar al director Żukowski. Yo era una persona capaz y Feliks, el prototipo de perdedor. Hay muchas personas que piensan que Feliks es anormal o, si no, que tiene un retraso en su desarrollo. Ni siquiera su propio padre tiene ganas de pasar mucho tiempo con él. Feliks está siempre al margen y solo. En un momento dado intentó colarse y llevarse el paquete, pero no le sirvió de nada. ¿Quieren saber qué es lo que pienso?

–Habla sin rodeos –espetó Klementyna Kopp con un sigiloso suspiro.

—Es Félix quien asesinó a todas esas personas. Ese es el «paquete» que yo mencionaba —la asistenta del director de escuela hizo con los dedos el signo de las comillas—. Incluía a todas las chicas asesinadas, a Kózka, Risitas y Olga Bednarek. También a Kamil Mazur. Ahora ninguno de ellos está vivo. Me temo que yo también estoy en riesgo. Feliks no es normal, en serio. Pueden preguntárselo a cualquier persona de nuestra colonia Żabie Doły. Todos se lo confirmarán.

—Tranquila. Pero ¿por qué habría de asesinar Feliks Żukowski? Tus explicaciones me siguen pareciendo bastante vagas.

Bernadeta miró a Klementyna con irritación.

—Ya lo he dicho —dijo entre dientes la joven—. El odio. Feliks Żukowski se quiere vengar de todos nosotros. De ahí los asesinatos.

—No suena demasiado convincente, la verdad —suspiró de nuevo el fiscal Jacek Czarnecki—. Si quiere que la creamos, tendrá que darnos algo mejor.

De repente, el teléfono del comisario principal Wiktor Cybulski vibró. Daniel se preguntó si las personas reunidas en la sala de interrogatorios número dos, tras el espejo veneciano, también lo habían oído. El teléfono tenía un tono moderado, pero persistente.

Wiktor Cybulski habló durante un instante, y Daniel Podgórski percibió cómo la expresión del rostro del comisario cambiaba gradualmente.

—Interrumpimos de momento el interrogatorio —soltó Cybulski—. Nos vamos a la colonia de Żabie Doły.

EL PIRAGÜISTA MARCIN Wiśniewski recorrió su cabeza con la mano. Seguía sin poder reconocerse sin rastras. Se sentía calvo, a pesar de que tenía sobre la cabeza una corta y oscura cabellera. Ahora miraba al mundo entre rejas. Estaba retenido temporalmente, puesto que las pruebas indicaban «una gran probabilidad» de que hubiese cometido un crimen.

Marcin no estaba totalmente seguro de cómo había podido consentir esa situación. Si todo parecía una idea redonda... Los negocios extras de su padre en el centro vacacional Valle del Sol proporcionaban unos beneficios nada desdeñables, y las películas pornográficas, que había empezado a rodar con Bernadeta Augustyniak, también se vendían bien. ¡Pero a Marcin le seguía sabiendo a poco! Quería más y más, y ahí tenía los efectos. Estaba retenido temporalmente. Se trataba de la habitual instrucción policial, además de la de la policía científica. Al hijo del propietario del centro vacacional le quedaba únicamente la esperanza de que el abogado que le había buscado su padre, de alguna forma, lo sacase del asunto. Sabía que Szymon Wiśniewski había vuelto ya a casa. A Marcin tampoco lo podían retener allí eternamente.

El joven miró con desgana los barrotes de su pequeña celda. Hacían que le embargasen pensamientos aún más negros y lúgubres. Marcin Wiśniewski sentía curiosidad por lo que en ese momento pudiese pensar Bernadeta Augustyniak. La asistente del director era peligrosa y escurridiza. Sabía manejarse en cualquier situación. Él debería haberlo comprendido mucho antes. No era una buena idea hacer negocios con ella. Marcin Wiśniewski habría hecho cualquier cosa por que el tiempo retrocediese.

Prácticamente no se movía el aire en la celda. El joven sentía nostalgia de la brisa que corría sobre el lago Bachotek. Echaba de menos su pequeño puesto de alquiler de kayaks junto a la zona de baño. Incluso echaba en falta aquello que antes odiaba, las obligaciones. Tenía curiosidad por saber si todos los visitantes de Valle del Sol habían huido, o si una parte al menos se había quedado. De momento no tenía contacto con su padre; la policía no se lo permitía.

El piragüista Marcin Wiśniewski se sentó con mayor comodidad sobre la litera. Quedaba la pregunta de quién era el asesino. Era una pregunta difícil. Marcin Wiśniewski podía estar seguro de una cosa: él no había sido. Eso era lo principal.

El piragüista intentó recordar cuándo había sido la última vez que había visto a cada una de las víctimas. Kózka... Habían roto, pero ella seguía viniendo a Valle del Sol. Tenía varios clientes fijos y no podía renunciar a ellos. Además seguía rodando las películas. Risitas... La tarde en la que murió habían rodado varias escenas, antes de que se marchase a casa, o, para ser exactos, a morir. Olga Bednarek... Entonces, cuando habían hablado de dinero delante de la tienda, en broma le había propuesto un préstamo. Ella había florecido en Varsovia. Un momento, ¿cuándo había ocurrido exactamente? Probablemente a mediados de julio. Decía que tenía una fuente de ingresos y que sorteaba los problemas. No quería hablar con Marcin. El socorrista Kamil Mazur... Sobre su amigo, Marcin prefería no pensar siquiera.

—La comida —le informó el celador, y le dio al muchacho una bandeja de contenido indefinible.

Al piragüista Marcin Wiśniewski le habría gustado saber cuánto tiempo le tocaría estar allí arrestado. Suspiró sonoramente. «Yo no he matado a nadie. ¡No soy yo! Lo juro.»

LA COMISARIA KLEMENTYNA Kopp intentaba no prestar atención a las miradas que le lanzaban todos. Desde los policías rasos de la planta baja de la Comandancia Provincial de la Policía de Brodnica hasta el comisario principal Wiktor Cybulski y el fiscal Jacek Czarnecki. Le lanzaban miradas inquisitivas, sin ni siquiera disimularlo. Klementyna se había acostumbrado ya a esas miradas, aunque resultaban tan incómodas que la agobiaban. Probablemente ya se habían propagado por toda la colonia de Valle del Sol las habladurías sobre su comportamiento tan infantil con Weronika Nowakowska. Klementyna estaría encantada de borrar ese suceso de su vida, pero eso ya era imposible, por supuesto. Se había comportado como una adolescente. «¡Eres una vieja cómica, Kopp! Y eso ya nadie lo puede cambiar.»

Cuando el comisario Wiktor Cybulski interrumpió el interrogatorio de Bernadeta Augustyniak diciendo que tenían que ir a la colonia de Żabie Doły, Klementyna respiró aliviada. Tenía ya ganas de salir de la sala de interrogatorios. El careo con la asistente del director de la escuela no llevaba a ninguna parte. Bernadeta se resistía como una jabata. Sabía que las pruebas eran insuficientes y le sacaba el mayor de los provechos. Sin embargo, al final les había soltado el nombre de Feliks Żukowski. Como el que comparte las sobras. La teoría de Bernadeta sobre los posibles móviles de Feliks no sonaba convincente. Al menos, cuando todavía Wiktor Cybulski no había recibido la llamada de la enfermera Milena Król.

Llegaron a los bloques comunistas de la colonia Żabie Doły con el pequeño Skoda negro de Klementyna Kopp. La comisaria prefería conducir ella misma a que alguien la acercase. Wiktor se sentó atrás, y Daniel al lado de Klementyna, en el asiento del copiloto. Sentía la presencia de Podgórski de forma dolorosa, a pesar de que había decidido tajantemente que terminaría con aquellas estupideces de una vez por todas. En un momento de debilidad le había hablado de los tres monos sabios, y eso que hasta el momento no le había confesado a nadie su secreto.

La enfermera de la clínica privada Magnolia, Milena Król, vivía en un bloque de hormigón de dos plantas, como la mayoría de los habitantes de Żabie Doły. Klementyna Kopp tuvo que reconocer que el edificio tenía un aspecto bastante raro, repleto de placas y antenas parabólicas prácticamente en cada balcón y en cada ventana.

La comisaria Kopp llamó con decisión a la puerta. La enfermera les abrió sin decir palabra, parecía nerviosa. Klementyna se fijó en la cicatriz de la cara de la joven. Se dio cuenta de que tampoco Wiktor ni Daniel podían apartar los ojos de la marca. Esta ensanchaba varios centímetros la sonrisa de Milena, retorciendo su boca con una perturbadora mueca digna del Joker.

Seguramente la enfermera se daba cuenta de sus miradas, porque se llevó la mano a la cara y, con más firmeza, cubrió con su cabello la mejilla. Klementyna Kopp sintió una especie de comprensión tácita por Milena Król. La joven debía de saber lo que era sentir a cada paso las miradas ajenas. Ojos que se clavaban en ella cada vez que salía de casa. Ojos que creían entenderlo todo, cuando no sabían nada. Ojos que juzgaban, ojos arrogantes. Ojos que querían ayudar y ojos que odiaban. Ojos que provocaban que te empezaras a esconder tras el muro de los tatuajes, para que así nadie pudiese advertir tu interior ni tu sufrimiento.

La policía Klementyna Kopp miró entonces al comisario principal Wiktor Cybulski y al inspector Daniel Podgórski. Ellos no podían comprender todo aquello.

–Dejadnos solas –pidió en voz baja la comisaria, pero presionando a la vez.

Daniel asintió con la cabeza y arrastró tras de sí a Cybulski.

–Bueno, vale. Ahora ya podemos hablar tranquilamente, ¿no, Milena?

La enfermera Milena Król condujo a Klementyna al pequeño salón y se sentó en un sofá de piel de imitación. No invitó a la comisaria a hacer lo mismo, pero Klementyna tampoco lo esperaba. Se sentó al lado y sacó de su mochila una botella de Coca-Cola. Le harían bien unos cuantos sorbos. Le calmarían la mente y su corazón desbocado. La comisaria Kopp quería trabajar a toda marcha. No podía empezar a autocompadecerse. Y menos ahora.

Después de que se marchasen los dos policías, Milena Król se calmó visiblemente. Se rozó la cicatriz con la mano, como si quisiera asegurarse de que seguía allí. Sin embargo, sus movimientos ya no eran tan nerviosos. Klementyna Kopp entendía a la perfección lo que la enfermera sentía. Odiaba aquella cicatriz, pero si desapareciese, Milena se sentiría extraña, como si le hubiesen arrancado una parte de sí misma.

–Ahora ya podemos hablar tranquilamente–repitió la comisaria Kopp, como si quisiera garantizar a la enfermera de Magnolia la verdad que encerraban sus palabras–. Cuéntame algo sobre tus sospechas, ¿eh? Por teléfono mencionaste que sabes quién podría ser el asesino.

Milena Król asintió lentamente con la cabeza.

–Sí... pero me da terror morir asesinada... igual que Kózka, Risitas, Olga y Kamil.

Las mismas palabras por segunda vez aquel día. «Me da terror morir asesinada». Primero lo había dicho Bernadeta Augustyniak, y ahora Milena Król. La comisaria Kopp agarró a la joven de la mano. A veces la cercanía ayudaba. Al menos, a algunos.

–Bueno, vale. Di todo lo que sabes sobre el tema, ¿eh? Después ya pensaremos qué más podemos hacer con todo eso.

La joven con la cicatriz del Joker asintió lentamente con la cabeza.

–Fue algo que pasó hace mucho tiempo, pero no sé... A pesar de eso, creo que quizá él se esté ahora vengando de nosotros.

–Continúa –le pidió Klementyna Kopp.

La policía no preguntó quién era aquel misterioso «él». Ya llegaría el momento de eso. El asunto debía desarrollarse a su debido ritmo.

–Mientras estuvimos en la escuela primaria de Żabie Doły lo hacíamos todo juntos –prosiguió con su relato Milena Król–, Kózka, Risitas, Olga, Kamil y yo. A veces también Marcin Wiśniewski, pero él iba y venía. No formaba parte de nuestra pandilla de amigos.

La comisaria Kopp asintió con la cabeza. Una pandilla de amigos. Bernadeta Augustyniak lo había mencionado durante su interrogatorio, y la psicóloga Julia Zdrojewska también refirió aquella posibilidad en una de las reuniones al principio de la investigación. Zdrojewska sospechaba que las víctimas podían ser amigos íntimos, basándose en la fotografía que Kózka

323

había añadido a su perfil de Facebook. Podría ser que las conclusiones de la psicóloga fuesen acertadas, como ya había sucedido en muchas otras diligencias previas.

–¿También era amiga vuestra Bernadeta Augustyniak, no? –preguntó Klementyna.

–No. Bernadeta era el ojito derecho del director, es decir, de Żuk. Ahora pide que lo llamen así. Hablo de Eryk Żukowski. Ahora Bernadeta es su asistente –dijo Milena. De nuevo apareció una nota de nerviosismo en su voz–. En cualquier caso Eryk Żukowski... Él era entonces nuestro tutor. Es decir, que el padre de Feliks era nuestro tutor.

Klementyna Kopp asintió de nuevo con la cabeza. Por la noche se había levantado una tormenta y por fin el bochorno había remitido un poco. A pesar de eso, la piel artificial del asiento del sofá hizo que a la policía le entrase calor.

–Sigue hablando –animó a la enfermera.

–A veces hacíamos tonterías –soltó para sus adentros Milena Król, acariciándose su cicatriz–. Me refiero a nuestra pandilla. Hacíamos muchas bobadas.

–¿Como por ejemplo?

La enfermera Milena Król se tocó nuevamente la cicatriz.

–Voy a contarlo sin rodeos. Será mejor. Se trata de lo que le hacíamos a Feliks.

La comisaria Klementyna Kopp miró atentamente a la joven. Feliks Żukowski, era la segunda vez que aparecía ese nombre en aquel mismo día. Otro inquietante *déjà vu*.

–Se podría decir que nos ensañábamos un poco con él –alargó su relato la enfermera de Magnolia–. Con Feliks.

El rubor cubrió el rostro de Milena. La comisaria Kopp no estaba segura de si a la joven la embargaba la vergüenza, o se trataba más bien de emociones reprimidas.

–Claro que tampoco demasiado, porque era el hijo del director de la escuela. Pero no lo tratábamos bien. Feliks era más débil y un poco... no sé cómo decirlo...

–¿Raro? –sugirió Klementyna Kopp.

–Sí –acordó rápidamente la enfermera. En su voz se notó cierto alivio–. Pero hubo una vez que nos pasamos, al menos según mi opinión. Pero ninguno me escuchó.

La joven enmudeció de repente. Varias moscas volaban alrededor de la lámpara. Su zumbido llenaba la habitación.

–De acuerdo. ¿Y qué fue exactamente lo que ocurrió aquella vez? –preguntó Klementyna Kopp.

–Fue de la siguiente manera. Feliks tenía fobia a la oscuridad, y Kamil Mazur quiso aprovecharse de ello –dijo rápidamente Milena Król–. Kamil dijo que sería como superar un miedo y que eso molaba. Consideraba que a Feliks le fortalecería, y que así realmente le íbamos a hacer un gran favor al muchacho, para el resto de su vida. Pero yo sabía que a Kamil simplemente le encantaba notar el miedo. Lo conocía bien, mejor que el resto. Entonces era algo así como mi novio. Como evidentemente éramos niños, no era nada serio.

El relato empezaba a alejarse peligrosamente del tema en cuestión.

–Feliks Żukowski tenía miedo a la oscuridad –retomó la comisaria Kopp. Sentía que tenía que ayudar un poco a aquella joven. De momento su relato se perdía en meandros y se enmarañaba hasta extremos incomprensibles.

–Sí. Así que fuimos al bosque... –Milena Król entrecerró los ojos, como si reviviese otra vez aquellos instantes–. Allí en el bosque había un búnker. Y todos teníamos que entrar, de uno en uno. Primero entró Kamil Mazur, para enseñarnos cómo se hacía. Era el jefe de nuestra panda. Todos lo admirábamos como quien contempla un cuadro. Usted debería entenderlo.

La policía asintió con la cabeza. El zumbido de aquellas moscas bajo la lámpara del techo empezaba a sacarla de sus casillas.

–Luego Risitas entró en el búnker, porque ella nunca le tenía miedo a nada –continuó la enfermera Milena Król–. Tras ella fue Kózka, luego Olga y después fui yo. Por fin le llegó el turno a Feliks Żukowski. La entrada a aquel búnker no tenía nada de particular, pero, para una persona que tuviese fobia a la oscuridad tenía que suponer todo un desafío. Poco antes los padres de Feliks se habían divorciado y aún era algo muy reciente. Feliks sufrió mucho. Íbamos ya al colegio, y él de buenas a primeras volvía a dormir con la luz encendida.

—Lo comprendo.

—Así que Feliks Żukowski no quería entrar por nada del mundo en aquel oscuro búnker —Milena retomó su relato—. Kamil Mazur se lo perdonó sin más. Fue algo que me resultó sospechoso, para él era la ocasión perfecta de disfrutar con el miedo de su amigo. Luego resultó que yo estaba en lo cierto.

Milena Król enmudeció nuevamente. Se rozó con delicadeza la cicatriz de su cara. Klementyna Kopp se frotó su tatuaje de la suerte, y, mentalmente, la policía se preguntó si lo harían con el mismo objetivo.

—¿Y qué ocurrió luego?

—Al día siguiente nos acercamos al búnker. A primera hora de la mañana, como de costumbre. Era durante las vacaciones, justo como ahora. Lo recuerdo con precisión. A mis padres les enfurecía que no los ayudase con la granja. Mi padre había acabado de cosechar y quería arar el campo. Como no tengo hermanos, solo nos tenía a mi madre y a mí para ayudarle —explicó la enfermera—. Así que fuimos allí, a las inmediaciones del búnker y... Kamil Mazur ató a Feliks. Lo empujó adentro, al interior de aquel oscuro búnker. Feliks gritaba terriblemente. Lo recuerdo aún hoy. Kózka, Risitas, Olga y yo estábamos allí y lo oímos, pero ninguna de nosotras lo ayudó. Tampoco lo habría consentido Kamil.

—¿Y qué ocurrió después?

—Lo dejamos en ese búnker... —confesó Milena Król—. Feliks estaba solo y atado, completamente a oscuras. Y allí se quedó todo el día. Solo a última hora de la tarde el director Eryk Żukowski consiguió sacarnos dónde estaba su hijo.

—Bueeeeno. Pero ¿Eryk Żukowski no se preocupó antes por saber dónde estaba su hijo? ¿Eh? ¿Cómo cuántos años teníais entonces?

—Teníamos diez años cumplidos. Lo recuerdo bien, porque era el año 2000. Un nuevo milenio comenzaba y todo el mundo, literalmente, hablaba del asunto. Un nuevo milenio. No sabíamos qué significaba, pero lo repetíamos sin parar. Sonaba tan adulto ...—la enfermera Milena Król se rio con amargura—. En cualquier caso, el director se ocupaba más de la escuela que de Feliks. Siempre había sido así. Seguro que ni siquiera se había dado cuenta de que su hijo había desaparecido todo el día. No fue hasta tarde, a la hora de cenar, que se percató. Entonces, el director Żukowski sacó a Feliks de aquel búnker y a nosotros nos amenazó de lo lindo.

—¿A qué te refieres? —se interesó la comisaria Klementyna Kopp.

—El director no quería que aquella historia del búnker saliese a la luz. Le obsesionaba su buen nombre, el respeto a la figura del director de escuela y esas cosas. No quería que se burlasen de su hijo. Nos amenazó con no pasar al siguiente curso, decía que iríamos a la cárcel y demás. Éramos niños, pero él ya era adulto—terminó la enfermera, como si eso lo explicase todo—. Nos creímos lo que decía.

Klementyna Kopp asintió con la cabeza.

—Alto. Para. Así que entonces ¿estabais allí todas las víctimas asesinadas y tú? Kózka, Risitas, Olga, Bednarek y Kamil Mazur, ¿no?

Milena Król asintió con la cabeza y clavó la mirada en el suelo.

—Sí. Y también estaba Feliks Żukowski, por supuesto.

—¿Estaban con vosotros Marcin Wiśniewski o Bernadeta Augustyniak, eh? —preguntó la comisaria Kopp. Quería asegurarse de que los hechos encajasen.

La enfermera sacudió lentamente la cabeza.

–No. Solo estábamos los seis. Y ahora todos menos yo están muertos –dijo un tanto llorosa–. Y también Feliks. Solo quedamos él y yo. Me aterra que Feliks se esté vengando de lo que le hicimos, de esta historia del búnker.

Durante un segundo se hizo el silencio, interrumpido únicamente por el zumbido de las moscas bajo la lámpara y las voces desde el otro lado de las ventanas. En algún lugar del campo trabajaba una cosechadora, y un antiguo tractor se arrastraba por un camino lleno de hoyos. Milena Król seguía evitando mirar a la comisaria Kopp.

–Eryk Żukowski afirma de continuo que aquel suceso del búnker le destruyó la vida a Feliks, y que por eso ahora es tan extraño, no puede trabajar, etcétera, etcétera –dijo de repente Milena, tapándose la boca con la mano.

–Para. Dices «afirma de continuo» –captó al vuelo la comisaria Klementyna Kopp–. ¿Sigue hablando de esto el director? Así que todos en Żabie Doły conocen esta historia, ¿no?

Hasta el momento no había hecho ninguna referencia como esa, así que la policía prefería asegurarse.

–No –repuso lacónicamente la enfermera de Magnolia–. Nadie lo sabía. Salvo nosotros.

–Y entonces, ¿a qué te refieres cuando dices que el director «afirma de continuo», eh?

La enfermera clavó la mirada en el suelo. Colocó una pierna sobre la otra y empezó a mover uno de los pies con nerviosismo.

–El director Eryk Żukowski nos recuerda esta historia cada cierto tiempo –reconoció Milena Król–. Para ser exactos, lo trae a colación cada vez que nos vemos. Conmigo, al menos. ¡No lo soporto! Por eso intento evitar al director Żukowski. Cuando lo veo, cruzo al otro lado de la carretera o cambio de dirección. No quiero que me siga recordando aquella historia del búnker. Aunque sé que hicimos mal.

El rostro de la joven se retorció con una mueca de dolor. La cicatriz del Joker se desplegó en toda su amplitud. Klementyna le tocó el brazo para tranquilizarla.

–Fue el director Żukowski quien me hizo esta cicatriz –dijo abruptamente Milena, tocándose el rostro con la mano–. Ya solo con esto tengo suficiente para acordarme de nuestra estupidez. El castigo por encerrar a Feliks en aquel búnker lo veo a diario en mi rostro.

La comisaria Klementyna Kopp sintió que la embargaba una sonrojante oleada de ira. No sabía reaccionar racionalmente a situaciones como aquella.

–¿El director de la escuela Eryk Żukowski te ha hecho eso? –preguntó la policía, sopesando lentamente sus palabras.

La enfermera asintió con la cabeza y de nuevo rozó su cara con delicadeza.

–Ocurrió aquella tarde, cuando lo llevamos al búnker en el que estaba Feliks –explicó, escogiendo cuidadosamente sus palabras–. El director Żukowski me golpeó con una botella. Y todo se llenó de sangre.

–¿Y por qué nadie hizo nada, eh? –preguntó de forma abrupta Klementyna.

La comisaria intentaba detener la ira que la embargaba. El director de escuela Eryk Żukowski tendría que pagar por ello de alguna forma. Si bien habían pasado muchos años y Klementyna no tenía ninguna prueba, eso no la iba a detener. La violencia contra una mujer no podía permanecer impune.

–Le dije a mis padres que me lo había hecho yo solita –explicó Milena Król–. No quería revelarlo. ¡Pero si ya lo he contado! Estaba aterrorizada. El director Żukowski supo amenazarnos con las consecuencias. Además me sentía un poco avergonzada. No quería que Kamil Mazur atase a Feliks, pero era demasiado miedosa como para detenerlo.

La comisaria Klementyna Kopp suspiró profundamente. No podía permitir que las emociones le anulasen el juicio. Ya lo había consentido una vez en el centro vacacional Valle del Sol y nada bueno salió de allí. Klementyna no tenía intención de repetir el mismo error una segunda vez. Su simpatía por aquella joven con la cicatriz del Joker en el rostro y la violencia de género eran una cosa, y otra muy distinta era una instrucción por asesinato. Había que conservar la objetividad.

–Tranquila. Pero ¿por qué no has venido a contarnos toda esta historia antes, eh? –preguntó la policía, recuperando un tono más acorde con las circunstancias–. Si hablamos contigo al principio de la investigación... Y luego una vez más. Entonces no mencionaste nada sobre esta historia del búnker ni tampoco que el director Eryk Żukowski te estuviese persiguiendo sin parar desde entonces.

Milena se sobresaltó ligeramente. El sofá de piel de imitación crujió otra vez.

–No pensé al principio que pudiera ser relevante –murmuró la joven de la cicatriz, de forma apenas audible.

–Hace un instante hablabas de ello como si fuese la peor pesadilla de tu infancia –le recordó Klementyna con dureza–. ¿Cómo no ibas a pensar que era importante, eh?

–Pensaba que era una coincidencia que precisamente Kózka y Risitas hubiesen sido asesinadas –explicó la enfermera esquivando el golpe–. Decían en los periódicos que era obra de un psicópata, de esos que asesinan en serie. El Asesino de Vírgenes, lo bautizó alguien. Y después murió también Olga Bednarek. Abandonaron su cuerpo en aquel búnker de Zbiczno, y eso me dio que pensar. Hace trece años, dejamos a Feliks Żukowski en otro búnker muy diferente, pero no se trata de eso, ¿verdad? La clave está en el mensaje mismo. Fui a ver a Kamil Mazur, para hablarle de todo esto. Quería contárselo a ustedes, pero él me lo desaconsejó. Dijo que me echarían de la clínica y me quedaría sin trabajo. Nadie en Magnolia toleraría que yo hubiese maltratado a un amigo en plena infancia. Máxime cuando hay decenas de candidatas más para mi puesto. Al menos eso fue lo que Kamil dijo. Me pareció que tenía sentido.

Milena Król enmudeció un segundo. De nuevo la habitación se llenó del zumbido de las moscas que rodeaban la lámpara.

–Pero qué idiota he sido, madre mía –añadió lúgubremente la enfermera–. Por mi culpa ha muerto Kamil Mazur. Si se lo hubiese contado antes, podrían haber detenido a Feliks y no lo habría asesinado.

–¿Por qué crees que es precisamente Feliks el que asesina, eh? –preguntó la comisaria Klementyna Kopp lentamente.

Milena Król miró extrañada a la policía.

–Pero si hace un segundo lo he contado todo al detalle...

–Está claro –la comisaria Klementyna Kopp–. Pero ¿qué hay de su padre? ¿Y si fuera el director de escuela Eryk Żukowski?

La enfermera Milena Król sopesó esa idea durante un segundo. De nuevo alcanzó la cicatriz de su rostro, pero seguía evitando la mirada de Klementyna.

–Tiene que ser uno de los dos, pero no sé cuál. Por aquella historia del búnker –decidió por fin la joven de la cicatriz–. Sé que han detenido a Bernadeta Augustyniak y a Marcin Wiśniewski, pero no ha sido ninguno de ellos. No puede ser una coincidencia que mueran precisamente las personas que estuvieron entonces en el búnker. O Feliks o Eryk Żukowski son los asesinos. Estoy segura.

19

EL COMISARIO PRINCIPAL Wiktor Cybulski contemplaba la casa del director de la escuela de Żabie Doły, Eryk Żukowski. Estoy viendo la casa del amante de mi mujer, le vino a la mente al policía de Brodnica. Wiktor sintió un extraño hormigueo por todo el cuerpo. La visita a la enfermera Milena Król, más lo que la joven de la cicatriz le había dicho a la comisaria Klementyna Kopp provocaron que Eryk Żukowski aterrizase en la larga lista de potenciales sospechosos. El fiscal Jacek Czarnecki había decretado el arresto preventivo tanto de Feliks Żukowski como de su padre, así como un registro de su casa. El comisario Wiktor Cybulski no pudo evitar que la bendita alegría lo embargase. A decir verdad, la ocasión era inmejorable. Si en casa de Eryk consiguiesen encontrar el arma del crimen, entonces podrían matar dos pájaros de un tiro. Podría detenerse al Asesino de Vírgenes y, a la vez, librarse del amante de Żaneta. Inmejorable.

Y sin embargo, por el momento las cosas no se presentaban tan favorables. Empezando por el jardín y siguiendo por la planta baja, el primer piso y la buhardilla, todo en casa del director Eryk Żukowski resultó estar limpio y perfectamente esterilizado. Todo menos la habitación de su hijo Feliks. Allí reinaba un caos indescriptible, muy próximo a la suciedad más rancia. Hasta el punto de que Wiktor Cybulski prefirió no quedarse demasiado tiempo.

Los técnicos de la policía científica trajinaban, empapados de sudor. La noche anterior había habido una tormenta, pero el calor no había cedido más que un poco. Wiktor se aflojó levemente la corbata, pero no demasiado.

—De momento cero, nada —dijo yendo al grano el jefe de la policía Científica, acercándose al comisario, que se hallaba frente a la casa de los Żukowski—. Pero seguimos buscando.

Wiktor Cybulski no decía palabrotas jamás, pero en ese momento le apetecía muchísimo. No le extrañaba que los técnicos no pudiesen encontrar nada. La casa de Eryk Żukowski estaba completamente limpia. Si allí se hubiesen encontrado las pruebas en algún momento dado, el director seguro que habría hecho lo posible por desembarazarse de ellas. El amante de Żaneta no era precisamente estúpido.

—Hemos revisado el sótano pensando en la posibilidad de que encerrase allí a la tercera víctima —es decir, a Olga Bednarek—, y asesinase a las dos primeras, Kózka y Risitas —continuó reportando el técnico—. La prueba con luminol no mostró ningún rastro de sangre, así que no ha podido suceder aquí. Incluso si Eryk Żukowski hubiese retirado la sangre con los desinfectantes más poderosos, habríamos encontrado algo.

El comisario principal Cybulski ahogó nuevamente su necesidad de soltar un taco. Eryk Żukowski, el amante de Żaneta, tenía que ser culpable. Tenía que serlo. Y también debía dar con sus huesos en la cárcel y pudrirse allí de por vida. Wiktor no veía ninguna otra alternativa.

—Pues habrá que buscar en la escuela —dijo al jefe de la policía científica. Puede que encontremos algo. No podemos dejar nada suelto.

—Por supuesto, señor Comisario —repuso el jefe de la policía científica, y se apresuró a guardar el instrumental en el camión.

Wiktor Cybulski sonrió para su coleto. Eryk Żukowski tenía que acabar en la cárcel, ya se encargaría él de ello. Pierre Charron solía decir que la única forma de evitar los celos es merecerse al objeto deseado. Y Wiktor consideraba que se merecía a Żaneta mucho más que cualquier otro. Según Charron, los celos no son más que una falta de confianza en uno mismo y el testimonio de nuestras cualidades más insignificantes. ¡Qué fácil decirlo, Pierre!, se rio para sus adentros el comisario Wiktor Cybulski. ¡Qué fácil! El elegante policía de Brodnica estaba ya cansado de contener sus celos, cuando lo único que sentía hacia el amante de su mujer era odio. El odio tradicional, puro y humano, que dejaba en la boca una desagradable nota de amargor.

Cybulski miró hacia el coche patrulla, donde estaban sentados Eryk Żukowski y su hijo Feliks. La venganza podía ser tan dulce... Si no se encontrase ninguna pista en la casa de los Żukowski, seguro que estaría esperándolos en algún rincón del edificio de la escuela.

El jefe de la policía científica se acercó al comisario principal Cybulski a paso rápido.

—Acabo de recibir una llamada de un compañero del otro equipo, señor comisario. Ellos han registrado una segunda vez la casa de la tal Bernadeta Augustyniak. Han encontrado el bisturí en su vivienda.

—¡¿Cómo?! —gritó Wiktor Cybulski, olvidándose por un instante de la elegancia y las buenas maneras.

El técnico miró al policía con asombro.

—Mandadlo a analizar de inmediato —dijo Wiktor un tanto más calmado—. Que analicen ese bisturí cuanto antes.

—Por supuesto. Ya he dado las órdenes precisas. Solo he pensado que usted querría saberlo, comisario.

—Sí, no hay duda. Muchas gracias.

—¿Vamos a registrar la escuela, de todas formas?

—Por supuesto —dijo abruptamente Wiktor Cybulski.

Era Eryk Żukowski quien tenía que dar con sus huesos en la cárcel.

EL OFICIAL GRZEGORZ Mazur miró el caos que reinaba en la colonia de Żabie Doły con creciente irritación. Los jefazos de Brodnica le habían hecho entender que tenía que quedarse al margen. ¡Y qué más! Aquellos eran sus dominios. Él era el jefe de la comisaría local y debía estar presente en toda la investigación, y para colmo habían matado a su hijo. Tenía derecho a saber qué había ocurrido.

Dejando aparte esas consideraciones, el oficial Grzegorz Mazur no se fiaba en absoluto del irritable comisario principal Wiktor Cybulski, pero tampoco le podía prohibir actuar. No había otra salida. El policía de Żabie Doły sentía curiosidad, no obstante, por ver qué resultaría de todo aquello. Maquinalmente colocó la mano en su porra de servicio. Tenía su plan y le daba igual todo lo demás. Pensaba ponerlo en práctica, independientemente de que les gustara a los demás o no.

Daniel Podgórski salió al pasillo de la Comandancia Provincial de la Policía en Brodnica. El día en curso había empezado peligrosamente, con el descarrilamiento de un teleférico, en el cual el policía de Lipowo había montado una vez en el parque de atracciones de Bydgoszcz. ¿O era quizá en Gdańsk? Había empezado también con el interrogatorio de la asistente Bernadeta Augustyniak, que de sospechosa había pasado a ser testigo. Después fue el turno de la enfermera Milena Król, que les contó una historia desagradable sobre el pasado. Basándose en esas dos declaraciones, el fiscal Jacek Czarnecki había decidido decretar el arresto preventivo de Feliks Żukowski y de su padre. Por si fuera poco, más tarde la aguja de la brújula había girado otros ciento ochenta grados al haber encontrado los técnicos de la policía científica el bisturí en casa de Bernadeta Augustyniak.

Pero ese tampoco había sido el final de los acontecimientos del día. Un segundo antes había llegado desde el laboratorio la información de que en el bisturí encontrado en casa de Bernadeta Augustyniak había rastros de sangre. Sin embargo, no era de sangre humana. Teniendo en consideración que en la escuela de la colonia Żabie Doły habían introducido la disección de animales en las clases de biología, el descubrimiento de sangre animal en el bisturí no era nada sorprendente. Así lo creía Daniel.

Podgórski se sentó en un pequeño banco, colocado junto a la pared del angosto pasillo adyacente a la sala de interrogatorios número dos. Esperaba a la comisaria Klementyna Kopp, que hablaba con Bernadeta Augustyniak sobre el bisturí hallado en su casa. Por mucho que no hubiese restos de sangre humana, había que seguir aquella pista, aunque fuese de manera superficial. Mientras, el comisario principal Wiktor Cybulski continuaba los interrogatorios en la escuela de Żabie Doły. Posiblemente, allí mismo conseguirían encontrar el arma del crimen o averiguar el lugar en el que las víctimas habían sido asesinadas.

Por fin, se abrieron las puertas de la sala de interrogatorios y Klementyna Kopp salió al pasillo. La comisaria parecía cansada. Tenía ojeras, y su anguloso rostro parecía pálido. Daniel Podgórski no estaba seguro de si debería volver a mencionar el tema de los tres monos sabios. Finalmente desistió. Puede que no fuese el mejor momento.

—Bernadeta Augustyniak afirma que ese bisturí proviene de la escuela de Żabie Doły, aunque niega habérselo llevado jamás a casa —explicó la comisaria Kopp, sentándose junto a Podgórski en el banco—. Bernadeta nuevamente se emperra en que ha sido Feliks Żukowski quien se lo coló en su casa, para incriminarla. Sugiere que el joven tuvo que haber allanado su casa de nuevo.

—¿Y así fue? —preguntó Daniel. Suponía que Klementyna ya había ordenado comprobar aquella posibilidad. Cada cerrojo forzado, ya sea de puerta o de ventana, deja huella.

—Nuestro especialista no está seguro —explicó la comisaria—. Sin duda, hay huellas en la puerta. ¡Pero...! Por desgracia, se pueden interpretar de diferente forma.

Klementyna Kopp agarró la botella de Coca-Cola de su mochila negra y empezó a bebérsela sorbo a sorbo. Pasaron unos minutos juntos en silencio. Daniel sintió que le entraba hambre. No había probado bocado desde primera hora de la mañana y le empezaba a doler la cabeza.

–¡Klementyna!

La comisaria Kopp y Daniel Podgórski se volvieron en dirección a las escaleras. Allí estaba apostada una mujer no demasiado alta de pelo rizado y moreno.

–Es Żaneta Cybulska, la mujer de Wiktor –susurró Klementyna Kopp al policía de Lipowo–. Me pregunto qué estará haciendo aquí exactamente.

–Klementyna, tenemos que hablar –dijo de sopetón la mujer. Miró a Daniel con nerviosismo–. Usted es pareja de Weronika Nowakowska, ¿verdad? Nos conocimos en un paseo a caballo.

Daniel Podgórski lo confirmó. Weronika había tenido tiempo de contárselo.

–No deje de saludarla de mi parte–dijo Żaneta Cybulska con nerviosismo. El policía asintió con la cabeza–. Klementyna, esto está relacionado con vuestra investigación. De verdad que tengo algo que contarte. Pero mejor aquí no.

A aquella hora los pasillos de la Comandancia Provincial estaban tranquilos. Los policías del turno de día volvían ya a casa. Solo quedaban aquellos que cumplían con la guardia nocturna.

–Vayamos a mi despacho –propuso Klementyna–. Daniel también viene con nosotras, es un miembro del equipo. Tu marido está registrando ahora la escuela de Żabie Doły, así que...

–Lo sé –le interrumpió Żaneta Cybulska–. Y casi mejor.

Entraron los tres al impersonal despacho de la comisaria Kopp. La impresión resultaba aún más desalentadora desde que Daniel sabía cómo vivía su compañera.

–Habéis arrestado a Feliks Żukowski, ¿verdad? –preguntó la mujer del comisario en cuanto Klementyna cerró la puerta de su despacho.

–Sí. ¿De qué se trata?

–Feliks es inocente –dijo rápidamente Żaneta Cybulska–. Yo respondo por él las noches de todos los asesinatos, como coartada.

En el pequeño despacho se hizo el silencio. Desde detrás de la ventana llegaron los ruidos de la calle. Daniel Podgórski estaba de pie junto a la ventana, tenía la sensación de que no debía estar ahí.

–Y puedes responder por Feliks porque... ¿Por qué?

–Feliks Żukowski y yo tenemos una aventura desde hace bastante tiempo –les confesó Żaneta Cybulski. En su voz no se detectaba ningún apuro–. Sé que seguramente te parezca bastante raro, Klementyna. O a usted, Daniel. Sé que, en realidad, podría ser la madre de Feliks. Diecinueve años nos separan. En fin, son cosas de la vida. De alguna forma nos encontramos, a pesar de ser yo tan mayor para él.

Klementyna Kopp tembló de forma imperceptible, aunque Daniel Podgórski no estaba seguro de si era su imaginación. De nuevo era él quien se movía con nerviosismo. Tenía la impresión de que aquella conversación no era de su incumbencia, a pesar de que tocaba asuntos que le correspondían.

–Klementyna, sé que arrestasteis a Feliks basándoos en la declaración de Bernadeta Augustyniak. Me dio tiempo a enterarme. Tiene gracia, porque nadie pregunta a la mujer del comisario principal, que intenta hacerse con la información que le resulta interesante–. Żaneta sonrió levemente para sus adentros. No había en ello ni una pizca de alegría–. En cualquier caso, Feliks no ha matado a nadie. Es tierno y delicado. No es ningún asesino. No sé qué hará Wiktor cuando se entere de que le he sido infiel, pero tenía que venir. No puedo consentir que Feliks Żukowski pague por algo que no ha cometido. ¡No puedo y punto! Aunque esto me cueste el divorcio.

–Para. Espera. Dices que Feliks no ha matado a nadie. Y entonces, ¿qué es lo que ha hecho? –preguntó de forma un tanto atropellada la comisaria Klementyna Kopp.

Żaneta Cybulska se estremeció ligeramente.

–¿Y cómo sabes que ha hecho algo?

–Lo has insinuado tú misma –insistió Klementyna.

Żaneta Cybulska se encogió de hombros.

–Bien. De todas formas saldrá a la luz. Puedo soltarlo todo de una vez. De hecho, para eso he venido exactamente –afirmó la mujer de Wiktor con resignación–. Feliks y yo... bueno, eso mejor para más tarde. Empecemos con que Feliks odia a Bernadeta Augustyniak, y diría que es mutuo. Es algo que se remonta a los tiempos escolares. Bernadeta maltrató a Feliks de forma terrible. Como ya dije, es delicado y sensible. Ahora... Yo intenté sacarle esa idea, pero como él estaba convencido... decidí que lo apoyaría.

La comisaria Kopp puso los ojos en blanco. Tenía aspecto nervioso. Daniel Podgórski empezaba a sentir también que perdía el hilo.

–Tranquila. ¿Qué hicisteis? Por orden y bien clarito.

Żaneta Cybulska calló un instante. Su boca se convirtió en una línea delgada.

–Se hace tarde –dijo Klementyna con dureza.

–Feliks hace ya un tiempo ocultó que Bernadeta Augustyniak dirigía con Szymon Wieśniewki la prostitución en Valle del Sol. Por si fuera poco, luego resultó que Bernadeta empezó a filmar esas películas pornográficas con Marcin Wiśniewski.

–¿Y cómo tu sensible y tierno Feliks Żukowski sabía...? –de nuevo Klementyna no acabó la pregunta. Su voz adquirió una aparente dulzura.

–Feliks seguía a veces a Bernadeta Augustyniak –reconoció Żaneta a disgusto–. Pero no lo valoréis negativamente de inmediato. No le hizo nada. Quiero decir... Feliks simplemente quería que los sucios intereses de Bernadeta saliesen a relucir.

Żaneta respiraba rápidamente.

–¿Qué, has acabado ya? –preguntó Klementyna, y empezó a meter en la mochila los documentos acumulados en su mesa de trabajo.

–Así que Feliks dejó unos cuantos juguetes de *sex-shop* en casa de Kózka. Quería llamar vuestra atención sobre el tema de la prostitución y la pornografía. No quería hacer nada malo. Solo quería ayudar.

–No quería hacer nada malo, dices... ¿Aparte de interferir en una investigación y dificultarnos el trabajo, eh? –Klementyna Kopp golpeó rabiosa en la hojalata de la mesa de trabajo–. ¿No quería hacer nada malo? ¿Estás de broma o qué? ¡Żaneta!

Y de nuevo la boca de Żaneta Cybulska se convirtió en una línea fina.

–¿Y qué ocurrió después? –no pudo aguantarse Daniel. A él también le embargaba la ira.

–Luego Feliks se coló en casa de Bernadeta Augustyniak. Quería grabar algunas películas de su ordenador como prueba de que ella participaba en el negocio del porno del piragüista Marcin Wiśniewski. Bueno, y por casualidad encontró aquella película que os mandamos.

Daniel Podgórski miró rápidamente a Klementyna Kopp.

–¿¿¿Que mandasteis??? –pareció como si la canosa policía pronunciase cada una de las letras por separado. Esa vez ninguna letra se perdió por el camino en el aluvión de su rápida dicción.

LA MUJER DEL comisario principal Wiktor Cybulski asintió con la cabeza, sin alterarse. Había recuperado por completo la seguridad en sí misma.

–Feliks me enseñó aquella película en la que se veía cómo Kózka y Risitas eran violadas. Consideramos que la policía tenía que saberlo. ¡Joder! Al final se veía cómo Bernadeta Augustyniak le clavaba un cuchillo a Kamil Mazur en el corazón. Tranquila, Klementyna. ¿Qué mejor prueba podría haber? Estábamos seguros de que Bernadeta había matado a todas esas personas, así que Feliks os escribió una carta, metimos la película en un sobre y la llevamos a la comisaría.

La comisaria Klementyna Kopp giró la cabeza con incredulidad. Parecía que estaba a punto de estallar. También Daniel Podgórski tenía ganas de sacudir con fuerza a la mujer de Wiktor.

–Bueno, y también está la cuestión del bisturí –dijo para terminar Żaneta Cybulska, como si todas aquellas revelaciones fuesen pocas.

–¿La cuestión del bisturí? –repitió Daniel.

–¡Entendednos! Nosotros estamos seguros de que Bernadeta Augustyniak los ha asesinado. No la conocéis tan bien como Feliks. Ella es capaz de todo. Sé cómo funciona el derecho penal. A veces no se logra condenar al culpable porque faltan las pruebas. Quisimos ayudaros un poco, para que se hiciese justicia. Robé el bisturí de la sala de disección de nuestra escuela y Feliks lo coló en casa de Bernadeta. El arma del crimen.

–¿Y cómo has sido capaz de mezclarte en todo eso, Żaneta? –preguntó Klementyna Kopp–. ¿En serio el amor puede idiotizar de esa manera? ¿Eh?

De la voz de la policía había desaparecido la reprimenda. Quedaba solo la curiosidad. Miraba a la mujer de Wiktor como un interesante espécimen en una feria de curiosidades. La pregunta quedó en el aire. «¿En serio el amor puede idiotizar de esa manera?» Daniel tenía la impresión de que la pregunta iba dirigida a él. ¿Tenían él y Weronika Nowakowska la oportunidad de crear un vínculo duradero? ¿O era solo el sueño de un gordo policía de provincias, sin posibilidades de cumplirse?

–Wiktor no me daba lo que yo necesitaba –dijo Żaneta sin entrar en detalles. Aun así, todos los presentes sabían de qué se trataba. Daniel sintió que la cara le ardía de vergüenza. Era el único hombre de la sala y se sentía bastante incómodo junto a aquellas dos mujeres mayores, que hablaban abiertamente sobre sexo–. Así ocurrió. Luego me enamoré de Feliks, pero al mismo tiempo no quise herir a Wiktor con un divorcio. Para él es muy importante nuestro matrimonio. Compréndeme, Klementyna. Feliks y yo os queríamos ayudar a atrapar a la asesina. Porque es Bernadeta.

De repente sonó el teléfono de Daniel. Podgórski sonrió disculpándose. La sensación de que estaba fuera de lugar se acrecentó aún más cuando vio que lo llamaba el comisario principal Wiktor Cybulski.

–Dígame –dijo Daniel, saliendo al pasillo. Sintió cómo ambas mujeres lo seguían con la vista.

–¿Daniel? No consigo hablar con Klementyna. Quizá vuelve a tener el teléfono sin sonido. Por eso te llamo. Es importante.

En la voz del comisario principal sonó un matiz de excitación contenida. Daniel Podgórski comprendió que había ocurrido algo importante.

LA ENFERMERA MILENA Król no estaba segura de si Klementyna Kopp, aquella policía friki, la creía. Asentía con la cabeza, sonreía con desgana. Incluso le tomó la mano de forma tranquilizadora. Jo contaba una historia del pasado. Sentía que tenía que hacer que los policías la creyesen. Mientras no fuese demasiado tarde. Quería que, o bien Eryk Żukowski, o bien Feliks, estuvieran en el talego, sin importarle mucho cuál. Solo entonces podría sentirse bien, más segura. Así que la enfermera debía hacer que Klementyna la creyese. Por eso lo había hecho.

Jo se miró a sí misma en el espejo. Quizá había adelgazado unos cuantos kilos. Empezaba a asemejarse a un animal maltratado, como una loca o enferma mental. Y tal vez fuese mejor. No sabía por cuánto tiempo podría fingir una enfermedad misteriosa ante la jefa de enfermería de Magnolia. Milena sentía que aquello podía ser el fin. Si la echaban de la clínica, no estaba segura de poder recomponerse una segunda vez.

De repente, en su desquiciada mente apareció una pregunta desagradable. ¿Y si no fingía nada? ¿Y si realmente estaba enferma? ¿Y si había enloquecido de verdad?

La enfermera Milena Król ya no estaba segura de nada.

A PESAR DE LA hora tardía, el fiscal Jacek Czarnecki apareció en la Comandancia Provincial. En relación con el nuevo hallazgo tendría que celebrarse una reunión extraordinaria. Daniel Podgórski estaba ya cansado de aquel largo día, pero a la vez lo embargó una excitación especial.

El equipo de investigación al completo se reunió en la sala de conferencias de costumbre.

—Como sabéis, Wiktor encontró probablemente el arma del crimen durante el registro de la escuela en Żabie Doły. En el despacho del director Eryk Żukowski había un bisturí escondido. El bisturí estaba aún bañado de sangre reseca —comenzó la reunión el fiscal Jacek Czarnecki—. Considero que es una prueba decisiva para el asunto.

El comisario principal Wiktor Cybulski asintió con la cabeza con valor. En su rostro, Daniel detectó algo nuevo que no sabía identificar completamente. No estaba seguro de si el comisario principal sabía ya que su mujer lo engañaba con el hijo del director de la escuela, aunque quizá a Klementyna no le había dado tiempo a decirle nada a Cybulski.

—Espera. No sabemos aún de quién es esa sangre —interrumpió la comisaria Klementyna Kopp balbuciendo un poco.

—¡No podemos cerrar la instrucción aún!

El fiscal miró a la policía airado.

—Tenemos ya los resultados del análisis preliminar. Indican que en el bisturí hallado en la mesa del despacho del director Żukowki, había sangre humana —dijo haciendo hincapié—. El laboratorio tendrá que contrastarlo con el ADN de las víctimas. Es solo una cuestión de tiempo el que establezcamos definitivamente la culpabilidad de Eryk Żukowski. Julia, ¿cómo lo describirías desde el punto de vista psicológico?

La psicóloga Julia Zdrojewska centró bien su inseparable medallón de oro en el cuello y asintió.

—El relato de Milena Król me ha intrigado mucho —dijo Zdrojewska, con su voz seductoramente ronca—. Es enfermera en nuestra clínica Magnolia, la conozco un poco. Nunca ha mencionado aquella historia del búnker. Aunque, por otro lado, no me extraña. Al fin y al cabo, no es algo de lo que enorgullecerse.

El fiscal asintió con la cabeza, satisfecho.

–¿Y cómo pudo aquello afectarle a Feliks? –preguntó Czarnecki–. El que sus amigos lo atasen y abandonasen en aquel búnker...

–Encerrar en un búnker a un niño que tiene miedo a la oscuridad puede, efectivamente, dejar secuelas para toda la vida. Es cierto. Por lo que sé, Feliks no ha llegado muy lejos. Vive en casa de su padre y se mantiene del subsidio. El director Eryk Żukowski pudo perfectamente sentirse obligado a vengar a su hijo.

–¿Y por qué precisamente ahora? –se arrancó Daniel Podgórski–. ¿Por qué no hace un año o dentro de tres?

Julia sacudió los hombros.

–Hay cosas que nunca comprenderemos, sin más –dijo la psicóloga con tristeza–. Intentamos adentrarnos en la mente del paciente, pero no siempre es posible. Daos cuenta de que Eryk Żukowski ya en ese momento empleó la violencia con un grupo de niños. Esas huellas las lleva Milena Król desde entonces en su cara. Y no solo eso. Milena ha declarado que el director de escuela sigue hostigándola. Es posible que su obsesión se haya incrementado con el tiempo, hasta alcanzar un estado crítico en el que el director haya podido comenzar a asesinar.

El comisario Wiktor Cybulski bajó la cabeza nuevamente en señal de asentimiento.

–Yo también considero que Eryk Żukowski es culpable –dijo con tranquilidad, pero Daniel de nuevo detectó en el rostro de su compañero aquella extraña e incomprensible expresión–. Todas las pistas lo indican. Creo que tienes razón, Jacek, al clausurar la instrucción. Ya tenemos todas las piezas del puzle. Ahora hay que presentárselas al juzgado.

–Wiktor, quizá no deberías participar en esta investigación, ¿no? –dijo lentamente Klementyna Kopp.

–¿Por qué? –preguntó el comisario principal Cybulski de la misma forma. Miraba a la comisaria directamente a los ojos.

–Por Żaneta y su implicación en el asunto. Es evidente, ¿no? –repuso Klementyna–. Tú también estás mezclado en todo esto.

–Dejémonos de historietas –interrumpió el fiscal Jacek Czarnecki, conciliador –. Creo que todo está ya aclarado. Mañana volveré a interrogar al director. Puedo hacerlo solo, Klementyna. Nada más recibamos los resultados del laboratorio, pero no es más que una mera formalidad. Luego cerraré la investigación. Tengo que decir que lo haré con alivio. Este asunto me ha traumatizado. Ya estoy hasta los mismísimos del Asesino de Vírgenes ese. El resto se decidirá en los juzgados, aunque creo que hemos recabado bastantes pruebas. Del asunto Żaneta también me encargaré. Solo.

La comisaria Klementyna Kopp se levantó de la mesa.

–El comandante mencionó que os concederá a todos varios días de vacaciones remuneradas –dijo el fiscal con una sonrisa en su orondo rostro–. Buen trabajo.

Klementyna salió de la sala sin decir palabra, haciendo chirriar las puertas de la sala de conferencias. Daniel Podgórski suspiró por lo bajo. A pesar del cansancio, él también sentía que la investigación no debería cerrarse aún.

CUARTA PARTE

20

Gdańsk. Junio de 2013

YA HA TRANSCURRIDO más de un año desde la muerte de Alisa Petrova en Łódź. La aplicación de un nuevo método, es decir, el arma de fuego, merecía la pena. A pesar de que les corto el pelo a las putas, nadie relacionaría su muerte con la actividad de mi asesino anterior, el Cruzado.

Investigo a conciencia los avances de la investigación, aunque los periódicos apenas escriben sobre la muerte de Alisa. En realidad tan solo uno de los suplementos dominicales de la región de Łódź le dedicaba una pequeña nota, prosa de una realidad gris. Por lo demás, nadie se preocupó por la muerte de una inmigrante ilegal. Casi mejor para mí. Cuanto menos eco, menos serán también las oportunidades de que alguien se interese por mí.

Sé que la identificación de una persona fallecida le ocupa a la policía mucho tiempo. Quizá fuese porque Alisa Petrova estaba en Polonia de manera ilegal. No sé quién la identificó finalmente, pero un buen día apareció otra nota lacónica en el periódico. Eran tres frases contadas, no más. «Se ha identificado a la mujer asesinada en marzo de 2012. Se llamaba Alisa Petrova. La policía ha suspendido la instrucción a causa de la falta de un mínimo de pruebas.»

La policía ha suspendido la instrucción a causa de la falta de un mínimo de pruebas...

Leo varias veces esas mismas palabras. Y me invade el orgullo. Al mismo tiempo, la tensión cede. Y es que, inconscientemente, espero que alguien me descubra. Ahora sé que no va a suceder. Puedo concentrarme en mi Obra, que cada vez me recuerda más al cuadro del Maestro.

Tres personajes están listos. A ratos pinto con la izquierda, a ratos con la derecha, para no perder la forma. La ambidextría me distingue. Me acerco a la perfección, y va adquiriendo forma. Sin embargo, todavía quedan dos personajes en la Obra. Sé que no ha llegado el fin, que habrá que volver a matar. En mi cabeza aparecen nuevamente las mismas preguntas.

¿Sentiré la misma satisfacción?

¿Será como antes?

No obstante, no puedo ceder ante las emociones. No puedo perderme en ellas. Me lo repito como un mantra. Tengo que pensarlo todo con mucho detenimiento. Mejor aún que con Alisa. Podría decirse, sinceramente, que hace un año me acompañó la suerte del principiante. Ahora no tendría por qué irme tan bien. Confiar en la suerte no es algo propio de mí. Yo lo tengo que preparar todo muy bien. Todo debe depender de mí.

Desde hace varios días me pregunto cómo podría matar a la siguiente puta. Ya no puedo utilizar al Cruzado, como en el caso de los dos primeros asesinatos. Tampoco puedo asesinar con arma de fuego, como la última vez, hace un año. La siguiente cuestión, y que precisamente es fundamental, es el pelo. De nuevo habrá que cortárselo. Eso también tengo que disfrazarlo de alguna forma. No quiero que alguien, casualmente, relacione con mis asesinatos anteriores el hecho de que la siguiente puta asesinada tenga el pelo cortado. Aunque sea por azar.

¿Cómo disimular un corte de pelo?

Algún día me iré de paseo y me vendrá la inspiración. Quiero decir que me vendrá a la cabeza cuando vea cualquier señal inocente que se encuentre a la entrada del bosque. ¡El fuego! Esa es la respuesta a todos mis problemas. Si quemo el cuerpo, nadie se dará cuenta de que había cortado el pelo de la prostituta. De esta forma no habrá ningún elemento que me vincule con los asesinatos habidos hasta ahora. Renata Krawczyk,

Paulina Halek, Alisa Petrova y una que sigue siendo desconocida, la puta número cuatro.

Me embarga la alegría y el orgullo. Tengo que esperar que llegue junio y el viaje a Gdańsk. He de reconocer que me cuesta. No puedo concentrarme en el trabajo. A menudo bajo al taller para admirar mi Obra. Considero que es hermosa. Ideal. Perfecta.

Finalmente llega junio. Conozco Gdańsk a la perfección. Desde que he llegado, me apresuro al reconocimiento. Ni siquiera deshago el equipaje. Tengo que encontrar a la cuarta víctima cuanto antes. De nuevo, la adrenalina corre por mis venas.

Llevo una hora paseando y no encuentro a nadie que me venga bien. Me asalta la intranquilidad. Cuando ya casi renuncio, la detecto. Se mueve no muy lejos de la plaza, entre los turistas. Mira atemorizada a ambos lados: le tiene miedo a la policía. Lleva un top rosa de tirantes muy finos y una falda vaquera ceñida. Sus tacones de aguja de piel de imitación le oprimen los pies, rozándoselos por la zona de los talones. Justo sobre el tobillo veo un pequeño tatuaje. Nada de particular. Se llama Sabina Gladys y tiene veintiséis años, pero yo eso no lo sé aún. Como de costumbre, me enteraré por los periódicos. Y además será pronto.

Al día siguiente, en el trabajo, me muevo con una lentitud inmutable. Hace calor, y nadie dice nada que resulte interesante. Bostezo a escondidas y sueño con el instante en el que la siguiente prostituta muera en mis manos. Por fin llega la tarde. Me pongo mi chándal negro, tan cómodo, y preparo el instrumental. El paralizador, el cuchillo, las tijeras. Eso mismo es lo que había usado el Cruzado, pero no me preocupo por ello. También llevo gasolina en una botella de agua, un mechero y las cerillas. Por si acaso. Espero que, cuando haya quemado su cuerpo, nadie pueda determinar cómo fue asesinada la fulana, así que no relacionarán su muerte ni con mi Cruzado ni conmigo.

Salgo a la calle como si trotase. Con este bochorno, tengo demasiado calor con mi chándal negro, pero no tengo la intención de quitarme ropa. Al menos, hasta que no la haya matado. La encuentro en la misma plaza que ayer. Sabina escoge la playa y los paseos más concurridos. Seguramente eso me dificulte un poco la tarea. No puedo acercarme a ella sin más, ante tantas personas. Alguien podría recordarme después. Sin embargo, me reafirmo en que tiene que ser ella. Tiene el pelo teñido de forma poco atractiva, que deja ver una gran raíz. Eso me atrae. De alguna forma pega idealmente con mi concepción total de la Obra. Tiene que ser ella, me repito, esperando con paciencia.

Por fin se presenta la ocasión. Se le acerca un tipo viejo y lujurioso. En un instante llegan a un acuerdo y luego desaparecen hacia un lugar más solitario. Se dirigen a un pequeño parque sucio en el que nadie se adentra. Espero a escondidas a que acaben. Por fin el tipo se sube los pantalones, le paga y se va. Sabina se lleva los dedos a la boca y vomita. Se peina y sale de entre los arbustos.

La espero en la acera. A pesar de que en esta época del año los días son largos, ya reina completamente la oscuridad. La pequeña calle al lado del parque la ilumina solo una solitaria farola que parpadea. No hay nadie. Es un sitio ideal. No podría haber soñado con otro mejor. Así que cambio mi propósito inicial y resuelvo asesinarla aquí, in situ.

Durante un instante nos miramos mutuamente con atención. Yo espero de pie, con las piernas tiesas de la espera, y ella se recompone su vestido. Por fin avanzo hacia ella sin apresurarme.

–¡Hola! –digo de forma bastante amistosa, aunque intento no exagerar. No quiero que salten las alarmas. Tiene pinta de experimentada.

Me mira desde la altura de sus tacones de aguja de pacotilla. Es más alta que yo.

–¿Quieres ganar dinero? –pregunto como de costumbre, y le enseño un fajo de billetes.

–¿Contigo? –se ríe con un poco de rebeldía y de descaro–. ¡Venga ya!

El tono de burla hace que algo estalle en mi interior. Me embarga el odio hacia ella. Precisamente son otras de su misma clase las que han destruido mi vida. Ahora, en vez de sangre, la sed de venganza recorre mis venas. Miro a mi alrededor una vez más. No hay nadie, así que no pretendo seguir discutiendo con ella.

Me acerco y aprieto el paralizador.

Cae al suelo con una mueca en la cara. Me da igual, a pesar de que puedo ver bien sus ojos asustados. La ira casi me ciega.

Le corto rápidamente el pelo y lo meto en el saquito. Luego lo coloco con cuidado en la mochila. El pelo es lo principal.

Una vez más, aprieto con furia el paralizador. Su cuerpo se agita por el choque con la corriente. Una sonrisa deforma mi cara. No puedo ver su cuerpo, pero siento que está frío como el acero.

Intento calmarme. Respiro poco a poco y regularmente. El pulso aminora.

Finalmente le clavo el cuchillo directamente en el corazón. Ya sé bastante de anatomía, así que no es un problema. Actúo rápido, como un soldado avezado.

Saco de la mochila las cerillas y la botella con gasolina. Le rocío generosamente la cabeza y el torso. Nadie se dará cuenta de que le han cortado el pelo ni de que le han clavado un cuchillo en el corazón. Enciendo una cerilla y se la arrojo al cuerpo. La llama estalla en un solo instante.

Recojo todo y huyo sin mirar atrás, a pesar de que la tentación es realmente fuerte.

Cuando ya estoy en la playa, oigo las sirenas. Me quito el chándal y lo meto dentro de la mochila. No quiero exponerme a que tenga algunos restos de sangre. En este estado no sé valorar la situación con objetividad. Voy despacito por la playa, adentrándome en el mar. A pesar de lo tarde que es, me encuentro a algunos turistas. Nadie me presta atención. Parezco alguien que está relajándose un rato.

De nuevo oigo las sirenas. ¿Es la policía? ¿O los bomberos? ¿La ambulancia? Me da todo igual. Yo ya estoy lejos y nadie me relacionará con lo ocurrido.

¡Nadie!

Así lo pienso entonces.

Por desgracia, me equivoco. Y mucho. El peligro proviene de un aspecto que nunca habría esperado. Es una persona que me ha descubierto. Pero ya me las arreglaré con eso. Sé que me las apañaré.

Solo necesito un poco de tiempo para fraguar el plan de acción perfecto.

21

Lipowo y colonia Żabie Doły.
Viernes, 9 de agosto de 2013, antes del mediodía

COMENZÓ EL SEGUNDO día tras el cierre de la investigación del Asesino de Vírgenes. Daniel Podgórski tenía vacaciones pagadas hasta el lunes siguiente. Después del fin de semana, tendría que retomar sus obligaciones como jefe de la comisaría de Lipowo. Por un lado, Daniel sentía alivio, dado que el asunto se había acabado y podría descansar un poco. Por otro, sentía también una especie de insatisfacción. Tenía en todo momento la impresión de que no había llevado a la cárcel al hombre adecuado. A decir verdad, en el despacho del director de escuela Eryk Żukowski se había encontrado un bisturí ensangrentado y, con su declaración sobre aquella historia del pasado tan desagradable, la enfermera Milena Król había proporcionado la explicación a los motivos por los que habría actuado el director Żukowski. A pesar de todo, Podgórski tenía la sensación de que al equipo investigador se le había escapado algo fundamental.

No obstante, Daniel intentaba no pensar en ello demasiado. Esa era la palabra justa. Había pasado todo el día anterior en la playa con Weronika. Era raro que se presentase una oportunidad así. Debería alegrarse y relajarse, pero no era capaz. Los detalles oscuros de la investigación se le presentaban ante los ojos continuamente. Weronika probablemente había visto la inquietud de Daniel, pero no había sacado ese tema, y él se lo agradecía.

Aquel día lo habían empezado con un paseo por el bosque junto a *Igor*. Un intento más de olvidar el cierre de la instrucción

355

del miércoles. Los pájaros cantaban con alegría, y el sol bailaba sobre las hojas color verde intenso de los avellanos. A lo lejos se podía oír una cosechadora trabajando. Otros habitantes más de Lipowo que empezaban a cosechar. Muchos agricultores aguardaban colas para que se les prestara, no todos podían permitirse mantener su propia cosechadora.

Daniel y Weronika se dieron una vuelta por los diferentes caminos del bosque y regresaron a casa. Por entre los árboles se divisaba la silueta de la hacienda Nowakowska. Hacía un tiempo habían arreglado conjuntamente el techo caído del antiguo establo, así que a esas alturas el edificio ofrecía mucho mejor aspecto. La antigua hacienda, en la que Weronika residía, iba también reviviendo poco a poco.

Salieron por entre los árboles y notaron que el pequeño Skoda negro de la comisaria Klementyna Kopp estaba aparcado junto a la entrada. Daniel Podgórski no había hablado con su colega desde el miércoles. A tenor de la reacción de ella durante la última reunión, Klementyna tampoco estaba satisfecha con que la instrucción se hubiese cerrado de forma tan apresurada.

–Pero ¿qué hace aquí Klementyna Kopp? –se le escapó al policía.

Weronika Nowakowska sacudió los hombros con desgana. Daniel no supo interpretar aquel gesto. Hasta el momento no había tenido ocasión de hablar con Weronika sobre su riña con la comisaria Kopp hacía ya varios días, en el centro vacacional, así que seguía sin saber los motivos.

Se acercaron al Skoda. Klementyna estaba sentada en el centro, bebiéndose su habitual cola directamente de la botella. Al verlos, salió del coche rápidamente.

–No me gusta nada todo esto –dijo, sin más explicaciones.

No eran necesarias, todos sabían perfectamente a qué se refería. Daniel Podgórski y Weronika Nowakowska intercambiaron una mirada.

–Será mejor que entremos –propuso Weronika–. Dentro podremos charlar tranquilamente.

Se sentaron en el comedor. El suelo de madera crujía ligeramente bajo sus pies. Daniel había llegado a encariñarse con los ruidos de aquella casa. Esperaba no tener que abandonarla. Y sin embargo, la intranquilidad sobre el futuro de su relación con Weronika no había disminuido en absoluto.

–No me gusta nada todo esto –repitió Klementyna Kopp, cuando se sentaron junto a la mesa.

Igor se acurrucó entre sus piernas. Un tanto abstraída, la comisaria acarició al perro.

–Yo también considero que se ha cerrado la investigación antes de tiempo –asintió Daniel Podgórski, y sintió alivio por no tener que evitar el tema–. Para mí que el fiscal Czarnecki se ha precipitado bastante.

–¿Se ha analizado ya la sangre del bisturí? –preguntó rápidamente Weronika.

Klementyna Kopp la miró fugazmente, hasta que por fin asintió con la cabeza, como si tolerase su presencia.

–Parece ser que Wiktor Cybulski y Jacek Czarnecki han removido cielo y tierra –explicó la comisaria Kopp, como de costumbre escupiendo las palabras de forma un tanto incomprensible–. Pero... el laboratorio ya tiene los resultados, inclusive de ADN. No sé cómo diablos lo han podido hacer tan rápido, la verdad. Yo diría que es un poco raro. En cualquier caso, el resultado es que en el bisturí hay seguro sangre de Kamil Mazur.

–¿Y qué ocurre con las demás víctimas?

Klementyna Kopp solo sacudió los hombros y giró la cabeza.

–¿Y cómo lo explican Cybulski y Czarnecki? –quiso saber Weronika. Los policías la miraron–. ¿No es verdad? Sigue siendo una investigación oficial, ¿o no? Nosotros solo estamos charlando. ¿Cuál es la explicación de que en el bisturí solo hubiese sangre de Kamil?

–La versión oficial es que Eryk Żukowski limpiaba el bisturí cada vez –respondió brevemente la comisaria Kopp–. Solo que después del último asesinato no lo hizo, precisamente.

Daniel Podgórski asintió con la cabeza. Weronika se divertía con su pelo, en silencio.

–Escuchad –dijo al fin–. Desde que Daniel me contó todos los detalles, he estado reflexionando. En mi opinión, todo resulta demasiado perfecto. Si lo miro con perspectiva, parece incluso dirigido. Como si estuviese viendo una película.

Weronika le lanzó una mirada a Klementyna.

–No quiero inmiscuirme. Simplemente, os comento mis propias observaciones –añadió cautelosamente Nowakowska.

La comisaria Kopp guardó silencio durante un instante.

–Tranquila. Conforme, aquí y ahora estamos en plan informal –dijo al fin la canosa policía–. Czarnecki y Cybulski se enfurecerán, pero, para ser sincera, ¡me importa una mierda! Quiero cerrar bien este asunto, no de cualquier forma. Aquí hay algo que me huele muy mal. Una vez que supimos que Żaneta se acostaba con Feliks Żukowski, Wiktor no debería haber seguido al frente de la investigación, y, sin embargo, quien ha encontrado la prueba principal es él.

–¿Insinúas que la ha preparado? –preguntó con cautela Daniel Podgórski–. ¿Estás insinuando que Wiktor dejó el bisturí ensangrentado para inculpar a Eryk Żukowski?

A Podgórski el enigma del bisturí ensangrentado tampoco lo dejaba tranquilo.

–Yo no sugiero nada, ¿eh? Simplemente lo digo.

–Repasémoslo todo, por orden –propuso Weronika Nowakowska.

La comisaria Klementyna Kopp asintió con la cabeza y se sentó con más comodidad. Daniel veía cómo ambas mujeres se clavaban la mirada cada cierto tiempo, pero no lograba descifrar exactamente qué significaba todo aquello. ¿De qué habrían discutido entonces en el centro vacacional?

–Así pues, primero es asesinada Daria Kozłowska, es decir, Kózka. Su cuerpo se encuentra en la colonia de Żabie Doły. Luego muere Beata Wesolowska, Risitas, como segunda víctima.

Su cuerpo aparece en Lipowo –dijo Weronika. Sus mejillas se sonrosaron un tanto.

Daniel tuvo que reconocer que aquel delicado rubor en su cara era muy estimulante.

–Si somos precisos, sus cuerpos se encontraron en el camino de la colonia Żabie Doły a Lipowo, aquel que atraviesa el bosque y el puente sobre el pequeño río. Kózka yacía en los dominios de Żabie Doły, mientras que Risitas en la jurisdicción de Lipowo –precisó Daniel Podgórski. A él también empezaba a invadirlo la expectación–. Creo que ya no debemos pasar por alto este detalle. Si queremos hacer las cosas bien, claro está.

Klementyna Kopp asintió con la cabeza. Weronika hizo lo mismo. Fue como si la hostilidad entre ambas mujeres desapareciese, o al menos decayese durante un segundo. Daniel se sintió aliviado. Al menos, hasta la siguiente mirada torva.

–Cierto. Así que, para ser más precisos, las encontraron en el mismo camino, solo que cada una a un lado, ¿verdad? –precisó Weronika–. Kózka más cerca de la colonia de Żabie Doły, mientras que Risitas muy próxima a Lipowo, ¿no?

Daniel asintió con la cabeza.

–Exactamente.

–Bien. Ambas fueron asesinadas de forma similar –siguió refiriendo Nowakowska, como si ella fuese la jefa del equipo que había estado investigando las dos últimas semanas–. Es decir, tenemos el siguiente perfil: amputación en la zona de la cabeza, un golpe con un objeto plano, víctima atada de pies y manos. Después las mujeres fueron abandonadas en el lugar donde se las encontró, ¿verdad? ¿Me olvido de algo?

–En ambos casos se usó un paralizador –le recordó Daniel Podgórski.

Igor bostezó ostensiblemente. Klementyna Kopp sonrió ante aquel cuadro, y, por un momento, el rostro de la comisaria ofreció un aspecto completamente diferente al habitual. Daniel Podgórski tuvo la impresión de que solo entonces había visto a la auténtica Klementyna, como si la policía se hubiese quitado una máscara que había llevado durante mucho, mucho tiempo.

—Luego tenemos a la tercera víctima, es decir, Olga Bednarek —continuó Weronika Nowakowska, como si no se hubiese dado cuenta de nada.

—Un segundo, para. En realidad, si lo piensas, Olga Bednarek fue la primera víctima —interrumpió la comisaria Kopp, recuperando la expresión habitual de su rostro. Aquel momento había pasado ya—. Recordad que ella fue la única secuestrada por el homicida. El forense afirma que su cautiverio pudo durar incluso una semana. La última vez que se vio a Olga Bednarek fue el viernes veintiséis de julio. Para mí, es probable que Olga sea en realidad la primera víctima. El cuerpo de Kózka lo encontramos el martes treinta de julio, mientras que el de Risitas, el miércoles treinta y uno. Ambas fueron asesinadas la misma noche de su desaparición. A Olga la encontramos el sábado tres de agosto.

Klementyna Kopp sacó de su mochila negra un bloc de notas doblado.

—¿Tienes un bolígrafo? ¿Eh? —le soltó la policía a Weronika.

Nowakowska salió del comedor y tras un instante regresó con tres bolígrafos.

—Lo voy a anotar para que sea más fácil —dijo Klementyna, arrancado una hoja de su bloc:

- **26 de julio:** Olga Bednarek es vista por última vez.
- **30 de julio:** Aparece el cuerpo de Kózka (secuestrada el 29.07).
- **31 de julio:** Aparece el cuerpo de Risitas (secuestrada el 30.07).
- **3 de agosto:** Aparece el cuerpo de Olga Bednarek (¿secuestrada el 26.07?).
- **5 de agosto:** Aparece el cuerpo de Kamil Mazur (secuestrado el 4.08).

Todos contemplaban absortos las fechas que había escrito la comisaria Kopp.

–Yo sigo pensando que Olga Bednarek es la clave –dijo abruptamente Daniel–. Es la única que no se ciñe al mismo esquema, como si no pegase con el resto de las víctimas.

Daniel se levantó y se acercó al frigorífico. Se sirvió zumo de naranja en una taza y lo bebió de un trago. Aun así, sintió que seguía teniendo la boca seca.

–Quizá tengas razón –le concedió Klementyna hablando pausadamente.

–¿Y por qué encerraron a Olga Bednarek? –se preguntó en voz alta Daniel.

Se llevó consigo el zumo y lo colocó sobre la mesa.

–Parece que el autor quería que apareciese Olga Bednarek como la tercera víctima –interrumpió rápidamente Weronika Nowakowska–. Quizá era importante que no fuese la primera en aparecer.

Daniel miró con atención a Weronika. Tenía sentido lo que decía.

–Bueno, vale. Pero ¿por qué? –preguntó Klementyna, como si fuese la profesora que les tomase la lección a sus alumnos. Podgórski sospechaba que la propia comisaria Kopp tenía ya en su cabeza la respuesta. Desde hacía tiempo, además.

–¿Y si fuera porque, de ser así, habría revelado la identidad del asesino? –propuso Nowakowska. En su voz se oía la exaltación–. Tenemos que examinar con más detalle a esta Olga. Tal vez ella nos conduzca hasta el asesino.

¿Tenemos? ¿Nosotros? Daniel seguía sin estar seguro de si debía mezclar en todo aquello a Weronika. A pesar de que en esos momentos estuviesen trabajando por su cuenta, Nowakowska seguía siendo una civil. También era la mujer a la que Podgórski amaba. Para emociones le bastaba con las del invierno anterior, cuando Weronika por poco muere a manos del asesino.

Daniel Podgórski miró a la comisaria Kopp buscando ayuda. La policía tan solo se encogió de hombros.

–Bien –dijo en tono neutral.

–Venga, vale. Sigamos –afirmó Weronika Nowakowska, sonriendo ante aquella parca aprobación por parte de Klementyna. A continuación es asesinado el socorrista Kamil Mazur.

–Sí, encontramos el cuerpo el lunes cinco de agosto.

–Él también fue neutralizado con el paralizador, golpeado y maniatado. Luego le amputaron las manos. Probablemente se empleó el bisturí que encontramos en el despacho de ese director de escuela, Eryk Żukowski.

–Sí, en el caso de que realmente contenga la sangre de Kamil Mazur –confirmó Klementyna.

–Supongamos que no ha habido ningún error en los análisis y que en el bisturí está, en efecto, la sangre de Kamil Mazur –propuso Daniel Podgórski–. Supongamos que efectivamente se trata del bisturí que se empleó para amputar partes a todas las víctimas. ¿Cuáles serían las conclusiones?

–Hay dos posibilidades –dijo Weronika Nowakowska, sirviéndose también zumo de naranja en la taza–. La primera, que Eryk Żukowski es el asesino que estamos buscando, y que el fiscal tenía razón cerrando la investigación. La segunda, que alguien colocó allí el bisturí para que la policía pensase que Żukowski es el culpable. ¿Y si Eryk Żukowski fuese el chivo expiatorio que encubre al verdadero asesino?

22

EL COMISARIO PRINCIPAL Wiktor Cybulski se subió al Ford Mondeo plateado que normalmente conducía. Sentía que debía ir lo antes posible a la sala de disección de la Comandancia de la Policía de Brodnica y observar los cuerpos de las víctimas una última vez. Dejó todos los ingredientes del quiche en la encimera de la cocina. Ya se encargaría de eso más tarde, no era momento de cocinar. Wiktor volvió a pensar en el director del colegio, que seguramente iría a la cárcel de por vida por asesinato múltiple. ¿Acaso Żukowski era culpable? No es que a Cybulski le diese pena Eryk, aunque él no fuese el amante de Żaneta. A Cybulski no le importaba Eryk, ¡pero tenía que saberlo!

Ya desde hacía algún tiempo, Wiktor Cybulski se venía preguntando si Żaneta había tenido algo que ver con todo aquello. Sin embargo, no sabía por qué su mujer iba a tener que matar ni cómo podría hacerlo. ¿O tal vez tenía algunas dudas, pero simplemente prefería ignorarlas? Justo ese día, cuando Wiktor Cybulski había bajado al reino subterráneo de su mujer con la inocente intención de coger una botella de vino que le fuera bien al quiche, había caído en la cuenta de algo.

El taller de Żaneta estaba lleno de diversas herramientas de escultura. Entre ellas había una que le había llamado especialmente la atención a Wiktor. Un cincel. El cincel en sí no era grande, pero tenía un mango que recordaba peligrosamente el tamaño de una porra de policía. Todas las víctimas fueron golpeadas antes de que el asesino les quitara la vida. ¿Cabía la posibilidad de que el instrumento misterioso fuera precisamente ese cincel? ¿Acaso había matado Żaneta a las cuatro víctimas? Al ser profesora del colegio de Żabie Doły tenía fácil acceso al bisturí. También pudo habérselo colocado con facilidad el profesor Eryk Żukowski. Lo demostró con la estupidez que había cometido al colocárselo a Bernadeta Augustyniak. Żaneta también bién disponía de un coche que podría haber usado para transportar a las víctimas. El comisario seguía atando cabos. ¿Dónde las había llevado? De momento Wiktor no lo sabía. En casa seguro que no las había matado. En ese caso Cybulski se habría dado cuenta. ¿Verdad?

Solo quedaba la duda del paralizador que usaron en cada asesinato. ¿Tenía Żaneta un arma de esas? Wiktor Cybulski metió primera y salió del garaje. Esa pregunta no tenía sentido. El comisario tenía al menos tres paralizadores diferentes. Llevaba a su lado el cincel de Żaneta, metido en un maletín de piel. Quería entrar a la morgue y poner el mango de la herramienta sobre las marcas que había en la piel de las víctimas. Quería comparar antes de que los cuerpos fueran entregados a las familias, o incinerados. Wiktor era consciente de que no era el método ideal, pero era lo único que se le había ocurrido. Podía preguntarle directamente al forense, pero tenía que saberlo.

Lo que haría con esa información ya era otra cosa. Żaneta era su mujer y Wiktor Cybulski estaba decidido a protegerla a toda costa. Incluso aunque eso supusiera meter a un inocente en la cárcel.

Tras hablar con el vecino de Olga Bednarek y la inesperada aparición de Feliks Żukowski con sus acusaciones histéricas contra la enfermera Milena Król, el tenaz equipo de investigación se había ido al centro vacacional Valle del Sol. Daniel Podgórski, la comisaria Klementyna Kopp y Weronika Nowakowska querían hablar una vez más con Krystyna Bednarek. No

364

obstante, todos se habían quedado decepcionados al ver que la conversación con la madre de Olga no les había aportado nada nuevo.

Frustrados, se subieron al Subaru azul celeste de Daniel y regresaron a la vieja casa de Weronika. Daniel Podgórski tenía la desagradable sensación de que habían llegado a un punto muerto. La comisaria Klementyna Kopp parecía especialmente deprimida con todo aquello.

–No es tan malo –la animó Weronika Nowakowska–. Tenemos información nueva. Según el vecino de Olga Bednarek, últimamente la chica pasaba mucho tiempo con Milena Król. Más que antes. Tal vez deberíamos comprobar si las personas asesinadas también habían estado últimamente pasando más tiempo con la enfermera.

–Vale, quedaban mucho. Pero bueno, eso no significa nada –la interrumpió Klementyna Kopp bruscamente mientras salía del coche–. No podemos basarnos en eso para afirmar que la enfermera sea la asesina.

Daniel Podgórski suspiró en voz baja. Ya que estaban actuando de forma independiente, sin la peculiar aquiescencia del fiscal Czarnecki, el policía tenía la esperanza de que al menos lo hicieran bien. Una condición básica de actuación era observar objetivamente la situación actual. La comisaria Kopp criticaba que Wiktor Cybulski estuviese involucrado en el caso, pero al mismo tiempo ella misma había estado protegiendo a la enfermera Milena Król desde el principio.

–Pero... –retomó la palabra Weronika Nowakowska.

–Dejemos por ahora a Milena Król –propuso Daniel conciliador–. Vamos ahora a la Comandancia Provincial y hablemos otra vez con el forense. Tal vez hayamos pasado algo por alto en el cuerpo de las víctimas.

–Weronika se queda –dijo Klementyna Kopp con tranquilidad–. No es posible que entre a la comandancia y menos aún a la sala de disección. Ni de broma. Lo sabéis, ¿no?

Nowakowska asintió ligeramente con la cabeza.

—Nos vemos luego —le dijo a Daniel antes de irse a casa.

La comisaria Kopp se subió a su pequeño Skoda negro y dio marcha atrás para salir del acceso a la vieja casa. Daniel se metió en el coche con dificultad. Hicieron en silencio el trayecto a la Comandancia en Brodnica, cada uno sumido en sus propios pensamientos infelices.

Entraron en la comandancia sin que nadie los detuviese. Inconscientemente, Daniel Podgórski esperaba encontrar algún inconveniente. Tal vez un grupo de policías uniformados enviados por el fiscal o por el comandante. Daniel se rio internamente de sus ideas absurdas. ¿Por qué tendría que sorprenderse nadie de que entraran al edificio? Klementyna llevaba años trabajando ahí y durante las dos últimas semanas ya todos se habían acostumbrado a ver a Daniel también.

Bajaron rápidamente al sótano, donde se encontraba la sala de disección. No habían avisado al forense de su visita, pero esperaban encontrarlo. Sin embargo, en la sala de disección solo encontraron a su asistente.

—Hola, comisaria —le dijo Malwina Lewandowska a Klementyna—. Buenos días, Daniel. ¿Qué necesitan?

Malwina Lewandowska tenía una sonrisa simpática y el pelo de un intenso color chocolate. Daniel Podgórski enseguida sintió simpatía por ella, a pesar del entorno sombrío y la bata blanca que llevaba la chica.

—Nos gustaría hablar un momento con el doctor Koterski —explicó Daniel.

—Desgraciadamente el doctor ha salido a atender algo. En el casco antiguo de la ciudad han encontrado unos huesos. Seguro que no tarda. ¿Puedo ayudarles en algo?

—Quisiéramos volver a ver el informe de la disección de todas las víctimas de nuestro caso —dijo Podgórski—. Si no hay problema.

Daniel miró un poco nervioso alrededor, como si estuvieran a punto de pillarlo con las manos en la masa. En realidad no

366

estaban haciendo nada malo, pero en su cabeza la situación estaba empezando a alcanzar la categoría de delito.

–Por supuesto. Ahora mismo lo traigo. Tenemos aquí las copias.

La asistente del forense no preguntó por qué habían bajado a por ellos a la sala de disección. Precisamente el fiscal tenía toda la documentación.

La muchacha volvió un poco después con varias carpetas. Klementyna Kopp casi se las arrancó de las manos.

–Gracias –dijo con cierta frialdad, y se dirigió al despacho del doctor Koterski–. Ya que Zbych no está, voy a tomar prestada su oficina, ¿vale?

–No sé si será importante, pero... –empezó a decir Malwina Lewandowska.

La joven parecía un poco avergonzada. De repente a Daniel le invadió una sensación de *déjà vu*, como si esa situación ya hubiese sucedido antes.

–No creo que haya inconveniente, ¿no? –preguntó con cierta amabilidad Klementyna–. De todas formas Koterski no está.

–No se trata de eso. Yo... se trata del caso...

La asistente del forense miraba a Daniel expectante. El policía asintió con la cabeza para animarla. Sentía que esa joven quería transmitirles algo importante. La comisaria Klementyna Kopp no parecía convencida.

–Vale. Vosotros hablad aquí mientras yo reviso estos informes, ¿vale? Y todos contentos.

La comisaria cerró tras de sí la puerta del despacho del forense. La asistente miró otra vez al policía. Parecía avergonzada con la situación.

–Por favor, hable –le pidió Daniel con suavidad.

–No sé si será importante –se disculpó de nuevo Lewandowska, poniéndose el pelo detrás de la oreja con nerviosismo–. Simplemente pensé...

«No sé si será importante...» Daniel Podgórski tenía la sensación de que cada vez que alguien empezaba así una frase, el tema resultaba ser algo relevante. Bueno, tal vez no siempre, pero casi. Le parecía que ese podía ser uno de aquellos casos. Recordó que la asistente del forense ya había tratado de hablar antes con él, cuando había acudido a la sala de disección con el comisario principal Wiktor Cybulski. Sin embargo, nadie le había prestado atención en ese momento. ¿Acaso habían cometido un error? ¿Qué podría saber Malwina Lewandowska sobre el caso?

—Por favor, cuénteme todo por partes —volvió a animarla Daniel.

—Yo ayudo al doctor Koterski en las autopsias. También lo he ayudado con las cuatro víctimas del Asesino de Vírgenes —dijo Malwina Lewandowska tímidamente—. Pues durante estas autopsias me di cuenta de que a todas las víctimas les habían cortado un mechón de pelo. Bueno, menos al chico.

Podgórski observó detenidamente a la asistente del médico forense.

—¿Está usted segura? El doctor Koterski no dijo nada de eso. Ni durante nuestra conversación ni en el informe.

—El doctor piensa que estoy equivocada y solo es casualidad. La peluquería es mi pequeño hobby. Yo... me doy cuenta de ese tipo de cosas. Puedo mostrárselo para que lo vea usted mismo.

—¿Las víctimas siguen en la morgue? —se sorprendió Podgórski. Pensaba que los cuerpos ya habían sido entregados a las familias.

Malwina Lewandowska asintió con la cabeza.

—Aún están allí, pero se los llevan mañana por la mañana. Sígame, por favor. Le voy a mostrar el pelo. Sé que no me estoy equivocando, aunque el doctor Koterski no esté de acuerdo conmigo.

Atravesaron la sala de disección. Por todas partes flotaba el olor dulzón de la muerte, que no se iba con ningún producto de limpieza. Eso no parecía molestarle a Malwina, a pesar de su delicadeza. Abrió la puerta de la morgue y llevó a Daniel

Podgórski hasta donde estaba el primer cuerpo. Sus respiraciones producían vaho a causa del frío. Daniel sintió como si hubiese retrocedido en el tiempo varios meses y de nuevo se encontrase frente a la monja asesinada en Lipowo el pasado enero. Lo atravesó un desagradable escalofrío.

–Al principio yo también pensé que sería casualidad –aclaró Malwina Lewandowska, volviendo al objetivo de su visita–. Pero véalo usted mismo.

Se puso los guantes y pasó la mano por la cabeza de Kózka. Al final encontró un punto en la coronilla donde habían cortado un mechón de su pelo rubio casi a la altura del cuero cabelludo.

–Al principio yo también pensé que sería casualidad –repitió la asistente del forense–, que tal vez se le pudo haber enredado algo en el pelo y tuviera que cortarlo. A veces pasa, pero, por favor, mire esto...

Lewandowska acompañó al policía al siguiente lugar y descubrió la cabeza de Beata Wesołowska. Los oscuros rizos de Risitas estaban esparcidos alrededor de su rostro sin vida. Malwina Lewandowska repitió la acción y rápidamente encontró el mechón cortado.

–En ella es más difícil percibirlo porque tiene el pelo rizado –explicó la asistente del forense–. Tal vez por eso el doctor Koterski no me creyó.

A Podgórski no le sorprendió la actitud del médico forense. A él mismo le costó ver de lo que hablaba Malwina Lewandowska. Por otro lado, el policía estaba cada vez más intrigado. Aquello era algo completamente nuevo y, precisamente, estaba tratando de ver las cosas desde un ángulo diferente.

–¿Olga Bednarek también lo tiene? –preguntó.

Malwina Lewandowska asintió con la cabeza.

–Sígame, por favor, se lo mostraré. Únicamente el hombre, Kamil Mazur, no tenía el pelo cortado. Puede que al tenerlo tan corto simplemente no pudieran. Vayamos con Olga Bednarek...

De repente se abrió la puerta de la morgue y apareció ante ellos el comisario principal Wiktor Cybulski. Por un momento se hizo un incómodo silencio. Al final Cybulski sonrió. Muy amablemente, como de costumbre. Sin embargo, en sus ojos se percibía un brillo de ira.

–Daniel, ¿puedo saber qué estás haciendo aquí? El fiscal ya ha cerrado este procedimiento.

Podgórski se sintió como cuando su madre lo pillaba cogiendo un trozo de bizcocho recién hecho. Solo que cien veces peor.

–¿Puedo saber por qué le está mostrando los cuerpos, Malwina?

La asistente del médico forense bajó la mirada.

–No sabía que no podía hacerlo. Precisamente el señor Daniel lleva este caso y...

–El caso ya está cerrado –dijo con dureza Wiktor Cybulski–. El fiscal Czarnecki ya tiene todas las pruebas necesarias. El culpable es el director del colegio, Eryk Żukowski. Por favor, ya no le permita a nadie más acceder a los cuerpos. ¿Queda claro? A nadie, hasta que se los entreguen mañana a las familias.

Malwina Lewandowska asintió diligentemente con la cabeza. Wiktor miró con contundencia a Daniel.

–El caso está cerrado, Daniel. ¿Queda claro? –preguntó el comisario principal.

–Por supuesto –replicó Daniel Podgórski.

LA ENFERMERA MILENA Król tenía la sensación de que ya no iba a aguantar más. El sentimiento de culpa estaba acabando con ella. Miró cautelosamente por la ventana de la cocina. No había policías. No habían vuelto. Eso solo podía significar una cosa. Los rumores eran ciertos y la investigación realmente había terminado. La policía tenía a su culpable. Gracias a ella.

Jo debería respirar con alivio, pero no podía. No se quedaba tranquila. Seguía con miedo a salir de casa, temía que la gente pudiera ver la verdad en su cara. Milena Król se dirigió a su pequeño armario. No le quedaba otra, tenía que irse de la colonia Żabie Doły. Hasta que fuera el momento. De todas formas ese momento tendría que llegar.

La enfermera hizo la maleta rápidamente. No pensaba llamar a nadie. Ni siquiera a su madre. La llamaría cuando consiguiese encontrar un lugar seguro donde quedarse. Tal vez incluso en el extranjero. Lo más lejos posible de todo aquello.

Quería empezar una nueva vida.

EL INSPECTOR DANIEL Podgórski salió de la Comandancia Provincial de la Policía en Brodnica y miró a su alrededor en el aparcamiento. No se veía a la comisaria Klementyna Kopp por ninguna parte. Su coche seguía aparcado cerca de la entrada. Daniel sacó el teléfono y trató de llamar a su compañera, pero no contestó.

Podgórski se puso a vagar sin rumbo por el aparcamiento. Sus pensamientos volvieron a lo que había sucedido unos minutos antes. El comisario principal Wiktor Cybulski lo había dejado claro: Daniel no debía volver a meterse en el tema del Asesino de Vírgenes. Cybulski estaba muy equivocado si pensaba que sus amenazas indirectas iban a detener a Podgórski. Ahora el policía de Lipowo tenía más ganas aún de saber la verdad. Empezó a tomárselo casi como una cruzada personal. Daniel quería demostrarle a todos y a sí mismo que era capaz de descubrirla.

Podgórski tenía la sensación de que ya estaban muy cerca de resolver todo el misterio. Lo que le había dicho la asistente del médico forense sobre los mechones de pelo que les habían cortado a todas las víctimas mujeres le parecía interesante. Decidió que valía la pena seguir esa pista.

Daniel miró el edificio de la Comandancia Provincial de la Policía en Brodnica. Necesitaba tener acceso a un ordenador y al sistema de la policía. Ya habían desechado esa posibilidad, pero tal vez se encontraban ante un asesino en serie. Tal vez habían rechazado demasiado pronto esa opción. Podgórski ya no estaba seguro de nada. Sin embargo, esa vez no pensaba pasar nada por alto. Pensaba revisar el sistema buscando asesinatos en los que hubieran cortado el pelo a las víctimas. Tal vez esa fuera la firma personal del asesino. Era cierto que no recordaba ningún caso así, pero pensó que no había nada de malo en revisarlo.

El nuevo objetivo fue como un chute de energía. Daniel Podgórski volvió a mirar el edificio de la comandancia. Allí había muchos ordenadores. El problema era que él no tenía acceso a ninguno de ellos. Tampoco quería volver a toparse con el comisario principal Wiktor Cybulski.

Podgórski volvió a llamar a Klementyna, pero la comisaria Kopp seguía sin coger el teléfono. El policía maldijo en voz baja. Tenía que llegar a su comisaría de Lipowo lo antes posible, allí podría revisarlo todo. Desgraciadamente, habían llegado en el coche de Klementyna Kopp. Por un momento pensó en volver en autobús, pero finalmente decidió llamar a Weronika y pedirle que fuera a buscarlo. Así sería más rápido.

Daniel se sentó a esperar a Weronika en el muro que estaba frente a la comandancia. En ese lugar había hablado con él el oficial Grzegorz Mazur, de la colonia Żabie Doły. Ahora parecía que hubiesen pasado siglos desde aquello. Los pensamientos de Podgórski volvieron de nuevo al caso. No soportaba pensar que había demasiados sospechosos en aquella investigación. Solo eso ya era extraño.

Primero, la policía pensó que el culpable podía ser Marcin Wiśniewski, amante de las dos primeras víctimas. Después, las sospechas recayeron sobre el socorrista Kamil Mazur, que había sido el amante de la segunda víctima y había sido expulsado del ejército por una agresión. A continuación, surgió el asunto de la pornografía y automáticamente pasó a ser sospechoso el dueño del centro vacacional Valle del Sol, Szymon Wiśniewski. Más tarde, salió a la luz el nombre de Bernadeta Augustyniak. Resultó que la asistente del director del colegio estaba filmando películas *snuff* cargadas de violencia junto con el piragüista Marcin Wiśniewski.

Para terminar, gracias a las declaraciones de la enfermera Milena Król, se convirtieron en sospechosos el director del colegio, Eryk Żukowski, y su hijo Feliks. El arma del crimen manchada de sangre que encontraron en el escritorio del director finalmente había probado que era culpable. Al menos según el fiscal Jacek Czarnecki y el comisario principal Wiktor Cybulski.

Marcin Wiśniewski, Kamil Mazur, Szymon Wiśniewski, Bernadeta Augustyniak, Feliks Żukowski y Eryk Żukowski, volvió a contar Daniel. Todas esas personas tenían algún peso en su conciencia, pero ¿acaso ese peso era la muerte de las cuatro víctimas de Lipowo y la colonia Żabie Doły?

Tampoco podían olvidarse de Żaneta Cybulska, que colaboraba estrechamente con Feliks Żukowski fabricando pruebas. ¿Cuál era el papel de la esposa de Wiktor Cybulski en el caso? ¿Acaso el propio Wiktor era algo más que un investigador? ¿Tal vez el oficial Grzegorz Mazur de Żabie Doły había cometido algún crimen? ¿Eran las acusaciones de Feliks Żukowski respecto a la enfermera Milena Król infundadas?

Las preguntas pasaban por la mente de Daniel Podgórski a una velocidad pasmosa. Sus pensamientos se vieron interrumpidos por la aparición del viejo todoterreno de Weronika. Nowakowska saludó a Daniel con la mano. El policía se subió aliviado al coche. Demasiadas preguntas para tan pocas respuestas.

—Vamos a nuestra comisaría —dijo Podgórski, y le explicó a Weronika la pista de los mechones de pelo que les habían cortado a las mujeres asesinadas.

A esa hora la comisaría de Lipowo ya estaba vacía. Los compañeros de Daniel habían terminado la jornada. Todo era agradablemente familiar, como si el policía hubiese vuelto a casa después de un largo viaje. Encendió la luz, dado que en el edificio ya no entraba la luz del sol. Los días se estaban haciendo claramente más cortos. Todo indicaba que llegaba inexorablemente el otoño, y después el invierno.

Daniel encendió su viejo ordenador. El ventilador hacía ruido, como de costumbre. Esos ruidos tan conocidos, que antes lo ponían nervioso, en esos momentos le resultaban reconfortantes. El ordenador se encendió con lentitud. Podgórski abrió una ventana mientras tanto. Desde fuera llegó el olor característico de la cosecha de los campos colindantes. El policía inspiró profundamente. Sintió felicidad.

Por fin la pantalla del ordenador se encendió y Daniel Podgórski accedió al sistema. Metió las palabras clave en el buscador. Weronika se inclinó hacia la pantalla sobre el brazo del policía. Su cercanía también tenía un efecto reconfortante en Daniel. ¿Había otros crímenes en los que el asesino hubiera cortado el pelo de las víctimas? ¿Tal vez esta no era la primera vez que el Asesino de Vírgenes había matado a alguien?

–Hay dos resultados –dijo Daniel Podgórski. A pesar del cansancio y el potente rugido de su estómago, Podgórski se sintió entusiasmado–. Dos asesinatos en los que aparece el tema del pelo cortado.

1. Renata Krawczyk, 28 años, asesinada el 8 de enero de 2008 en Varsovia.
2. Paulina Halek, 17 años, asesinada el 5 de abril de 2009 en Jelenia Góra.

Daniel empezó a revisar el informe de los dos casos.

–A ambas las sometieron con un paralizador. Después les hicieron un corte en forma de cruz en el pecho y les raparon la cabeza. Las dos tenían también un corte profundo en la garganta. Casi como lo que tenemos ahora. Me refiero al paralizador y el corte de la garganta. Bueno, y el pelo, claro. Solo que en el caso que nos ocupa no les han cortado más que un mechón, mientras que a estas les habían cortado todo el pelo –resumió Podgórski–. Las mujeres asesinadas eran prostitutas. Fueron conocidas como las víctimas del Cruzado, así es como la prensa sensacionalista apodó al asesino, por el enorme corte en forma de cruz que hacía en el pecho de sus víctimas.

El policía sentía que su entusiasmo iba en aumento. Las dos primeras víctimas de Lipowo y Żabie Doły, es decir, Kózka y Risitas, también ejercían la prostitución. ¿Acaso el Asesino de Vírgenes al que habían estado persiguiendo las últimas semanas era también el Cruzado? Según el sistema policial, el Cruzado solo había matado dos veces. En 2008 y en 2009. ¿Sería entonces que, cuatro años después, había vuelto a sentir una sed de sangre incontrolable? ¿Por qué habría esperado tanto tiempo? ¿Por qué habría cambiado su forma de actuación? ¿Por qué habría dejado de hacer el corte en forma de cruz en el pecho de las víctimas? Si esa era precisamente su marca personal. ¿Por qué el Cruzado habría matado a Kamil Mazur, si hasta el momento todas sus víctimas habían sido mujeres? Preguntas, preguntas, preguntas.

Podgórski desplegó un mapa de Polonia.

–De Brodnica a Jelenia Góra hay más de quinientos kilómetros. A Varsovia hay algo menos de doscientos kilómetros. Es bastante lejos –reconoció Daniel pensativo–. ¿Qué haría el Cruzado en nuestra zona? ¿Por qué habría venido precisamente a Lipowo y a la colonia Żabie Doły?

Weronika Nowakowska parecía ensimismada.

–Oye, Daniel –dijo por fin, mientras se sentaba en la silla chirriante para invitados. Podgórski llevaba tiempo prometiéndose que la iba a cambiar–. Lo recuerdo.

–¿A qué te refieres? –preguntó el policía–. ¿Qué recuerdas?

–Ahora recuerdo esos dos asesinatos de los que hablas, y al Cruzado también.

–¿A qué te refieres? –repitió Daniel Podgórski.

EL OFICIAL GRZEGORZ MAZUR sintió el peso de la porra de policía en su mano. Parecía que la policía de Brodnica lo tenía difícil, pero a él no lo engañaban. Los entendía hasta cierto punto. Ni siquiera él mismo estaba seguro de quién era el que había matado a su hijo. Finalmente habían determinado que el culpable era el director del colegio.

El oficial Mazur no sabía bien qué hacer, aunque de hecho su plan era muy sencillo: matar al culpable. Definitivamente, el sistema penal polaco no era suficiente para él. Mazur tenía que tomarse la justicia por su mano. Pero ¿cómo? ¿Realmente Eryk Żukowski era el culpable? El oficial Mazur sabía que la comisaria Klementyna Kopp, junto con el suboficial Daniel Podgórski y una mujer pelirroja, aún estaban merodeando por la colonia Żabie Doły.

¿La investigación seguía en curso a pesar de las afirmaciones del fiscal Jacek Czarnecki en la rueda de prensa del día anterior? El oficial Grzegorz Mazur no estaba seguro. Decidió esperar un poco más.

De todas formas la justicia triunfaría.

LA COMISARIA KLEMENTYNA Kopp escuchó la conversación que había tenido lugar entre el inspector Daniel Podgórski y el comisario principal Wiktor Cybulski en la morgue, en el sótano de la Comandancia Provincial de la Policía en Brodnica. Klementyna acababa de terminar de revisar los informes de las autopsias de todas las víctimas. No tenía ganas de tener una discusión inútil con Cybulski, así que salió por el otro lado del pasillo, evitando la morgue. Pensó que Daniel se las arreglaría sin ella.

Era como si el estúpido enamoramiento que sentía por Podgórski se hubiera calmado durante los últimos días. La comisaria Kopp suspiró aliviada. El corazón aún le latía con fuerza cuando veía a Daniel, pero existía la posibilidad de que se le pasara en algún momento. Tal vez ayudó el sincerarse sobre Teresa. ¿O tal vez era la vergüenza que Klemetyna sentía por haberle revelado la verdad sobre ese asunto al policía? Su marido le pegaba y la denigraba. Era verdad. Pero ¿convertía eso a la comisaria Kopp en un ser inferior? No quería compasión. Y menos de parte de Daniel Podgórski y Weronika Nowakowska.

Klementyna Kopp maldijo en voz baja, dejando atrás esos pensamientos tristes. Era hora de concentrarse en el caso. Tal vez, si encontrase al verdadero asesino, podría por fin cerrar ese capítulo de su vida. Desgraciadamente, en el informe del forense que había estado revisando mientras Daniel hablaba con Malwina Lewandowska, la policía no encontró nada nuevo. El único detalle que hasta el momento no habían tenido en cuenta era una pequeña marca de pintura al óleo en la mano de Risitas. No obstante, ninguna otra de las víctimas tenía nada igual en el cuerpo, así que los miembros del equipo de investigación habían dado por hecho que era pura casualidad. La comisaria Kopp no cambiaba su postura al respecto.

A falta de otras ideas, Klementyna Kopp decidió subir a la segunda planta. Tenía intención de ir al departamento de informática y ver si Marian Ludek tenía ya la lista de nombres de los usuarios de la página web Bealive. Se sentía mal por tener que revelarle su secreto a una persona más. Sin embargo, no tenía otra opción. Ella no sabía tanto de ordenadores como para revisarlo sin ayuda de nadie. Bien es verdad que lo único que Klementyna le había dicho al informático era que tenía un perfil de usuario en Bealive, pero Ludek sabía sumar dos más dos. La comisaria Kopp esperaba que el informático supiera mantener la discreción.

Cuando subió al segundo piso, enseguida vio a Marian Ludek junto a la máquina de café. Estaba enfrascado en una conversación con sus compañeros del departamento. En cuanto la vio, se disculpó con ellos y se acercó a Klementyna.

–Ya tendrás algo, ¿no? –preguntó la comisaria Kopp sin saludarlo.

Marian Ludek miró alrededor con nerviosismo.

–Klementyna, ya sabes que he tenido muy poco tiempo –dijo el informático en tono de disculpa–. También tengo que ayudar en otras investigaciones. Además debo hacer el mantenimiento de nuestra página web y...

–¿Tienes algo o no? –lo interrumpió en tono firme la policía de pelo canoso.

El informático asintió con la cabeza y se bebió el café ya frío del vaso de plástico.

–Podríamos decir que he hecho la mayoría –replicó–. Me he concentrado en las personas que hablaron contigo o con Teresa en el chat o en el foro de discusión de la página Bealive. Ten en cuenta que también se puede entrar a la página mediante una sesión de invitado. De esa forma la persona no tiene que registrarse. Comprobar esas personas es más complicado aún. Tendría que ponerme en contacto con el dueño de la página y...

–¿Tienes algo o no? –preguntó por tercera vez la comisaria Kopp, ignorando las explicaciones del informático.

–Sí –dijo el hombre un tanto resignado–. Ven a mi escritorio.

Pasaron junto al grupo de informáticos que estaba conversando y llegaron a la sala del final del pasillo donde trabajaba diariamente Marian Ludek.

–Aquí tienes –dijo el informático mientras le entregaba a Klementyna Kopp una hoja impresa con nombres y direcciones–. Solo que aún no he comprobado todas las identidades...

La comisaria Kopp ya no lo estaba escuchando. Empezó a revisar rápidamente la lista de personas que habían establecido contacto con ella misma o con Teresa en la página Bealive. Le resultaba extraño relacionar los pseudónimos, que hasta ahora habían sido anónimos, con sus nombres y apellidos. La policía se sentía como si estuviese abusando de su poder, como si estuviese traicionando su confianza. Esas mujeres, al igual que ella, no querían que nadie hurgase en sus historias.

La comisaria Klementyna Kopp tenía la ligera impresión de que el informático Marian Ludek seguía hablándole. Lo ignoró. Apretó el papel con tal fuerza que las uñas se le pusieron blancas. Un apellido conocido. ¿Qué hacía ella en la página Bealive? Y la cuestión más importante: ¿podía ser ella la asesina?

WERONIKA NOWAKOWSKA SE levantó rápidamente de la chirriante silla de oficina en la comisaría de Lipowo. A juzgar por el ruido que hacía, el mueble amenazaba con venirse abajo de un momento a otro.

—Lo recuerdo –repitió Nowakowska.

—¿A qué te refieres? –preguntó de nuevo Daniel–. ¿Qué es lo que recuerdas?

Hacía un momento habían revisado el sistema policial buscando crímenes de los últimos años en los que el asesino hubiera cortado el pelo de la víctima. Solo aparecieron dos resultados. Renata Krawczyk, asesinada hacía cinco años en Varsovia, y Paulina Halek, asesinada hacía cuatro en Jelenia Góra. Ambas mujeres eran prostitutas, y atribuyeron su muerte al asesino bautizado por la prensa como el Cruzado. Nunca lo atraparon.

—Recuerdo estos dos asesinatos. Me he acordado porque estaba en unas conferencias científicas de psicología... Estaba allí cuando sucedió –aclaró Weronika Nowakowska–. Primero en Varsovia y después, el año siguiente, en Jelenia Góra. Fue un tema muy comentado en los pasillos. Alguien incluso bromeó con la suerte que teníamos. Allá donde íbamos, estaba el Cruzado.

En la oficina se hizo el silencio, interrumpido solamente por el ruido que hacía el ordenador de Daniel.

–¡Espera! –gritó Weronika–. ¡Espera! ¿Y si no fue una mera casualidad? ¿Y si no fue solo una cuestión de «suerte»?

Podgórski miró sorprendido a Nowakowska.

¿Eso qué significa?

–¿Qué probabilidades hay de que esté en una conferencia científica en Varsovia y el Cruzado mate a alguien, y después vaya a Jelenia Góra y el asesino ataque de nuevo? ¿Por qué no fue, por ejemplo, a Cracovia o a Wrocław? Primero fue en Varsovia y luego en Jelenia Góra, justo donde fueron las conferencias.

Daniel se rascó la barba pensativo.

–¿Piensas que esas conferencias científicas tienen algo que ver con los asesinatos del Cruzado?

–No podemos descartarlo. Tal vez el Cruzado participó en ellas, como yo.

Weronika Nowakowska se estremeció. La idea de haberse podido cruzar con el asesino en algún pasillo era aterradora.

–¿Por qué nadie se dio cuenta antes de esa coincidencia?

–Venga, Daniel. Varsovia es una ciudad grande –dijo Nowakowska, dejando caer las manos –. Allí pasan muchas cosas. ¿Quién iba a relacionar precisamente nuestra conferencia científica con un asesino en serie? Me imagino que nuestro congreso tampoco era el único acontecimiento que tenía lugar en Jelenia Góra en aquel momento. Se trata de conferencias científicas, no de un concierto de rock. Ni siquiera las cubre la prensa. A nadie le interesan, mas que a los propios participantes.

Podgórski asintió lentamente con la cabeza.

–Está bien. Supongamos que tienes razón y el Cruzado efectivamente mató durante estos eventos. ¿Por qué tendría que venir aquí y matar en Lipowo y en la colonia Żabie Doły? Aquí no ha habido ninguna conferencia científica. Además, ¿por qué de repente dejó de matar? Su última víctima era del año 2009, después desapareció durante cuatro años.

–Tal vez no lo haya dejado del todo –dijo Weronika–. ¿Tienes internet aquí?

–Claro que tengo. ¿Qué quieres comprobar?

380

Weronika cogió el teclado y comenzó a teclear.

–Por lo que tengo entendido, la última conferencia tuvo lugar en Gdańsk. En junio de este año. Quiero ver si en esa época asesinaron a alguien, sea quien sea.

–Puede que haya varios resultados y eso no tiene por qué significar absolutamente nada –dijo Daniel Podgórski con escepticismo–. La gente muere por diversos motivos, no solo porque los mata un asesino en serie.

–Entonces centrémonos primero en las muertes destacadas –decidió Nowakowska mientras continuaba tecleando–. ¡Mira!

Daniel miró la pantalla del ordenador. Weronika sentía que la adrenalina empezaba a correr por sus venas.

Por fin ha sido identificado el cadáver de la mujer que quemaron a mediados de junio en Gdańsk. La policía se basó en el tatuaje en forma de delfín que tenía la víctima en la pierna. La mujer asesinada se llamaba Sabina Gładys y se ganaba la vida como prostituta. Sabina tenía quemada toda la cabeza y la caja torácica, lo que hizo que fuera imposible identificarla. Hasta ahora la policía no ha encontrado al culpable. El procedimiento está en curso.

–Es la página web de un periódico sensacionalista –dijo Podgórski–. También podrían haber escrito que a esta mujer la quemaron unos extraterrestres.

–¿Qué tiene de malo que sea un periódico sensacionalista? –se ofendió Nowakowska–. A veces vale la pena buscar información en ellos. Sobre todo si otras fuentes fallan. ¡Da igual! El hecho es que alguien mató y quemó a esta mujer, mientras tenía lugar en Gdańsk el X Congreso de Psicología. ¿Crees que eso es casualidad?

Daniel se encogió de hombros.

–Y tú piensas que es una obra más del Cruzado, ¿no? –preguntó el policía en tono un poco sarcástico.

–¿Puedes al menos buscar el informe sobre la muerte de esa prostituta en este sistema vuestro? –espetó Weronika Nowakowska.

Podgórski volvió a girar la pantalla del ordenador hacia él. Parecía resignado.

—Aquí dice que la cabeza y el torso estaban calcinados casi completamente —dijo el policía de Lipowo—. Identificaron a la víctima gracias al característico tatuaje de su pierna. No hay ni una palabra sobre cruces en el pecho ni pelo cortado, o sea, las marcas características del Cruzado.

—¿Cómo iban a saber si le cortaron el pelo o no, si toda la cabeza estaba quemada? —gritó triunfal Weronika Nowakowska—. No puede ser casualidad. Puede que tengamos a la víctima de ese año. Comprobemos el resto de congresos de psicología desde 2009, cuando el Cruzado supuestamente mató por última vez, hasta ahora. Veamos si ha habido más víctimas.

—Si eventualmente pudiera haber habido más víctimas —le corrigió Daniel Podgórski—. Eso son meras especulaciones, Weronika.

Nowakowska sentía que la ira se iba apoderando de ella. Quería zarandear al policía y hacerle entrar en razón. Tenía la sensación de que no se estaba equivocando con el Cruzado. Lo que no sabía aún era de qué manera estaba relacionado con lo que estaba pasando en esos momentos en Lipowo y la colonia Żabie Doły.

—Pues por ahora vosotros no habéis llegado muy lejos con vuestros métodos basados en los hechos —dijo irónicamente Weronika. Por alguna razón no pudo contenerse.

Daniel giró la pantalla hacia ella sin decir ni una palabra.

—Adelante, busca tú. Ya que eres más lista que todos nosotros juntos.

Weronika reprimió una palabrota. Podgórski podía ser exasperante.

—Mira. El año pasado la conferencia científica tuvo lugar en Łódź y tenemos otra muerte. Asesinaron a otra prostituta. Se llamaba Alisa Petrova. Busca el informe.

Podgórski accedió al sistema policial una vez más. Su rostro tenía un gesto obstinado.

–Aquí dice que a Alisa le dispararon. Sospechan que se trataba de un ajuste de cuentas con el proxeneta, su chulo, como decimos comúnmente. Sin embargo, no recogieron muchas pruebas. Oye, Weronika, esta no puede ser otra víctima del Cruzado –dijo tranquilamente, como si le estuviera explicando algo que era evidente–. No dice nada sobre cabello cortado ni cruces en el pecho. No hay ningún punto en común. Creo que nos estamos alejando del caso.

–Llama al que dirigió la investigación del caso de Alisa Petrova en Łódź y pregúntale si le cortaron el pelo. Si no es así, dejo el tema en paz –prometió Nowakowska.

Daniel Podgórski miró el reloj. Entre unas cosas y otras ya se había hecho tarde. El policía suspiró de nuevo y cogió el teléfono.

–Hago esto solo por ti –dijo–. Pero después dejamos el tema en paz. No estamos aquí para resolver el caso del Cruzado, sino el nuestro. Nosotros estamos buscando al Asesino de Vírgenes.

–Perfecto –replicó Nowakowska con una sonrisa–. Mientras, yo voy a revisar los años 2010 y 2011 en busca de las otras víctimas.

Daniel buscó el número del inspector a cargo del caso del asesinato de Alisa Petrova en 2012. El contacto estaba en el informe policial.

–Inspector Podgórski. Disculpe que lo llame tan tarde –dijo el policía, y explicó la razón de su llamada.

Weronika intentaba oír lo que decía el inspector al otro lado del teléfono. Al mismo tiempo, trataba de encontrar a las otras víctimas en los artículos de prensa de internet.

–Entiendo. Muchas gracias –dijo Podgórski, finalizando la conversación.

Nowakowska miraba a Daniel expectante.

–¿Qué ha dicho?

–Exactamente lo mismo que decía el informe. No parecía muy contento con que lo llamase a estas horas. No me extraña. A Alisa Petrova seguramente la mató su chulo. Eso es todo.

–¿Qué hay del pelo? –insistió Nowakowska.

–Alisa tenía el pelo corto. Eso es todo lo que me ha dicho el inspector –aclaró Daniel con calma–. No tenían motivos para pensar que el asesino se lo hubiera cortado. Está bastante claro.

–Pero el Cruzado pudo haber matado a Alisa –persistió Weronika Nowakowska. –Mira. Lo he escrito todo en esta hoja.

- *2008 Varsovia: V Congreso de Psicología; muere Renata Krawczyk*
- *2009 Jelenia Góra: VI Congreso de Psicología; muere Paulina Halek*
- *2010 Rzeszów: VII Congreso de Psicología; muere ???*
- *2011 Szczecin: VIII Congreso de Psicología; muere ???*
- *2012 Łód : IX Congreso de Psicología; muere Alisa Petrova*
- *2013 Gda sk: X Congreso de Psicología; muere Sabina Gładys*
- *2013 Lipowo: Mueren Olga Bednarek, Kózka, Risitas y el socorrista Kamil Mazur*

–¡Weronika, está clarísimo! –repitió el policía–. El Cruzado no tiene ninguna relación con nuestros asesinatos. Ni siquiera aunque él hubiese matado a todas esas prostitutas, como dices tú. Dejemos lo demás y centrémonos en nuestro caso.

Nowakowska volvió a negar enfadada con la cabeza.

–Pero si precisamente a eso voy –dijo–. Milena Król es enfermera de la clínica psicológica Magnolia, ¿verdad? El hijo del director del colegio, Feliks Żukowski, habló de ella bastante histérico, pero tal vez no deberíamos descartar aún la posibilidad de que ella sea la asesina. Puede que haya estado en todas estas conferencias científicas, igual que yo. Si la cosa va por ahí, una de nuestras víctimas estudiaba Psicología y hacía sus prácticas en Magnolia. Está claro que hablo de Olga Bednarek. Precisamente estábamos de acuerdo en que Olga puede ser la clave para resolver el misterio, ¿no?

Daniel miró a Weronika con un interés renovado.

—Está bien. Pero ¿por qué tendría que matar Milena Król? Parece bastante delicada y más bien inofensiva. A pesar de esa cicatriz de Joker en la cara.

—Aún no lo sé. Déjame pensar tranquilamente un momento.

Daniel asintió con la cabeza y empezó el lento proceso de apagar el viejo ordenador. Weronika Nowakowska iba nerviosa de un lado a otro de la habitación.

—Primero tenemos que comprobar si la enfermera Milena Król estuvo en todas esas conferencias —dijo finalmente Nowakowska—. La primera víctima murió en el año 2008. Ahora Milena tiene veintitrés años, así que entonces tenía dieciocho.

—¿No era demasiado joven?

—Nunca se sabe. Puede que ya hubiera empezado a trabajar en Magnolia. Pudo haber estado de prácticas. Comprobémoslo.

Daniel Podgórski miró significativamente el reloj.

—Lo comprobaremos mañana —prometió.

LA COMISARIA KLEMENTYNA Kopp volvió caminando a casa. Como siempre, había dejado el pequeño Skoda negro en el aparcamiento de la Comandancia Provincial de la Policía en Brodnica. Avanzaba con paso ligero por la calle Zamkowa. Llevaba la cabeza llena de preguntas que no podía contestar. Marian Ludek, del departamento de informática, le había dado a Klementyna una lista con los nombres y apellidos de las usuarias de la página de la organización Bealive para víctimas de la violencia. Los pseudónimos, hasta entonces anónimos, de las mujeres maltratadas tenían nombre y rostro.

Uno de esos rostros había resultado ser conocido.

La comisaria Kopp abrió la puerta del edificio en el que vivía. Desde hacía un tiempo se atascaba. Tendría que decírselo al portero. El hombre estaba perfectamente al tanto de ese problema, pero tenía pocas ganas de ponerse manos a la obra.

La policía subió las escaleras corriendo y cerró rápidamente tras de sí la puerta de su pequeño piso. Ese día también estaba vacío, pero Klementyna estaba demasiado liada con su nuevo descubrimiento como para preocuparse por eso. Se quitó las pesadas botas militares y colgó la cazadora de cuero en la percha. Dejó su mochila negra en el suelo. La miraba intensamente. Sentía como si la lista de nombres que tenía dentro estuviera calentando la mochila hasta ponerla al rojo vivo.

Finalmente, la comisaria Kopp quitó el candado de la mochila y sacó cuidadosamente las hojas impresas. Seguía sin ser capaz de dar ni un paso en ninguna dirección. Estaba de pie en el pequeño pasillo y apretaba las hojas entre sus dedos. ¿Sabía el nombre de la asesina? ¿Era eso posible?

Tras unos minutos fue como si el hechizo se hubiera roto, y la comisaria Klementyna Kopp se dirigió lentamente hacia el único dormitorio que había en el piso. Dejó las hojas sobre la mesa e inmediatamente salió hacia la cocina, como si no soportara estar más tiempo en la misma habitación donde estaba la lista de usuarias de la página de Bealive.

¿Cómo se sentía? ¿Sorprendida? ¿Estafada? ¿Traicionada? ¿O tal vez dudaba de que todo eso no fuera una mera casualidad? La comisaria Kopp sacó un pedazo de queso caducado de la nevera y empezó a comérselo ensimismada. Estaba rancio y no tenía buen sabor, pero no le importaba.

—Todo está bien. Pero bueno, ¿qué se supone que tengo que hacer yo ahora? —dijo en voz alta la comisaria Kopp, como si eso fuera de alguna ayuda.

¿Acaso la mujer de la lista sería capaz de matar? ¿Por qué habría de hacerlo? ¿Por qué? ¿Había elegido específicamente el tema de los tres monos sabios al realizar las amputaciones de Kózka, Risitas y Olga Bednarek? ¿Quería hacer daño con eso a Klementyna?

La comisaria Klementyna Kopp no sabía qué pensar de aquello. Dejó el resto del queso en la nevera. En el piso reinaba la más absoluta oscuridad, pero la policía prefería no encender la luz. Miró las estrellas por la ventana. ¿Estaba Teresa allí? ¿Qué haría ella en su lugar?

–Mejor dejar la decisión para mañana –Klementyna casi pudo oír la voz de Teresa.

Puede que tuviera razón. Por la mañana la comisaria Kopp tendría la mente más despejada y tal vez entendería cuál era el papel de la mujer de Wiktor en todo aquello. Żaneta Cybulska. La única cara conocida en la lista con los nombres de las usuarias de la página web de Bealive.

23

Lipowo y colonia Żabie Doły.
Sábado, 10 de agosto de 2013, por la mañana

EL SUBOFICIAL DANIEL Podgórski se despertó de golpe. Tenía la desagradable sensación de que alguien lo estaba observando atentamente. Abrió los ojos despacio y vio a Weronika Nowakowska, que lo contemplaba expectante. Daniel sabía lo que quería. Suspiró y miró el reloj. Eran poco más de las ocho, así que tampoco era tan temprano como había pensado en un principio.

—Debemos resolver este caso —dijo Weronika con tono decidido.

Podgórski trató de darle un beso en la mejilla, pero no se lo permitió.

—¿Cuál es el plan? —preguntó Nowakowska con firmeza, mientras se sentaba en la cama—. Debemos actuar de una vez.

Daniel Podgórski suspiró por enésima vez desde que había empezado esa investigación. Tenía la impresión de que se había pasado las dos últimas semanas suspirando. Ya estaba cansado de la investigación y de las emociones que conllevaba. En esos momentos le parecía que las pesquisas del día anterior, en busca de elementos que relacionasen los asesinatos de Lipowo y la colonia Żabie Doły con el Cruzado, no tenían ningún sentido. Sin dudarlo se quedaría un rato más en la cama y pasaría todo el día durmiendo.

—¿Cuál es el plan? —preguntó Weronika una vez más.

Daniel Podgórski miró hacia la ventana, esquivando su mirada de reproche. El cielo tras la ventana estaba gris a causa de las nubes. Parecía que el calor les había abandonado definitivamente. Suspiró. Otra vez. Weronika tenía razón. No debería dejarlo para más tarde. Había que investigar si la enfermera Milena Król había estado en las conferencias de psicología cuando actuó el Cruzado. Se trataba de los años 2008 y 2009 y, eventualmente, también 2012 y 2013.

—He pensado que voy a ir a la clínica Magnolia para hablar con alguien de allí sobre Milena Król. Pero aún no sé qué vamos a sacar con esto —dijo el policía en voz baja—. Incluso aunque Milena hubiera estado en todas las conferencias, ¿qué significaría eso según tú? ¿Que Milena Król es el Cruzado?

Weronika Nowakowska se levantó de la cama y empezó a vestirse rápidamente. Se recogió la larga melena pelirroja en un moño desordenado sobre la parte alta de la cabeza.

—Es posible. Lo he estado pensando esta noche. También cabe la posibilidad de que Milena Król haya actuado junto al Cruzado en algún lugar y ahora esté continuando su obra.

—¿Por qué habría de matar aquí?

Weronika desvió la mirada. Daniel tenía la sensación de que algo empezaba a estropearse entre ellos. En los últimos días, se ponían de los nervios el uno al otro, aunque tal vez solo fuera el resultado del estrés causado por la búsqueda del asesino.

—¡Precisamente Kózka y Risitas, incluso seguramente Kamil Mazur, se dedicaban a la prostitución en el centro vacacional Valle del Sol! —recordó Weronika—. El Cruzado mataba a prostitutas.

—En ese caso, ¿qué tiene que ver aquí Olga Bednarek? Ella no practicaba la prostitución —insistió Daniel Podgórski—. De nuevo Olga no encaja en el esquema.

Igor bostezaba y miraba alternativamente a Weronika y a Daniel. Sus ojos marrones decían que se estaba acercando la hora del desayuno, y un dueño en condiciones no dejaría a su perro esperar tanto tiempo en una situación así.

—No sé —reconoció Nowakowska—. Pero lo que sí sé es que Milena Król pudo haber estado en las conferencias de psicología cuando mataron a esas prostitutas. En Varsovia, Jelenia Góra, Łódź y Gdańsk. Ahora Milena está aquí, donde han muerto los siguientes.

De repente a Podgórski lo invadió una extraña sensación. No podía identificar qué era. ¿Se trataba de algo que alguien le había dicho? Pero ¿el qué? Daniel comenzó a buscar febrilmente en su memoria remota. ¿Se trataba de las conferencias científicas?

–¿Qué ha pasado? –preguntó Weronika nerviosa–. Parece que has visto un fantasma.

–No lo sé –replicó Daniel ensimismado.

Igor empezó a ladrar considerablemente un par de veces.

–Vamos a desayunar y nos ponemos en marcha –propuso Weronika, mientras seguía observando a Daniel–. Tú ve a Magnolia y haz algunas preguntas sobre Milena Król, yo revisaré la lista de los asistentes a cada congreso. No sé cómo será ahora, pero antes las ponían siempre en internet.

Por primera vez en mucho tiempo, Daniel no tenía hambre. Se comió con apatía el muesli que le había preparado Weronika y se dispuso a irse a Magnolia lo antes posible. Esperaba no encontrarse allí a la psicóloga Julia Zdrojewska. Podgórski no sabía bien cuál era la postura de la perfiladora criminal sobre el rápido cierre de la investigación por parte del fiscal Jacek Czarnecki y el comisario principal Wiktor Cybulski. Por ese motivo, prefería hablar con alguien más sobre Milena Król.

Podgórski se subió al Subaru y aceleró haciendo chirriar las ruedas. Hizo algunos derrapes controlados en el camino de grava que llevaba a la vieja casona de Weronika Nowakowska y, ya con más calma, cogió la carretera en dirección a Zbiczno que pasaba por Lipowo.

La Clínica Privada de Ayuda Psicológica y Psiquiátrica Magnolia estaba ubicada a las afueras de Lipowo, camino de Zbiczno. Daniel se había imaginado ese lugar completamente diferente. Los edificios de la clínica eran bajos, rodeados de rosas salvajes y otros arbustos decorativos. Las paredes blancas brillaban al sol y las ventanas azules recordaban la arquitectura de las Cícladas griegas. Daniel Podgórski había visto hacía tiempo una oferta de una agencia de viajes para ir a una de esas islas. Por lo que recordaba el policía, la isla se llamaba Amorgos. Al final no había hecho el viaje, pero Daniel seguía teniendo en su memoria la imagen de las casitas blancas con ventanucos azules que había visto en el catálogo.

Podgórski aparcó el Subaru en la entrada. La última vez que había estado allí con la comisaria Kopp se había quedado esperando en el coche. Entró en la recepción y miró alrededor con curiosidad. Dentro, todo era igual de encantador que en la parte exterior. La recepcionista lo saludó con una sonrisa reluciente. En Magnolia trabajaban muchos habitantes de Lipowo y de los pueblos aledaños, pero Daniel observó con extrañeza que era la primera vez en su vida que veía a la recepcionista. Tal vez iba a trabajar allí desde Brodnica.

—Bienvenido, señor —dijo la mujer amablemente— ¿En qué puedo ayudarlo?

Daniel Podgórski se presentó y le mostró su placa de policía. El rostro de la recepcionista se contrajo imperceptiblemente, pero se mantuvo calmada.

—Quisiera hablar con alguien que coordine aquí el trabajo de las enfermeras —explicó Daniel sin entrar en detalles.

La recepcionista asintió con la cabeza sin preguntar nada.

—Por supuesto. Ahora mismo voy a buscar a la hermana Czesława Adamczyk. Espere un momentito, por favor. Mientras tanto, tal vez quiera echarle un vistazo a nuestros materiales —le propuso la mujer—. Tal vez le interese algo. La mayoría de nuestros visitantes son mujeres, pero también tenemos una sección masculina excepcionalmente cómoda.

Daniel Podgórski sonrió para sus adentros cuando la recepcionista desapareció al final del pasillo. Lo más importante era hacer publicidad, sin importar la ocasión, ¿no? A pesar de todo, y a falta de otras ideas, el policía se dispuso a echar un vistazo a los folletos colocados ordenadamente en el mostrador. Quería parecer ocupado por si acaso en el pasillo apareciese Julia Zdrojewska. De repente, entre las carpetas de colores vio un nombre conocido. «Bealive, comienza una nueva vida.» El logo de la organización mostraba un dibujo bastante simple de los tres monos sabios.

Podgórski oyó el sonido de unos pasos que se acercaban. Inconscientemente arrugó el folleto y se guardó la pequeña bola de papel en el bolsillo. Por el pasillo venía la recepcionista sonriendo amablemente en compañía de una enfermera con una cara bastante triste y arrugada.

–Hermana Czesława Adamczyk –se presentó brevemente la enfermera–. Hablemos en mi despacho. No obstante, le aviso de que no tengo mucho tiempo. Esto es una clínica, no puedo dejar a mis pacientes desatendidos.

–Por supuesto. Será un momento –prometió Daniel Podgórski–. Solo tengo un par de preguntas.

La imperturbable enfermera acompañó a Podgórski al interior del edificio principal. Esa parte era tan bonita como la de enfrente. Los dueños de Magnolia cuidaban cada detalle.

–Me gustaría saber un par de cosas sobre la enfermera Milena Król, que trabaja aquí con ustedes –explicó Daniel.

–¿Qué, concretamente?

–En primer lugar, ¿desde cuando trabaja con ustedes Milena Król?

–Puede que haga cinco años ya –respondió la jefa de enfermeras.

Daniel Podgórski hizo las cuentas rápidamente en su cabeza. Milena Król llevaba cinco años trabajando en Magnolia, es decir, desde el año 2008. El año 2008, en Varsovia, fue cuando el Cruzado mató por primera vez.

–¿No era demasiado joven? –preguntó Podgórski. En contra de su voluntad, empezó a sentir una cierta emoción. ¿Será que Weronika no estaba equivocada respecto a la chica de la cicatriz de Joker?

–Milena Król terminó el grado medio de Enfermería –explicó la jefa de enfermeras Czesława Adamczyk –. Después nosotros mismos le dimos formación. En Magnolia pensamos que este es el mejor sistema. Así la enfermera trabaja a nuestra manera. El año que viene tenemos pensado mandar a Milena Król a estudiar Enfermería con especialidad en Psiquiatría.

–¿Qué podría decirme de Milena Król? ¿Qué clase de persona es?

La jefa de enfermeras suspiró, como si quisiera dar a entender que le estaba haciendo perder el tiempo.

–Si tengo que serle sincera, dudamos a la hora de traerla aquí a trabajar –reconoció por fin la señora.

–¿Por qué?

–Tiene una gran cicatriz en la cara –dijo Czesława Adamczyk un poco más bajo–. Sé que usted puede tomarlo como una discriminación, pero haga el favor de pensar en nuestros pacientes. Necesitan paz y tranquilidad, no terror.

Daniel Podgórski miró a la mujer con desgana. Su tono cínico no le gustaba ni lo más mínimo.

–Aun así Milena ha resultado muy meticulosa y no me arrepiento de haberla contratado. Ha empezado a tener un comportamiento raro últimamente –añadió Czesława Adamczyk con amargura.

–¿A qué se refiere exactamente? –se interesó Podgórski.

La jefa de enfermeras se encogió ligeramente de hombros.

–Milena parecía como ausente, incluso nerviosa. Por ejemplo, se le olvidaba suministrar las medicinas, y más cosas. Podría hacerle una lista interminable. Y hace unos días nos llamó para decir que estaba enferma. Tenía la voz débil, es verdad, pero aún así no acabo de creérmelo. Como las cosas sigan así y Milena no vuelva al trabajo en unos días, nos veremos obligados a despedirla. Sería una lástima, ya que hemos invertido en su formación, como ya le he comentado. Por otro lado, seguro que encontramos muchos candidatos para su puesto. ¿Por qué me pregunta todo esto? ¿Milena Król ha hecho algo malo?

–Son solo unas preguntas de rutina –Daniel Podgórski esquivó su pregunta. Si la enfermera Milena Król resultaba inocente, no quería acusarla de nada innecesariamente. Era muy difícil quitarse la etiqueta de criminal.

La jefa de enfermeras no parecía satisfecha con su respuesta, pero no insistió.

–¿Sabría decirme si Milena Król viajó a las conferencias de psicología? –preguntó el policía–. Me interesan especialmente las del año 2008, 2009, 2012 y el presente año.

–Me parece que ha ido este año. Fue hace como un mes en Gdańsk.

Daniel asintió con la cabeza. Trató de mantener una expresión neutral, aunque le estaba resultando cada vez más difícil.

–¿Y los años anteriores?

–Por favor, yo no me encargo de eso –dijo la jefa de enfermeras Czesława Adamczyk como si se hubiera ofendido–. No recuerdo exactamente. Quizá también fue el año pasado. Tal vez sí. Ahora me estoy acordando de que tuve que organizar su sustitución. Fue en marzo. Recuerdo que pensé que por suerte la Semana Santa caía en abril. De lo contrario hubiera tenido un gran problema con esa sustitución, ya que muchas chicas toman vacaciones para pasar las fiestas con su familia.

–¿Y en 2008 y 2009? –indagó el policía–. ¿Milena Król también participó en esas conferencias?

–Por favor, ya le he dicho que yo no me encargo de estas cosas –replicó alto y claro la jefa de enfermeras–. Establecer los viajes a las conferencias científicas no forma parte de mis responsabilidades.

–En ese caso, ¿puedo hablar con quien se ocupe de eso? –preguntó Daniel con dureza. No pensaba echarse atrás ahora.

La hermana Czesława Adamczyk, carraspeó con disconformidad.

–Debería usted hablar con la doctora Julia Zdrojewska. Ella se encarga de todos los viajes a las conferencias y siempre va en representación de nuestra clínica. Es un científica muy reconocida.

Aquí estamos orgullosos de ella. Además, también colabora con la policía, como ya debe de saber.

Daniel Podgórski asintió con la cabeza y suspiró una vez más en voz baja. No obstante, era inevitable hablar con Julia Zdrojewska. El policía solo esperaba que la psicóloga no llamase inmediatamente al comisario principal Wiktor Cybulski para informarle de que Daniel no había dejado de investigar por su cuenta.

—¿Podría llamar a la doctora Zdrojewska un momento?

Czesława Adamczyk miró a Daniel con aversión.

—Hoy la doctora tiene el día libre. Tendría usted que ir a su casa. ¿No puede esperar al lunes?

—Por supuesto que no. Es muy importante —respondió Daniel Podgórski, remarcando cada palabra.

—Ahora mismo le traigo su dirección. Espéreme, por favor.

LA COMISARIA CIENTÍFICA Klementyna Kopp detuvo su pequeño Skoda negro frente a la casa del comisario principal Wiktor Cybulski. Después de haberse enterado el día anterior, gracias al informático de la Comandancia Provincial de la Policía de Brodnica, de que la esposa del comisario era usuaria de la página Bealive, Klementyna sentía que debía averiguar cuál era el papel de Żaneta en ese asunto. El hecho de que las dos utilizasen la página web cuya marca identificativa eran los tres monos sabios, podía significar todo o nada. Así que no quedaba otra salida más que hablar con Żaneta.

Klementyna Kopp se bajó del coche. Por la noche la temperatura había bajado unos diez grados. Por primera vez en muchos días, el viento no se asemejaba a una sopa caliente y el asfalto no se convertía en una sartén al rojo vivo. ¿Se avecinaba el otoño? La comisaria Kopp siempre esperaba el momento en que las hojas de los árboles se ponían amarillas y rojas. No faltaba mucho.

Klementyna se dirigió a la reja de hierro forjado y llamó dos veces. ¿Por qué Żaneta utilizaría el portal Bealive? ¿Acaso Wiktor Cybulski la maltrataba? A Klementyna le parecía poco probable. Precisamente Cybulski era una persona más bien tranquila. Al menos eso parecía. No obstante, la comisaria Kopp sabía perfectamente que las apariencias engañaban.

La puerta de la casa se abrió despacio. En el umbral estaba Wiktor Cybulski vestido con una camisa inmaculadamente planchada y unos pantalones vaqueros. La comisaria Kopp se rio para sus adentros. Wiktor vestido con ropa deportiva se veía más refinado que la mayoría de sus conocidos cuando se ponían elegantes.

–Hola, Klementyna –dijo Cybulski mientras se acercaba a la reja de hierro forjado–. No sabía que nos visitarías hoy, pero te recibimos con mucho gusto, por supuesto. Tengo feta y confitura de violeta con hojuelas. Por lo general suelo añadirle unas hojas de romero para darle sabor. Para estas delicias tengo un Tocay con aroma de miel y manzana. Seguro que te va a gustar.

–¡Gracias! Pero bueno, no tengo ganas de postres –dijo la policía con frialdad.

No tenía ganas de comer. Tampoco tenía ganas de mantener una conversación grandilocuente con Wiktor. Klementyna quería ir al grano lo antes posible. Observó con satisfacción que la debilidad que había sentido durante las últimas semanas estaba cediendo poco a poco. Volvía a ser ella misma.

El comisario principal Wiktor Cybulski negó con la cabeza.

–Te equivocas, Klementyna. Te lo aseguro. La clave es precisamente el Tocay. Su acidez hace que sea un entrante, no un postre...

–Tengo que hablar con Żaneta –le interrumpió la comisaria Kopp. Sabía perfectamente que Wiktor podía hablar de comida durante mucho rato–. Es urgente.

–¿Por qué? –preguntó Wiktor con una dureza inesperada–. ¿Qué ha pasado?

–No es asunto tuyo. Con tu permiso, por supuesto. Vuelve a tu feta y tu Tocay, que yo voy a hablar un rato con Żaneta, ¿vale? Así todos nos quedamos contentos.

El comisario principal Wiktor Cybulski la miró atentamente.

–¿Daniel y tú estáis llevando a cabo una investigación por cuenta propia? –preguntó desconfiadamente, ajustándose sus grandes gafas–. Ayer me encontré a Daniel en la morgue. No debería meter las narices allí. El fiscal ya ha cerrado este caso. No te entiendo, Klementyna. ¿Por qué andáis hurgando? El culpable es Eryk Żukowski.

–Vale. Pero bueno, ahora quisiera hablar con Żaneta, ¿de acuerdo?

–Mi esposa no está –replicó rápidamente Wiktor Cybulski.

–¿Y dónde está, eh?

Antes de que el policía alcanzase a contestar, de detrás de la casa salió Żaneta Cybulska. Llevaba un pequeño caballo castaño.

–¿Klementyna? No sabía que vendrías a visitarnos hoy. Wiktor no me había dicho nada –dijo Cybulska mientras le lanzaba una mirada interrogante a su marido.

–Es una visita improvisada –espetó la comisaria Klementyna Kopp antes de que el comisario Cybulski pudiera responder nada–. Tengo que hablar contigo. En privado.

Żaneta Cybulska le dio unos golpecitos en el cuello a su caballo, como si quisiera disimular su incomodidad. *Castaño* se puso a mordisquear la hierba de delante de la casa.

–El fiscal Czarnecki ya ha dicho que han conseguido arreglar el asunto de Feliks y las pistas falsas –dijo Żaneta un tanto nerviosa–. Wiktor, habías dicho que Czarnecki lo arreglaría de alguna forma. No debería haber problema.

–No se trata de eso –la cortó Klementyna. Esa conversación ya estaba durando demasiado para su gusto. Demasiados preámbulos sin sentido.

Wiktor Cybulski miró intensamente a su mujer, pero se mantuvo callado.

—Vayamos al establo. Hablaremos allí —decidió por fin Żaneta.

—Perfecto —dijo Klementyna.

Los Cybulski tenían detrás de la casa un pequeño establo con tres cubículos. Uno lo ocupaba el caballo castrado *Castaño,* y en otro vivía una cabra marrón con barba. Sus fuertes balidos se oían desde lejos.

—Klementyna, ¿de qué se trata concretamente? —preguntó Żaneta Cybulska mientras llevaba a *Castaño* a su cuadra—. Reconozco que me has asustado un poco. ¿Se trata de Feliks Żukowski? Lo nuestro ya se ha terminado. Lo he pensado bien. Fui una tonta por prestarme a eso. El fiscal Czarnecki iba a hablar con el comandante y...

La comisaria Kopp la detuvo con un movimiento de la mano. Estaba intentando escoger las palabras adecuadas, pero nada sonaba como debería.

—¿Wiktor te pega o qué? —acabó por preguntar directamente la policía.

Żaneta miraba a Klementyna sorprendida.

—¿De dónde has sacado tal cosa, Klementyna? —exclamó la mujer del comisario principal—. ¡Eso es ridículo! Por supuesto que no me pega. ¿Wiktor? Nos llevamos perfectamente bien. Ya te he dicho que lo de Feliks se ha terminado.

Ahora era la comisaria Kopp la que miraba a Cybulska sorprendida. Alrededor había un agradable olor a heno.

—Vale. Pero bueno, ¿entonces por qué entraste al portal de Bealive, eh? —volvió a preguntar directamente Klementyna—. ¿Tú eres *mila1972*?

Según Marian Ludek, del departamento de informática, la IP del ordenador que utilizaba la usuaria bajo el pseudónimo *mila1972*, correspondía a la IP del ordenador de la casa de los Cybulski. Al menos al principio. Después, la misteriosa *mila1972* escribía desde ordenadores aleatorios, que curiosamente se encontraban en los locutorios de la ciudad.

La comisaria Klementyna Kopp tenía un vago recuerdo de las conversaciones con *mila1972*. Klementyna había sido totalmente sincera con ella, aunque la otra había preferido no hablar mucho de sí misma. Recordaba que en un par de ocasiones su marido la había decepcionado. No especificó a qué se refería. La comisaria entendía perfectamente que fuera tan reservada. Ella misma, al principio, tampoco era muy comunicativa. Sin embargo, pronto descubrió que sincerarse con otras víctimas de violencia bajo un pseudónimo le producía alivio. Imaginaba que *mila1972* también llegaría a entenderlo. Puede que la última vez que habían hablado fuera poco después de la muerte de Teresa. Después no volvió a saber de *mila1972*. Klementyna no había vuelto a hablar con ella.

–¿Por qué piensas eso? –preguntó Żaneta pausadamente, como si estuviera dudando de algo–. ¿Por qué piensas que he entrado en esa página web?

–Escribieron unas publicaciones desde tu ordenador. Tengo la dirección IP.

Żaneta Cybulska negó lentamente con la cabeza.

–Yo no soy la tal *mila1972* y no entro en esa página de la que hablas. No obstante, me imagino quién puede ser.

La puerta del pequeño establo se abrió y frente a ellas apareció Wiktor Cybulski. Su traje impecable no acababa de encajar en ese lugar.

–Żaneta, ¿va todo bien? –preguntó el policía de Brodnica.

–Por supuesto, cariño. Por supuesto.

WERONIKA NOWAKOWSKA SE sentó frente al ordenador del despacho. Las nubes hacían que la habitación estuviera oscura a pesar de ser casi mediodía. El contraste con las semanas pasadas, cálidas e inundadas de sol, hacía que el día pareciese sombrío. Weronika se estremeció involuntariamente.

–Está bien, *Igor* –le dijo al perro, que se había acostado prácticamente encima de sus pies–. Vamos a ponernos manos a la obra.

Daniel Podgórski se había ido a Magnolia para investigar a la enfermera Milena Król. Nowakowska también pensaba hacerlo, pero a su manera. Abrió la página de las conferencias anuales de psicología. Desde hacía algunos meses, es decir, desde que se había mudado a Lipowo, Nowakowska no ejercía de psicóloga. Sin embargo, aún tenía su usuario y contraseña para acceder a esa página.

Weronika se registró y empezó a navegar por las secciones correspondientes a cada congreso. Todos los años tenía lugar una conferencia principal con una temática general y varias más pequeñas sobre problemáticas específicas, por ejemplo, el trabajo con pacientes que sufren esquizofrenia. Los asesinatos que había cometido el Cruzado coincidían con las conferencias generales, así que Weronika Nowakowska decidió que de momento se centraría en esos. Enseguida consiguió descargar el archivo con la lista de asistentes a las conferencias principales que le interesaban, las de 2008, 2009, 2012 y 2013.

Abrió el primer archivo. Suspiró profundamente. La lista de asistentes a la conferencia era muy larga. No obstante, se dio cuenta inmediatamente de que estaba dividida entre ponentes activos, o sea, las personas que habían tenido que pronunciar un discurso, y participantes pasivos, que habían ido solamente a escuchar lo que los otros científicos tenían que decir. Ambas listas estaban ordenadas alfabéticamente. Weronika respiró aliviada. No tendría que leerse cientos de nombres y apellidos para comprobar si Milena Król había participado en cada congreso. Rápidamente comprobó que la enfermera de Magnolia solo había estado en dos conferencias, la del año 2012 en Łódź y la de ese año en Gdańsk. Por el contrario, no estaba en la lista de participantes de 2008 ni de 2009.

La frustración se apoderó de Weronika.

–¿Puede que me haya equivocado? –le dijo al perro. *Igor* levantó la cabeza sorprendido–. Puede que Daniel tuviera razón y no haya relación entre una cosa y la otra. Puede que después de todo el Cruzado y el Asesino de Vírgenes no sean la misma persona.

Nowakowska empezó a mirar abstraída la lista de ponentes en los años que le interesaban. Esa lista era definitivamente más corta que la de los asistentes pasivos. De repente la invadió el desasosiego.

- 2008 Dra. Julia Zdrojewska; tema de la ponencia: «La terapia cognitivo-conductual en pacientes con brotes psicóticos» y «Las características de las personas que ejercen violencia familiar»
- 2009 Dra. Julia Zdrojewska; tema de la ponencia: «La terapia cognitivo-conductual para curar el insomnio» y «La autoevaluación de los reincidentes penitenciarios»
- 2012 Dra. Julia Zdrojewska; tema de la ponencia: «La terapia cognitivo-conductual en pacientes con depresión» y «La posibilidad de reinserción social del asesino en serie»
- 2013 Dra. Julia Zdrojewska; tema de la ponencia: «La terapia cognitivo-conductual con síndrome de fatiga crónica» y «El aspecto psicológico del terrorismo suicida»

Weronika Nowakowska sintió que el corazón empezaba a latirle más rápido. Julia Zdrojewska. Daniel Podgórski había hablado de ella en un par de ocasiones. Era miembro de su grupo de investigación en el caso del Asesino de Vírgenes y desde hacía años colaboraba con la policía como perfiladora criminal. Weronika no conocía a Zdrojewska en persona y no la recordaba bien de la conferencia del año 2008 ni de la del 2009. Había muchos oradores y Nowakowska no iba a todas las ponencias.

–Vamos con calma –se dijo a sí misma. *Igor* volvió a mirar a su dueña sorprendido–. No saquemos conclusiones apresuradas.

Weronika comprobó todo una vez más. Julia Zdrojewska había participado en todas las conferencias desde el año 1998.

Primero como oyente y después, desde el año 2002, había expuesto artículos regularmente sobre psicología clínica y la aplicación de la psicología a la judicatura. Julia Zdrojewska también había asistido a los congresos en los años en que el Cruzado no había matado a nadie. Nowakowska sentía que empezaba a estar perdida. De hecho, Zdrojewska no era la única persona que había participado en las conferencias científicas todos los años. Muchos ponentes habían expuesto con la misma regularidad que ella ante psicólogos y psiquiatras ávidos de conocimiento.

–Solo que los asesinatos están sucediendo aquí, no donde están los otros –susurró Weronika.

Nowakowska alcanzó el teléfono. Tenía que contarle a Daniel lo que acababa de descubrir. Tal vez él lo entendiera todo. Habría que decidir si dejaban de seguirle la pista a Milena Król y empezaban a investigar a Julia Zdrojewska.

Weronika marcó el número de Podgórski y esperó. De repente escuchó el tono de llamada que venía del dormitorio, en el piso de arriba. Parecía que Daniel había olvidado el teléfono. Como siempre, en el momento menos oportuno.

Nowakowska maldijo en voz baja. Quería compartir con alguien lo que había descubierto sobre la psicóloga Julia Zdrojewska. Además, de repente cayó en la cuenta: en ese momento Daniel estaba precisamente en Magnolia. ¿Qué pasaría si realmente Julia Zdrojewska era la asesina? La cuestión era por qué la psicóloga habría hecho algo así. Weronika se encogió de hombros. En aquel momento eso no era lo más importante. Si Zdrojewska era el misterioso Asesino de Vírgenes, ¿entonces Daniel estaba en peligro? ¿Quizá no? ¿Quizá sí? De hecho no estaba segura de que Zdrojewska fuese culpable. ¿No lo era? ¿O sí?

Weronika Nowakowska volvió a coger el teléfono y marcó otro número. A pesar de todo, tenía que decírselo a alguien. No se le daba bien esperar. Tenía que actuar.

Inmediatamente.

EL INSPECTOR DANIEL Podgórski detuvo el Subaru azul celeste frente a la casa de la doctora Julia Zdrojewska. La psicóloga vivía en una pequeña casa de campo, escondida en medio de un vergel maravilloso. Apenas se alcanzaba a ver la casa entre los manzanos, los cerezos y los ciruelos. Seguramente en primavera esos árboles estarían cargados de flores. La parcela estaba delimitada por una tapia. Daba la impresión de que la psicóloga valoraba mucho su intimidad.

Daniel Podgórski llamó al telefonillo de la verja.

—¿Sí? —el policía oyó la voz característica, un tanto ronca, de la perfiladora criminal Julia Zdrojewska.

—Soy yo, Daniel Podgórski, de la policía. Hemos trabajado juntos en el caso del Asesino de Vírgenes —explicó mientras se inclinaba hacia el micrófono—. ¿Podemos intercambiar unas palabras sobre el caso? Ha salido a la luz una pista nueva y quería comentarlo con alguien.

—¿Qué ha pasado?

—Se trata de las conferencias de psicología...

Al otro lado de la línea se hizo el silencio.

—¿Estás solo? —preguntó finalmente Julia Zdrojewska.

A Daniel le dio la impresión de que había un tono de sorpresa en la voz de la psicóloga. No era de extrañar, pensó Podgórski. Para asuntos de trabajo, lo normal hubiera sido que el comisario principal Wiktor Cybulski o la comisaria Klementyna Kopp contactaran con Julia, no Daniel. Zdrojewska tenía derecho a estar sorprendida.

—Sí —dijo Daniel—. Va a ser solo un momento. Espero que puedas aclararme esta cuestión.

Contaba con que Julia Zdrojewska no le diera mucha importancia y que no llamara al fiscal Jacek Czarnecki ni al comisario Wiktor Cybulski. Ya sabía que la investigación estaba prácticamente cerrada.

—Por supuesto, entra —dijo la psicóloga para tranquilidad del policía de Lipowo—. Solo necesito un momento para cambiarme de ropa.

Se oyó la señal de apertura de la verja y Daniel Podgórski entró. Avanzó por el camino rodeado de árboles sinuosos. Las ramas se inclinaban bajo el peso de las frutas aromáticas. El policía tenía la impresión de que llevaba un buen rato caminando por el vergel. Desde fuera la propiedad parecía bastante más pequeña que desde dentro.

La casa de Zdrojewska tenía un estilo de construcción muy moderno. A Daniel Podgórski no le gustó mucho. En su opinión, no encajaba con el vergel que la rodeaba. La entrada al garaje se encontraba en el semisótano y el resto de la casa se extendía hacia los lados. Una de las paredes de la planta principal era completamente de cristal.

La psicóloga Julia Zdrojewska estaba esperando a Podgórski en el umbral de su moderna casa. Iba vestida con un cómodo chándal negro. Llevaba el pelo recogido en un espeso moño bajo. Tenía las manos en los amplios bolsillos de la sudadera.

—Justo estaba a punto de salir a correr. Nos hubiéramos cruzado. Tenías que haber llamado —le recordó con simpatía—. Entra.

Daniel Podgórski tenía la impresión de que los ojos de la psicóloga brillaban con un resplandor extraño. Parecía una persona totalmente diferente a la de la comandancia. Podgórski se encogió de hombros hablando consigo mismo. Tonterías, pensó, pero aun así le atravesó un escalofrío de desasosiego. Ya no podía irse de allí, ¿no? Hablaría un rato con Zdrojewska, le haría unas preguntas sobre la enfermera Milena Król y ya habría terminado.

El policía de Lipowo entró en la casa. El interior también había sido decorado con un estilo muy moderno que a Daniel no acababa de gustarle. Prefería un estilo más tradicional.

—¿Qué querías preguntarme? ¿Qué tengo que explicarte? —preguntó Julia Zdrojewska con una sonrisa que a Podgórski empezaba a parecerle un poco rara.

Tonterías, se dijo de nuevo a sí mismo el policía. Podgórski era casi treinta centímetros más alto que aquella mujer, a saber cuántos kilos más que ella podía pesar. No suponía ninguna amenaza. De nuevo lo recorrió un escalofrío.

–Cuéntamelo todo bien –le pidió Zdrojewska–. Pensaba que el fiscal ya había finalizado el procedimiento.

Julia Zdrojewska acompañó a Podgórski hacia el interior de la casa. Cuando llegaron al espacioso salón, Daniel se percató de que había un cuadro con figuras angulosas en la pared principal. La pintura le resultó familiar, a pesar de que no sabía absolutamente nada de arte.

–Son *Las señoritas de Avignon*, de Picasso. Obviamente es una reproducción, pero a tamaño original –dijo Julia Zdrojewska en tono aclaratorio–. Picasso empezó a pintar a estas cinco prostitutas en el año 1907. ¿Puedes creerlo? Han pasado ya más de cien años y el cuadro no ha perdido su simbolismo. Sigue siendo igual de actual que en aquel entonces. ¿No crees, Daniel?

–Totalmente –murmuró Podgórski. Se sentía cada vez más incómodo.

–Esta reproducción me la regaló mi marido. Me refiero a cuando todavía era mi marido –continuó la psicóloga Julia Zdrojewska. Jugueteaba con algo en el bolsillo del chándal–. Me lo dio justo antes de que llegase a enterarme de que prefería a las prostitutas. Sus engaños acabaron completamente con nuestro matrimonio. ¿No es gracioso? Estuvimos casados durante diez años, ¡y bastaron un par de prostitutas para que todo se acabase! Así, sin más. En un momento. Justo debió de ser por febrero del año 2008. Madre mía, ¡cuántos años han pasado! El tiempo vuela, pero hay cosas que no se olvidan.

Daniel Podgórski asintió nervioso con la cabeza. Zdrojewska se acercó unos pasos.

–¿Te gusta? –le preguntó mientras miraba hacia el cuadro.

Podgórski volvió a asentir con la cabeza y retrocedió un poco. Se golpeó en la espalda con una repisa baja. Algo se cayó al suelo. El policía se agachó para recogerlo. En el suelo había una pequeña figurita de tres monos. *Mizaru, Kikazaru, Iwazaru*, le pasó por la mente. Lo invadió el pánico. Ni ver, ni oír, ni hablar.

–Volviendo a las conferencias –comenzó Daniel para encarrilar de nuevo sus pensamientos. Intentaba hablar con voz segura para que la psicóloga no notase su perturbación.

–¿Sabes? Yo también pinto –dijo sin venir a cuento Julia Zdrojewska con una sonrisa extraña–. Puede que tengas la oportunidad de verlo tú mismo.

Zdrojewska dio unos pasos hacia él mientras sacaba la mano del bolsillo. En su mano relució algo negro. De repente, Daniel Podgórski sintió que una corriente le atravesaba el cuerpo.

24

*Lipowo. Sábado, 10 de agosto de 2013,
por la tarde*

LA COMISARIA KLEMENTYNA Kopp detuvo el pequeño Skoda
negro a una cierta distancia de la casa de campo de la psicóloga
Julia Zdrojewska. No quería llegar en coche hasta la verja. No
después de lo que le había contado Żaneta Cybulska.

Al principio, la dirección IP que había sacado el informático
Marian Ludek de la página Bealive para Klementyna apuntaba
a la mujer de Wiktor. Sin embargo, Żaneta Cybulska había
afirmado con seguridad que no era ella la que se escondía tras
el pseudónimo *mila1972,* y la comisaria Kopp la había creído.
Żaneta le había explicado que, unos años atrás, justo después
de divorciarse de su marido, la psicóloga Julia Zdrojewska había vivido una temporada en su casa. Los Cybulski habían hecho
amistad con ella fuera del ámbito laboral, así que no habían
querido dejarla sola en un momento tan complicado. En ese
período Julia había usado bastante el ordenador de Żaneta. Seguramente era Julia Zdrojewska la que se escondía tras el misterioso pseudónimo *mila1972*.

Como si eso fuera poco, un rato más tarde Weronika Nowakowska había llamado a la comisaria Kopp. La pelirroja parecía muy alterada. Al principio Klementyna no había entendido
bien qué era lo que Nowakowska quería decirle. No obstante,
parecía ser que por alguna razón Weronika también pensaba
que Julia Zdrojewska era la asesina.

Klementyna Kopp se sentía devastada. Le caía bien la perfiladora criminal Julia Zdrojewska. La comisaria sentía que se

había entendido muy bien con Julia desde el primer caso en el que habían trabajo juntas. Resultaba que, aunque Klementyna no lo sabía, habían hablado por medio de la página Bealive. En internet eran anónimas. Julia Zdrojewska también era la única persona a la que Klementyna Kopp le había hablado de su gran amor con Teresa y el dolor indescriptible tras su pérdida. Zdrojewska parecía entender muy bien a la policía. ¿Era posible que Klementyna se hubiera equivocado tanto con Julia? ¿Era verdad que no se podía confiar en nadie? Ese pensamiento hizo que la comisaria Kopp se estremeciese.

En el cielo se habían formado aún más nubes, como si el clima se estuviese adaptando al estado de ánimo de la policía. Klementyna Kopp tenía ganas de echarse atrás, olvidar todo. Sin embargo, Weronika Nowakowska afirmaba que Daniel Podgórski podía estar en peligro. No llevaba su teléfono encima y no había tenido contacto con él, pero Nowakowska había llamado a Magnolia y había averiguado que el policía había ido a hablar en persona con Julia Zdrojewska. La comisaria Kopp tenía que cerciorarse de que todo estaba bien. Quería creer que Daniel haría lo mismo por ella. Después podría irse a casa. Descansar.

Eres una vieja ridícula, Kopp, se dijo a sí misma, pero aun así bajó del coche. Tocó con suavidad la funda de la pistola que llevaba escondida bajo el brazo. Dejó la mochila negra en el maletero. En una situación como esa no le sería de mucha ayuda.

Se acercó cautelosamente a la verja de la propiedad de Julia Zdrojewska. El coche de Daniel Podgórski estaba allí aparcado. Eso quería decir que el policía, efectivamente, estaba dentro. Aunque no tenía motivos para pensar que algo fuera mal, no pensaba llamar al telefonillo. Podía ser vieja, pero no tonta. No quería caer de nuevo en la trampa de la ingenuidad. Llegaría sin avisar.

De repente, la verja empezó a abrirse. La comisaria Kopp se escondió tras unos arbustos que crecían al lado. No era el lugar ideal, pero no tuvo tiempo de buscar otro. Al poco tiempo salió al camino Julia Zdrojewska vestida con un chándal negro de correr. Era raro verla vestida con algo que no fuese su elegante traje. Klementyna sintió deseos de llamarla. Tenía infinitud de preguntas que se le agolpaban en su cabeza. No obstante, se mantuvo agachada, observando en silencio el curso de los acontecimientos.

Zdrojewska echó un vistazo alrededor, como si quisiera asegurarse de que no había nadie cerca. No debió ver el Skoda de la comisaria Kopp tras la curva, porque sacó las llaves del bolsillo visiblemente satisfecha y se subió al Subaru de Daniel. Lo metió dentro del recinto de su propiedad y la verja se cerró automáticamente tras ella.

¿Por qué la psicóloga había movido el coche de Daniel Podgórski? ¿Por qué no lo había hecho él mismo? La comisaria Klementyna Kopp prefería no pensarlo. No era un buen momento. Tenía que acceder a la propiedad, y lo antes posible. Buscó con la mirada algo que la ayudase a saltar la tapia.

DANIEL PODGÓRSKI ABRIÓ lentamente los ojos. Por un momento deseó que todo hubiera sido un mal sueño. Esperaba despertarse y ver a Weronika Nowakowska y su dormitorio en la vieja casona de Lipowo. Desafortunadamente, sus esperanzas resultaron falsas. El policía se encontraba en una habitación desconocida sin ventanas. Alrededor flotaba un olor a pintura y a algo más. El dulce olor de la muerte.

Daniel intentó moverse, pero su cuerpo aún estaba paralizado. Había sido atacado con un paralizador y ese estado transitorio podía durar aún algún tiempo. Lo sabía perfectamente. En la escuela de policía, para enfado de los comandantes, esa había sido la broma preferida de los de su año. Para colmo de males, al policía le daba la impresión de que tenía las manos y los pies atados con algo.

Poco a poco fue recobrando la sensibilidad. Daniel movió la mano con dificultad. Se oyó un ruido de cadenas.

—Bienvenido a mi taller —oyó desde su lado derecho.

Podgórski giró la cabeza en esa dirección. La psicóloga Julia Zdrojewska estaba de pie con las piernas separadas en una esquina de la habitación. En sus labios se perfiló una sonrisa difícil de interpretar.

—Tienes la oportunidad de ver mi Obra —dijo señalando a la pared.

Entonces, Daniel apenas se percató de que una pintura bastante macabra cubría la pared. Mostraba cinco figuras angulosas. Los cuerpos brillaban con un color rojo sangre. Había pelo natural pegado en cada cabeza. Podgórski se estremeció ante esa imagen.

—Mi Obra —repitió Julia Zdrojewska con solemnidad—. Hasta ahora solo la han visto tres personas. Tal vez sobra decir que Olga Bednarek, Kózka y Risitas estaban muy impactadas. Ni siquiera se imaginaban que tendrían el honor de formar parte de ella. El socorrista Kamil Mazur no pudo entrar, pero siempre hay una oportunidad para ti, Daniel.

La psicóloga se rio maléficamente.

—Son mis propias señoritas de Aviñón —aclaró. Su voz sonaba francamente orgullosa.

A Daniel Podgórski le costaba ver el parecido con el cuadro de Picasso, pero no tenía la más mínima intención de decírselo a Zdrojewska. Intentó mover la mano otra vez. La cadena hizo un ligero ruido, pero Julia no le prestó atención. Estaba demasiado ocupada contemplando su pintura.

—Como puedes ver, he mejorado la obra del Maestro. Le he añadido aún más rojo sangre. Mucho más. La sangre ha resultado ser una pintura fantástica. Más de lo que me esperaba. ¡Bueno, y el pelo, claro! Un atributo de femineidad.

La psicóloga Julia Zdrojewska se acercó a la pared y empezó a acariciar suavemente el pelo de una de las figuras.

—¿Tú eres el Cruzado? —preguntó Daniel Podgórski con calma.

La psicóloga se rio en voz alta.

–El Cruzado es una burla. Me lo inventé en dos noches. ¡Una cruz en el pecho! Eso es una farsa –dijo en tono divertido–. Claro que, antes de empezar a actuar como el Cruzado, planeé todo cuidadosamente. Me dedico a trazar perfiles psicológicos para la policía, eso era como un juego de niños para mí. Bailaban al son que yo tocaba.

–¿Por qué creaste al Cruzado?

–Muy sencillo –se rio Julia Zdrojewska–. Quería castigar a todas las prostitutas del mundo. Porque me quitaron a mi marido. Arruinaron lo que habíamos construido juntos durante diez años. Arruinaron algo importante que ya no se pudo reconstruir. Claro que también tenía otros objetivos. Mi exmarido es investigador de temas religiosos. Tenía que ser mi Chivo Expiatorio. Las pistas debían llevar hacia él. Sin embargo, resultó que la policía es aún más inepta de lo que pensaba. No relacionaron al Cruzado con nadie. Ni con mi exmarido, ni mucho menos conmigo. Y así se va a quedar.

Zdrojewska miró su obra con ternura.

–Después todo eso dejó de tener sentido. Mi marido y su traición, incluso el final de nuestro matrimonio... Entendí cuál era mi objetivo real. Tenía que crear esta Obra. Las auténticas señoritas de Aviñón. Unas putas de verdad. No solo una pintura al óleo sobre un lienzo. Sabía que podía ser mejor que el propio Picasso.

Daniel intentó de nuevo liberar las manos de las cadenas. Le parecía que la mano izquierda se había aflojado un poco. No obstante, necesitaba tiempo para actuar. Sentía que su única oportunidad era mantener esa conversación enfermiza. No se hacía ilusiones con que Zdrojewska lo fuera a dejar marchar. No después de lo que había visto.

–¿Por qué cambiaste después tu forma de matar? Alisa Petrova y Sabina Głądys murieron de forma diferente a las víctimas del Cruzado.

411

Julia Zdrojewska Miró a Podgórski casi con reconocimiento.

–Anda, mira –espetó–. Un gordo pueblerino ha descubierto que Alisa y Sabina también fueron mis víctimas. Impresionante, la verdad.

–¿Entonces por qué cambiaste la forma de actuar? –siguió preguntando Podgórski.

Julia Zdrojewska dudó un momento, cambiando el peso de su cuerpo de una pierna a otra.

–El Cruzado era una figura inventada y yo ejecuté perfectamente esos asesinatos en su nombre. Sin embargo, ya estaba harta de él. Me pesaba, era como un recuerdo de mi exmarido. Quería empezar un nuevo capítulo y concentrarme solamente en la Obra. En nada más.

–Y una mierda. Lo que pasa es que tenías miedo de que te pillara la policía.

Una ráfaga de odio atravesó el rostro de la psicóloga, haciéndola parecer casi inhumana.

–¡Cierra el pico! ¡La policía no tenía ni la más mínima posibilidad de detenerme! Sé perfectamente cómo funcionáis. Me dan risa tus acusaciones.

Daniel tenía la impresión de que tal vez había ido demasiado lejos.

–Les cortaste el pelo –dijo el policía de Lipowo con la esperanza de que siguiese fluyendo la conversación.

La mujer se tranquilizó en un abrir y cerrar de ojos.

–Sí. El pelo –Julia Zdrojewska parecía estar soñando despierta–. El culmen de los atributos femeninos. Ninguna de estas putas tenía un pelo tan bonito como el mío, ¡pero aun así mi marido las prefería a ellas! ¿Puedes creértelo, Daniel? Les corté el pelo para acabar de castigarlas. Desde hace siglos se aplicaba este castigo a las mujeres culpables. ¡¿No lo sabías?!

Daniel Podgórski negó con la cabeza, aunque sabía perfectamente que ese era el castigo que recibían las mujeres sospechosas de haberse acostado con un soldado alemán durante la Segunda Guerra Mundial.

–He puesto el pelo de las dos víctimas del Cruzado aquí, en mi cuadro. Son la primera y la segunda víctima –dijo Zdrojewska, señalando a dos figuras a la izquierda del cuadro. El cabello humano enmarcaba sus caras angulosas pintadas sobre el lienzo–. ¡Se ha mantenido de maravilla a pesar del paso de los años! ¿Lo ves?

–¿Después pasaste unos años sin matar? –se aseguró Daniel sin dejar de maniobrar con la cadena. La mano izquierda estaba cada vez más cerca de soltarse.

Julia Zdrojewska empezó a moverse por la habitación. Podgórski recordó la sesión informativa que habían tenido justo después de la muerte de Olga Bednarek. La psicóloga caminaba de la misma forma por la sala de conferencias de la Comandancia de la Policía de Powiat en Brodnica. En aquel momento, Julia había fingido sentir lástima por la pérdida de su alumna. Ningún miembro del equipo de investigación había percibido la falsedad en sus movimientos. Desgraciadamente. ¿Hubieran podido evitar los siguientes crímenes?

–Sí, pasé unos años sin matar... ¡Concretamente cuatro! Reconozco que mantuve una lucha interna. No estaba segura de si estaba haciendo lo correcto. Pero matar es adictivo, ¿lo sabías? –preguntó con una sonrisa fría Julia Zdrojewska–. Al principio solo quería terminar mi Obra, pero hay que encarar la realidad. Al fin y al cabo, yo misma soy terapeuta. No voy a engañarme a mí misma. Asesinar es una adicción como cualquier otra. He entendido que matar es lo mío.

Daniel sintió que el pánico se apoderaba de él y no lo podía controlar. Por un momento dejó de batallar con la cadena. Trató de respirar con tranquilidad y regularidad.

–¿Cómo fue con Alisa Petrova? –preguntó al poco tiempo. Necesitaba más tiempo. Solo un poco más.

–La maté de otra forma. No quería volver al Cruzado. La policía no se dio cuenta de que el asesino era el mismo –se rio

Zdrojewska–. A pesar de que le corté el pelo a la puta. Tengo que reconocer que en verdad tuve un poco de suerte. Alisa era una inmigrante ilegal y no tenía conocidos aquí. Después de cierto tiempo pudo identificarla otra inmigrante ilegal. Tal vez no se percató de que tenía el pelo corto. Eso es lo que me imagino, pero no he tenido acceso al informe. La suerte del principiante.

La risa de la psicóloga llenó toda la estancia.

–El pelo podría haberme delatado, pero tenía que llevármelo para poder terminar mis señoritas de Aviñón, como comprenderás. Tenía que matar exactamente a cinco mujeres, como en el cuadro del Maestro. No había otra. Alisa era mi tercera víctima. Necesitaba dos más. Ese año maté a la cuarta en el congreso de Gdańsk. Esta vez me inventé algo mucho mejor que el tiro en la cabeza o la cruz en el pecho. Quemé a la puta para que nadie se diese cuenta de que le había cortado el pelo. Como ya sabrás, me salió genial.

Daniel Podgórski asintió con dificultad. Su cuerpo empezaba a reaccionar tras el adormecimiento que le había provocado el paralizador. Ahora le resultaba más fácil mover las manos encadenadas a la espalda. No obstante, tenía que ganar un poco más de tiempo.

–Tenía que haber matado a la siguiente un año después. Así el cuadro estaría terminado y podría pensar en rehabilitarme –Julia Zdrojewska volvió a lanzar una carcajada–. Pero esa putita me arruinó el plan. ¿Puedes creerlo?

–¿A quién te refieres? –preguntó el policía, aunque ya se imaginaba cuál iba a ser la respuesta.

–Olga Bednarek, por supuesto.

–¿Cómo es que Olga te arruinó el plan?

–Olga fue conmigo a la conferencia de Gdańsk en calidad de asistente. Ella solucionó el tema de las habitaciones de hotel y demás. Era más inteligente de lo que pensaba. Cuando hizo el *check in* en las habitaciones, le dieron una copia de la llave de mi cuarto. Sencillo, pero ingenioso. ¿No crees? Tengo que reconocerlo.

En la habitación sin ventanas el ambiente era cada vez más sofocante. Podgórski sentía que le corrían gotas de sudor por la frente. Seguía moviendo las manos rítmicamente tras la espalda, tratando de aflojar las cadenas. La piel agrietada le ardía.

–¿Para qué quería Olga Bednarek una llave de tu habitación? –preguntó de nuevo.

–¡Por una estúpida blusa de seda! –la psicóloga Julia Zdrojewska se rio a carcajadas. En ese instante parecía completamente normal. La expresión de locura había desaparecido de su rostro y el tono de su voz se tornó normal y tranquilo. Como si estuviese hablando con Daniel de una anécdota graciosa–. Olga Bednarek quería robármela. Envidiaba a todos los que tenían más dinero que ella. Nunca hubiera podido comprarse una blusa como esa.

–¿Y qué pasó?

–El destino quiso que, mientras buscaba la blusa que quería, encontrase el paralizador, el cuchillo, las cerillas y el pelo en mi maleta. No pensaba que nadie fuera a mirar allí. ¿Te hubieras imaginado algo así? Me fui tranquilamente al banquete de despedida del ciclo de conferencias. Olga Bednarek aprovechó que yo no estaba en la habitación. Buscó en mi maleta para coger una blusa de seda, y encontró todo eso. Lo relacionó con la prostituta que habían quemado. Se trataba de un tema muy comentado y yo tenía allí pelo humano, un cuchillo, una botella de gasolina y cerillas. Pensaba deshacerme de todo aquí, en casa. ¿Cómo iba a saber que Olga Bednarek entraría en mi habitación? ¿Cómo?

–¿Por qué Olga no avisó a la policía? –Daniel Podgórski se extrañó.

Julia Zdrojewska se rio serenamente.

–Olga Bednarek quería dinero –explicó en pocas palabras–. Ya te he dicho que eso era lo único que le importaba. El dinero. Pude llegar a conocerla un poco durante las prácticas que hizo en Magnolia. Así que no temía que pudiera delatarme. A largo plazo no pensaba ceder a sus chantajes. Eso nunca funciona.

Con el tiempo seguramente querría más y más. Así que tenía que ser práctica y deshacerme de ella. ¿Puedes creerlo?

El policía asintió con dificultad. A esas alturas Podgórski podía creer cualquier cosa.

—Así que tuve que deshacerme de ella —repitió la psicóloga—. La única cuestión era cómo hacerlo. Como ya habrás podido darte cuenta, me encantan este tipo de retos. Empecé a trazar el plan perfecto. ¡No podía matarla así sin más!

—¿Por qué? —preguntó el policía para ganar un poco más de tiempo.

El suelo de cemento de la habitación parecía quemarle a Daniel las heridas abiertas de las muñecas. Sin embargo, creía estar a punto de poder liberarse de las cadenas. La esperanza le infundió energías renovadas. ¿Qué iba a hacer después? Podgórski aún no tenía un plan definido, pero lo primero era soltarse las manos.

—¿Por qué? —preguntó Zdrojewska sarcásticamente—. Si hubiera matado a Olga sin más, lo podríais haber relacionado conmigo. Hizo sus prácticas conmigo en la clínica. Podían haber surgido muchas preguntas incómodas. No pensaba arriesgarme. Además, soy una artista. ¡Necesitaba algo mucho mejor!

—Así que mataste a tres personas más... —dijo Podgórski en voz baja—. Kózka, Risitas y el socorrista Kamil Mazur.

Daniel tenía que darle la razón a Weronika. Olga Bednarek era la verdadera víctima y el resto solo fueron una cortina de humo para el plan enfermizo de Julia Zdrojewska.

—Exacto —la psicóloga esbozó una sonrisa burlona.

—¿Por qué mataste precisamente a Kózka, a Risitas y a Kamil Mazur? ¿Por qué ellos y no otros?

—Tú ya sabes la respuesta, Daniel. Se trataba de una historia del pasado, del búnker.

—¿Te refieres a lo que nos contó la enfermera Milena Król? Zdrojewska asintió con la cabeza.

—Sí. Obviamente yo he oído esa historia de boca de Olga Bednarek —explicó rápidamente Julia—. Me lo contó durante la sesión de psicoterapia que llevé a cabo con ella al inicio de sus prácticas. A pesar del paso de los años, Olga tenía un ligero cargo de conciencia por haber encerrado a Feliks en aquel búnker. Ya ves, Daniel, yo no olvido historias como esa. Nunca se sabe lo que puede pasar en la vida.

–¿Querías que pareciese una venganza por lo que pasó en el búnker? ¿Desde el principio querías incriminar al director del colegio?

Zdrojewska se encogió de hombros.

–A él o a Feliks. Me daba igual. Uno de ellos tenía que ser mi Chivo Expiatorio. Y, como sabes perfectamente, lo he conseguido sin problema –dijo con orgullo–. El fiscal Jacek Czarnecki y el comisario principal Wiktor Cybulski mordieron el anzuelo sin dudarlo. Obviamente no sucedió por casualidad. Desde hace algún tiempo he ido alimentando el odio de Wiktor por Eryk. Lo convencí de que Żaneta tenía una aventura con el director del colegio. ¡Al final resultó que no estaba tan equivocada! ¡El amante de Żaneta era Feliks! ¿Puedes creerlo?

Julia Zdrojewska sonreía de nuevo. Daniel Podgórski sentía que le corría sangre por la muñeca, pero aún no podía soltar su mano del amarre. Necesitaba un poco más de tiempo. Solo un poco más.

–¿Cómo lo organizaste todo? –preguntó para ganar unos valiosos minutos. Parecía que a la asesina le causaba placer relatar sus acciones, así que el plan de Daniel tenía posibilidades de llegar a buen puerto.

–Esa historia del encierro de Feliks Żukowski en el búnker me cayó del cielo. Estoy muy cerca del director del colegio Eryk Żukowski. De hecho trabajamos juntos en la organización en pro de la ciencia, Cogito Ergo Sum. Gracias a eso, tenía las llaves del colegio, y gracias a eso también tenía fácil acceso a la sala de disección. ¿Qué podía ser mejor? Tomé prestado uno de los bisturís. Lo usé para las amputaciones de todas las víctimas. Después puse el bisturí ensangrentado en el escritorio de Eryk cuando llegó el momento.

–¿Por qué decidiste ejecutar esas amputaciones? ¿Se refieren a los tres monos sabios?

Julia Zdrojewska sacó del bolsillo unos guantes desechables y empezó a ponérselos con calma.

–Daniel, sabes perfectamente que me gusta el histrionismo –Se rio de nuevo–. Era como lo del Cruzado con su gran cruz en el pecho. Pero claro que se trata de algo más que mi gusto por la teatralidad. Decidí montar esos asesinatos como si fueran obra de un asesino en serie.

–¿Para qué?

–Tenía algo de experiencia con asesinos en serie, ¿no crees, Daniel? Al fin y al cabo hacer el perfil de los asesinos es mi trabajo. Además, sabía que entonces seguramente me llamaríais para ayudaros –afirmó Julia Zdrojewska satisfecha consigo misma–. Eso me venía muy bien, porque al ser un miembro del equipo de investigación podía controlar sin problema el avance de la búsqueda. Podía dirigiros por caminos que yo misma trazaba. Como ya sabes, lo conseguí totalmente. Ninguno de vosotros se dio cuenta.

–Entiendo todo, pero ¿por qué elegiste precisamente la referencia a los tres monos sabios? ¿Es un guiño a Klementyna Kopp y el logo de la página web Bealive? –se aventuró Podgórski.

Por un momento se hizo el silencio. Julia de nuevo se puso a andar por la habitación.

–Me cuesta hablar de ello –le informó la psicóloga, aunque no parecía preocupada en absoluto–. Cuando mi marido me dejó... me sentí destrozada y utilizada. Durante algún tiempo utilicé esa página para mujeres afectadas por la violencia doméstica. Es verdad que mi marido no me pegaba, pero me defraudó con su traición. El resultado es el mismo. Allí hablé con una mujer que firmaba con el pseudónimo *nobienvenida*. Entonces no sabía que era Klementyna Kopp. Está claro. *Nobienvenida* fue muy sincera conmigo. Me contó todo sobre ella, sobre el sinvergüenza de su marido y sobre su amante Teresa.

Nunca me hubiera imaginado que *nobienvenida* fuera Klementyna Kopp.

–¿Cómo te diste cuenta? –se extrañó Daniel. A pesar de la desafortunada situación en la que se encontraba, sentía una creciente curiosidad.

–Klementyna me lo contó –Julia Zdrojewska se rio a carcajadas–. Claro que no lo hizo de frente. Verás, Daniel, además de ayudar a la policía en las investigaciones, también les proporcionaba ayuda psicológica. Me mandaban a los funcionarios que, por ejemplo, habían tenido que matar a alguien durante una intervención, pero también a los que estaban pasando un momento difícil en su vida. Entre ellos estaba precisamente la comisaria Kopp. No podía superar la muerte de su amante. Finalmente vino a hablarlo conmigo. ¿Puedes creerlo? La introvertida Klementyna Kopp se iba a confesar conmigo.

Daniel Podgórski tenía que reconocer que le costaba creerlo. Por otro lado, ya desde el comienzo de la investigación se había dado cuenta de que había un vínculo especial entre Klementyna Kopp y Julia Zdrojewska.

–Cuando Klementyna me contó lo de Teresa durante la sesión, enseguida comprendí que la comisaria Kopp y *nobienvenida* de la página Bealive eran la misma persona. Como ya sabes, Daniel, nunca me olvido de nada.

–¡Traicionaste su confianza! –el policía acusó a Julia. Sentía que el odio crecía en su interior. Klementyna Kopp había pasado por muchas cosas en su vida. No necesitaba más sufrimiento.

–Por desgracia sí, pero no tenía otra salida –replicó la psicóloga con calma–. Sabía que si alguien podía ser un contrincante a mi altura, esa era la comisaria Klementyna Kopp. Tenía que eliminarla de alguna forma. Tenía que atacar su punto débil. Por eso elegí precisamente los tres monos sabios como firma del Asesino de Vírgenes. Quería que Klementyna no pensara fríamente. Ni siquiera imaginaba que tú también contribuirías.

Zdrojewska soltó una carcajada como si algo le pareciese divertido. De nuevo parecía totalmente normal.

–¿Yo? –preguntó Daniel sorprendido.

–Parece que nuestra buena Klementyna está loca por ti, Daniel.

Podgórski se quedó sin palabras. No estaba seguro de si Julia Zdrojewska estaba jugando otra vez con sus sentimientos. ¿La comisaria Kopp enamorada de él? No tenía sentido.

–Aunque fuera así, eso no es asunto tuyo. No deberías habérmelo dicho. Puede que Klementyna no quiera...

–Encantador, Daniel, de verdad. ¿Eres un caballero? Solo que, ya sabes... Eso ya no importa demasiado, porque dentro de un momento ya no estarás en este mundo. ¿No pensarías que iba a dejarte vivir? Eso hubiera sido excepcionalmente estúpido por mi parte, y yo no cometo errores.

Podgórski pensaba febrilmente. Solo un poco más de tiempo y podría soltarse las manos. Entonces estaría en condiciones de luchar por su vida. ¡Si tuviera solo un poco más de tiempo!

–¿Por qué empezaste a actuar precisamente ahora matando a Olga Bednarek? –preguntó para ganar unos cuantos minutos extra. No sabía qué iba a hacer después. Zdrojewska tenía el paralizador. Podía reducirle en cuestión de segundos. Seguramente tenía también una pistola.

–Ya te he dicho que me estaba chantajeando. Tenía que deshacerme de ella.

–Pero ¿por qué precisamente ahora?

–Olga Bednarek llevaba algún tiempo presumiendo de que iba a ir al curso de supervivencia. Contaba que iba a estar incomunicada, porque allí no podían llevar teléfono. Resulta que se trataba de desconectar totalmente de la civilización. Me pareció que era el momento ideal para darle vida a mi plan –explicó la asesina–. Si secuestraba a Olga justo antes del viaje, pero justo después de que se despidiese de su familia, nadie se extrañaría de su desaparición. Todos pensarían que Olga estaba en su campamento de supervivencia. Eso me daría una semana para matar al resto de las víctimas. Quedé con Olga para pagarle la cuota acordada justo antes de su viaje. Obviamente vino al punto de encuentro. Llevaba una mochila, un saco de dormir y más cosas que iba a necesitar en ese estúpido viaje. No se esperaba nada malo, pues ya le había dado dinero en ocasiones anteriores sin rechistar. Sin embargo, esa vez estaba lista para actuar. Usé el paralizador, como siempre. ¡Una herramienta estupenda! Encerré a Olga aquí durante un par de días. No podía ser la primera víctima. Tenía que desaparecer junto con otros que no tuvieran nada que ver conmigo.

Julia Zdrojewska se acercó de nuevo a la macabra pintura de la pared.

—El destino quiso que Kózka y Risitas también fueran prostitutas. Lo tomé como una señal. ¡Era el momento perfecto para terminar mi obra! Solo me faltaba una figura para completar las cinco. No obstante, no podía cortarles el pelo así sin más. Corría el riesgo innecesario de que alguien lo relacionase con el Cruzado. Y yo no quería eso. No lo había disimulado todo tan bien para que a esas alturas me descubriesen. En su lugar, les corté unos mechones de pelo a cada una. Y así mi última señorita de Aviñón ya tiene pelo. Lo he completado gracias a Olga, Kózka y Risitas. ¡Mira, Daniel!

La psicóloga Julia Zdrojewska señaló la figura de atrás en la pintura. Daniel Podgórski volvió a atravesarlo un escalofrío cuando vio el pelo de las mujeres muertas pegado en el enorme lienzo.

—¡Ya basta de hablar! —gritó animadamente la psicóloga—. Ahora pasemos al momento en el que nos deshacemos de ti.

—Solo tengo una pregunta más —soltó rápidamente el policía. Pensaba ardorosamente qué más podía preguntar—. ¿Por qué hiciste los cortes en las gargantas de las víctimas alternando la mano derecha y la izquierda?

—Soy ambidiestra. Creo que eso me diferencia del resto. Soy como el Da Vinci de nuestra época. Llevo mucho tiempo trabajando en ello. Ejercicios, ejercicios y más ejercicios –explicó Julia Zdrojewska con una sonrisa, como si estuviese hablándole a un niño–. Pero volvamos al tema, Daniel. No pospongamos lo inevitable. Normalmente no mato a hombres. Voy a adelantarme a tus preguntas porque ya no tenemos tiempo. El socorrista Kamil Mazur fue una excepción, pero tenía que morir para que la historia del búnker encajase. A ti, Daniel, tampoco tengo muchas ganas de matarte, te lo digo sinceramente. El cuerpo femenino es mucho más perfecto. Produce mayor satisfacción. Pero ¿qué puedo hacer yo? ¡No tengo escapatoria! Obviamente ya no tengo el bisturí. Tendrá que bastar con una simple porra de policía.

Julia Zdrojewska se acercó al armario que había en la pared opuesta. Rebuscaba apresuradamente en su contenido.

–Vale. Pero bueno, estás buscando esto, ¿no? –se escuchó una voz familiar.

Zdrojewska se dio la vuelta inmediatamente. En la puerta de la habitación estaba la comisaria Klementyna Kopp. En la mano llevaba una porra de policía. En la otra mano empuñaba su pistola.

–Sorprendida, ¿no? –preguntó Klementyna con una sonrisa de medio lado–. Estabas tan ocupada con tu apasionada historieta que ni te has dado cuenta cuando he entrado. Vale. Lo entiendo. Sé lo fácil que es distraerse. Pero bueno, no voy a cometer dos veces el mismo error. Muchas gracias por la lección.

El rostro de la psicóloga Julia Zdrojewska estaba desencajado. Empezó a deslizar la mano hacia el profundo bolsillo de la sudadera negra.

–No te lo recomiendo. En serio –Klementyna Kopp miró su pistola–. Soy bastante vieja y tengo experiencia en estos asuntos.

De repente Zdrojewska dio un salto hacia Klementyna, arrancándole el arma de la mano. La pistola salió rodando por el suelo. Las mujeres forcejearon un rato. Julia intentó usar el paralizador pero, para su sorpresa, en el fervor de la batalla erró el tiro.

De repente Daniel Podgórski sintió que la mano izquierda, resbaladiza a causa de la sangre, se liberaba de la cadena. Rápidamente cogió la pistola, que había caído a su lado. Las mujeres seguían forcejeando y ninguna se dio cuenta de que el policía se estaba poniendo de pie. Daniel apuntó a la rodilla de Zdrojewska. No tenía intención de matarla. El juez decidiría el futuro de la psicóloga.

Julia Zdrojewska cayó presa de un dolor repentino. Klementyna Kopp inmediatamente la tiró al suelo y la sometió.

–Buen trabajo en equipo, ¿no? –se rio la comisaria Kopp.

Daniel Podgórski suspiró. Una vez más. El peligro había pasado, pero él no sentía alivio.

25

Lipowo, colonia Żabie Doły, Brodnica y Varsovia.
Domingo, 11 de agosto de 2013

EL INSPECTOR DANIEL Podgórski se acabó la segunda rebanada del empalagoso pastel de merengue, que era la especialidad del restaurante El Camaleón, cerca de la plaza Mayor. Llevaba desde el día anterior sin muchas ganas de hablar. Lo sucedido en casa de la psicóloga Julia Zdrojewska le había dejado una extraña sensación. Tal vez le había caído la maldición de los tres monos sabios y se había convertido en Iwazaru, que no decía nada. Daniel no estaba seguro de si se trataba de la situación de peligro en la que lo había puesto la asesina, o del hecho de que esta hubiera resultado ser alguien cuya labor, supuestamente, era ayudar a la gente, alguien que parecía una amiga. ¿O se trataría de lo que la psicóloga Julia Zdrojewska le había dicho sobre la comisaria Kopp y sus hipotéticos sentimientos hacia él? Fuese cual fuese la razón, a Daniel en esos momentos no le salían las palabras.

Weronika Nowakowska se acabó la segunda taza de café. El fiscal Jacek Czarnecki les había invitado a tomar algo. Como él mismo dijo, quería hablar tranquilamente con ellos. Daniel Podgórski volvió a sentir un *déjà vu*. Recordaba perfectamente cuando hacía unos meses había ido a ese mismo restaurante para hablar con el fiscal sobre otra investigación. El policía de Lipowo tenía la sensación de estar dando vueltas en círculo.

—Weronika, Daniel, quisiera agradeceros mucho vuestra labor —comenzó el fiscal Jacek Czarnecki—. Me equivoqué y por ese motivo pudimos haber condenado a un hombre inocente.

424

Sin embargo, no me equivoqué contigo, Daniel. Tienes talento, exactamente igual que tu padre.

Daniel Podgórski simplemente asintió con la cabeza.

–Tu padre también estaría orgulloso de ti –afirmó el fiscal, dándole unas palmaditas a Daniel en el brazo–. Ahora eres un héroe, cómo él.

Podgórski volvió a asentir con la cabeza. Cuando había vuelto a casa el día anterior, su madre le había dicho lo mismo. ¿Estaría de verdad orgulloso su padre? Tal vez. No obstante, Daniel no creía merecer el título de héroe. Su padre sí que era un verdadero héroe. Había muerto durante una operación policial, salvando la vida de otra persona. ¿Era posible imaginar algo más heroico? Por el contrario, ¿qué era lo que había hecho Daniel?

Weronika Nowakowska y el fiscal Jacek Czarnecki intercambiaron una mirada. Probablemente se dieron cuenta de que ese día Podgórski no era él mismo.

–He pensado... –hizo otro intento el fiscal Jacek Czarnecki–. Quiero decir, el comandante y yo hemos pensado que tal vez te gustaría trasladarte permanentemente aquí, a la policía científica, en la comandancia. ¿Qué te parece, Daniel?

Podgórski miró a Czarnecki sorprendido. No se esperaba esa propuesta. Volvió a sumirse en sus pensamientos. De hecho, siempre había soñado con trabajar para la policía científica. Siempre. Pero en el mismo instante en que se le presentaba la oportunidad, no sentía ningún entusiasmo. Pensó en su pequeña comisaría de Lipowo. ¿Estaba listo para dejarla y empezar a trabajar en Brodnica? ¿De verdad era eso lo que quería?

–Piénsalo –le recomendó el fiscal Jacek Czarnecki, antes de que Daniel Podgórski alcanzase a responder nada–. Weronika, para usted también tenemos una propuesta. Ya que acabamos de perder a nuestra psicóloga criminalista, tenemos una vacante para ese puesto. ¿Estaría usted interesada? ¿Qué le parece?

Los ojos azules de Weronika Nowakowska brillaron de felicidad. Daniel Podgórski suspiró. ¿Habría alguna oportunidad de que Weronika y él tuviesen un futuro juntos? No lo sabía.

EL COMISARIO PRINCIPAL Wiktor Cybulski y su esposa Żaneta se sentaron frente a una botella de vino y una tabla de quesos. Esa vez Wiktor se había decidido por un auténtico feta griego y un *Beaujolais*. Lo colocó todo sobre la mesa de madera del jardín. Alrededor se respiraba tranquilidad. Se oía el lejano relincho de *Castaño,* procedente del establo ubicado detrás de la casa. El calor sofocante había cedido, pero los rayos del sol aún danzaban alegremente sobre las hojas de los árboles. Por fin podía respirarse a pleno pulmón.

Żaneta le lanzó una sonrisa a su marido. Wiktor no había pensado ni por un momento que su mujer fuese a abandonarlo. ¡Y menos por Feliks Żukowski!

–Qué frutas tan maravillosas –dijo Żaneta Cybulska, paladeando el vino joven–. Qué buena compra hicimos.

–Por supuesto –replicó Cybulski.

Suspiró de placer. Una investigación más que había finalizado. Żaneta y él se esforzaban por no hablar del hecho de que la asesina había resultado ser su amiga, Julia Zdrojewska, ni de la traición de Żaneta. Eran temas tabú y así debían continuar. Wiktor pensaba que eso sería lo mejor. Callar hasta que los problemas se convirtieran en meros recuerdos. Como decía Janina Ipohorska, lo que entonces llamaban dificultades en el futuro lo llamarían «antiguamente». Los problemas con Żaneta también pasarían. Wiktor Cybulski esperaría.Tranquila y elegantemente.

BERNADETA AUGUSTYNIAK SE puso su uniforme de asistente del director del colegio. No había razón para dejar de usar su disfraz personal. Siempre le funcionaba. Se metió en el coche y se dirigió al centro vacacional Valle del Sol. Era hora de volver a la acción. No pensaba esperar más.

Aparcó frente al edificio principal del centro vacacional. El propietario de Valle del Sol, Szymon Wiśniewski, y su hijo, el piragüista Marcin, estaban sentados en un banco de madera. El procedimiento en su contra seguramente seguía su curso, pero el fiscal no podía mantenerlos más tiempo en prisión preventiva. Bernadeta sabía perfectamente que a la policía le costaría encontrar pruebas irrefutables de proxenetismo, ella ya se había encargado de eso. En cuanto a las películas pornográficas, más concretamente la película que podía pasar por *snuff*, también sería un caso controvertido. El tiempo diría lo que iba a hacer la policía. No obstante, Bernadeta Augustyniak estaba preparada para cualquier eventualidad.

Ninguno de los dos parecía contento de verla llegar. Bernadeta no esperaba otra cosa. Se acercó a Marcin y Szymon Wiśniewski sin ofenderse por la fría bienvenida. Se sentó junto a ellos en el banco de madera. Nadie dijo nada.

—Tengo una idea estupenda para un nuevo negocio —dijo finalmente la asistente del director. Los acontecimientos de las últimas semanas no le habían quitado las ganas de trabajar. Más bien al contrario. Había salido fortalecida de ellos—. ¿Os apuntáis?

Szymon Wiśniewski y su hijo se miraron.

LA ENFERMERA MILENA Król se bajó del tren en la estación central de Varsovia. Por todas partes había una multitud de viajeros que chocaban con ella mientras se apresuraban en diferentes direcciones. Por los altavoces anunciaban las terminales desde las que iban a salir los próximos trenes.

Jo estrechó fuertemente entre sus dedos la pequeña maleta. Estaba asustada, pero sentía que por fin había llegado al lugar en el que tenía que encontrarse. ¿Dónde podía pasar más desapercibida que en la gran ciudad? Milena había dejado atrás su vida en la colonia poscomunista Żabie Doły, incluso su trabajo en la clínica Magnolia. No pensaba mirar atrás. Quería olvidar lo que había pasado en las últimas semanas. Quería olvidar el terror que la paralizaba. También quería olvidar su mentira, que todo el tiempo la perseguía con un sentimiento de culpa...

Milena Król negó con la cabeza. Deseaba tanto que la policía creyese su historia del búnker, que decidió mentir sobre la cicatriz de la cara y el hostigamiento por parte del director del colegio Eryk Żukowski. Este nunca había vuelto a tocar el tema de lo que su pandilla le había hecho a Feliks. ¡Nunca! ¿Por qué iba a hacerlo? El director de la escuela no era quien le había hecho una herida en la cara que la dejaría marcada para siempre. Lo había hecho otra persona completamente diferente. Pero Milena no pensaba decirle a nadie quién había sido. Entonces, ¿por qué Jo había engañado a la policía? ¿Fue porque creía que el director del colegio era culpable? No estaba segura, pero no pensaba darle más vueltas. No en ese momento.

Milena Król caminaba con paso firme por el andén. La multitud de desconocidos se abría a su paso. En la ventana del tren vio su rostro. La cicatriz era claramente visible. Milena no se había puesto maquillaje, la había aceptado. Estaba lista para empezar una nueva vida.

EL HIJO DEL director del colegio de la colonia Żabie Doły, Feliks Żukowski, se sentó con su padre en el sofá de su sala de estar, inmaculadamente limpia. El director había envejecido en los últimos días. Su pelo estaba más canoso, tal vez incluso más escaso. Había perdido su inseparable gorra con visera, que supuestamente le daba un aspecto más juvenil. Parecía una persona diferente.

Feliks no estaba seguro de si su padre llegaría a asumir las injustas acusaciones. Al fin y al cabo, durante varios días la gente pensó que él era el asesino. Esas cosas siempre perduraban. Para los habitantes de Żabie Doły y de Lipowo, el director Eryk Żukowski siempre sería sospechoso.

Pero Feliks Żukowski no solo estaba preocupado por su padre. También pensaba en sí mismo. Había intentado varias veces reconciliarse con Żaneta Cybulska, pero su amante no contestaba sus llamadas. Feliks no era tonto, a pesar de que mucha gente lo pensara. Sabía que era el final. No iba a llorar por eso. Desde el principio se había dado cuenta de que su relación con Żaneta no duraría para siempre.

Feliks miró a su padre una vez más. Había llegado el momento en que el hijo tendría que cuidar del padre. Así lo sentía.

—Papá, ¿has terminado ya de corregir los trabajos de vacaciones? Nos las arreglaremos sin Bernadeta. Estaré encantado de ayudarte.

LA COMISARIA KLEMENTYNA KOPP entró en el estudio de tatuajes. Llevaba muchos años siendo cliente habitual. Durante ese tiempo, el tatuador también había envejecido, como ella. Ahora parecían dos personas de edad indefinida. Tal vez incluso reliquias del pasado.

—¿Qué vamos a tatuar hoy? —preguntó el hombre con la voz rasgada de haber fumado durante muchos años—. ¿Y dónde?

La máquina de tatuar hacía ruido. Durante esos años había empezado a trabajar más gente en el estudio. La mayoría eran jóvenes y enérgicos. Conocían nuevas técnicas y tenían talento. Klementyna Kopp no confiaba en ellos. Prefería la tradicional mano robusta.

—¿Qué va a ser? —volvió a preguntar el tatuador.

La comisaria Klementyna Kopp señaló su muñeca izquierda sin mediar palabra. En la cara interna aún quedaba un poco de espacio libre. No mucho, pero sí lo suficiente. Tenía que olvidar la estúpida historia de Daniel Podgórski. Solo había tenido un amor verdadero y no podría olvidarlo nunca.

—Teresa —dijo en voz baja.

El hombre asintió con la cabeza y cogió la aguja. No preguntó nada. Era mejor así.

El oficial Grzegorz Mazur, de la comisaría de la colonia Żabie Doły, entró al hospital donde habían llevado a la asesina después de que Daniel Podgórski le disparase. Era domingo, pero el lugar estaba desierto. Mejor aún. Mazur avanzó con paso firme. No dudó ni un momento. Para que el plan fuera exitoso, tenía que parecer la persona adecuada en el lugar adecuado.

Grzegorz Mazur atravesó el largo pasillo y se acercó directamente a información.

—¿En qué habitación está la sospechosa? —preguntó a la enfermera que estaba sentada tras el mostrador de madera.

La mujer le indicó cómo llegar al lugar. No le preguntó nada. Grzegorz Mazur iba de uniforme y emanaba seguridad en sí mismo. Era la persona adecuada en el lugar adecuado. Nadie le prestó mucha atención. Algunas personas lo saludaron inclinando la cabeza. Mazur les devolvió el saludo. Incluso les sonrió. Mantenía la mano pegada al cuerpo. Pegada a la funda de la pistola.

Llegó sin problema a la habitación a la que habían llevado a la psicóloga Julia Zdrojewska tras operarle la rodilla. Delante de la entrada de la habitación individual había un guardia de seguridad aburrido. Mazur no se sorprendió. Alguien tenía que vigilarla.

—Tengo que hacerle algunas preguntas a la detenida antes de que la trasladen al calabozo —le dijo Grzegorz Mazur al apático guardia—. Van a ser solo unos minutos.

El guardia de seguridad lo miró con incertidumbre.

—Nadie me ha dicho nada —afirmó.

—Me envía el fiscal Jacek Czarnecki. Tengo que aclarar una pequeña duda para que el fiscal pueda elaborar la acusación de manera correcta –dijo Mazur con tono firme. Sin dudar, a pesar de que estaba mintiendo. Era fundamental.

El guardia de seguridad se encogió de hombros y lo dejó pasar sin hacer más preguntas.

Grzegorz Mazur entró en la blanca habitación de hospital. Sentía que el corazón empezaba a latirle más rápido. Lo había conseguido. Tenía que vengar la muerte de su hijo. Mazur no iba a consentir que cualquier laguna legal permitiese que la asesina quedara libre.

Julia Zdrojewska estaba sentada en la cama, como si lo estuviera esperando. En su rostro le pareció ver una sonrisa frívola. El oficial Grzegorz Mazur, de la colonia poscomunista Żabie Doły, sacó la pistola y disparó.

Agradecimientos

PARA TERMINAR ESTA historia me gustaría darte las gracias de corazón principalmente a ti, querido lector. Espero que volvamos a encontrarnos pronto. ¡Gracias por el apoyo y por tanta energía positiva!

Gracias a mi madre, que siempre me apoya y me rescata con la idea acertada cuando llego a un callejón sin salida. En el caso de *Más rojo sangre*, su ayuda ha sido especialmente importante. Gracias también a mi marido, que introdujo algunas sugerencias en el texto. Gracias también al resto de miembros de mi familia, siempre puedo contar con vosotros. ¡Gracias por estar ahí! Gracias también a mi mejor amiga, Magda, que nunca duda de mí.

Gracias a Anna Derengowska, de la editorial Prószyński i Spółka, y al resto del equipo editorial, que preparan mi novela para que sea publicada. Gracias también a Anna Augustyńczyk y a Marta Rendecka, que se encargan de promocionar mis libros. Una vez más, le doy las gracias a Agata Pieniążek, que se fijó en *Mariposas heladas* entre otras propuestas editoriales. También le agradezco a Mariusz Banachowicz sus maravillosas portadas de la edición polaca de *Mariposas heladas* y *Más rojo sangre*.

Agradezco mucho a Camilla Läckberg su Escuela de Novela Criminal y sus consejos sobre cómo escribir novelas de este género.

Gracias a Anna Klejzerowicz, Marta Guzowska, Agnieszka Krawczyk, Adrianna Michalewska, Jolanta Świetlikowska, Kazimierz Świetlikowski, Grażyna Strumiłowska (junto a todo el equipo de Książka, que no Kwiatka), Gaia Grzegorzewska, Robert Ostaszewski y otros críticos, redactores de páginas web, blogueros, mis patrocinadores mediáticos y escritores. Gracias por haberme acogido tan bien en vuestro círculo y por compartir conmigo vuestras opiniones sobre *Mariposas heladas*. Espero que *Más rojo sangre* también sea de vuestro agrado.

Por último, quisiera mencionar también que todos los errores de este libro son míos, y que todos los acontecimientos y las personas que aparecen son completamente ficticios. Surgieron en mi cabeza por las necesidades de esta novela. Cualquier coincidencia con hechos y personas reales no ha sido planeada y se debe simplemente a una mera casualidad.

La Comandancia Provincial de la Policía en Brodnica evidentemente existe. Sin embargo, su aspecto y su funcionamiento son completamente diferentes a como yo los describo aquí. Espero que me perdonéis por haber dado rienda suelta a la imaginación y por haber adaptado la realidad a las necesidades de esta novela. De manera que todos los policías y sus procedimientos, la ubicación de las salas en el edificio de la comandancia, el funcionamiento de la sala de autopsias y su ubicación en el sótano de la comandancia son fruto de mi imaginación. No obstante, quisiera aprovechar la ocasión para dar las gracias a los verdaderos policías que trabajan en la comandancia. ¡Vuestro trabajo es irremplazable!

Como ya he dicho, mi novela es un espacio ficticio, me he permitido dar rienda suelta a la imaginación también en otras cuestiones. Así que voy en orden. Por lo que sé, la página Bealive para víctimas de la violencia no existe. El centro vacacional Valle del Sol, junto al lago Bachotek, tampoco ha existido nunca. No existe la colonia poscomunista Żabie Doły ni la Clínica de Ayuda Psicológica y Psiquiátrica Magnolia. No hay ningún restaurante El Camaleón cerca de la plaza Mayor, donde al fiscal Czarnecki le gusta comer tarta de merengue. También he adaptado a mis necesidades la cuestión de los congresos de psicología a los que asistía Julia Zdrojewska, su temática y la forma en que funciona su página web.

Te preguntarás, querido lector, qué hay de cierto en esta historia. Bueno, en cuanto a Lipowo, como suelo decir, he sacado la inspiración de mi querido pueblo de la infancia. Sin embargo, el pueblo verdadero tiene un nombre diferente y seguramente es mucho más tranquilo que Lipowo. Si alguna vez vais por la región de Brodnica contemplaréis sin falta el lago Bachotek. Quisiera dar las gracias una vez más a los habitantes de ese precioso lugar por prestarme su pueblo para ser el trasfondo de una historia más.

Os mando un afectuoso saludo a todos, y hasta la vista.

KATARZYNA PUZYŃSKA

Inspiración para la serie

Queridos lectores:

Si buscáis en un mapa «Lipowo», el lugar donde se ambienta la serie y que le da nombre, no lo encontraréis. Es una población ficticia, aunque un investigador atento quizá adivine qué población me ha servido como modelo (a pesar de que me he tomado bastantes libertades con su geografía). A los habitantes de Pokrzydowo (mi Lipowo) les doy las gracias por prestármela para que sirviera como escenario de mis tramas de misterio.

Pokrzydowo es el pequeño pueblo donde vivían mis abuelos. Es mi lugar favorito del mundo. Me encantan sus grandes bosques y sus hermosos lagos. Y, por supuesto, la gente, que es fantástica y hospitalaria. Cambié el nombre del pueblo porque al principio tenía miedo de cómo podrían tomarse que a pocos metros de su casa se paseara un asesino sin escrúpulos. ¡Pero resulta que les encantó! Se me ocurrió el nombre de Lipowo uniendo el nombre de dos pueblos vecinos: Pokrzydowo y Lipowiec. *Lipa* significa tilo en polaco. Es una sensación extraña (y absolutamente fantástica) que los lectores en lengua castellana podáis seguir las idas y venidas de los protagonistas de la serie por las calles de Lipowo.

Suelo utilizar lugares reales y añadir datos de mi invención cuando la trama requiere algo que no existe y que encaja a la perfección. Muchos de esos sitios son muy significativos para mí porque forman parte de mis recuerdos. Y os contaré un secreto: algunos de los personajes de mis novelas también están basados en personas reales.

Cada verano, mis lectores de Polonia se reúnen en Pokrzydowo / Lipowo para pasar un fin de semana en el que se realizan actividades y se celebran clubs de lectura en torno a mis libros. Este año se celebra el sexto encuentro. Es una oportunidad para vivir en Lipowo como si estuvieras dentro de una de las novelas. La Oficina Municipal incluso ha instalado letreros con fragmentos de los libros en los lugares donde se desarrollan algunas escenas para que quien lo desee pueda visitarlos.

Espero que os haya gustado descubrir estas curiosidades sobre la serie y sobre el lugar que es mi fuente de inspiración.

¡Nos vemos en Lipowo!

KATARZYNA PUZYŃSKA

Vista de Pokrzydowo.

Bachotek, localidad cercana a Pokrzydowo y famosa por su lago.

Mapa de la zona

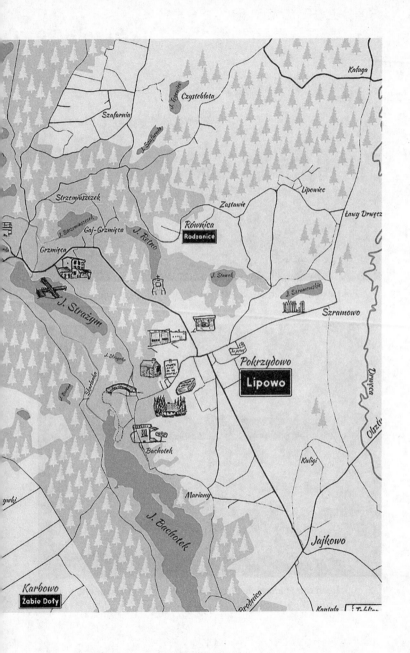

Pokrzydowo en verano, la estación elegida para *Más rojo sangre*.

El entorno natural de Pokrzydowo, cuya belleza la autora
destaca en la Serie de Lipowo.

Ya puedes comenzar a leer el nuevo libro
de Katarzyna Puzyńska

LA NÚMERO
31

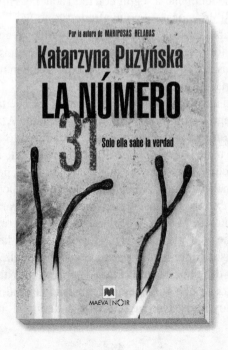

Por la autora de MARIPOSAS HELADAS

Katarzyna Puzyńska
LA NÚMERO
31

Solo ella sabe la verdad

MAEVA | NOIR

Prólogo

Lipowo
Miércoles, 13 de enero de 1965

Se había echado la noche. La oscuridad era absoluta y hacía mucho frío. Parecía que el aire chirriaba cada vez que ella inspiraba y que el vaho de su boca se convertía en minúsculos cristalitos de hielo. Temblaba, solo llevaba puesta la fina camisa de hilo que él les había ordenado ponerse. Por un momento quiso renunciar a seguir con todo aquello. Huir resultaba casi imposible, a pesar de que alrededor no había muros. Ni siquiera había una pequeña valla. «El mundo se abre ante mí sin obstáculos», se repitió mentalmente durante unos segundos. Las barreras infranqueables no se encontraban en ningún otro lado más que en su cabeza.

Respiró unos instantes con rapidez. El aire de la noche de enero le llenó los pulmones con su frío cortante. Al final tomó una decisión. No podía permanecer allí. Sabía lo que él planeaba y no tenía la menor intención de formar parte de aquello. Era una locura. Miró una vez más a su alrededor, por si acaso. No había nadie, aunque a esa hora era lo habitual, porque tenían sus costumbres. De todas formas, prefería asegurarse.

La respiración volvió a acelerársele, pero no resultaba lógico, porque no había un alma, no la observaba nadie. Dio unos cuantos pasos sobre la nieve crujiente, con cautela. Sabía que dejaba tras de sí huellas muy claras, pero era inevitable. Tenía la esperanza de que advirtieran su ausencia cuando se encontrara ya muy lejos. Una vez tomada la decisión, no le cabía duda de que prefería morir antes que quedarse allí un minuto más.

Agarró el pomo oxidado y empezó a cerrar la puerta con mucho cuidado. No quería que se oyera ni el más leve sonido. No había velas encendidas en las cabañas cercanas, lo cual no significaba que todos durmieran. Sabía que algunos espiaban para él.

Cuando la puerta ya estaba casi cerrada, miró al interior por última vez a través de la rendija. Se topó con la mirada interrogante de su hijo. Se estremeció. Los pensamientos se le arremolinaron en la cabeza. No podía dejarlo. Eso habría significado que él había logrado despojarla por completo de sentimientos; que realmente la había convertido en la número treinta y uno, como solía repetir; que le había arrebatado su personalidad. No podía dejar a su hijo. Eso habría significado que él había vencido.

—Ven —dijo en medio de la oscuridad.

Su hijo la siguió sin rechistar. Era lo que le habían enseñado: obediencia absoluta o a la cueva. No había más opciones. La nieve crujió bajo sus pies cuando se alejaban a través del prado cubierto por un manto blanco. En un bolsillo de la fina camisa de la mujer tintineaban unas monedas que había robado. Era poco pero suficiente. Era todo lo que se podía permitir. Lo importante era salir de allí; después ya sería más sencillo.

Temblaba tanto que apenas podía caminar, pero por otro lado sentía una gran fuerza en su interior. No en vano, con cada paso se alejaba más.

No importaba cómo terminara su aventura, prefería morir antes que volver allí.

PRIMERA PARTE

1

Lipowo y Stare Świątki
Viernes, 20 de diciembre de 2013,
por la mañana

EL INSPECTOR DANIEL Podgórski tembló ligeramente de frío. Estuvo un rato tumbado con los ojos cerrados, intentando librarse de la obsesiva idea de que se encontraba en el lugar equivocado. Al final abrió los ojos. Ya era noche cerrada. El día más corto del ano se aproximaba de manera inexorable. El policía se sentó en la cama. En su cama.

En los últimos meses, Daniel raras veces había dormido en su pequeño apartamento, ubicado en el sótano de la casa de su madre. Se podría decir que, en la práctica, se había instalado en la vieja casa rural de Weronika Nowakowska. No quedaba ni rastro de la crisis momentánea por la que había pasado su relación durante las últimas vacaciones. ¿O quizá Daniel se equivocaba? En lo referente a los asuntos entre mujeres y hombres, Podgórski ya no estaba seguro de nada. Todo parecía peligrosamente relativo. Sin embargo, según el policía había un hecho innegable: que Weronika había decidido hacer un viaje de dos semanas a Varsovia. Quería pasar las navidades con su familia, que vivía en la capital, en vez de con él.

–Será lo mejor –le explicó ella mientras se colocaba detrás de la oreja el pelo rojo intenso–. Yo pasaré unos días con mis padres y tú con tu madre. Me da la impresión de que Maria se siente un poco abandonada.

–Yo no he notado nada –comentó Daniel con sequedad. A él le parecía que su madre se comportaba con normalidad, aunque, claro, la psicóloga era Weronika.

Nowakowska sonrió con dulzura. Era una sonrisa a la que Podgórski nunca había podido resistirse.

–Ya verás lo rápido que pasan estas dos semanas –le aseguró ella antes de darle un beso de despedida–. Te quiero. ¡Nos vemos después de las fiestas!

Eso había ocurrido la tarde anterior, pero Daniel empezaba a convencerse de que esas dos semanas separados se le iban a hacer eternas. Quizá fuera un sentimental incorregible, pero no podía evitarlo.

El potente sonido del despertador lo interrumpió en sus cavilaciones. Aquel sonido estridente resultaba insoportable en medio del agradable silencio de la mañana. Daniel le dio un manotazo al reloj, que cayó al suelo con gran estrépito. Una pila salió rodando por la alfombra hasta que al final se detuvo. El policía la miró un rato bajo la débil luz de la mañana invernal, que despuntaba poco a poco. No le apetecía nada ir a trabajar. Le habría gustado mucho más quedarse tumbado y descansar.

Podgórski sufría esos ataques de pereza cada vez más a menudo. Tras lo sucedido durante el último verano, se sentía en cierto modo quemado. Necesitaba más descanso. Había desaparecido su entusiasmo por entrar en acción y su deseo de demostrarse a sí mismo y a los demás que era un buen policía. Quizá por eso el jefe de la comisaría de Lipowo seguía sin saber qué hacer con su futuro. Unos meses antes, el fiscal Jacek Czarnecki le había propuesto a Podgórski un puesto en la Policía Judicial de la Comandancia Provincial de Brodnica, pero Daniel tenía dudas. ¿Quedarse en Lipowo o empezar a trabajar en la ciudad, como siempre había soñado? No se decidía y siempre aplazaba la decisión. Los días se convertían en semanas y las semanas en meses. Podgórski esperaba que al final su corazón le dijera qué hacer. Pero la respuesta tardaba en llegar.

Arriba, en casa de su madre, el viejo reloj empezó a dar las campanadas. Los sonidos rítmicos llegaban hasta el sótano. Daniel sabía que tenía que levantarse. No podía retrasar más tiempo el momento de ir al trabajo. Se incorporó y bostezó medio amodorrado. Se puso el uniforme y abrió la nevera. Durante un momento sopesó varias posibilidades. Al final suspiró y cogió un trozo de bollo con crema. Se avecinaba un largo día de invierno.

SE MIRÓ CON desgana en el espejo. Evitaba hacerlo. Durante aquellos quince años había cambiado mucho. En realidad estaba irreconocible. El rostro que veía ya no pertenecía a Tytus Weiss. Ahora era el recluso número 1126 de la prisión de Stare Świątki, en las inmediaciones de Rypin. Habían desaparecido las mejillas sonrosadas y el encanto de adolescente que lo caracterizaban antes. En la cárcel no le eran de ninguna utilidad, cosa de la que se convenció dolorosamente al poco de empezar a cumplir su condena. Por eso decidió cambiar su físico cuanto antes. Volvió a mirarse al espejo. La abundante musculatura de los hombros y el cuello le hacía parecer un toro rabioso siempre encorvado y preparado para lanzarse al ataque.

Suspiró en silencio. Su apariencia era la adecuada para lo que sentía. ¿Rabia? ¿Era esa la palabra? No recordaba si antes de entrar en la cárcel había sentido alguna vez algo parecido a la rabia. Más bien miedo y quizá inseguridad. Pero el sonido de la reja al cerrarse liberó dentro de él una furia oculta en lo más profundo, dirigida contra todos, pero a la vez contra nadie en concreto.

O quizá fuera rabia y vacío interior, se decía el preso número 1126. Como si lo hubieran engañado. Como si se hubiera quedado solo. ¿Como si? Era eso precisamente lo que había ocurrido, se había quedado solo. Aparte de su madre, nadie más se había puesto en contacto con él durante aquellos quince años. Su hermano, al parecer, había preferido olvidarlo. Los vecinos del pueblo lo odiaban, estaba seguro. Solo le quedaba su madre. Solo ella.

El preso número 1126 se pasó una mano por la mejilla. En los últimos días empezaba a notarse la tan deseada barba. Por fin. El anterior director de la prisión no toleraba la más mínima insubordinación. Cada uno de los mil quinientos hombres allí internados debía ir siempre bien rasurado. Pero eso había cambiado y el preso número 1126 no pensaba volver a afeitarse nunca. Con quince años tenía de sobra. Le faltaba poco para recoger sus pertenencias y salir con la condicional. No le importaba tener que currar; al contrario, esperaba encontrar cuanto antes un trabajo. Echaba de menos la normalidad más que cualquier otra cosa y trabajar era lo más normal del mundo.

–¿Qué cojones haces ahí delante del espejo? –le soltó un pardillo del otro bloque. Su tono era arrogante, como el de un gallo que acaba de echar las plumas–. ¿Eh?

El preso número 1126 le lanzó una mirada fugaz al joven. Era un novato que habían trasladado a Stare Świątki apenas unas semanas antes. Desde hacía varios días limpiaban juntos los servicios del edificio central de la penitenciaría. El preso número 1126 también había visto varias veces al chico en el patio.

–¿Que qué cojones haces? –repitió el pardillo. Quizá el chico creyera que las palabrotas le harían ganarse el respeto rápidamente. Los que acababan de llegar a menudo pensaban así–. ¿Eres sordo o qué coño te pasa?

El otro se encogió de hombros por toda respuesta y limpió el espejo con un trapo húmedo. No necesitaba luchar por el respeto, lo había obtenido hacía mucho. Además, no quería llamar la atención del carcelero apostado en la puerta, que silbaba una vieja canción. No quería significarse de ninguna forma. Desde luego no en aquel momento, cuando estaba tan cerca de la libertad.

–Dicen que te enchironaron por nada –dijo el chico poniendo cara de especialista en esos asuntos–. ¿Es cierto?

449

El preso número 1126 sonrió con disimulo. Recordó cómo era él quince años antes. ¿Era tan ingenuo como aquel chico? ¿De veras? Ahora esa ingenuidad le parecía impensable y en cierto modo hermosa. No había sitio para la ingenuidad en Stare Świątki. La ingenuidad formaba parte de la libertad, no de la vida entre rejas.

—En la cárcel todos son inocentes —murmuró con cierto regodeo. Se sentía como si interpretara el papel de abuelo—. En la cárcel todos son inocentes…

Había leído esas palabras en un libro que había sacado de la biblioteca de la penitenciaría un año antes. La biblioteca estaba muy bien provista. Quizá fuera algo de Stephen King. «En la cárcel todos son inocentes.» Lo decía uno de los protagonistas de la novela. Esas palabras le gustaron. Mucho.

El guardia debió de oír de qué hablaban, porque se rio por lo bajo y le lanzó una mirada fugaz al preso número 1126. Aquel carcelero era legal, pero de todas formas apartó rápidamente la vista. Lo más importante en aquel momento era no llamar la atención. Mantener la neutralidad a toda costa. Ser invisible hasta encontrarse al otro lado de los muros de la prisión. Llevaba esperándolo demasiado tiempo como para estropearlo ahora.

—¿Te dan la bola mañana? —insistió el joven pardillo.

Estaba claro que el chico deseaba mantener aquella conversación tan poco fluida. El 1126 pensaba que la jerga carcelaria no sonaba demasiado bien en los labios del chico, pero tenía que reconocer que al menos se esforzaba. Así que haría una excepción con él. Los primeros meses en la trena no eran fáciles para nadie.

—Condicional —le aclaró con voz apenas audible—. Ocúpate del tigre y no rajes tanto, que el perro vigila.

El chico cogió la fregona sin rechistar y se puso a limpiar el retrete. Al 1126 le caía bien, pero no pensaba ser su mentor. Antes o después al pardillo le darían una tunda, eso resultaba inevitable, y, además, ya no sería asunto suyo. En ese momento solo importaba una cosa: volver a Lipowo y empezar a vivir en libertad con normalidad.

–Id terminando –les aconsejó el guardia–. Volvéis a las celdas.

El preso número 1126 miró los sórdidos servicios. En el techo se veían manchas de humedad y la pintura se desprendía de las paredes. Las cabinas estaban llenas de letreros obscenos; aunque estaba prohibido escribirlos, siempre aparecían. Los azulejos eran de color verde frío, que más parecía el del moho del techo que el de la hierba. Todo aquello no hacía sino aumentar el vacío que sentía.

Esperaba que fuera la última vez en su vida que veía ese sitio. Había cumplido treinta y tres años, de los cuales quince los había pasado en la penitenciaría de Stare Świątki. Sin duda, era suficiente.

LA SUBINSPECTORA EMILIA Strzałkowska se recogió el pelo en una coleta baja. Miró de reojo su imagen en la ventana de la cocina de la casa que había alquilado para poco tiempo. El cristal estaba parcialmente tapado por una cortina floreada que había colgado el dueño o el anterior inquilino. Desde el principio la policía se prometió deshacerse de la cortina, pero al final pensó que de todas formas ella y su hijo no se quedarían en Lipowo más de lo necesario. No tenía sentido hacer cambios en la casa.

Corrió la cortina y volvió a mirar su reflejo en la ventana. Un cristal empañado no era el mejor consejero, pero llegó a la conclusión de que su aspecto era bastante bueno. Aquel iba a ser el primer día en su nuevo trabajo –temporal, más bien– en la comisaría de Lipowo. Sentía curiosidad por saber si Daniel Podgórski todavía la recordaba.

Ella, por su parte, lo recordaba muy bien. Precisamente por eso, cuando se enteró de que en la pequeña comisaría de Lipowo necesitaban que les echaran una mano, pidió de inmediato que le asignaran la tarea. Fue algo espontáneo. No tuvo que pensárselo mucho, a pesar de que era una decisión que podía cambiarle la vida. Así fue al principio. Las dudas llegaron después, pero ya no podía retirar su solicitud. Daniel Podgórski, como jefe de la comisaría, aceptó su candidatura, y de esa manera llegó ella con su hijo a aquel pequeño pueblo situado a doscientos kilómetros de Varsovia.

Era su primer día en el nuevo trabajo, pero no tenía intención de arreglarse de manera especial. No se contaba entre las mujeres que pasan largas horas delante del espejo, quizá debido a su absoluta falta de habilidad para maquillarse, cosa que prefería no reconocer. Cualquier intento de pintarse la raya de los ojos o de ponerse sombra en los párpados obtenía un resultado lamentable. Strzałkowska no estaba segura de qué era exactamente el *eyeliner,* y por lo general el carmín se le extendía alrededor de los labios haciendo que pareciera un payaso que hubiera puesto demasiado empeño. Sí, no cabía duda de que el maquillaje era su enemigo. Por esa razón había decidido, con cierto desconsuelo, dejar ese tema a otras mujeres.

—Mamá, que se sale la leche —le dijo su hijo Łukasz, de trece años. «Casi catorce», se dijo la policía. El tiempo pasaba muy deprisa.

Łukasz ni siquiera apartó la mirada del juego que le había regalado por Navidad su abuela y que le había dado por adelantado. Ese año no cenarían juntos en Nochebuena, como solían hacer. Emilia y Łukasz pasarían las navidades solos, lejos de la ciudad. La policía esperaba que su hijo se adaptara con facilidad a la nueva situación. Nunca había causado problemas.

—También podrías apagarla tú, ¿no? —le reprochó.

—Podría —contestó él tranquilamente y se levantó a apagar el fuego.

Le costaba creer que hubiera crecido tanto. No tardaría en ser bastante más alto que ella. «Es increíble lo rápido que pasa el tiempo», pensó por segunda vez ese día. Retiró un cazo del quemador, un poco ennegrecido ya, y sonrió a su hijo.

—¿Quieres leche caliente?

–Qué asco –dijo Łukasz haciendo una mueca cómica. Se volvió a sentar y siguió golpeando rítmicamente el teclado.

–Tienes que comer algo –le advirtió su madre con un tono que no aceptaba objeciones.

–Luego.

–Estaré todo el día en el trabajo… –comentó la policía.

Su hijo le lanzó una mirada fugaz.

–Déjalo, mamá –murmuró–. Siempre estás en el trabajo y me las arreglo solo perfectamente. No hay problema. Me calentaré algo, como suelo hacer. No te preocupes.

–Te he preparado la comida. Lo tienes todo en la nevera. ¿Te apañarás? –quiso asegurarse–. Si necesitas algo, llámame, tengo el móvil.

–Pues claro que me apaño –le dijo el chico.

La subinspectora Emilia Strzałkowska sintió que se apoderaba de ella una extraña ternura. Quería más que a nada en el mundo a aquel adolescente larguirucho y desgarbado. Pero por otro lado también adoraba su trabajo. A veces le resultaba difícil dar cabida a esos dos amores, y más teniendo en cuenta que siempre se veía obligada a demostrar ante sus escépticos superiores que ser madre soltera no le impedía continuar con su carrera. Sin embargo, lo cierto era que poco a poco Emilia empezaba a verse desbordada. Quizá esa fuera la razón principal de su repentino traslado a Lipowo. Tenía que arreglar todo aquello cuanto antes, pero debía esperar el momento adecuado.

Continúa en tu librería

Si te ha gustado *Más rojo sangre,*
no te puedes perder

Una nueva voz de la novela negra llega desde Polonia

El hallazgo del cuerpo sin vida de una mujer destapa una cadena de secretos que se inició en la década de 1950.

Una gélida mañana de invierno, el cuerpo sin vida de una monja, que aparentemente ha sido atropellada por un coche, aparece en las afueras de Lipowo, una localidad situada al norte de Varsovia. Pero pronto queda fuera de duda que primero fue asesinada y luego simularon un accidente.
La comisaria Klementyna Kopp y el inspector Daniel Podgórski tendrán que ponerse manos a la obra, investigar la verdadera identidad de la monja, su pasado y los motivos que la llevaron a Lipowo.

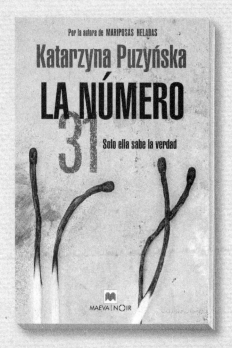

Por la autora de **MARIPOSAS HELADAS**

Katarzyna Puzyńska

LA NÚMERO

31

Solo ella sabe la verdad

MAEVA | NOIR

**El pasado regresa a Lipowo y lo arrasa todo
con la voracidad del fuego**

**¿Quién es el miembro número 31 de la secta
que alteró la vida del pueblo décadas atrás?**

Los habitantes de Lipowo se preparan para un frío invierno.
Solo hay una cosa que enrarece la paz del lugar: en unos días,
el culpable de la muerte del padre del inspector Daniel Podgórski
volverá al pueblo. Daniel intenta mantener la situación bajo
control, pero cuando alguien provoca un incendio, como quince
años atrás, el pasado regresa, sin piedad.
Para complicar más las cosas, se realiza un inquietante hallazgo
en el bosque, donde décadas atrás se instaló una secta.